I0710156

Die RÜCKKEHR des HERZOGS

Aus dem Englischen von
ANNIKA MIRWALD

Lob für Die Rückkehr des Herzogs

**Gewinner des Maggie Award for Excellence
& Finalist des Passionate Plume**

„Märchen trifft auf Eliza Doolittle. Grace Callaway hat das beste Buch der Reihe bis zum Schluss aufgehoben. Es war heiß, leidenschaftlich und warmherzig.“
  – Stacy, *Goodreads*

„Wegen dieser Art von Geschichte bin ich ein Fan von Grace Callaway geworden: Es gibt liebenswerte Charaktere, Spannung, actionreiche Handlung und (natürlich!) jede Menge heiße Szenen!“
  – MG, *Goodreads*

„Eines meiner zehn absoluten Lieblingsbücher! Ich könnte es (und die gesamte Serie) immer und immer wieder lesen!“
  – Candace, *Bookbub*

„Grace Callaway schreibt unglaublich fesselnd und flüssig. DIE RÜCKKEHR DES HERZOGS war so heiß, dass ich mir Luft zufächeln musste. Die Geschichte hat mich in ein Wechselbad der Gefühle gestürzt und das märchenhafte Ende hat mir ein Lächeln ins Gesicht gezaubert. Ich empfehle dieses Buch jedem, der gerne gefühlvolle Romanzen mit viel Erotik liest.“
  – *Roses Are Blue Blog*

„Kann ein Märchen gleichzeitig süß, witzig, gefühlvoll, actiongeladen und unglaublich heiß sein? Ja! Das letzte Buch

dieser Serie bietet genau das – und noch viel mehr. Ein krönender, explosiver Abschluss einer wirklich erstklassigen Reihe.“
  – Joanne, *Goodreads*

„Wow, dieses Buch hat einfach alles, was man sich als Leserin historischer Liebesromane wünscht: Spannung, Sex und zwei Menschen, die füreinander bestimmt sind. Grace Callaway ist eine fantastische Autorin – fügt sie eurer Favoritenliste hinzu! Ihr werdet es nicht bereuen.“
  – Amanda, *Goodreads*

Weitere Bücher auf Deutsch von Grace Callaway

GAME OF DUKES – GEFÄHRLICHES SPIEL

Der Undercover-Herzog

Der verlorene Schatz des Herzogs

Die Rache des Herzogs

Die Sühne des Herzogs

Die Rückkehr des Herzogs

DETEKTIVE AUS LEIDENSCHAFT

Der Herzog, der zu viel wusste

M wie Marquess

Die Lady, die aus der Kälte kam

Der Vicomte klopft immer zweimal

Sag niemals nie zu einem Grafen

Der Kavalier, der mich liebte

MIEDER IN MAYFAIR

Lehrling der Lust

Ihre waghalsige Wette

Ihr begieriger Beschützer

Ihre lasterhafte Leidenschaft

~

Einbandgestaltung: EDH Graphics

Buchdesign: KM Graphics

Fotonachweis: Period Images

Wenn Du Dich je gefragt hast, ob Du etwas Besonderes bist ...
Ja, das bist Du.

Prolog

Gedankenverloren ging Fancy Sheridan durch die Dunkelheit. Als Tochter eines fahrenden Kesselflickers war die offene Straße ihr Zuhause. In diesem Augenblick war der vom silbernen Mondlicht beschienene Wald ihr Zimmer, das sternenbehangene Firmament die Decke über ihrem Kopf und der geschotterte Weg unter ihren Füßen ihr Teppich. Sie atmete tief die kühle Nachtluft ein und versuchte, die Anspannung von sich abfallen zu lassen.

Als Mitglied einer Familie von Kesselflickern war sie es gewohnt, sich mit Gelegenheitsarbeiten über Wasser zu halten. Von ihrem Vater und ihrer lieben, verstorbenen Mutter hatte sie eine Fülle von Fähigkeiten geerbt. An diesem Abend hatte sie Arbeit in der Küche des Dorfgasthauses gefunden, und obwohl das Schrubben von Töpfen nicht zu ihren Lieblingsbeschäftigungen gehörte, hätte sie die Aufgabe mit ihrem üblichen Eifer erledigt ... wenn der Koch sie nicht belästigt hätte.

Fancy? Pah, an dir ist nix Vornehmes. Ich kenne Leute wie dich. Ihr fahrenden Kesselflicker seid keinen Deut besser als Zigeuner. Er hatte sie in der Speisekammer bedrängt, sie spürte noch immer seinen heißen, öligen Atem auf ihrer Wange. *Komm in die Gasse hinters Wirtshaus, sobald du mit den Töpfen fertig bist. Wenn du mich ranlässt, kriegst du das restliche Hammelfleisch für deine Bettlersippe.*

Sie rieb sich über die glühende Wange und wirbelte mit den Spitzen ihrer abgetragenen Stiefel Staub auf. Wie gerne hätte sie etwas Vernichtendes erwidert, um ihn in seine Schranken zu weisen. Stattdessen war sie angesichts seiner bedrohlichen Nähe und dem beleidigenden Angebot wie gelähmt gewesen.

Unvermittelt schossen ihr die Worte ihrer Mutter durch den Kopf: *Halt dich in Gegenwart der Sesshaften immer brav zurück, mein Mädchen. Wenn es Ärger gibt, warte auf die passende Gelegenheit ... und dann lauf weg!*

Also war Fancy geflohen, sobald sie ihren bescheidenen Lohn vom Wirt erhalten hatte. Eigentlich hätte sie gemeinsam mit ihrem Bruder Godfrey, der ebenfalls Arbeit im Gasthaus gefunden hatte, nach Hause gehen sollen, aber er wurde beim Tändeln mit einem der Schankmädchen aufgehalten. Da Fancy eine weitere Begegnung mit dem Koch vermeiden wollte, beschloss sie, den Heimweg allein anzutreten.

Obwohl ihr diese Art der Behandlung nicht fremd war, fühlte sie sich gedemütigt und wütend. Mit ihren zweiundzwanzig Jahren hatte sie schon öfter mit Rohlingen zu tun gehabt, die glaubten, sie sei leichte Beute, nur weil sie zu einer fahrenden Familie gehörte. Wie die Nomaden der Roma wurden auch die Kesselflicker von den Sesshaften oft mit Misstrauen und Feindseligkeit behandelt. Sie hatte sich zwar ein dickes Fell zugelegt, wenn es um die Vorurteile der Gesellschaft ging, doch diese jüngste Erniedrigung traf sie bis ins Mark.

Du weißt, warum es so wehtut. Ihre Kehle fühlte sich an wie zugeschnürt. *Weil's eine Erinnerung an deinen Stand im Leben ist. Und dass du niemals gut genug für den Herzog von Knighton sein wirst.*

Fancy griff in die Tasche ihres geflickten Rocks und schloss die Finger um den Knopf, den sie wie ein Geheimnis hütete. Mittlerweile war ihr alles daran vertraut: die eingeritzten Umrisse des Wappens, der glatte Rand, das Gewicht des Edelmetalls. Wie sein Besitzer war der Knopf rein und unverfälscht ... und viel zu gut für jemanden wie sie.

Während sie den bewaldeten Weg entlangging, kreisten ihre Gedanken unentwegt um Severin Knight, den Herzog von Knighton. Sie war verzaubert von seiner rauen Schönheit und seinem kühlen, grauen Blick. Seine Augen erinnerten sie an den Himmel während eines Sturms, verschleiert und undurchsichtig, doch immer wieder blitzten darin Emotionen auf, die ihr einen prickelnden Schock durch den Körper jagten. Er war groß, muskulös und atemberaubend elegant, von der Spitze seines dunklen Haarschopfs bis hinunter zu seinen auf Hochglanz polierten Stiefeln.

Vor allen Dingen aber war er sowohl seinem Titel als auch seinen Taten nach ein wahrer Edelmann. Es sagte viel über den Charakter eines Mannes aus, wie er andere behandelte, und trotz ihres unterschiedlichen Ranges begegnete Seine Gnaden Fancy stets mit Höflichkeit und Respekt. Seine Aufmerksamkeit ließ ihren Puls rasen und ihre Knie so weich werden wie ein frisch gebackenes Puddingtörtchen.

Leider hatte Fancy nicht dieselbe Wirkung auf ihn. Obwohl er zuvorkommend war, verfolgte er ein ganz bestimmtes Ziel: Er war vor fünf Tagen angereist, um ihrer engsten Freundin Bea den Hof zu machen.

Lady Beatrice Wodehouse war die Schwester eines Herzogs und dennoch lebte sie aufgrund eines Unfalls, bei dem sie eine Narbe an der Wange davongetragen hatte, als zurückgezogene Jungfer auf ihrem Anwesen, Camden Manor. Als Fancys Vater vor fünf Jahren Arbeit bei Beatrice gesucht hatte, waren sie und Fancy sofort Freundinnen geworden, und die Sheridans hatten den Aufenthalt auf dem Landgut in Staffordshire ihrer jährlichen Wanderroute hinzugefügt.

Knighton brauchte eine Herzogin an seiner Seite und Fancy verstand, warum er ihre Freundin für eine hervorragende Kandidatin hielt. Selbst mit der Narbe war Bea wunderschön, besaß eine angeborene Selbstsicherheit und tadellose Manieren. Zu Knightons Pech wurde Bea derzeit jedoch von einem anderen Gentleman umworben, dem Eisenbahnindustriellen Wickham Murray, und Fancy konnte sehen, dass ihre Freundin dabei war, sich in den schneidigen Schotten zu verlieben.

Somit blieb Knighton außen vor ... und so weit außerhalb von Fancys Reichweite wie die funkelnden Sterne.

Denn wie konnte die Tochter eines Kesselflickers hoffen, das Herz eines Herzogs zu gewinnen?

Obwohl Fancy die Seele einer Träumerin besaß, stand sie mit beiden Beinen fest auf dem Boden. Sie hatte genug von der Welt gesehen, um zu wissen, wie sie funktionierte. Nur in der Geborgenheit ihrer Fantasie konnte sie ihr Märchen zu Ende spinnen. Dort konnte sie von einem Prinzen mit stürmischen Augen träumen, der sich unsterblich in sie verliebte. Der ihr einen Kuss gab, der die Erde erbeben und die Meere tosen ließ. Dann würde er sie in ein Schloss in den Wolken entführen, wo sie glücklich bis an ihr Lebensende verweilten.

In Wirklichkeit konnte sie sich glücklich schätzen, einen halbwegs anständigen Kerl zu finden, der sie respektierte, der in ihr mehr sah als eine Zuchtstute für seine Nachkommen und eine Gehilfin für die Hausarbeit. Der in der armen, gewöhnlichen Fancy Sheridan vielleicht etwas ... Besonderes entdeckte.

Ein knackender Zweig durchbrach ihre Träumerei und ihr Traumprinz löste sich in Luft auf. Sie wirbelte herum und erblickte eine drohende, vermummte Gestalt hinter sich. Sie spürte einen Stich des Entsetzens, dann schlug etwas seitlich gegen ihren Kopf. Schmerz explodierte an ihrer Schläfe, als sie zu Boden stürzte.

Einen Augenblick später spürte sie gar nichts mehr.

Kapitel Eins

Fünf Tage zuvor

Während Severin Knight die gepflegte Auffahrt von Camden Manor hinaufritt, kam ihm der Gedanke, wie ironisch es war, dass er sich damit einen alten Traum erfüllte. Als Junge, der in einer Londoner Gosse aufwuchs, hatte er davon geträumt, ein echter Gentleman zu werden. Diese Fantasien halfen ihm stets, die Kälte, den Hunger und andere Leiden, die mit Armut einhergingen, zu ertragen. Im Alter von fünfzehn Jahren wurde er von dem adligen Vicomte Hammond als Stallbursche eingestellt, wodurch er einen Einblick in ein Leben mit Geld und Privilegien erhielt.

Die Hammonds mussten nie frieren, und an Essen mangelte es ihnen auch nicht. In ihrer geräumigen Residenz brannte in jedem Kamin ein Feuer, und sie aßen solch üppige Mahlzeiten, dass stets Reste auf ihren Tellern zurückblieben. Sie drückten sich kultiviert aus und hatten weder Streit noch Sorgen. Jeder von ihnen bewohnte zwar seine eigenen Gemächer, aber sie mussten nie allein sein, wenn sie es nicht wünschten, da sie zahlreiche Bedienstete, Gäste und einander hatten. Sie lebten in einem Reich der Ruhe und Harmonie.

Manchmal, wenn Severin durch ein Fenster hineinspähte, sah er ein Bild der Vollkommenheit. Das Glück der Hammonds war mit kräftigen, farbenfrohen Strichen gemalt, der goldene Rahmen des Reichtums trennte sie von der Außenwelt. Alles an der Familie war schön ... vor allem Imogen.

Das dreizehnjährige Mädchen mit den rotblonden Locken hatte Severins jugendliches Herz von dem Moment an erobert, als er es davor bewahrte, von einer entgegenkommenden Kutsche erfasst zu werden. Imogens dankbarer Vater hatte ihn mit einer Anstellung belohnt, aber es war sie selbst gewesen, die den Entschluss in ihm weckte, etwas aus sich zu machen.

Ihretwegen hatte er hart daran gearbeitet, aus der Gosse herauszukommen, Vermögen anzuhäufen und ein Gentleman zu werden, der ihrer würdig war.

Zumindest zwei dieser Ziele hatte er erreicht.

Zunächst verdingte er sich als Wachmann und investierte seine Ersparnisse in die Produktion. Mittlerweile besaß er mehrere Fabriken in Spitalfields und Umgebung und beschäftigte Hunderte von Arbeitern in seinen Seidenwebereien. Sein Einfluss in Spitalfields war so groß, dass Männer und Frauen aus der Nachbarschaft zu ihm kamen, wenn sie Hilfe benötigten. Da er sich einst in ihrer Lage befunden hatte (oder oftmals in noch schlimmeren), tat er, was er konnte. Er verlieh Geld, schlichtete Streitigkeiten und sorgte dafür, dass der Gerechtigkeit in seinem Gebiet Genüge getan wurde.

Er war zu einer Führungspersönlichkeit in seiner Gemeinde geworden und hatte sich einen Platz unter den anderen einflussreichen Männern der Londoner Unterwelt erkämpft. Diese wurden gemeinhin als Herzöge bezeichnet, da man sie innerhalb der Unterschicht tatsächlich als Adelige erachtete. Severin war als „der seidene Herzog" bekannt, eine

Anspielung auf seine Geschäftsinteressen und seine aalglatte, gefasste Art.

Vor einem Jahr machte er dann eine verblüffende Entdeckung: Er war nicht nur ein Herzog der Unterwelt, sondern ein *echter* Titelträger. Eine Gruppe von Anwälten hatte ihn aufgespürt und ihn zu Arthur Huntingdon gebracht, dem im Sterben liegenden Herzog von Knighton ... Der Vater, den Severin nie kennengelernt hatte.

Seine *Maman* hatte seine wahre Herkunft bis zu ihrem bitteren Ende in einer Irrenanstalt geheim gehalten. Auf seinem Sterbebett erklärte Arthur Huntingdon ihm, dass sie es getan hatte, um Severin zu schützen. Das Wissen um die Opfer, die sie gebracht hatte, wie sehr sie wegen der Niedertracht seines Vaters leiden musste, hätte ihn beinahe dazu verleitet, den verdammten Titel abzulehnen.

Ein klügerer Teil von ihm widerstand jedoch dem Drang, sich ins eigene Fleisch zu schneiden. Es war zu spät, um seine *Maman* zu retten, nicht aber, um das einzufordern, was ihm rechtmäßig zustand. Er genoss die Ironie des Schicksals, dass er nun erreichen würde, was seine adeligen Großeltern väterlicherseits mit allen Mitteln zu verhindern versucht hatten. Die beiden würden sich im Grabe umdrehen, wenn sie wüssten, dass ihre illustren Titel und Ländereien jetzt dem Sohn einer einfachen Näherin in den Schoß fielen. Dass sein Blut in den Adern eines jeden zukünftigen Knightons fließen würde.

Natürlich hatte er das Vermächtnis nicht ohne Hürden erhalten. Er musste vor Gericht gegen einen entfernten Cousin kämpfen, um zu beweisen, dass er tatsächlich der rechtmäßige Erbe des Herzogtums war. Es hatte fast ein Jahr gedauert, aber dank der Hilfe einer unerwarteten Verbündeten – der älteren Schwester seines Vaters, Lady Esther, Gräfin von Brambley – hatte er sich den Titel letzten Monat gesichert. Laut dem Testament hatte er jedoch noch etwas anderes geerbt: die Vormundschaft für vier jugendliche Halbgeschwister, weitere uneheliche Kinder seines Vaters von zwei verschiedenen Mätressen, die beide verstorben waren.

Severin wollte nicht für vier junge Menschen verantwortlich sein. Er war ein viel beschäftigter Mann, der sich um Fabriken, territoriale Auseinandersetzungen und breit gefächerte Investitionen kümmern musste. Außerdem hatte er keine Ahnung, was er mit den widerspenstigen Nachkommen des Herzogs anfangen sollte. Was wusste er schon von Familie?

Aus irgendeinem Grund konnte er sich jedoch nicht dazu durchringen, sie im Stich zu lassen. Sein Vater hatte seine Geschwister auf einem Anwesen in Frankreich untergebracht, und als Severin dort ankam, waren sie in einem erbärmlichen Zustand gewesen. Er hatte sich erneut an seine Tante Esther gewandt, aber in dieser Angelegenheit zeigte sie sich weitaus weniger hilfreich.

Deine Halbgeschwister sind wie wilde Tiere, hatte sie kurz und bündig gesagt. *Und ich bin viel zu alt, um eine Menagerie zu leiten. Du brauchst jemanden mit der Energie und den erforderlichen Beziehungen, um sie in die Gesellschaft einzuführen. Zudem bist du dreißig Jahre alt und solltest dir langsam Gedanken über deine Zukunft machen ... Um dein Vermächtnis zu sichern, benötigst du einen Erben und mindestens einen Zweitgeborenen. Aber um das zu bewerkstelligen, musst du zuallererst eine Frau finden.*

Sie hatte ihm geraten, sich nach einer Herzogin umzusehen, auch wenn die Ballsaison vorbei war und es daher nicht mehr ganz so viele geeignete Kandidatinnen in London gab. Severin hatte jedoch weder die Zeit noch die Lust, eine Gemahlin zu erwählen, denn die Einzige, die ihm gefiel, war nicht mehr zu haben. Vor fünf Jahren hatte Imogen den Grafen von Cardiff geheiratet.

Womit er wieder beim Stichwort Ironie des Schicksals angelangt war: Jetzt, wo er reich war, einen Titel trug und als begehrenswerter Junggeselle galt, war die Frau seiner Träume für ihn unerreichbar.

Aus diesem Grund hatte er die Reise nach Staffordshire angetreten. Wenn er schon nicht seine einzig wahre Liebe haben konnte, so würde er sich mit einer Frau begnügen, die die Grundvoraussetzungen erfüllte. Zufälligerweise erwähnte der Herzog von Hadleigh, ein Gentleman, dem Severin in der Vergangenheit diverse Gefallen erwiesen hatte, dass er eine Schwester habe, die eine ideale Herzogin für ihn abgeben würde.

Hadleigh zufolge war Lady Beatrice Wodehouse schön, vernünftig und im reifen Alter von vierundzwanzig Jahren. Aufgrund eines Unfalls, bei dem sie eine Narbe davongetragen hatte, führte sie ein zurückgezogenes Leben auf Camden Manor, einem Anwesen, das sie allein verwaltete. Severin scherte sich keinen Deut um ein verunstaltetes Äußeres. Was ihn interessierte, war, dass die Dame der Beschreibung nach besonnen und vernünftig wirkte. Eine Frau wie sie würde hoffentlich die Art von Zweckehe begrüßen, die er ihr anzubieten gedachte.

Als er das Herrenhaus erreichte, sah er, dass es gut gepflegt war, umgeben von altehrwürdigen Eichen, deren Blätter sich bereits in leuchtenden Herbsttönen verfärbten. Das Anwesen zeugte von den hervorragenden Führungsqualitäten seiner Herrin, was ihm zusagte, denn er brauchte jemanden, der seine Geschwister fest im Griff haben würde. Das efeubewachsene Haus überzeugte durch seine Eleganz, mit Flügeln, die das Hauptgebäude flankierten, und Giebelfenstern, deren blitzsaubere Scheiben im Sonnenlicht glänzten.

Nichts war fehl am Platz ... außer vielleicht das zierliche Mädchen, das vor den Treppenstufen zum Eingang stand und wild gestikulierend auf einen Esel einredete.

Sie hatte Severin den Rücken zugewandt, und er sah, dass ihr kastanienbraunes, zu dicken Zöpfen geflochtenes Haar ihr bis zur Taille reichte. Sie schimpfte mit dem störrischen Grautier, das sich am Fuße der Steintreppe auf dem Kies niedergelassen hatte und den Zugang zum Herrenhaus versperrte.

„Du kannst es dir hier nicht einfach bequem machen, Bertrand", belehrte sie das Tier. „Wie sollen die Leute das Haus betreten? Steh auf!"

Der Esel warf ihr einen gelangweilten Blick zu und schlug träge mit dem Schwanz.

„Du hast mich schon verstanden." Ungehalten stemmte sie die Hände in die Hüften. „Hoch mit dem Hintern, du Faulpelz!"

Das Tier streckte sich lediglich aus und legte seinen Kopf auf der untersten Stufe ab.

„Du bist nicht der Einzige, der müde ist, Bertrand. Aber wir haben Vorräte, die zu den Feldern gebracht werden müssen", fuhr sie fort. „Und da *du* nun mal das Lasttier bist, wirst du dich auf der Stelle von mir vor den Karren da spannen lassen."

Der Esel hob den Kopf, sah sie an und gähnte.

„Verflucht noch mal!", rief sie aus. „Jetzt lass die Sperenzchen, du Dickschädel."

Severin entfuhr ein Laut, der ihn selbst überraschte. Er konnte sich nicht erinnern, wann er das letzte Mal gelacht hatte. Noch mehr staunte er, als die Eselbeschwörerin zu ihm herumwirbelte. Aufgrund ihrer Zöpfe und ihrer zierlichen Statur hatte er ihr Alter unterschätzt. Sie war kein Mädchen, sondern eine Frau.

Und zwar eine ziemlich hübsche.

Sie hatte ein herzförmiges Gesicht und große, rehbraune Augen, die von dichten Wimpern umrandet waren. Ihre Haut war sonnengebräunt, ihre Wangen von einer lieblichen Röte überzogen. Ihre Lippen waren voll und von einem dunklen

Beerenton. Links über ihrer Oberlippe saß ein winziger Schönheitsfleck, der ihr eine gewisse Sinnlichkeit verlieh.

Das Mieder ihres zweckdienlichen, braunen Kleids schmiegte sich eng an ihre prallen Brüste und ihre winzige Taille, die er mit beiden Händen umschließen könnte. Zwar verbarg die Fülle ihrer geflickten Röcke die untere Hälfte ihres Körpers, aber er würde seine Fabriken darauf verwetten, dass sie anbetungswürdige Kurven besaß, die sich hervorragend zum Vögeln eigneten. Der Gedanke brachte sein Blut in Wallung und er spürte, wie der Stoff seiner Hose im Schritt enger wurde.

Teufel noch eins, dachte er stirnrunzelnd. *Was ist nur los mit mir?*

Für gewöhnlich pflegte er Frauen nicht so anzugaffen und fand es besonders widerwärtig, wenn Männer junge Dienstmädchen wie dieses hier ausnutzten, die ein Recht darauf hatten, ihren Pflichten ohne Belästigung nachzugehen. Die Tatsache, dass er lüsterne Gedanken über sie hegte, war inakzeptabel und, offen gesagt, verwirrend. Er war stolz auf seine Selbstdisziplin, auf seine Fähigkeit, seine niederen Triebe im Zaum zu halten. Denn ebendiese Eigenschaft hatte es ihm ermöglicht, sich von einem Gassenjungen zu einem wahren Gentleman zu mausern.

Doch irgendetwas an dieser Frau weckte seine animalischen Instinkte. Nie zuvor hatte er derart sündhafte Lippen gesehen, die es darauf anlegten, ihn zum Küssen zu verführen. Vermutlich reagierte er nur so heftig auf sie, weil es Jahre her war, seit er eine Partnerin geküsst hatte. Das war jedoch keine Entschuldigung.

Er stieg ab und nutzte die Zeit, um sich zu sammeln.

„Verzeihen Sie, Miss", sagte er mit einem Nicken. „Ich bin gekommen, um Ihrer Herrin meine Aufwartung zu machen."

Die Frau blinzelte verwirrt. „Ich habe keine Herrin, Sir."

„Sie sind nicht hier angestellt?"

„Ich helfe Bea, wenn sie mich braucht ...“ Sie hielt inne und runzelte die Stirn, als fiele es ihr schwer, die richtigen Worte zu finden. „Aber ich bin nicht ihre Dienerin.“

„Wie dem auch sei, ich möchte mit der Dame des Hauses sprechen.“ Er warf einen Blick auf den Esel, der nun leise schnarchend auf den Stufen lag. „Würden Sie freundlicherweise Ihr Tier hier fortschaffen?“

„Ich hab’s ja versucht“, erwiderte sie seufzend. „Bertrand hört auf niemanden außer auf meinen Pa.“

„Wenn es Ihnen nichts ausmacht, werde ich es einmal probieren.“

„Ganz sicher?“ Sie warf einen zweifelnden Blick auf seine Kleidung. Für diesen Besuch hatte sein Kammerdiener einen anthrazitfarbenen Gehrock, ein silbernes Krawattentuch und eine dunkelblaue Weste für ihn gewählt, dazu eine hellbraune Hose und auf Hochglanz polierte Stiefel. „Wenn Bertrand wütend wird, kann’s ziemlich ungemütlich werden.“

„Mit einem Esel komme ich schon zurecht.“ Da er jahrelang Ställe ausgemistet hatte, wusste er, wie man mit widerspenstigen Vierbeinern umging. „Das Wichtigste ist, ihm zu zeigen, wer hier das Sagen hat. Lassen Sie mich nur kurz etwas holen.“

Während er zu seiner Satteltasche ging, um seine Geheimwaffe auszupacken, sagte sie zögernd: „Sie werden dem armen Bertrand doch nicht wehtun, oder? Er ist furchtbar sensibel, müssen Sie wissen ...“

„Keine Sorge, dem Tier passiert nichts.“

Er fand ihre offensichtliche Erleichterung auf seltsame Weise liebenswert. Sie musste ein zartfühlendes Ding sein, wenn sie sich selbst um den lästigen Esel sorgte. Severin konnte nicht widerstehen, sie ein wenig zu necken.

„Ich werde keine Peitsche benutzen müssen. Tiere gehorchen mir für gewöhnlich, weil sie meine natürliche Autorität spüren.“

Ihre Erleichterung schlug in Skepsis um. „Wirklich?"

„Treten Sie zurück und sehen Sie selbst." Als sie zur Seite wich, ging er neben dem Esel in die Hocke und sagte in seiner herzoglichsten Stimme: „Ich bin dein Herr und Meister, Bertrand, und du wirst tun, was ich dir befehle. Steh auf!"

Das Tier zuckte mit den Ohren und schnupperte etwas weniger gelangweilt in die Luft. Als Severin aufstand, folgte Bertrand ihm. Er musste ein Lächeln unterdrücken, als die junge Frau verblüfft nach Luft schnappte, und lockte den Esel von den Stufen des Herrenhauses weg in den Schatten eines nahe gelegenen Baumes.

„Sie haben es tatsächlich geschafft!", rief sie bewundernd aus, während sie ihm hinterherlief.

„Haben Sie etwa an meinen Fähigkeiten gezweifelt?", fragte er mit gespielter Beleidigung.

Sie biss sich auf die Unterlippe und nickte.

Ihre Ehrlichkeit war so bezaubernd, dass er fragte: „Wie heißen Sie?"

„Fancy Sheridan", sagte sie schüchtern.

Der Name passte zu ihr. Einfach und doch auf reizende Weise unbeschwert.

„Und Sie, Sir?"

„Severin Knight", antwortete er.

Das war der Name, den seine *Maman* ihm gegeben hatte. Er hätte sich auch mit seinem Titel vorstellen können, aber ein echter Herzog zu sein, war immer noch neu für ihn, und er wollte diesen unerwarteten Moment zwanglosen Vergnügens noch ein wenig länger genießen.

„Es ist nicht so, dass ich kein Vertrauen in Ihre Fähigkeiten hatte", sagte Miss Sheridan ernsthaft. „Aber abgesehen von meinem Pa habe ich noch nie einen Meister der Tiere getroffen ..."

„Der Herr wird gleich Meister einer wütenden Bestie sein,

wenn er Bertrand nicht gibt, was er in seiner Manteltasche versteckt", ertönte eine männliche Stimme.

Severin drehte sich um und sah einen drahtigen, graubärtigen Mann auf sie zukommen. Mit seinen funkelnden, blauen Augen und der Brille aus Drahtgestell, die schief auf seiner Nase saß, erinnerte er ein wenig an einen Kobold. Zudem trug er einen türkisfarbenen Hausrock aus Samt und eine karierte Weste, die mit verschiedenen Knöpfen besetzt war. Seine Kappe war mit bunten, nicht zusammenpassenden Aufnähern übersät.

„Sie sollten mich beim Wort nehmen", sagte er zu Severin. „Esel sind hervorragende Menschenkenner, und wenn man sie für sich gewinnt, sind sie die treuesten Gefährten überhaupt. Um in Bertrands Gunst zu bleiben, sollten Sie ihm daher geben, was er verlangt."

Severin wusste, dass er aufgeflogen war, also holte er die kandierten Früchte aus seiner Tasche und hielt sie Bertrand hin. Der Esel schnappte sich die Leckereien mit der Zunge und kaute genüsslich darauf herum. Immerhin wusste er, was gut war, denn die kandierten Kirschen stammten aus einer renommierten Pariser Konditorei und hatten Severin ein Vermögen gekostet.

„Sie sind gar kein Meister der Tiere!", rief die junge Frau entrüstet. „Nur ein Meister der *Bestechung*."

Er bemühte sich, reumütig dreinzublicken. Zumindest gelang es ihm, nicht zu lachen.

„Ich bitte um Verzeihung, Miss Sheridan." Er verbeugte sich. „Ich konnte einem kleinen Scherz nicht widerstehen."

„Führt Sie was Bestimmtes nach Camden Manor, Sir?", fragte der bärtige Mann.

„Das ist Mr Knight, Pa", sagte seine Tochter. „Er sucht nach Bea."

„Milton Sheridan, seines Zeichens fahrender Kesselflicker,

zu Ihren Diensten", sagte ihr Vater, an Severin gewandt. „Was genau wollen Sie von Miss Beatrice?"

Sheridans Beruf erklärte zwar die seltsame Aufmachung, nicht jedoch dessen misstrauisches Verhalten.

„Ich komme auf Empfehlung ihres Bruders", erwiderte er knapp.

„Ah. Sie sind also ein Freund der Familie." Sheridan wirkte beruhigt und fügte erklärend hinzu: „Sie ist auf den Feldern, Sir. Ihre Scheune hat letzte Nacht Feuer gefangen, und sie ist dort, um die Aufräumarbeiten zu überwachen."

Während seiner Zeit in den Londoner Elendsvierteln hatte er gelernt, seinen Instinkten zu vertrauen, da sie ihm bereits mehr als einmal das Leben gerettet hatten. Etwas an dem wachsamen Blick des Kesselflickers und der Art, wie er über den Brand in der Scheune sprach, ließ die Alarmglocken in seinem Kopf schrillen. Das Letzte, was er brauchte, waren weitere Komplikationen. Er sollte die ganze Sache vergessen und nach London zurückkehren. Am besten befolgte er den Rat seiner Tante und umwarb ein paar geeignete Damen, bis er eine Frau gefunden hatte, die ihm einen Erben und einen Zweitgeborenen schenken würde, bevor sie sich in fröhlichem Einvernehmen trennten.

Während er überlegte, wurde ihm bewusst, dass Fancy Sheridan ihn anstarrte. Aus irgendeinem Grund weckte der Anblick ihrer großen, samtbraunen Augen einen längst begrabenen Traum, von dem er wusste, dass er nicht wieder aufleben konnte. Er hatte sein Herz an Imogen verschenkt, und obwohl sie ihn ebenfalls liebte, war sie gezwungen gewesen, einen anderen zu heiraten.

Unsere Liebe ist von seltener Natur, Severin. Wie eine Blume, die ich einst auf einer Ausstellung sah, hallte ihm ihre melodiöse Stimme durch den Kopf. *Die Königin der Nacht blüht nur einmal im Leben.*

Er verspürte einen vertrauten, bittersüßen Schmerz. Nein, er war nicht auf der Suche nach Liebe hierhergekommen. Auch wenn ihm dieses Glück nicht vergönnt war, konnte er sich der befriedigenden Gewissheit erfreuen, seine Pflicht zu tun. Das Schicksal zu erfüllen, für das seine Mutter sich geopfert und das andere ihm zu entreißen versucht hatten.

Er straffte die Schultern. „Bitte führen Sie mich zu Lady Beatrice."

Kapitel Zwei

Später am Nachmittag kehrten Fancy und ihre Familie in die Hütte zurück, in der sie während ihrer Besuche auf Camden Manor wohnten. Bea reservierte stets das größte Häuschen für sie, in dem Fancy den seltenen Luxus eines eigenen Schlafzimmers genoss. Die gemütliche Unterkunft verfügte auch über ein Badezimmer, und nachdem sie den Tag damit verbracht hatten, die Überreste des Scheunenfeuers aufzuräumen, hatte Fancy ein Bad bitter nötig.

Während sie die kupferne Wanne mit eimerweise erhitztem Wasser füllte, wirbelten ihre Gedanken durcheinander. An einem einzigen Tag war so viel passiert. An erster Stelle stand die Gefahr, in der sich ihre beste Freundin befand. Laut Bea deuteten die in der Scheune gefundenen Spuren darauf hin, dass das Feuer kein Unfall gewesen war. Schon seit Wochen erhielt sie unsignierte Drohbriefe, in denen sie aufgefordert wurde, ihr Land zu verlassen. Die Liste der potenziellen Schuldigen war lang: Viele Männer begehrten Beas Land und waren nicht damit einverstanden, dass eine unabhängige Frau ihre Angelegenheiten selbst regelte.

Fancy war entschlossen, ihrer Freundin auf jede erdenkliche Weise zu helfen. Sie hatte Pa und ihre Brüder gebeten, die Schlösser auf deren Grundstück zu überprüfen. Zwischen ihren Gelegenheitsarbeiten im Dorf behielt sie Bea im Auge, und sie war nicht die Einzige, die das tat. Der schneidige Eisenbahnindustrielle Wickham Murray schien es sich ebenfalls zur Aufgabe gemacht zu haben, sie zu beschützen.

Als Mr Murray zum ersten Mal auftauchte, hatte Fancy nicht gewusst, was sie von ihm halten sollte. Der charmante Schönling war gekommen, um das Anwesen zu kaufen, wogegen Bea sich entschieden weigerte. Und doch hatte Fancy Tag für Tag miterlebt, wie sich der Konflikt zwischen den beiden in eine leidenschaftliche Romanze verwandelte. Während ihre Freundin sich selbst als „Realistin" bezeichnete, die nichts von Liebe hielt, war Fancy eine Träumerin, die an ein glückliches Märchenende glaubte. Ihre Intuition sagte ihr, dass Bea ihren Prinzen gefunden hatte.

Unvermittelt schoss ihr der Gedanke durch den Kopf, dass sie den ihren nun ebenfalls gefunden hatte.

Sie entkleidete sich und stieg in die Wanne, wobei der Gedanke an Severin Knight sie ebenso wärmte wie das dampfende Wasser. Gütiger Himmel, der Kerl war ein echter Hingucker.

„Attraktiv" war noch deutlich untertrieben, was ihn anbelangte. Mit seinem dunklen Haar, den kühlen, grauen Augen und markanten Zügen zog er Fancy mühelos in seinen Bann. Noch nie hatte sie so heftig auf einen Mann reagiert. Sein eindringlicher Blick und die unterschwellige Macht, die von seinem kräftigen Körper ausging, brachten ihren Puls zum Rasen. Der Ton seiner tiefen Stimme hatte ihr eine Gänsehaut verursacht.

Jedoch ging die Anziehungskraft, die sie verspürte, über das Körperliche hinaus. Normalerweise war sie Fremden gegenüber schüchtern und reserviert ... vor allem reichen Schnöseln wie ihm. Ihre Ma hatte ihr eingeschärft, dass es das Beste war, sich in Gegenwart wohlhabender Sesshafter unauffällig zu verhalten, daher bemühte sie sich stets, keine unerwünschte Aufmerksamkeit auf sich zu ziehen. Doch Mr Knight hatte sie höflich behandelt und ihr sogar angeboten, ihr mit Bertrand zu helfen. Und die Art, wie er mit dem Esel umgegangen war, war sowohl genial als auch tiergerecht gewesen ... wenn auch ein wenig listig.

Er schien nicht die Sorte Mann zu sein, der seine Emotionen zur Schau stellte. Im Gegensatz zu ihren Brüdern – die ihr ebenfalls gerne Streiche spielten – reagierte er wesentlich subtiler. Ein Lächeln hatte seine grauen Augen erstrahlen lassen, obwohl er sonst keine Miene verzog. Aus irgendeinem Grund hatte dieser Anflug jungenhafter Verspieltheit in einem so ernsthaften, eleganten Gentleman ihr Herz mit pochender Sehnsucht erfüllt.

Seufzend genoss sie für eine Weile das warme Wasser, bevor sie sich einseifte und abwusch. Anschließend schlüpfte sie in einen alten Morgenmantel aus Flanell und ging in ihr Zimmer, um sich für das Abendessen anzukleiden. Bea hatte sie und Pa eingeladen, mit ihr und ihren Gästen, Mr Murray und Mr Knight, zu speisen. Wie sich herausgestellt hatte, kannten die zwei Gentlemen einander bereits.

Beide Männer hatten äußerst überrascht gewirkt, den anderen zu sehen, als Mr Knight zur Scheune gekommen war, wo Mr Murray bei den Aufräumarbeiten half. Offenbar hatten sie in London geschäftlich miteinander zu tun, und Fancy war nicht entgangen, dass die Luft zwischen ihnen vor männlichem Imponiergehabe nur so knisterte. Mr Murray wirkte wenig begeistert, als er herausfand, dass sein Konkurrent – ein Freund des Herzogs von Hadleigh, Beatrices Bruder – gekommen war, um Bea seine Aufwartung zu machen.

Das Abendessen dürfte interessant werden.

Fancy öffnete ihren Schrank und überlegte, was sie anziehen sollte. Nicht, dass es eine große Auswahl gab: Sie besaß zwei Kleider, und das eine, das sie vorhin auf den Feldern getragen hatte, bedurfte einer ordentlichen Reinigung. Blieb also nur noch das beigefarbene, es sei denn ...

Sie ging hinüber zu ihrem riesigen, verbeulten Reisekoffer, der sämtliche ihrer Habseligkeiten enthielt. Vorsichtig öffnete sie ihn und nahm das in Seidenpapier gewickelte Kleid heraus, das obenauf lag.

Sie hatte es für sich selbst angefertigt, aus einem Ballen rosafarbener Seide, den Bea ihr zum Geburtstag geschenkt hatte. Das Kleid entsprach der neuesten Mode, die Taille war figurbetont, die Röcke lang und voll. Da sie nicht genügend Bänder für die Verzierung hatte, verwendete sie einen Rest Seidengarn in Weiß und Rosa, um kleine Blüten entlang des Ausschnitts und des Saums zu sticken.

Zunächst hatte sie sich für die sinnlose Extravaganz gescholten – zu welchem Anlass sollte sie dieses Gewand schon tragen? Eine kluge Frau würde es verkaufen und das Geld für etwas Praktischeres verwenden. Doch Fancy hatte es behalten, und nun wusste sie, warum.

Sie würde es zu dem Dinner mit Severin Knight tragen.

Ihr Herz machte einen Satz. Sie wusste, dass sie eine Träumerin war ... Aber war das wirklich so schlimm? Die Worte ihrer Mutter kamen ihr in den Sinn: *Wenn du dich ab und zu deinen Tagträumen hingibst, macht das nix, mein Kind ... Solange du mit 'nem wachen Blick durchs Leben gehst.*

Ma war eine fantastische Geschichtenerzählerin gewesen, deren abenteuerliche Romanzen sowohl Fancys Vorstellungskraft als auch ihre Neugier beflügelten. Warum war zum Beispiel in der Geschichte vom Aschenbrödel der Pantoffel aus Glas, einem Material, von dem jeder Kesselflicker wusste, dass es nur schwer zu reparieren war? Was, wenn er zerbrach? Was, wenn die Füße des armen Mädchens anschwollen, nachdem es den ganzen Tag Asche gekehrt hatte, und der Pantoffel ihm nicht mehr passte? Wie ungerecht wäre das denn?

Ma lachte nur und sagte: „Deshalb sind es ja auch Märchen, mein Kind, und keine Geschichten aus dem täglichen Leben."

Nichtsdestotrotz schöpfte Fancy Mut aus den Erzählungen ihrer Mutter, und seit jeher lieferten sich Fantasie und Pragmatismus einen ausgelassenen Kampf in ihrem Herzen. Während der langen Reisen mit ihrer Familie oder bei der Hausarbeit träumte sie davon, wie sie ihren eigenen Prinzen treffen würde. Nie hätte sie gedacht, dass dieses Treffen einen mürrischen Esel involvierte.

Vor ein paar Monaten hatte Pa Bertrand von einem Besuch auf dem Markt mitgebracht. Da er losgezogen war, um eine Sammlung von Silberlöffeln zu tauschen, war Fancy gespannt auf das Ergebnis des Geschäfts gewesen.

Ein Esel bringt Glück, hatte ihr Vater verkündet, während sie und ihre Brüder bei Bertrands Anblick laut aufstöhnten. *Nix ist wichtiger als Glück, lasst euch das mal gesagt sein, Kinder.*

Fancy hätte eine ganze Liste an wichtigeren Dingen aufzählen können. Neue Räder für den Karren, beispielsweise. Oder Schuhe für ihren fünfzehnjährigen Bruder Tommy, dessen Zehen die mehrfach geflickten Stellen ständig aufs Neue durchbrachen. Oder Kerzen, um die langen, dunklen Nächte im Wohnwagen der Familie erträglicher zu machen ...

„Fancy!", rief ihr ältester Bruder Oliver aus einem der anderen Zimmer. Wie jeder ihrer Angehörigen besaß er die durchdringende Stimme eines Straßenhändlers, die nun durch die ganze Hütte hallte. „Hast du mein Halstuch geseh'n?"

„In der Schublade neben deinen Hemden!", rief sie zurück.

Sie hörte, wie Schubladen aufgezogen und zugeknallt wurden. „Hab's gefunden, Schwesterchen!"

Kein Wunder. Schmunzelnd schüttelte sie den Kopf. *Immerhin hab ich's nach dem Waschen dort eingeräumt.*

„Fancy!" Tommy steckte den Kopf ins Zimmer. Ihr jüngster Bruder besaß die schlaksige Statur eines Jugendlichen und braune Locken, die ihm in die Stirn hingen und bis zum Hemdkragen reichten.

In Gedanken fügte sie ihrer langen Liste an Aufgaben einen Haarschnitt für ihn hinzu. „Was gibt's?"

„Ich hab Hunger", verkündete er. „Wo sind die Marmeladentörtchen hin?"

„Liam", antwortete sie nur.

„Hast du meine Törtchen gegessen, Liam?", brüllte Tommy.

Ihr zweitältester Bruder, eine etwas größere Version von Tommy, schlenderte vorbei.

„'Ne verpasste Gelegenheit kommt nicht so schnell wieder, Kleiner", erwiderte er.

Fancy ließ sich weder von seinem gelassenen Tonfall täuschen noch von der saloppen Art, auf die er Tommy durchs Haar fuhr. Beides diente dazu, ihren jüngeren Bruder aufzustacheln, welcher den Köder natürlich prompt schluckte.

„Du lässt auch keine Gelegenheit aus, du elender Vielfraß!", konterte er mit finsterer Miene. „Ich hab dir doch gesagt, dass ich mir die letzten für später aufheben will!"

„Und was willst du jetzt machen, hm?", stichelte Liam.

Schon brach eine Rangelei vom Zaun, bei der die Wände wackelten. Da so etwas häufiger vorkam, schloss Fancy einfach die Tür. Sie war dankbar, dass es in dieser Hütte überhaupt eine gab. Wenn sie im Wohnwagen unterwegs waren, zusammengepfercht wie die Neunaugen im Fass, gerieten ihre Brüder unablässig aneinander.

Gerade war sie in ihre Unterwäsche geschlüpft, als die Stimme ihres Vaters ins Zimmer drang.

„Fancy, hast du 'nen Augenblick für mich?"

„Sofort, Pa." Schnell schlüpfte sie zurück in ihren Morgenmantel und öffnete ihm die Tür.

Er trug bereits seine beste Jacke und Weste für das Abendessen. Fancy hatte beide Kleidungsstücke umgenäht, damit sie seiner Größe und drahtigen Statur entsprachen. Sein kürzlich gewaschenes Haar und sein Bart glänzten silbern und eine prachtvolle, duftende Gardenie – wo auch immer er sie gefunden hatte – zierte eines seiner Knopflöcher. Seine blauen Augen funkelten hinter der drahtumrandeten Brille.

Einige sahen in ihrem Vater nichts weiter als einen exzentrischen Bettler, für Fancy jedoch war er der liebste Mensch auf der Welt, ein Mann mit großen Ideen und einem noch größeren Herzen. Vor zweiundzwanzig Jahren hatte er auf einem Feld ein Kleinkind entdeckt und es zu seiner Frau nach Hause gebracht. Obwohl die beiden Mühe hatten, sich selbst zu ernähren, behielten sie das Kind und zogen es auf, als wäre es ihr eigenes.

Aufgrund der bedingungslosen Liebe, die Milton und Annie Sheridan ihr stets entgegengebracht hatten, vergaß Fancy oft, dass sie nicht vom selben Blut waren. Aber selbst sie musste zugeben, dass ihr Vater über alle Maßen großzügig sein konnte. Er würde sein letztes Hemd geben, wenn er glaubte, dass ein anderer es dringender brauchte. Als Ma noch am Leben war, hatte sie ihn im Zaum gehalten. Nach ihrem Tod vor zwei Jahren waren die Zügel an Fancy weitergegeben worden. Sie wünschte, sie hätte nur halb so viel Geschick und Anmut wie ihre Mutter, wenn es darum ging, mit Pa und den Jungs fertigzuwerden.

„Warum bist du noch nicht angezogen, Kleines?", fragte Pa. „Wir müssen in 'ner Stunde bei Miss Bea sein."

„Die Jungs haben mich abgelenkt ..." Fancy verstummte, als ihr Vater vor dem Bett stehen blieb und das rosafarbene Kleid begutachtete. „Ich, äh, mach mich gleich fertig."

„Das willst du anzieh'n?" Er drehte sich zu ihr um und musterte sie forschend. Obwohl er ebenfalls ein Träumer war, konnte er äußerst scharfsinnig sein, vor allem, wenn es um seine Kinder ging. „Dachte, du wolltest es dir für 'nen besonderen Anlass aufheben."

„Hab ich auch." Hitze schoss ihr in die Wangen. „Ich dachte, dieses Abendessen könnte die perfekte Gelegenheit sein, weil Bea ja Gäste aus London hat."

„Und du willst wohl einen von ihnen im Speziellen beeindrucken?"

Sie biss sich auf die Lippe, zu verlegen, um die Wahrheit zuzugeben.

Pa musterte sie erneut. „Der Schnösel ist nix für dich, Kleines. Hab ich dir nicht schon immer gesagt, dass Leute wie er und unsereins nicht zusammenpassen?"

In der Tat hatte er ihr immer wieder vorgepredigt, dass fahrende Menschen und Sesshafte unterschiedlichen Welten angehörten. Man konnte Geschäfte mit ihnen machen und freundschaftliche Verhältnisse mit ihnen pflegen, aber am Ende waren sie wie Öl und Wasser.

„Ja doch, Pa", erwiderte sie. „Ich dachte nur, weil Bea ..."

„Miss Bea ist dir und dem Rest von uns 'ne gute Freundin, aber das bedeutet nicht, dass sie unsere Welt versteht ... oder wir ihre. Nehmen wir doch beispielsweise die Sache mit der Brandstiftung." Er schüttelte grimmig den Kopf. „Das ist nur wegen ihrer Ländereien. Als hätte irgendwer das Recht, den Himmel und die Erde zu besitzen, die der liebe Gott für uns alle erschaffen hat."

Da Fancy diesen Vortrag ein Leben lang gehört hatte, wusste sie, dass er keine Antwort erwartete.

„Ich hab gesehen, wie du diesen Knight anschaust", fuhr Pa fort. „Er mag stattlich sein, aber für dich ist er nix. Gentlemen wie er kümmern sich nur um ihr Geld und ihren Grundbesitz, und sie heiraten jemanden aus ihren eigenen Kreisen, der ihnen noch mehr davon verschafft.“

„Ich weiß“, erwiderte sie leise. „Mach dir keine Sorgen, Pa. Mir ist schon klar, dass kein Gentleman mich je in Erwägung ziehen würde.“

„Darum geht’s nicht, und das ist nicht wahr.“ Er nahm ihre Hand in die seine und drückte sie kurz. „Du bist eine wunderbare Frau mit ’ner Vielzahl an Fertigkeiten und ’nem großen Herzen. Jeder Mann könnte sich glücklich schätzen, dich zur Gemahlin zu haben. Außerdem mangelt es dir nicht an Verehrern. Mich haben schon drei anständige Kerle um Erlaubnis gefragt, dich umwerben zu dürfen ... Aber du hast jedem von ihnen ’nen Korb gegeben.“

Weil diese Männer nur eine Frau wollten, die mit ihnen herumreist und den Haushalt führt, dachte sie missmutig. *Und ihnen bei der Flickarbeit hilft.*

„Die waren alle nix für mich“, erwiderte sie.

Pa hob die Brauen. „Nicht mal der junge Sam Taylor?“

Die Taylors waren ebenfalls fahrende Kesselflicker und eng mit den Sheridans befreundet. Sam, der älteste Sohn, war ein paar Jahre älter als Fancy. Obwohl er gut aussehend und freundlich war, entsprach er nicht dem, was sie sich wünschte: einen Prinzen. Und damit meinte sie nicht etwa einen Gentleman von Rang und Namen, sondern einen, der ein edles Herz besaß. Einen, der sie ebenso leidenschaftlich lieben würde wie die Helden ihre Angebeteten in Märchengeschichten. Sie sehnte sich nach derselben Hingabe, die ihre Eltern füreinander hatten, eine Liebe durch dick und dünn, durch Gesundheit und Krankheit ... und darüber hinaus. Seit dem Tod ihrer Mutter hörte Fancy ihren Vater regelmäßig mit seiner Frau reden, als sei sie noch da.

Annie, mein Mädchen, sagte er beispielsweise, *du glaubst nicht, was ich heut vom Markt mitgebracht hab.*

Die Liebe ihrer Eltern ging über den Tod hinaus, und genau *das* wollte sie auch.

„Sam ist nicht der Richtige für mich", sagte sie leise.

„Woher willst du wissen, welcher der Richtige ist?", fragte Pa. „Du wirst nicht jünger, Kleines. Deine Ma, Gott hab sie selig, war siebzehn, als wir heirateten. In den Augen unserer Leute kommst du langsam in die Jahre."

Was, wenn ich keinen von unseren Leuten heiraten will? Schuldgefühle folgten auf diesen Gedanken, den sie immer öfter hatte. Zu ihrer heimlichen Schande hatte sie es satt, ständig umzuziehen, unentwegt zu packen und auszupacken, ihre Fähigkeiten an Fremde zu verschachern, um ihren Lebensunterhalt zu verdienen.

Deshalb wurde sie in ihren Träumen von ihrem Prinzen in ein Schloss entführt, das nicht unbedingt ein echtes Schloss sein musste. Was würde sie mit all den Zimmern anfangen ... und wie aufwendig wäre es, sie zu putzen? Sie erschauderte. Ein gemütliches Häuschen würde ihr besser gefallen. Dort würde sie sich niederlassen, an einem Ort, den sie ihr Eigen nennen konnte, und ihre Fähigkeiten nutzen, um für die Menschen zu sorgen, die sie liebte.

Doch aus Angst, ihren Vater zu verletzen, konnte sie diesen Traum unmöglich mit ihm teilen. Er war zu sehr an die Traditionen seiner fahrenden Familie gewohnt und würde es nicht verstehen. Und sie wollte nicht undankbar erscheinen, immerhin hatte er ihr ein wunderbares Leben beschert. Schlimmer noch, er könnte denken, dass sie nicht wirklich zu ihnen gehörte ... Dass das Findelkind, das er und Ma großgezogen hatten, doch keine echte Sheridan war.

„Vielleicht heirate ich überhaupt nicht, sondern bleib für immer bei dir, Pa", sagte sie, um einen sorglosen Tonfall bemüht.

„Veränderung liegt in der Luft, mein Kind", erwiderte er

sanft. „Ich spür's in den Knochen, dass du uns schon bald verlassen wirst. Ich bete nur, dass der Glückspilz, dem du dein Herz schenkst, deiner würdig ist."

Der feierliche Tonfall ihres Vaters verursachte ihr eine Gänsehaut.

Ihr privater Moment wurde vom Knallen der Haustür unterbrochen, gefolgt von dem Quietschen sich öffnender und schließender Schubladen und der lauten Stimme ihres älteren Bruders Godfrey aus der Küche.

„Kriegt 'n Mann nach 'nem harten Arbeitstag nix Anständiges zu essen?", brüllte er. „Wo sind Fancys Törtchen?"

„Du und deine *Törtchen*", erwiderte Oliver, eine spitzbübische Anspielung darauf, dass Godfrey der Schürzenjäger der Familie war.

„Liam hat alle aufgegessen!", rief Tommy.

„Du elender Verräter!", erwiderte dieser.

Es folgten weitere Schläge und Flüche.

Pa tätschelte ihr die Wange. „Ich schau mal nach den Jungs, damit du dich fertig machen kannst, Kleines." Er zog die Gardenie aus seinem Knopfloch und reichte sie ihr. „Die passt zu deinem Kleid."

„Du findest, ich sollte es anzieh'n?", fragte sie überrascht.

„Wär doch 'ne Verschwendung, wenn nicht. Aber trag es für dich, Fancy. Trag es in dem Wissen, dass du dieses Kleid mit deinen eigenen Händen gemacht hast, dass du so großartig bist wie jeder andere an diesem Tisch heute Abend ... Trag es mit Stolz."

Verwirrt sah Fancy ihrem Vater hinterher. Sie hob die Gardenie an ihre Nase, deren süßer Duft die romantischen Vorstellungen ihres Herzens weckte.

Vorstellungen, die sie besser für sich behalten sollte.

Kapitel Drei

D er Abend verlief nicht wie erhofft, dachte Severin mit
finsterer Miene.

Er war als Erster eingetroffen und nippte in Lady
Beatrice Wodehouses gut ausgestattetem Salon an einem Aperitif. Während er darauf wartete, dass seine Gastgeberin den
Raum betrat, dachte er darüber nach, seinen Plan aufzugeben.
Nicht, weil er seine potenzielle zukünftige Herzogin nicht
sympathisch fand: Lady Beatrice war all das, was ihr Bruder von
ihr behauptet hatte. Bei seiner kurzen Begegnung mit der
Dame, als sie sich um die Folgen des Brandes in ihrer Scheune
kümmerte, hatte Severin sie für kompetent und vernünftig
gehalten. Außerdem war sie sehr hübsch, und ihre Narbe unterstrich die Einzigartigkeit ihres blassblonden Haars und ihrer
violetten Augen.

Tatsächlich ähnelte sie in ihrer großen, gertenschlanken
Statur und Anmut Imogen. Frauen wie ihr mangelte es nie an
Verehrern, und so hätte es Severin nicht überraschen dürfen,
dass ein weiterer Kandidat angereist war, um ihr den Hof zu
machen. Dass es sich bei seiner Konkurrenz ausgerechnet um
Wickham Murray handelte, war jedoch ärgerlich.

Wie Severin war Murray ein Industrieller mit Wurzeln in der Londoner Unterwelt, der sich aus eigener Kraft emporgearbeitet hatte. Man nannte den jungen Schotten auch den „eisernen Herzog", da er mit seinen Geschäftspartnern, Adam Garrity und Harry Kent, zwei weitere mächtige Männer aus der Unterschicht, die Severin kannte, die Great London National Railway leitete.

Grundsätzlich respektierte Severin Murray und dessen Partner. Zumindest würde er nicht den Fehler machen, einen von ihnen zu unterschätzen, wenn es darum ging, ein Geschäft auszuhandeln. Gerüchten zufolge steckte die Great London National Railway gegenwärtig in Schwierigkeiten und die Aktionäre begannen wegen einer Verzögerung beim Bau der Gleise in Staffordshire aufzubegehren.

Es konnte also kein Zufall sein, dass Murray hier war. Vermutlich war er hinter Lady Beatrices Ländereien her. Severin nahm einen weiteren Schluck von seinem bitteren Schnaps und fragte sich, ob der junge Schotte ihr Liebhaber war.

Murray war ein Wüstling, der aufgrund seines Erfolgs bei den Frauen einen legendären Ruf genoss. Es würde Severin nicht wundern, wenn der charmante Mistkerl seine Verführungskünste einsetzte, um zu bekommen, was er wollte. Immerhin hatte er den Bastard schon einmal in Aktion erlebt. Während eines Abends in einer exklusiven Spielhölle hatte er seinen Rivalen um tausend Pfund erleichtert. Murray revanchierte sich, indem er Severins damalige Geliebte, Sally, in sein eigenes Bett lockte.

Severin hatte zu jener Zeit eine für beide Seiten vorteilhafte Vereinbarung mit Sally, einer zuvorkommenden Frau, die sexuelles Vergnügen nie mit Intimität verwechselte. Alles, was sie wollte, war ein großzügiges Gehalt und ein eigenes Haus zur Miete, Dinge, die er ihr gerne im Austausch für ihre professionellen Dienste gewährte. Es war verdammt lästig gewesen, einen Ersatz für sie zu finden. Mehr noch, Murrays vergangenes Verhalten zeigte, dass er keine Skrupel hatte, eine Frau als Spielfigur zu benutzen. Severin fragte sich, wie viel Lady Beatrice über Murrays frühere Geschäfte wusste ... und über seine jüngsten Motive.

Wie dem auch sei, Murray war ein unvorhergesehenes Hindernis, und Severin war nicht auf Komplikationen aus. Er war nach Staffordshire gekommen, um eine blaublütige Jungfer zu finden, die auf sein Angebot einer Vernunftehe anspringen würde. Jetzt, wo er Lady Beatrice kennengelernt hatte, glaubte er jedoch nicht, dass sie Interesse daran hatte, für ihn oder irgendjemanden zu springen.

Wollte er seinen Plan, ihr einen Antrag zu machen, wirklich durchziehen? Nach ihrem kurzen Austausch war er sich seiner Chancen nicht sicher, und er war nicht scharf darauf, sich auf ein aussichtsloses Unterfangen einzulassen. Andererseits hatte er ein Ass im Ärmel: Er hatte seinen Titel nicht verraten. Murray hatte ihn als Severin Knight begrüßt – die Nachricht von seinem Erbe hatte sich erst jetzt in London verbreitet – und Severin hatte ihn nicht korrigiert ... noch nicht.

Als Geschäftsmann wusste er sich in Geduld zu üben und seinen Vorteil zum rechten Zeitpunkt auszuspielen. Sicherlich würde sein Titel Lady Beatrice dazu bringen, seinen Antrag in Erwägung zu ziehen. Er hatte keine Zeit für ein langes Werben. Wahrscheinlich hatten seine Geschwister seine neue Villa in Mayfair inzwischen Stein für Stein auseinandergenommen und Tante Esther in die Flucht geschlagen.

Während er über seine Optionen nachgrübelte, jagte ihm plötzlich ein Schauer über den Rücken. Instinktiv drehte er sich um und sah, wie Fancy Sheridan am Arm ihres Vaters den Salon betrat. Als ihre Blicke sich trafen, schenkte sie Severin ein schüchternes Lächeln.

Sofort schnellte sein Puls in die Höhe und sein Blut, das bereits seit ihrer Begegnung an diesem Nachmittag brodelte, geriet in Wallung. Er wusste nicht, was an ihr eine solche Lust in ihm weckte. Zwar war sie hübsch, gehörte jedoch nicht zu seinem üblichen Beuteschema. Tatsächlich traf Lady Beatrice eher seinen Geschmack, doch er verspürte nicht das geringste Bedürfnis, seiner potenziellen Herzogin auf intime Weise näherzukommen.

Gegen ein Schäferstündchen mit Fancy Sheridan hätte er jedoch nichts einzuwenden.

Schluss mit den schmutzigen Gedanken, schalt er sich verächtlich. *Du brauchst eine Herzogin, nicht die verführerische Tochter eines Kesselflickers.*

Er bemühte sich, die Fassung zu wahren, während die beiden auf ihn zukamen. Fancy – *Miss Sheridan*, korrigierte er sich selbst – sah an diesem Abend aus wie eine vornehme junge Dame. Statt zu Zöpfen geflochten, hatte sie ihr glänzend braunes Haar zu einem Knoten aufgesteckt, wodurch ihr langer, schlanker Hals zur Geltung kam. Sie trug ein schlichtes, rosafarbenes Kleid, das ihre zierliche, aber kurvige Figur betonte. Der schulterfreie Schnitt setzte ihre sonnengeküsste Haut und ihr Dekolleté in Szene. An ihrem Mieder, direkt zwischen ihren Brüsten, steckte eine Gardenie, und ihn überkam das Verlangen, sein Gesicht darin zu vergraben.

Meine Güte, reiß dich gefälligst zusammen, Mann.

„Guten Abend, Mr Knight", sagte Milton Sheridan.

„Sir." Severin neigte den Kopf. „Miss Sheridan, darf ich Ihnen sagen, wie bezaubernd Sie aussehen?"

Das Kompliment ging ihm leicht von der Zunge. So etwas würde ein Gentleman zu jeder Frau sagen, selbst wenn sie einer mythischen Gorgone ähnelte. Die Damen, die er kannte, würden sich nichts dabei denken. In der Tat war Imogen die

Erste gewesen, die ihn in der Kunst der Höflichkeit unterrichtet hatte.

Obwohl er ein Diener ihrer Familie gewesen war, dem noch immer der Gestank des Elendsviertels anhaftete, kam sie heimlich zu ihm in den Stall, um ihm das Lesen beizubringen und wie man sich als Gentleman ausdrückte und benahm.

Es ziemt sich nicht für einen feinen Herrn, seine Gefühle zur Schau zu stellen, hatte sie ihm erklärt. *Emotionen sollten nur im Privaten ausgedrückt werden ... und selbst dann nur die positiven. Das ist der Unterschied zwischen Mensch und Tier: Menschen besitzen die Selbstdisziplin, ihre niederen Triebe zu kontrollieren.*

Er hatte ihre Lektionen in sich aufgesogen und die Zeit, die er mit der engelsgleichen Tochter des Hauses verbrachte, wie kostbare Kohle gehütet, um damit die eisige Realität zu überstehen. Zu jenem Zeitpunkt war seine *Maman* bereits in der Irrenanstalt. Bei jedem seiner Besuche ging es ihr schlechter, und es gab nichts, was er dagegen tun konnte. Dank Imogen, seiner einzigen Freundin, hatte er gelernt, seine Hilflosigkeit und seine Wut zu zügeln und sie in etwas Nützlicheres umzuwandeln, statt wie ein Tier durch die Straßen zu rennen und sich zu prügeln.

„Finden Sie wirklich?" Miss Sheridans sanfte Stimme riss ihn aus seinen Gedanken.

Bei jeder anderen Frau hätte die Frage gespielt schüchtern, geradezu kokett gewirkt. Doch die Unsicherheit in ihren von dichten Wimpern umrandeten Augen verriet ihm, dass dies nicht ihre Absicht war.

„Das Kleid steht Ihnen ausgezeichnet, Miss Sheridan", sagte er.

„Vielen Dank. Ich hab's selbst gemacht", erwiderte sie ernst.

Ihre Arglosigkeit war entwaffnend. Ihm fiel keine andere Frau in seinem Bekanntenkreis ein, die so etwas zugeben würde. Es war klar, dass es Miss Sheridan nicht nur an gesellschaftlichem Feinschliff mangelte, sie wusste nicht einmal, was das war. Doch etwas an der Art, wie sie ihn ansah, so voller Verwunderung und Verletzlichkeit, berührte ihn tief.

Imogen hatte ihn auf dieselbe Weise angesehen. Nachdem er sie vor der außer Kontrolle geratenen Kutsche gerettet hatte, betrachtete sie ihn als ihren Helden, nannte ihn ihren Ritter und erzählte ihm märchenhafte Geschichten von ritterlichen Edelmännern, die gegen Drachen kämpften, um ihre schönen Prinzessinnen zu retten. Dass Imogen ihn, einen ungeschliffenen Jungen aus der Gosse, für würdig befunden hatte, ihr Kavalier zu sein, hatte ihn mit Stolz erfüllt.

„Sie sind sehr talentiert, Miss Sheridan", erwiderte er höflich.

„Meine Fancy hat 'nen Haufen Talente", verkündete ihr Vater mit unverhohlenem Stolz. „Sie spült Geschirr schneller als jeder andere, den ich kenne, backt Kuchen, der so leicht ist, dass er in der Luft schweben könnte, und da sie meine Tochter ist, gibt's nichts, was sie nicht reparieren kann."

Miss Sheridan errötete, entweder verlegen über die Prahlerei ihres Vaters oder über die Tatsache, dass die von ihm aufgezählten Fähigkeiten sie als bemerkenswerte Dienerin auszeichneten. Severin beschloss, ihr aus der unangenehmen Lage herauszuhelfen.

„Tatsächlich weiß ich von einer Sache, die Miss Sheridan nicht kann", sagte er.

Ihr Vater kniff die Augen zusammen. „Und was soll das sein?"

„Sie schafft es nicht, einen Esel dazu zu bringen, sich zu bewegen", erwiderte Severin mit ernster Miene.

Miss Sheridan verzog die Lippen zu einem Lächeln, das ungemein betörend war.

„Aber auch nur, weil ich keine Betrügerin bin", erklärte sie steif.

„Bestechung ist kein Betrug", erwiderte er. „Sondern eine legitime Strategie, um seine Ziele zu erreichen."

„Um seine Ziele zu erreichen ... oder um 'nen störrischen Esel zu erweichen?"

Ihre Bemerkung entlockte ihm ein Lächeln. Auch wenn es ihr an Feinschliff fehlte, so mangelte es ihr doch nicht an Esprit. Oder an Charme – das Funkeln in ihren braunen Augen war ziemlich entzückend.

„Beides", gab er zu.

Ihr Geplänkel wurde durch das Eintreffen von Lady Beatrice unterbrochen, die in einem ausladenden Kleid aus blauem Taft ganz wie eine Herzogin aussah. Begleitet wurde sie von Murray, dessen herausfordernder Blick Severins Blut in Wallung brachte.

Man konnte nicht gewinnen, indem man klein beigab. Er war den weiten Weg hierhergekommen, um eine Frau zu finden, und davon durfte er sich nicht ablenken lassen. Er würde seine *Maman* und das, was sie durchmachen musste, ehren, indem er in seiner Rolle als Herzog von Knighton glänzte. Er würde sein Anwesen auf Vordermann bringen, seine Geschwister zu respektablen Mitgliedern der Gesellschaft erziehen und zukünftige Generationen von Knightons zeugen. Um diese Ziele zu erreichen, brauchte er die richtige Frau an seiner Seite.

Er verbeugte sich vor Miss Sheridan. „Bitte entschuldigen Sie mich."

Sie senkte den Blick. „Natürlich ..."

Ihre Stimme verfolgte ihn, während er auf Lady Beatrice zusteuerte, um seine Trumpfkarte auszuspielen.

Kapitel Vier

Zwei Tage später saß Fancy mit der Angelrute in der Hand am Ufer des Baches. Es war später Nachmittag und sie hatte bereits ein Paar fette Forellen an Land gezogen, deren gefleckte Schuppen im Korb neben ihr glänzten. Sie hoffte, noch ein paar Fische zu fangen, um den unersättlichen Appetit ihrer Brüder zu stillen.

Sie hatte ihre Halbstiefel ausgezogen und ließ ihre Füße über dem Wasser baumeln. Ab und zu tanzten ein paar kühle Tropfen über die Steine im Fluss und kitzelten ihre nackten Zehen. Sie atmete den Duft der Natur ein: ausgedörrtes Moos, Balsam der Bäume, den Mineralreichtum des schlammigen Ufers. Um sie herum raschelten die bunten Blätter in ihrem letzten Tanz vor dem Herbst.

Langsam entspannte sie sich. Ihr Kummer wich dem Zirpen der Grillen, dem Rauschen des Wassers und der Weichheit des Grases unter ihr. In den Armen von Mutter Erde konnte sie leichter atmen und den Kern ihrer Probleme erkennen.

Sie entwickelte gefährliche Gefühle für Severin Knight. Als eleganter, wohlhabender Gentleman hatte er bereits zu weit über ihr gestanden, aber als Herzog von Knighton existierte er auf einer völlig anderen Ebene.

Während des Abendessens vor zwei Tagen hatte er seinen Adelstitel und den Grund seines Besuchs preisgegeben: Er war auf der Suche nach einer Frau von vornehmer Abstammung, die er zu seiner Herzogin machen konnte. Seine Ankündigung hatte eingeschlagen wie ein Blitz. Mr Murray war außer sich gewesen vor Wut und hatte Knighton in den Garten beordert. Bea war mit ihnen gegangen und hatte Fancy hinterher geschildert, was vorgefallen war.

Mr Murray hatte dem Herzog befohlen zu verschwinden, was Bea als selbstständiger Frau gar nicht gefiel. Also hatte sie Knighton eingeladen, als Gast in Camden Manor zu verweilen, da er ein Freund ihres Bruders war. Am vorigen Tag hatte er Bea erläutert, was genau er sich vorstellte: eine Vernunftehe. Offenbar brachte das Herzogtum, das er geerbt hatte, vier uneheliche Halbgeschwister mit sich, und er brauchte eine Gemahlin, die sich ihrer annahm ... und ihm Nachkommen schenkte.

Er hat mir eine Partnerschaft angeboten, berichtete Bea Fancy unter vier Augen. *Eine, in der er und ich uns gegenseitig respektieren und auf gemeinsame Ziele hinarbeiten, ohne dass Gefühle im Spiel sind. Ich habe abgelehnt.*

Fancy wusste, dass ihre Freundin ein solches Angebot vor nicht allzu langer Zeit akzeptiert hätte, aber Mr Murray hatte Beas Ansichten über Beziehungen verändert. Sie war dabei, sich in den gut aussehenden Schotten zu verlieben, der ihre Gefühle eindeutig erwiderte.

Von daher waren Knightons Bemühungen zum Scheitern verurteilt. Nicht, dass es eine Rolle spielte. Ein Herzog würde sich gewiss nicht in die Tochter eines Kesselflickers verlieben.

Seufzend gab Fancy ihrer Angel einen prüfenden Ruck. Die Schnur war schlaff und leblos, genau wie ihre Hoffnungen.

So besessen von Knighton zu sein, ist töricht, schalt sie sich. *Schlimmer noch, es ist total selbstsüchtig. Du solltest an Beas Wohlergehen denken, nicht an 'nen unerreichbaren Kerl.*

Seit dem Scheunenbrand suchte Bea mit Mr Murrays Hilfe nach Verdächtigen, was kein leichtes Unterfangen war, denn alle potenziellen Feinde waren mächtige Männer. Fancy half, wo sie konnte, hörte ihrer Freundin zu und bat ihre Brüder, ihre Augen und Ohren nach Bedrohungen offen zu halten.

Sie selbst hatte am folgenden Abend Arbeit in der hiesigen Dorftaverne ergattert und wollte versuchen, Gerüchte über Bea aufzuschnappen. Vor Jahren hatte diese den Entschluss gefasst, Menschen zu beherbergen, die von der Gesellschaft als Ausgestoßene angesehen wurden. Zu ihren Pächtern gehörten gefallene Frauen und Menschen mit körperlichen oder anderen Beeinträchtigungen, und einige der Einheimischen forderten, dass sie sie wieder loswurde.

Aber wer würde so weit gehen, Beas Eigentum in Brand zu setzen?

„Das ist es, worum du dich kümmern solltest", murmelte sie vor sich hin. „Die Sicherheit deiner besten Freundin."

Als wollte sie zustimmen, zuckte die Spitze ihrer Angel.

Ein Fisch – aber ein vorsichtiger. Er schnappte zaghaft und unentschlossen nach dem Köder.

„So ist's gut", sagte sie leise. „Beiß ruhig fest in den saftigen Wurm."

Sie hielt die Angel so ruhig wie möglich, aber die Schnur wurde schlaff. Als ihre Hoffnung zu schwinden begann, erwachte die Leine zum Leben, und der kräftige Ruck riss sie fast vom Ufer weg. Sie sprang auf, stemmte ihre nackten Fersen in das Gras und hielt sich mit aller Kraft an der Rute fest.

Der Fisch durchbrach die Oberfläche in einem schimmernden Bogen ... Verdammt, das war die größte Forelle, die sie je gesehen hatte!

Die Kraft des Ungetüms entsprach seiner Größe. Als sie versuchte, den Fisch an Land zu ziehen, wehrte er sich, schlug wütend um sich und durchnässte sie bis auf die Knochen. Tropfen rannen ihr in die Augen, aber sie hielt die Rute fest umklammert. Während sie und die Forelle weiter kämpften, wurde der Boden unter ihren Füßen glitschig und schlammig. Zentimeter um Zentimeter rutschte sie auf den Rand des Ufers zu, aber sie ließ nicht los. Ihre Muskeln schmerzten, ihre Zehen kamen dem Wasser gefährlich nahe.

Plötzlich legte sich ein starker Arm um ihre Taille. „Ganz ruhig, ich habe Sie."

Erschrocken zuckte sie zusammen und stieß mit dem Rücken gegen die harte Brust ihres Retters. Die stählernen Muskeln des Herzogs von Knighton umschlossen sie und hinderten sie daran, in den Fluss zu fallen. Seine großen Hände legten sich über die ihren und kommandierten die Angel. Der Fisch wand sich im Wasser, aber es war nur eine Frage der Zeit, bis Knighton den Sieg davontrug.

Er zog die Forelle an Land und ihr majestätischer Körper, der zuckend am Ufer lag, bespritzte sie mit Wasser und Schlamm. Fancy kam zur Besinnung und stemmte sich gegen den Arm des Herzogs, woraufhin dieser sie losließ. Schnell schnappte sie sich ihre Holzkeule und setzte dem Leiden des Fisches mit einem kräftigen Schlag ein Ende.

Schwer atmend sah sie zu Knighton auf.

Er musterte sie mit undurchdringlicher Miene.

In diesem Moment wurde ihr bewusst, in was für einem Zustand sie sich befand. Sie war völlig durchnässt und das Kleid klebte ihr am Körper. Feuchte Haarsträhnen hatten sich aus ihren Zöpfen gelöst und hingen ihr in die Augen. Und zu allem Überfluss hielt sie auch noch einen Knüppel in der Hand, der mit Fischschuppen bedeckt war.

Sie sprang auf, legte die Keule beiseite und versuchte, sich einigermaßen herzurichten.

„Wenn ich darf." Knighton öffnete die Goldknöpfe seines anthrazitfarbenen Gehrocks und trat einen Schritt auf sie zu. Bevor sie seine Absicht erkannte, hatte er ihr das Kleidungsstück um die Schultern gelegt.

„O nein!" Sie fürchtete, den Stoff zu ruinieren. „Ich bin patschnass und Ihr Gehrock ist viel zu hochwertig ..."

„Nehmen Sie ihn, Miss Sheridan. Ich bestehe darauf. Sie sollen sich nicht erkälten."

„Ich war noch nie im Leben krank", protestierte sie. „Wir Sheridans sind aus hartem Holz geschnitzt."

„Nichtsdestotrotz sind Sie durchnässt und zittern", erwiderte er sanft.

Er hatte recht. Außerdem war seine Jacke verführerisch warm und roch nach ihm, eine betörende Mischung aus teuren Gewürzen, Leder und Männlichkeit, die ihr Herz höherschlagen ließ. Sie bekam eine Gänsehaut und ihre Brustwarzen versteiften sich unter ihrem nassen Mieder.

Hastig zog sie das Revers über ihrer Brust zusammen. „Ich bin Ihnen zu Dank verpflichtet. Natürlich werde ich den Gehrock reinigen, bevor ich ihn zurückgebe."

„Nicht nötig, mein Kammerdiener wird sich darum kümmern."

Er fegte ein paar Tropfen von seiner Weste, die aus tabakbrauner Seide gewebt und mit einem dezenten Streifenmuster versehen war. Ohne seinen Gehrock kam seine kraftvolle Statur noch deutlicher zum Vorschein, die Breite seiner Schultern und seiner Brust, die sich zu seinem schlanken Rumpf und seinen Hüften hin verjüngten. Seine mit Wasserflecken übersäte Hose schmiegte sich an seine muskulösen Oberschenkel und Waden und verschwand in seinen hohen, polierten Stiefeln.

Als er seine nassen Ärmel hochkrempelte, entblößte er

sehnige, von dunklen Haaren überzogene Unterarme. Sein Hut musste während des Kampfs mit dem Fisch hinuntergefallen sein und lag am Ufer. Ein Windhauch fuhr durch sein dichtes, akkurat geschnittenes Haar und ließ die Ränder seines bronzefarbenen Krawattentuchs flattern.

Hinter seiner eleganten Fassade und herzoglichen Zurückhaltung ließ sich jedoch eine gefährliche Seite erahnen, eine Art animalische Sinnlichkeit. Mit der rohen Kraft, die von ihm ausging, hätte er ebenso gut Hufschmied oder Preisboxer sein können.

Wäre er doch nur etwas anderes als ein Herzog, dachte sie missmutig. *Dann wäre er nicht ganz so unerreichbar.*

Sie errötete, als er sie von oben bis unten musterte. Natürlich traf er sie völlig zerzaust und in ihrem meistgeflickten Kleid an, welches sie längst hatte färben wollen, da es zu einem unscheinbaren Beige verblasst war. Es war immer noch verrußt vom Scheunenbrand, da sie beschlossen hatte, es bei ihrem Angelausflug zu tragen, bevor sie es wusch. Sie schaute an ihren schmutzigen Röcken hinunter zu ihren nackten Zehen. Wenn man aus Scham spontan verbrennen könnte, würde die Asche, die einst Fancy Sheridan gewesen war, im Winde verwehen.

„Gehen Sie oft angeln, Miss Sheridan?"

Seine Frage durchbrach die peinliche Stille.

„Ja, Sir ... Ich meine, Euer Gnaden." Verzweifelt zermarterte sie sich das Hirn über etwas, das sie dem hinzufügen könnte. „Die sind fürs Abendessen meiner Familie."

Sein Blick wanderte zu dem Korb voll Forellen. „Das ist ein beachtlicher Fang."

„Meine Brüder haben einen Riesenappetit. Sie sind gefräßiger als ein Rudel Hunde. Ich habe vier."

„Hunde?"

Sie blinzelte verwirrt. „Nein, Brüder."

„Ah." Er hielt inne und räusperte sich. „Ich bin froh, Sie angetroffen zu haben, Miss Sheridan."

„Wirklich?", fragte sie überrascht.

„Ich hatte auf eine Gelegenheit gehofft, Sie besser kennenzulernen."

Törichte Hoffnung flammte in ihrer Brust auf. „Sie wollen ... mich kennenlernen?"

Er nickte, wobei die kaffeebraunen Strähnen in seinem schwarzen Haar im Sonnenlicht glänzten. „Ich bin fremd hier, Miss Sheridan, und könnte eine Freundin gebrauchen. Eine Verbündete."

Sofort erlosch die zarte Flamme der Hoffnung wieder. Als Tochter eines Kesselflickers wusste sie, wenn jemand mit ihr feilschte. Es gab nur eines, was der Herzog von Knighton von ihr wollte, einen einzigen Grund, aus dem er sie als Verbündete brauchte.

„Sie wollen, dass ich Ihnen mit Bea helfe", sagte sie tonlos.

Ihre Direktheit schien ihn zu überraschen. Hielt er sie für dumm, nur weil sie von niederem Stand war? Der Gedanke versetzte ihr einen Stich ins Herz. In den Geschichten, die sie sich ausdachte, durchschaute ihr Prinz stets ihre gewöhnliche Fassade und spürte, dass sich dahinter etwas Besonderes verbarg. Und er versuchte nicht, sie zu benutzen, um die Hand ihrer Freundin zu gewinnen.

Siehst du? Du bist nur in ihn vernarrt. Dabei kennst du ihn nicht mal wirklich.

„Ich weiß Ihre Offenheit zu schätzen, Miss Sheridan", erwiderte Knighton höflich. „Ebenso wie Ihre Loyalität gegenüber Lady Beatrice. Sie sind eine gute Freundin, und ich bin mir sicher, dass Sie nur das Beste für sie wollen."

„Und Sie glauben, Sie sind das Beste für Bea?", konterte sie.

„Ich biete ihr einen der höchsten Titel des Landes, ebenso wie die damit verbundenen Privilegien und Reichtümer", sagte er mit einer Zuversicht, die Fancy höchst anziehend fand, wie sie sich widerwillig eingestehen musste. „Und im Gegensatz zu meinem Rivalen bin ich ehrlich und unmissverständlich, was meine Erwartungen an die Ehe betrifft.“

Diese Bedingungen wollte sie mit eigenen Ohren hören. „Wie lauten die denn?“

„Ich brauche eine Frau mit der nötigen Abstammung und Willenskraft, um meine vier unehelichen, jüngeren Halbgeschwister in die feine Gesellschaft einzuführen. Sie sind widerspenstig und benötigen eine feste Hand, die sie leitet.“

„Warum kümmern Sie sich nicht selbst darum?“ Auf sie wirkte er wie ein Mann, der mit allem fertig wurde.

Seine Wimpern flatterten – ein Anzeichen seiner Überraschung, wie sie vermutete.

„Weil sie mich nicht kennen“, antwortete er. „Ich bin mehr oder weniger ein Fremder für sie, der nach dem Tod ihres Vaters vor ihrer Tür auftauchte. Ich holte sie aus ihrem Heim in Frankreich zu mir nach London, und sie haben sich bisher nicht … angepasst.“

„Vielleicht brauchen sie einfach Zeit.“ Sie dachte an all die Orte, an denen sie und ihre Brüder gelebt hatten. Mittlerweile war sie an das ständige Umziehen gewöhnt, aber als sie jünger war, hatte es gedauert, bis sie sich in einer neuen Umgebung zurechtfand. Zeit und die Liebe ihrer Eltern hatten ihr dabei geholfen.

„Ich habe weder die nötige Zeit noch die Erfahrung, mich mit einer Familie auseinanderzusetzen“, erwiderte er kurz angebunden. „Diese Aufgabe sollte man besser einer Ehefrau überlassen.“

„Was soll das heißen, Sie haben keine Erfahrung mit einer Familie?“ Fancy legte den Kopf schief. „Was ist mit der, in der Sie aufgewachsen sind?“

Etwas Verletzliches blitzte in seinen Augen auf, bevor er eine neutrale Miene aufsetzte.

„Das spielt keine Rolle", erwiderte er abweisend. „Als viel beschäftigter Mann wünsche ich mir eine Frau, die sich um häusliche Angelegenheiten kümmert. Was ich ihr als Gegenleistung anbiete, ist mehr als ein fairer Tausch."

„Was bieten Sie ihr denn an ... außer Geld und Ansehen, meine ich?"

„Abgesehen von Geld und Ansehen?" Er hob die dunklen Brauen. „Meine liebe Miss Sheridan, was sollte eine Dame sonst von einer Heirat erwarten?"

Sie konnte sich nicht überwinden, es laut auszusprechen, zu groß war ihre Angst, sich zu verraten.

„Ah, ich verstehe." Er presste die Lippen zu einem schmalen Strich zusammen. „Es geht um Liebe, nicht wahr?"

Jetzt, wo er das Thema angesprochen hatte, wollte sie keinen Rückzieher machen.

Sie hob ihr Kinn an. „Bea verdient 'nen Mann, der sie liebt. Sie verdient alles Glück der Welt."

„Wenn Sie wollen, dass Ihre Freundin glücklich ist, Miss Sheridan, dann wünschen Sie ihr keine Liebe."

Seine nüchterne Aussage machte sie fast sprachlos. „Aber Liebe ist der Schlüssel zum Glück. Sie ist einfach *alles*."

„Als jemand, der älter ist und mehr von der Welt gesehen hat als Sie, muss ich Sie was Ihre romantischen Vorstellungen angeht, eines Besseren belehren." Seine kalten Worte jagten ihr einen Schauer über den Rücken. „Liebe mag wunderbar erscheinen, aber sie bringt eher Schmerz als Freude."

„Wer hat Sie nur verletzt?", fragte sie, ohne nachzudenken.

Da war wieder dieses Etwas in seinem Blick ... Schmerz, gepaart mit tiefer Traurigkeit.

Doch ebenso schnell wie zuvor setzte er seine Maske der

Gelassenheit auf. „Es wäre höchst unangemessen, intime Angelegenheiten mit Ihnen zu besprechen, Miss Sheridan.“

„Tut mir leid.“ Sie biss sich auf die Unterlippe, obwohl ihr unzählige Fragen durch den Kopf wirbelten. „Ich wollte nicht neugierig sein.“

„Ich mache Ihnen Ihre Unschuld nicht zum Vorwurf.“ Er verschränkte die Hände hinter dem Rücken. „Glauben Sie mir, einem Gentleman, der mehr Erfahrung mit der Welt hat, wenn ich sage, dass Liebe unzuverlässig ist. Geld und gesellschaftliche Stellung sind weit weniger riskant.“

Sie wusste nicht, warum er sich so zynisch äußerte, aber sie konnte ihm nicht zustimmen.

„Ich bin nicht unerfahren, Euer Gnaden“, sagte sie mit verhaltenem Stolz. Sie dachte an ihre vielen Reisen, an die einander treu ergebenen Menschen, die sie kennengelernt hatte, an die tiefe Verbundenheit zwischen ihrer Mutter und ihrem Vater. „Ich weiß, was Liebe ist, und ich hab mehr von der Welt geseh’n, als Sie denken.“

Ein Anflug von Überraschung huschte über sein Gesicht.

„Ich verstehe.“ Er räusperte sich. „Wie dem auch sei, mein Antrag an Lady Beatrice ist solide und aufrichtig, eine echte Grundlage für eine eheliche Verbindung. Im Gegensatz zu Murray ködere ich sie nicht mit Verführung und falschen Versprechungen.“

Fancy runzelte die Stirn. „Warum glauben Sie, dass Mr Murrays Versprechungen falsch sind?“

„Weil ich ihn kenne. Er ist ein Wüstling.“

Sie bezweifelte nicht, dass Mr Murray mit seinem Aussehen und seinem Charme alles hatte, was einen Wüstling ausmachte. Aber selbst Wüstlinge konnten sich verlieben. Und ihre Intuition sagte ihr, dass der attraktive Schotte wirklich etwas für Bea empfand, ebenso wie sie für ihn.

„Menschen können sich ändern“, beteuerte sie.

„Natürlich, ebenso wie eine Katze das Mausen lassen kann." Sein Kiefer verspannte sich. „Ich brauche nicht weiter auf Sie einreden, nicht wahr? Sie wollen mir nicht helfen, weil ich Lady Beatrice keine Liebe verspreche."

„Das ist nicht der Grund", erwiderte sie aufrichtig. „Ich kann Ihnen nicht helfen, weil ich glaube, dass Mr Murray sich in Bea verliebt, und sie sich in ihn."

„Das werden wir ja sehen." Knighton setzte seinen Hut auf und nickte steif. „Guten Tag, Miss Sheridan."

„Guten Tag, Euer Gnaden ...", setzte sie an, doch er hatte sich bereits umgedreht und marschierte davon. Eingehüllt in seinen Gehrock und seinen Duft, sah sieh ihm nach. Wer hatte ihm nur sein Herz gebrochen? Sie wusste nicht, ob es ihre Arbeit als Kesselflickerin war oder ihr weiblicher Instinkt, aber etwas in ihr sehnte sich danach, es wieder zusammenzufügen.

Kapitel Fünf

In der folgenden Nacht lag Severin mit den Händen hinter dem Kopf verschränkt in einem von Lady Beatrices Gästezimmern. Die spätsommerliche Hitze wurde durch das offene Fenster nicht gemildert, also schlief er nackt, ein Laken über seine untere Hälfte drapiert. Er starrte hinauf zum Baldachin des Himmelbetts. Es war früh am Morgen, doch der Schlaf blieb ihm verwehrt, wahrscheinlich wegen der Niederlage, die ihm bevorstand.

Das Gespräch mit Fancy Sheridan am Tag zuvor hatte ihn angespornt, die Sache selbst in die Hand zu nehmen. Er hatte mit Lady Beatrice gesprochen, erneut auf seinem Antrag beharrt und auf die Schwächen seines Gegners hingewiesen. Leider beging er damit einen taktischen Fehler. Sein Versuch, ihr aufzuzeigen, welche Art von Mann Murray war, hatte ihren Zorn erregt. Sie gab ihm unmissverständlich zu verstehen, dass sie ihn nicht heiraten würde.

Severin erkannte ein aussichtsloses Unterfangen, wenn er es sah. Offensichtlich hatte Murray das Herz der Dame erobert, welches über ihren Verstand zu siegen schien. Zu schade. Wäre sie weitsichtiger und weniger von Gefühlen geleitet, hätte sie genau die Frau sein können, nach der er suchte.

Nun hatte es keinen Sinn mehr, hierzubleiben. Er würde am frühen Morgen abreisen, den Rat seiner Tante Esther befolgen und sich auf dem Londoner Heiratsmarkt umsehen. Teufel noch eins, wenn er es zuließe, würde diese mit Freuden die nächste Herzogin von Knighton für ihn auswählen. Er war sich zwar nicht sicher, ob Tante Esther sein Glück im Sinn hatte – es war schwer zu sagen, ob die zänkische Witwe überhaupt Zuneigung für ihn empfand –, aber er wusste, dass ihr der Familienname wichtig war.

Severin sollte eine Liste geeigneter Kandidatinnen erstellen und einen Notfallplan entwerfen. Stattdessen wanderten seine Gedanken zurück zu Fancy Sheridan.

Er erinnerte sich daran, wie weich und kurvig sie sich in seinen Armen angefühlt hatte, als er ihr half, den Fisch an Land zu ziehen. Wie verführerisch sie duftete – nach einer einzigartigen Mischung aus Sonnenschein, Wildblumen und Weiblichkeit. Wie unverhohlen sie ihm gestand, dass sie keine Jungfrau mehr war.

Ich bin nicht unerfahren, Euer Gnaden, hatte sie ganz ohne Scham gesagt. *Ich weiß, was Liebe ist, und ich hab mehr von der Welt geseh'n, als Sie denken.*

Wie viel Erfahrung genau hatte diese wollüstige Tochter eines Kesselflickers? Mit wie vielen Männern hatte sie sich schon vergnügt? Der Gedanke brachte sein Blut in Wallung, und er spürte, wie sein Schwanz unter dem Laken anschwoll.

Eine fehlgeleitete Fantasie vernebelte ihm das Hirn. An einem anderen Ort und zu einer anderen Zeit wäre sie vielleicht eine willkommene Abwechslung gewesen. Eine frische Brise inmitten der erdrückenden Anforderungen seines Lebens. Er stellte sich vor, wie er sie in einem Häuschen außerhalb der Stadt unterbrachte, seine eigene kleine Flucht aufs Land. Sie würde ihn an der Tür begrüßen, mit einem süßen Lächeln auf den Lippen ... und splitterfasernackt.

Tierisches Verlangen übermannte ihn. Er schob eine Hand unters Laken und umschloss seine Erektion. Während er langsam an seinem Schaft auf- und abfuhr, stellte er sich vor, dass Fancy ihn ebenso selbstbewusst und entschlossen umklammerte wie die Angelrute. Er dachte an ihr warmes, entwaffnendes Lächeln und seine Lust verirrte sich in eine tiefere, dunklere Ecke seiner Bedürfnisse.

Er lenkte sie zurück und konzentrierte sich auf Fancys volle, himbeerrote Lippen, auf ihren neckischen Schönheitsfleck.

Erste Lusttropfen quollen aus seiner Eichel, als er sich vorstellte, wie sie nackt vor ihm auf dem Bett kniete. Hatte sie schon einmal einen Schwanz gelutscht? Wenn nicht, würde er es ihr mit Vergnügen beibringen. Langsam und zärtlich würde er seinen Schaft in ihren hübschen Mund einführen, Zentimeter um Zentimeter. In seiner Fantasie schaffte sie es, ihn ganz in sich aufzunehmen, was angesichts seiner beachtlichen Größe nicht einmal seiner erfahrensten Liebhaberin gelungen war.

Schwer atmend erhöhte er das Tempo seiner Hand. Sobald Fancy ihn zur vollen Härte gebracht hatte, würde er sie ebenfalls verwöhnen. Würde sie sich davor scheuen, sich von ihm lecken zu lassen? Hatte einer ihrer Liebhaber die Kunst des Cunnilingus beherrscht? Er selbst hatte es bisher nur bei zwei Frauen gemacht, beides langfristigere Geliebte, und ihm hatte gefallen, wie wild und hemmungslos sie dabei waren.

Ob Fancy ebenfalls in Flammen aufging, wenn er sie oral befriedigte?

Er stöhnte leise. O ja, das würde sie. Nachdem sie in seinen Mund gekommen war, würde er sie auffordern, ihn zu reiten. Das war zwar nicht seine bevorzugte Position, aber er wollte ihre ausdrucksstarken Augen sehen, wenn sie seinen Schwanz in sich aufnahm, wenn ihre rosafarbenen Schamlippen seinen feuchten Schaft umschlossen, während sie auf ihn hinabsank. Er würde ihre vollen Hüften packen und sie seinen Stößen entgegendrücken, während er sich am Anblick ihrer prallen, bebenden Brüste labte.

Ob ihre Brustwarzen ebenso rot waren wie ihre Lippen? Würde sie seinen Namen stöhnen, wenn er daran saugte? Würde sie ihn anflehen, sie zu küssen, während sie ihn ritt? Er stellte sich vor, wie er die Finger in ihren kastanienbraunen Locken vergrub, wie er seine Lippen auf die ihren presste und sich in ihrem süßen Aroma verlor ...

Er biss die Zähne zusammen, um einen Aufschrei zu unterdrücken, als er zum Höhepunkt kam und ihm heißer Samen über die Faust lief. Schwer atmend ließ er sich in die Kissen sinken, befriedigt und doch von einer tiefen Leere erfüllt. Ein vertrautes Gefühl.

Nach dem Verhältnis mit Imogen – und gelegentlich auch währenddessen – hatte er Bettpartnerinnen gehabt. Schließlich war er ein Mann mit Bedürfnissen, und die Schäferstündchen hatten seine aufrichtigen Gefühle für sie nicht getrübt. Imogen verlangte nie von ihm, dass er ihr körperlich treu war, er sollte nur ihr Held sein. Ein Versprechen jedoch hatte er stets gehalten: Sie war die Einzige, die er je geküsst hatte. Einige Wochen nach ihrer Vermählung war sie in sein Büro in Spitalfields gekommen. Es war ihr erstes Treffen, seit sie an dem Abend, an dem sie durchbrennen wollten, nicht aufgetaucht war.

Vergib mir, Severin. Ich brachte es nicht über mich, meine Familie zu entehren. Ich musste Cardiff heiraten, obwohl ich ihn nicht liebe, sagte sie, und in ihren kornblumenblauen Augen schimmerten Tränen. *Bitte versprich mir, dass du mich nicht vergisst, dass ein Teil deines Herzens immer mir gehört.*

Er konnte nicht anders, nahm sie in die Arme und küsste sie, schmeckte das Salz ihrer Tränen.

Ich werde dich nie vergessen, mein Liebling, schwor er und strich ihr eine rotblonde Strähne aus der Stirn. *Meine Liebe gehört dir, bis ich aus dieser Welt scheide. Nach dir werde ich nie wieder eine andere küssen.*

Ihre tränenreiche Freude hatte ihn mit bittersüßem Stolz erfüllt. In jenem Moment kam er sich endlich vor wie ein echter Gentleman, der seine Vergangenheit in der Gosse hinter sich gelassen hatte. Auch wenn er seine Herzensdame nicht vor einer unglücklichen Ehe bewahren konnte, würde er ihr ein treuer und würdiger Ritter sein.

Das war vor fünf Jahren gewesen. Er hatte sein Versprechen gehalten und keine seiner Liebhaberinnen geküsst. Um ehrlich zu sein, vermisste er es nicht. Küssen zeugte von Intimität, und damit hatte er abgeschlossen – mit dem Schmerz und den unerfüllten Versprechen. Fancy Sheridan glaubte zwar, dass Liebe glücklich machte, aber da irrte sie sich. Aus eigener Erfahrung wusste er, dass man sich nicht auf die Liebe verlassen durfte, denn sie konnte einem jeden Moment den Boden unter den Füßen wegziehen.

Sie mag sich ein- oder zweimal mit einem Mann vergnügt haben, aber sie hat keine Ahnung, wie naiv sie ist.

Dass sie seine Fantasien heimsuchte, war beunruhigend. Noch besorgniserregender war die Tatsache, dass er sich bei dem Gedanken, sie zu *küssen*, einen runtergeholt hatte. Obwohl Miss Sheridan mit dem Liebesakt vertraut war, was sie als potenzielle Geliebte qualifizieren könnte – sein Ehrenkodex erlaubte es ihm nicht, eine Jungfrau zu verführen –, wusste er, dass sie nicht das Zeug zur Mätresse hatte. Insbesondere deshalb, weil sie ihre Gefühle nicht vom Vergnügen trennen konnte. Sie war zu arglos, zu romantisch ... und zu neugierig.

Mit ihrer Frage, warum er sich nicht selbst um seine Geschwister kümmerte und was mit seiner eigenen Familie war, hatte sie ihn überrumpelt, da ihn sonst nie jemand nach etwas so Persönlichem fragte.

Nicht einmal Imogen. Jahrelang war sie die Einzige gewesen, die ihm zur Seite stand, und sie sprach nicht gern über unangenehme Dinge. Aber Severin hatte ein unangenehmes Leben geführt. Es gab keine beschönigende Umschreibung dafür, dass seine *Maman* sich verkaufen musste, damit sie überleben konnten. Dass sie ihr Elend in Alkohol ertränkt hatte. Dass sie vom Trinken verrückt geworden war, die Kontrolle über sich verloren und er es nicht geschafft hatte, sie davor zu bewahren, den Rest ihres Lebens wie ein Tier im Irrenhaus zu verbringen.

Er hatte Imogen nichts davon erzählt, und sie hatte nie danach gefragt. Doch Fancy Sheridan, die er erst seit vier Tagen kannte, wollte in die dunkelsten Ecken seiner Seele vordringen? Er spürte ein warnendes Ziehen um die alte Narbe auf seiner Brust.

Severin musste sich von ihr fernhalten. So fern wie nur irgend möglich.

Er drehte sich auf die Seite und versuchte, ein wenig Schlaf zu bekommen. Zu seinem Unmut konnte er jedoch nicht aufhören, an die schöne Kesselflickerin zu denken. Er fragte sich, ob er sie vor seiner Abreise noch einmal sehen würde ... ob er sie jemals wiedersehen würde. Sowohl das eine als auch das andere war beunruhigend. Er wunderte sich über die seltsame Leichtigkeit, die ihn in ihrer Gegenwart überkam, dachte an ihre liebenswerte Offenheit, ihre ungewohnte Mischung aus Scharfsinn und Unschuld. An ihren sinnlichen Mund und ihre herrlichen Brüste ...

Er musste eingenickt sein, denn Geräusche rissen ihn aus den trüben Tiefen eines Traums. Die vielen Jahre im Elendsviertel hatten ihn darauf trainiert, vollständig aufzuwachen, und er setzte sich alarmiert auf. Es war dunkel, die Sonne war noch nicht aufgegangen.

Panische Stimmen und Schritte erklangen auf dem Korridor.

Mit einem unguten Gefühl stieg er aus dem Bett und zog sich seinen Morgenmantel an. Er öffnete die Tür und hielt ein Dienstmädchen auf, das vorbeieilte. Die Lampe, die sie in der Hand hielt, beleuchtete die Sorgenfalten in ihrem Gesicht und die zerzausten Strähnen, die unter ihrer Haube hervorlugten.

„Was ist hier los?", fragte er.

Sie knickste hastig. „Verzeihen Sie die Störung, Euer Gnaden. Aber es geht um Miss Sheridan, die Freundin der Hausherrin", sagte sie mit zitternder Stimme. „Sie hat letzte Nacht im Dorf gearbeitet, und ihr Vater sagt, sie sei nicht nach Hause gekommen."

Fancy öffnete die Augen. Ihre Sicht war verschwommen, um sich herum nahm sie nur schemenhafte Formen wahr. Als sie versuchte, sich zu bewegen, durchzuckte ein weißglühender Schmerz ihren Kopf. Ihr wurde übel. Sie wollte Luft holen, stellte jedoch mit aufkeimender Panik fest, dass sie mit einem dicken Stück Stoff geknebelt worden war. Außerdem war sie mit einem Seil an einen Baum gefesselt.

Mit tränenden Augen atmete sie durch die Nase, bis der Schmerz nachließ. Dann nahm sie benommen die Bäume und Büsche um sich herum in Augenschein. Sie kannte diesen Wald ... ein abgeschiedenes Gebiet, das sich zwischen Beas Ländereien und denen des benachbarten Gutsbesitzers erstreckte. Die Erinnerung stürzte auf sie ein: Sie war auf dem Heimweg gewesen und hatte an Knighton gedacht, als jemand sie angriff. Ihre linke Schläfe pulsierte an der Stelle, an der sie getroffen worden war. Jedoch hatte sie keine Erinnerung daran, wie sie in das Waldstück gelangt und was mit ihr während ihrer Bewusstlosigkeit geschehen war.

Schreckliche Szenarien kamen ihr in den Sinn. Als Tochter eines fahrenden Kesselflickers hatte sie unzählige Geschichten darüber gehört, was einer jungen Frau zustoßen konnte, wenn sie allein unterwegs war. Sie blickte an sich hinab und schluchzte erleichtert auf, als sie feststellte, dass sie vollständig bekleidet war und noch immer ihr Kleid vom Vorabend trug. Nichtsdestotrotz zwang sie sich, ihre Situation zu analysieren.

Ihre linke Schläfe pochte schmerzhaft. Sie war mit einem Stück Stoff geknebelt. Das Seil, mit dem sie an den Baum gefesselt war, schnitt unangenehm in ihre Handgelenke. Als sie in Gedanken ihre intimeren Körperstellen durchging, spürte sie zu ihrer Erleichterung nichts Ungewöhnliches, kein Gefühl der … Nötigung.

Ein Schauer jagte ihr über den Rücken. *Gott sei Dank.*

Aber die Gefahr war noch nicht vorüber. Sie war im Wald gefangen – und wer wusste schon, was ihr Angreifer vorhatte? Hielt er sie hier fest, mit der Absicht, zurückzukehren? War es überhaupt ein Mann gewesen? Sie konnte sich nicht an Einzelheiten erinnern, lediglich an eine ungute Vorahnung.

Darüber kannst du dir später noch Gedanken machen. Erst mal musst du irgendwie hier rauskommen.

Sie zerrte an ihren Fesseln, doch sie waren fest verknotet und ließen sich nicht lösen. Sie versuchte, ihre Hände zu befreien, was nur zu weiteren Schürfwunden an ihren Handgelenken führte. Auch ihre Beine konnte sie nicht bewegen. Als Nächstes beugte sie den Kopf und versuchte, mit den Zähnen an das Seil über ihrer Brust zu gelangen. Vielleicht konnte sie es durchbeißen … Sie erreichte es jedoch nicht.

Sie rief nach Hilfe, doch der Knebel dämpfte ihre Schreie.

Keuchend und benommen hielt sie inne, um zu Atem zu

kommen. Erneut wurde sie von schrecklichen Gedanken übermannt.

Muss ich etwa allein im Wald sterben? Pa und die Jungs suchen sicher nach mir, aber woher sollen sie wissen, dass sie in dieser Gegend suchen müssen? Endet mein Leben wirklich auf diese Weise? In Angst und ... Enttäuschung?

Severin Knight blitzte vor ihrem geistigen Auge auf. Wie töricht, in dieser Situation an ihn zu denken. Wäre sie am Abend zuvor nicht von Fantasien über ihn abgelenkt gewesen, hätte sie ihren Angreifer vielleicht gehört. Womöglich wäre sie nicht in dieser Lage, wenn sie nicht mit dem Kopf in den Wolken schwebte und von einem Prinzen träumte, der nicht einmal an die Liebe glaubte. Sie sehnte sich nach einem Märchenende, das ihr niemals zuteilwerden würde, weil sie keine Prinzessin war, sondern Fancy Sheridan, die gewöhnliche Tochter eines Kesselflickers, die einfach nur leben wollte.

Bitte, Gott, lass mich das hier überleben, flehte sie verzweifelt. *Ich verspreche, meine albernen Träume aufzugeben und dankbar für das Schicksal zu sein, das du mir zugeteilt hast.*

Eine Brise streifte ihre Wange. Ein entferntes Rascheln jagte ihr einen Schauer über den Rücken.

Kehrte ihr Angreifer zurück? War es ein wildes Tier? Oder jemand, der ihr helfen konnte?

„Hilfe! Bitte helft mir!", schrie sie um den Knebel herum. „Ich bin hier drüben!"

Sie brüllte, bis ihr Hals wund war und ihre Stimme zu einem heiseren Krächzen versiegte. Doch niemand kam. Tränenüberströmt sackte sie gegen den Baum. Der pochende Schmerz in ihrer Schläfe breitete sich durch ihren Kopf aus und sie hatte das Gefühl, als würde ihr jeden Moment schwarz vor Augen werden.

„Miss Sheridan! Ich habe Sie."

Jemand tippte ihren Kopf nach hinten und sie blickte

hinauf zu ... Severin Knight? Er sah nicht so tadellos aus wie sonst. Er trug keinen Hut, sein dunkles Haar war zerzaust und ein Bartschatten zierte seinen Kiefer. Auch sein Blick war nicht so distanziert wie üblich, als er sie musterte. In seinen Augen blitzten eine Vielzahl stürmischer Emotionen auf.

Nachdem er sie von ihren Fesseln befreit hatte, umschloss er mit sanftem, aber festem Griff ihre Schultern.

„Geht es Ihnen gut?", fragte er angespannt.

Sie war so erleichtert, dass sie ein Schluchzen nicht unterdrücken konnte. „Ich glaube schon ..."

„Sie sind in Sicherheit, Fancy." Er hob sie hoch und drückte sie gegen sein wild pochendes Herz. „Ich lasse nicht zu, dass Sie verletzt werden."

Sie klammerte sich an seine Worte und seine Stärke, während er sie aus dem Wald trug.

Kapitel Sechs

„Wir müssen diesem Wahnsinn ein Ende setzen", verkündete Wickham Murray, während er vor dem Kamin auf und ab tigerte.

Severin, der ihm gegenüber in einem Ohrensessel saß, teilte seine Meinung zwar, hielt sich jedoch zurück. Sie befanden sich in einem der Salons im Obergeschoss von Lady Beatrices Herrenhaus, wo auch Fancys Vater, Milton Sheridan, auf einem Diwan wartete. Sein bärtiges Gesicht war aschfahl und ausdruckslos.

Der arme Kerl steht unter Schock, dachte Severin grimmig.

Lady Beatrice war bei Miss Sheridan, die gegenwärtig von einem Arzt untersucht wurde. Severin kannte die Frage, die jeden Vater quälte, dessen Tochter entführt und verletzt im Wald aufgefunden wurde. Der Arzt würde ihnen zweifellos schon bald eine Antwort liefern. Einstweilen blieb ihnen nichts anderes übrig, als in angespannter Stille zu warten.

„Wer auch immer dahintersteckt, wird dafür bezahlen", durchbrach Murray erneut das Schweigen und fuhr sich mit der Hand durch das zerzauste, bronzefarbene Haar.

Severin krallte die Finger in die Armlehnen des Sessels.

Auch in diesem Punkt teilte er die Meinung des Schotten. Er musste daran denken, in welchem Zustand er Miss Sheridan gefunden hatte: an einen Baum gefesselt wie die Trophäe eines wahnsinnigen Jägers. Sein Puls war in die Höhe geschnellt, als er ihre blutige Schläfe bemerkte, die violette Beule darunter und wie blass ihre Lippen waren. Dann hatte sie den Kopf gehoben und eisige Wut rauschte durch seine Adern, als er die Angst in ihren braunen Augen sah. Und was ihr Angreifer mit ihrem Gesicht angestellt hatte ...

Ihre Wange zierte eine geschwungene, rote Linie, eine groteske Parodie von Lady Beatrices Narbe. Severin hatte das grässliche Mal in der Kutsche weggewischt, unter dem Vorwand, Miss Sheridans Tränen zu trocknen. In ihrem Zustand war das Letzte, was sie brauchte, ein noch größerer Schock. Nichtsdestotrotz offenbarten die geschmacklose Markierung und der Zettel, der an Fancys Rock geheftet worden war, das Motiv hinter dem Überfall. Die Nachricht lautete wie folgt:

Freunde des Miststücks, seht Euch vor!

Fancy war zur Zielscheibe geworden, weil sie eng mit Lady Beatrice befreundet war. Wer auch immer versuchte, Beatrice zum Verkauf ihres Landes zu bewegen, hatte nicht gezögert, die Tochter des Kesselflickers zum Kollateralschaden zu machen, und Severin wollte den Bastard in Stücke reißen, wer auch immer es war.

Wie kann jemand es wagen, einer so lieblichen, verletzlichen Frau wie Fancy Sheridan Schaden zuzufügen? Er grub die Fingerspitzen so fest in das Leder, dass das Gestell des Sessels knarrte. *Was, wenn ich sie nicht gefunden hätte? Was ist passiert, bevor ich sie fand?*

Wut und Hilflosigkeit übermannten ihn. Daran durfte er

gar nicht erst denken. Vielmehr sollte er sich darauf konzentrieren, dass sie unversehrt zu sein schien. Er holte tief Luft und versuchte, die Fassung wiederzuerlangen, ungebetene Erinnerungen an die Tränen und Blutergüsse seiner Mutter zu verdrängen.

Ein brennender Schmerz durchfuhr seine Brust. Er hatte seine *Maman* im Stich gelassen, weil er damals noch ein kleiner Junge war. Nun war er ein Mann und alles andere als machtlos.

„Wie kommen Sie bei der Identifizierung von Lady Beatrices Feinden voran?", wollte er wissen.

Murray tigerte immer noch auf und ab. „Wir haben die meisten der naheliegenden Schuldigen hinter dem Scheunenbrand verhört: den benachbarten Gutsherrn, der es auf ihr Land abgesehen hat, den Dorfpfarrer, der sie und ihre Pächter loswerden will, und die Fabrikbesitzer, die ihre Waren über ihr Grundstück transportieren wollen. Alle haben ein Motiv, aber uns fehlen konkrete Beweise. Ich werde nicht ruhen, bis ich den Schurken, der dahintersteckt, gefunden und aufgehalten habe", schwor er grimmig.

Daran hatte Severin keinen Zweifel. Es war offensichtlich, dass Lady Beatrice und Wickham Murray einander treu ergeben waren, was der Dame in Sachen Schutz und Sicherheit zugutekam ... Aber was war mit Miss Sheridan? Wer passte auf sie auf?

Severin biss die Zähne zusammen und sah zu ihrem Vater hinüber. Der Kesselflicker konnte keiner Fliege etwas zuleide tun, geschweige denn seine Tochter vor einem blutrünstigen Feind beschützen. Miss Sheridans Geschwister waren nicht besser: Es war die Aufgabe ihres Bruders Godfrey gewesen, mit ihr nach Hause zu gehen, doch der zog es vor, mit einem der Schankmädchen anzubandeln. Er hatte sich für ein schnelles Schäferstündchen entschieden, statt für das Wohlergehen seiner Schwester.

Während der Suche nach Fancy war Godfrey von Schuldgefühlen geplagt worden. Das hatte Severin jedoch nicht besänftigt, denn der Bastard verdiente es, sich mies zu fühlen. Kein Wunder, dass sie ein leichtes Ziel war, wenn das der beste Schutz war, der ihr zur Verfügung stand.

Severin erinnerte sich daran, wie besorgt sie gewesen war, dass er den Esel verletzen könnte, und dass sie ihn einen Meister der Bestechung genannt hatte. An ihre schlagfertigen Antworten und aufdringlichen Fragen. Er sah sie am Flussufer, wie sie sich weigerte, den verflixten Fisch loszulassen, weil sie ihrer Familie ein herzhaftes Abendessen bieten wollte. Er hörte ihre loyalen Worte, mit denen sie das Glück ihrer Freundin verteidigte und seine Ansichten über die Liebe temperamentvoll widerlegte ... Die Tochter eines Kesselflickers, die einem Herzog den Kopf zurechtstutzte.

Unter keinen Umständen durfte er zulassen, dass sie zu Schaden kam.

„Bis wir den Schurken gefasst haben, ist es hier für die Frauen nicht mehr sicher“, sagte er.

„Der Meinung bin ich auch.“ Murray stemmte die Hände in die Hüften und warf Severin einen Blick zu. „London?“

Es war die offensichtliche Wahl, da sie beide dort Ressourcen hatten.

„Ja“, stimmte er zu. „Wir sollten so bald wie möglich aufbrechen.“

Murray nickte und ließ sich auf den Sessel neben ihm fallen.

„Beatrice wird ihr Anwesen nicht verlassen wollen“, murmelte er.

„Überreden Sie sie.“

Der Schotte warf ihm einen schiefen Blick zu. „Falls es Ihnen entgangen sein sollte, sie ist nicht leicht umzustimmen, wenn sie sich einmal entschieden hat.“

Das hatte er in der Tat bemerkt. Er selbst bevorzugte Frauen, die etwas weniger stur waren. Zwar wäre Lady Beatrices stählernes Rückgrat bei der Erziehung seiner Geschwister von Vorteil gewesen, aber als Gefährtin wünschte er sich doch jemanden mit sanfteren Wesenszügen.

Er hob die Brauen. „Da Ihre Absichten unserer Gastgeberin gegenüber ehrenwert erscheinen, sollten Sie sich daran gewöhnen, sie umzustimmen. Darum beneide ich Sie nicht, Murray."

„Tatsächlich?", erwiderte der Schotte argwöhnisch.

„Keineswegs." Severin war sich ziemlich sicher, einen Fehler vermieden zu haben. „Ich wünsche Ihnen beiden alles Glück der Welt."

Murray nickte langsam. „Das weiß ich zu schätzen, Knighton. Und ich bin Ihnen dankbar für Ihre Bereitschaft, Beatrice zu helfen."

Es war nicht nur sie, um die Severin sich sorgte, aber das ging Murray nichts an. Er nickte ebenfalls knapp, denn mehr brauchte es nicht, um ihm zu versichern, dass sie auf derselben Seite waren. Als Herzöge der Londoner Unterwelt handelten sie nach demselben Moralkodex. Auge um Auge, ja, aber Unschuldige – vor allem Frauen und Kinder – mussten geschützt werden.

Die Tür wurde geöffnet und die Männer erhoben sich, als Lady Beatrice eintrat. Sie sah mitgenommen aus und hatte tiefe Schatten unter den Augen.

Besorgnis machte sich in Severin breit. *Wie geht es Fancy?*

„Fancy schläft jetzt." Lady Beatrice bedeutete ihnen, sich zu setzen, bevor sie sich neben dem Kesselflicker auf dem Diwan niederließ. „Der Arzt hat gesagt, dass sie nur ein wenig Ruhe braucht. Er hat sie gründlich untersucht, konnte aber keine weiteren Verletzungen finden außer der Prellung an der Schläfe und den Schürfwunden an den Handgelenken. Er meinte, es seien keine bleibenden Schäden entstanden und dass sie in ein paar Tagen wieder auf den Beinen sein dürfte.“

Severin atmete erleichtert aus. Keine bleibenden Schäden und nur oberflächliche Verletzungen. *Gott sei Dank.*

„Wer würde meiner Tochter so etwas antun?“, fragte Mr Sheridan fassungslos. „Sie ist ein gutes Mädchen und bei jedermann beliebt.“

„Fancy hat nichts getan, um das zu verdienen“, erwiderte Lady Beatrice. „Es ist meine Schuld.“

„Niemand hier hat Schuld“, sagten Severin und Murray gleichzeitig.

„Natürlich ist es nicht Ihre Schuld, Miss Bea“, fügte Sheridan schroff hinzu. „Sie waren immer gut zu uns, besonders zu Fancy. Wie ich meine Tochter kenne – und das tue ich, denn ich habe sie großgezogen, seit sie ein winziges Ding war –, würde sie nicht wollen, dass Sie sich für die Taten des elenden Bastards – verzeihen Sie mir meine Ausdrucksweise –, der das getan hat, verantwortlich fühlen. Sie würde Ihnen raten, sich darauf zu konzentrieren, wie Sie sich vor diesem hinterhältigen Feigling schützen können.“

„Mr Sheridan hat recht.“ Severin lehnte sich in seinem Stuhl vor. „Wir müssen für Ihre Sicherheit sorgen, Lady Beatrice, und für die Sicherheit von Miss Sheridan.“

„Knighton und ich haben einen Plan“, fiel Murray ihm ins Wort.

„Der da lautet?“, fragte sie argwöhnisch.

Murray erhob sich, wandte sich ihr zu und holte tief Luft, bevor er ihr den Plan erläuterte, beide Frauen nach London zu bringen. Mit einem Anflug von Belustigung stellte Severin fest, dass der berühmte Verhandlungsführer Anzeichen von Nervosität zeigte. Je mehr Lady Beatrices Augen sich verengten, desto schneller sprudelten die Worte aus ihm hervor, als hoffte er, sie dadurch zum Nachgeben zu bewegen.

Da habe ich in der Tat einen Riesenfehler vermieden.

„Was hältst du von dem Plan?", beendete Murray seinen Vortrag.

Angesichts dieses strategischen Fehltritts verzog Severin das Gesicht. Man durfte niemals die Meinung seines Gegners einholen ... Es sei denn, man war sich sicher, dass sie mit der eigenen übereinstimmte.

Offensichtlich hatte Murray seinen Fehler erkannt, denn er wartete mit angespannten Schultern auf die Antwort.

Lady Beatrice hob die Brauen. „Wann brechen wir auf?"

Severin war erleichtert über ihre Zustimmung. Nun konnte er Fancy in Sicherheit bringen. Er würde die beiden Frauen nach London begleiten und ihnen dort Schutz bieten, bis Lady Beatrices Widersacher gefasst war. Anschließend plante er, die Angelegenheit hinter sich zu lassen und sich verstärkt auf die Suche nach einer Gemahlin zu konzentrieren.

Während Murray die Details mit seiner Auserwählten besprach, warf Severin dem Kesselflicker einen Blick zu. Milton Sheridan hatte still dagesessen, ohne sich an der Diskussion über London zu beteiligen, und jetzt runzelte er die Stirn. War er verwirrt über den Plan?

„Mr Sheridan", sagte Severin, um dessen Aufmerksamkeit zu erregen. „Wie lange werden Sie und Ihre Familie brauchen, um sich auf die Reise vorzubereiten?"

„Wir gehör'n zum fahrenden Volk, Euer Gnaden. Nicht lange."

Das Zögern in seiner Stimme ließ Severin aufhorchen. „Gibt es ein Problem?"

„Ich bin mir noch nicht sicher", murmelte Sheridan und erhob sich. „Ich werd jetzt mal nach meiner Fancy sehen."

Mit einem unguten Gefühl im Magen tat Severin es ihm gleich. „Erlauben Sie mir, Sie zu begleiten und Miss Sheridan meine Aufwartung zu machen."

Kapitel Sieben

*L*auf, flüsterte eine Stimme in ihrem Kopf. *Lauf nur ... Aber du kannst dich nicht vor mir verstecken.*

Fancys Lunge und Muskeln brannten, während sie durch den dunklen Wald eilte. Sie musste entkommen. Sie rannte gegen eine Barriere und der Aufprall erschütterte sie. Verzweifelt tastete sie die Oberfläche ab und versuchte, einen Ausweg zu finden ...

„Fancy, Liebes, wach auf."

Sie öffnete die Augen. Verwirrt und schwer atmend stellte sie fest, dass sie vor einer Tür stand und am Knauf rüttelte.

„Du hast geschlafwandelt", sagte Bea, die neben ihr stand, in beruhigendem Tonfall. „Es war nur ein Albtraum."

Die Erinnerung an den Angriff übermannte sie erneut. Panik machte sich in ihr breit und flüsterte ihr zu: *Lauf. Versteck dich.*

„Du bist in Sicherheit", beschwichtigte Bea sie. „Es ist vorbei. Komm, ich helfe dir zurück ins Bett."

Benommen ließ Fancy sich von ihrer Freundin führen. Sie kletterte ins Bett, und als Bea ihr mit einem Taschentuch über die Wangen wischte, spürte sie Nässe auf ihrer Haut. Hatte sie geweint? Sie versuchte, ruhig zu atmen und wartete darauf, dass die Angst nachließ, dass ihre Glieder zu zittern aufhörten.

Bea fuhr sich mit der Hand durch das weißgoldene Haar, das ihr in losen Wellen über das bauschige Nachtgewand aus Batist fiel. Sie war in den beiden vergangenen Nächten bei Fancy geblieben und hatte auf einem Feldbett geschlafen. Fancy war schon immer Schlafwandlerin gewesen, insbesondere in Zeiten der Unruhe. Als sie noch ein kleines Mädchen war, hatte ihre Mutter sie aufgrund ihrer nächtlichen Wanderungen stets im Auge behalten müssen. Da Bea davon wusste, hatte sie treu über ihre Freundin gewacht.

„Danke." Fancy fuhr sich mit der Zunge über die trockenen Lippen und sah sich blinzelnd im Halbdunkel um. „Wie spät ist es?"

„Es dämmert bald." Bea schob ein paar Kissen hinter sie und hob ein Glas an ihre Lippen. „Trink etwas Wasser, aber schön langsam."

Vorsichtig nahm Fancy einige Schlucke. Die kühle Flüssigkeit war wie Balsam für ihre ausgetrocknete Kehle. Allmählich ließ die Panik nach.

„Es geht mir schon besser", sagte sie.

„Das freut mich, aber wir dürfen nichts überstürzen." Bea stellte das Glas beiseite und ließ sich auf einem Stuhl neben dem Bett nieder. „Du hast einiges durchgemacht."

„Du auch", erwiderte sie leise, als sie die tiefen Augenringe ihrer Freundin bemerkte. „Du musst nicht bei mir bleiben. Es geht mir gut."

„Das glaube ich dir nicht. Niemandem würde es nach einer solchen Tortur gut gehen", erwiderte Bea mit ungewohnt bebender Stimme. „Es tut mir so leid, Fancy."

Seit Fancy nach der Dosis Laudanum, die ihr der Arzt am Tag zuvor verabreicht hatte, wieder aufgewacht war, entschuldigte Bea sich unentwegt. Auch Godfrey wurde von Schuldgefühlen geplagt, obwohl Fancy ihr Bestes tat, ihnen zu versichern, dass niemand außer dem Angreifer verantwortlich war.

„Es ist nicht deine Schuld, dass mir irgend so 'n Mistkerl eine übergebraten hat." Sie bemühte sich um einen unbekümmerten Tonfall, um die Schatten aus den lavendelfarbenen Augen ihrer Freundin zu vertreiben. „Geschieht mir recht, was bin ich auch allein unterwegs?"

Die Erinnerung an den dunklen Waldweg schnürte ihr die Kehle zu.

Wird sich die offene Straße je wieder sicher anfühlen?

„Deine Schuld ist es schon gleich zweimal nicht", erwiderte Bea und musterte ihre linke Schläfe. „Wie geht es deinem Kopf?"

Vorsichtig tastete Fancy die Beule ab. Die Schwellung war zurückgegangen und schmerzte kaum noch. „Besser. Mir ist nicht mehr schwindelig."

„Glaubst du, du kannst noch ein wenig schlafen?"

Bei dem Gedanken an die Schatten, die sie in ihren Träumen erwarteten, schüttelte sie den Kopf.

„Ich auch nicht." Bea warf ihr einen prüfenden Blick zu. „Willst du reden?"

Fancy nickte. „Worüber?"

„Den Herzog von Knighton."

Severin Knight ... ihr buchstäblicher Ritter ohne Furcht und Tadel. Die Erleichterung, die sie empfunden hatte, als er aufgetaucht war, durchflutete sie erneut. Sie erinnerte sich an die Geborgenheit seiner starken Arme, als er sie in Sicherheit brachte, an das Pochen seines Herzens an ihrem Ohr. Er hatte ihr das Leben gerettet, und dafür war sie ihm zu Dank verpflichtet. Als er ihr am Abend zuvor in Begleitung ihres Vaters einen kurzen Besuch abgestattet hatte, hatte sie versucht, ihre Dankbarkeit auszudrücken.

Kein Wort mehr darüber, Miss Sheridan, denn Sie schulden mir nichts, hatte er mit fester Stimme gesagt. *Es war mir eine Ehre, Ihnen behilflich zu sein. Ich bedaure nur, dass ich diese Gräueltat nicht verhindern konnte.*

Obwohl seine Miene so stoisch wie üblich war, hatte sie bemerkt, wie ein Sturm in seinen Augen wütete. Hinter seiner Fassade der Beherrschung brodelte es. War sie der Grund dafür?

Doch dann hatte er sich mit der Verabschiedung verbeugt, dass er sie nicht länger stören wolle, und war gegangen. Hatte sie sich seinen aufgewühlten Gemütszustand nur eingebildet? Selbst wenn nicht, war er ein beschützender, ehrenhafter Gentleman, den es erzürnen würde, wenn eine Frau entführt und verletzt wurde. Womöglich war seine Reaktion nicht speziell auf sie bezogen.

„Was läuft da zwischen euch?", fragte Bea.

Mit plötzlicher Klarheit erinnerte sich Fancy an die Abmachung, die sie kurz vor ihrer Rettung getroffen hatte. Sie hatte Gott versprochen, dass sie ihre törichten Träume aufgeben würde, wenn er sie am Leben ließe. Eine Brise streifte ihre Wange, und dann war Knighton aufgetaucht.

Der liebe Gott hatte seinen Teil der Abmachung eingehalten, nun war es an ihr, dasselbe zu tun.

Sie zupfte an ihrer Bettdecke und murmelte: „Da ist nichts zwischen uns."

„Komm schon, meine Liebe, ich kenne dich zu gut", erwiderte Bea sanft. „Du magst ihn, nicht wahr?"

Sie biss sich auf die Lippe. „Ist das so offensichtlich?"

„Nur für die, die dich gut kennen." Besorgt runzelte Bea die Stirn. „Fancy, ich weiß nicht, ob Knighton der Richtige für dich ist ..."

„Ich weiß." Das tat sie wirklich. „Er ist 'n Herzog und ich bin die Tochter eines Kesselflickers. Er ist reich und mächtig, während mein einziges Kapital das ist, was ich mit meinen Händen schaffen kann. Er ist 'n eleganter Gentleman und ich kann kaum lesen und schreiben, außer dem bisschen, was du mir beigebracht hast. Ich weiß, dass er viel zu gut für mich ist", sagte sie ernst. „Aber keine Sorge, ich bin zur Vernunft gekommen."

Abermals runzelte Bea die Stirn. „Zunächst einmal ist er *nicht* zu gut für dich. Du bist kompetent, wunderschön und gütig. Du hast mehr Klasse und Anmut in einer Fingerspitze, als die meisten sogenannten Damen je hoffen können, zu besitzen. Glaub mir, ich spreche aus Erfahrung. Nach meinem Unfall haben sich diejenigen, die eigentlich meine Freundinnen sein sollten, von mir abgewandt. Aber du warst treu und loyal und hast mich auch in den schweren Zeiten nie im Stich gelassen."

Fancy kamen die Tränen. „Und das werde ich auch nie. Du bist meine beste Freundin, Bea."

„Deswegen muss ich dich vor Knighton warnen", erwiderte diese und drückte sanft ihre Hand. „Nicht, weil du nicht gut genug für ihn bist, sondern weil ich seinen Absichten dir gegenüber nicht traue."

„Er hat keine Absichten mir gegenüber." Seufzend dachte sie an ihr Gespräch am Flussufer. „Wär ich nicht mit dir befreundet, würde er mich überhaupt nicht beachten."

„Da liegst du falsch. Ich habe mitbekommen, wie er dich ansieht. Er will dich, Fancy."

Ein wohliger Schauer jagte ihr über den Rücken. „Glaubst du das wirklich?"

„Ja", erwiderte Bea ernst. „Aber nicht auf eine Art, die deiner würdig ist. Da ich seinen Antrag abgelehnt habe, muss er sich anderweitig nach einer Herzogin umsehen. Zweifellos wird er das auch tun, denn er scheint ein Mann zu sein, der seine Ziele fest im Blick hat. Aber während er auf der Suche nach seiner blaublütigen Braut ist – und auch nach der Hochzeit –, wird er für andere Arten von Beziehungen offen sein. Das ist es, was die Herren der Schöpfung tun. Sie heiraten aus Pflichtgefühl und finden ihr Vergnügen woanders."

„Du glaubst, er will mich als Mätresse halten?" Der Gedanke versetzte ihr einen Stich ins Herz. Gleichzeitig machte sich ein anderes Gefühl in ihr breit ... schamlose Neugier.

Wie es wohl wäre, das Bett mit Knighton zu teilen?

„Ich will damit nur sagen, dass du dich vorsehen sollst." Erneut drückte Bea ihre Hand, bevor sie sie losließ. „Du siehst stets das Gute in den Menschen. Ich will nicht, dass ein Mann wie Severin Knight dein Vertrauen und deinen Optimismus ausnutzt. Zweifellos hat seine Ernsthaftigkeit ihren Charme, aber ich vermute, dass er hinter dieser Fassade ziemlich kaltblütig ist."

„Er will nichts von der Liebe wissen", stimmte Fancy ihr gedankenlos zu.

Bea hob erstaunt die Brauen. „Ihr habt über das Thema gesprochen?"

„Nur beiläufig", erwiderte sie und spürte, wie ihr die Hitze in die Wangen schoss. „Ich glaube, jemand hat ihm das Herz gebrochen, und deshalb fürchtet er sich jetzt vor der Liebe."

„Verflucht, das ist genau der Grund, warum du dich bei ihm vorsehen musst. Du findest bereits Ausreden für ihn und grämst dich wegen seines ‚gebrochenen Herzens'." Bea schüttelte den Kopf. „Hast du schon mal daran gedacht, dass er vielleicht gar keines besitzt?"

Fancy dachte an Knightons jungenhaften Streich mit Bertrand, daran, wie er sie davor bewahrt hatte, in den Fluss zu fallen und ihr anschließend seine Jacke gab. Sie erinnerte sich an den Schmerz in seinen Augen, als er über die Risiken der Liebe sprach. An seinen resignierten Blick, als er zugab, dass er nicht wusste, wie er mit seinen Geschwistern umgehen sollte, und wie ... einsam er wirkte.

„Er hat ein Herz", erwiderte sie mit Bestimmtheit. „Während seines Besuchs war er immer höflich zu mir, und er ist geblieben, um nach mir zu suchen, obwohl er hätte geh'n können."

„Und dafür werde ich ihm ewig dankbar sein", beteuerte Bea. „Aber das bedeutet nicht, dass ich ihm dein Wohlergehen anvertraue. Allerdings habe ich die Angelegenheit mit Wick besprochen, und er ist der Meinung, dass es für uns besser wäre, Knightons Schutz für die Reise nach London zu haben."

Am Tag zuvor hatte ihre Freundin sie darüber informiert, dass sie gemeinsam in die Stadt fahren würden, um dort Zuflucht zu suchen. Gleichzeitig wollten Bea und Mr Murray Hinweisen über den möglichen Angreifer nachgehen, die sie gefunden hatten. Fancy verspürte eine Mischung aus Vorfreude und Angst. Trotz all ihrer Reisen war sie noch nie in London gewesen. Ihr Vater hatte sich stets geweigert, die Familie dorthin zu bringen, weil die Stadt zu gefährlich und kein Ort für die Sheridans war.

Doch in zwei Tagen würden sie in Begleitung von Mr Murray und Knighton mit Bea in die geheimnisvolle, nebelverhangene Metropole aufbrechen. Fancy konnte sich des Gefühls nicht erwehren, dass ein Abenteuer bevorstand.

„Obwohl es früher böses Blut zwischen ihnen gab, besteht Wick darauf, dass Knighton ein Ehrenmann ist", fuhr Bea fort.

„Was ist denn zwischen ihnen vorgefallen?", fragte sie neugierig.

„Dazu hat er nichts Genaues gesagt ... nur, dass Seine Gnaden als Verlierer hervorgegangen ist. Männer." Bea verdrehte die Augen. „Beim Wetteifern benehmen sie sich wie Kinder."

„Wohl wahr." Davon konnte sie als einziges Mädchen unter

vier Brüdern ein Lied singen. „Hat Mr Murray sonst noch was über den Herzog erzählt?“

„Knighton stammt wohl aus dem Elendsviertel und hat sich aus eigener Kraft nach oben gearbeitet. Bevor er ein echtes Herzogtum erbte – Wick hat nicht die leiseste Ahnung, wie er das geschafft hat –, war er aufgrund seines Erfolgs in Spitalfields bereits als einer der ‚Herzöge‘ der Londoner Unterwelt bekannt. Ihm gehören mehrere Stoffmanufakturen. Viele nennen ihn den ‚seidenen Herzog‘, was natürlich auf seinen Beruf, aber auch auf sein aalglattes Verhalten zurückzuführen ist. Wick sagt, Knighton sei bekannt für seinen Stoizismus, seine Raffinesse und dafür, dass er sich nicht in die Karten schauen lässt.“

Begierig sog Fancy die Informationen in sich auf. Sie hatte geahnt, dass sich hinter Severin Knights edlem Auftreten ein starker, rücksichtsloser Wille verbarg. Trotz seiner mühelosen Eleganz wirkte er nicht wie ein Mann, der mit einem silbernen Löffel im Mund geboren worden war. Dafür, dass er sich sein Imperium durch harte Arbeit aufgebaut hatte, bewunderte sie ihn noch mehr.

„Das erklärt so einiges“, murmelte sie.

„Versprichst du, dich vor ihm in Acht zu nehmen, jetzt, da du all das weißt?“, fragte Bea nachdrücklich.

Nach kurzem Zögern erwiderte sie: „Ich versprech's.“

Tatsächlich bezweifelte sie, dass sie vorsichtig sein musste. Ihre Freundin überschätzte Fancys Wirkung auf Knighton. Warum sollte sich ein Herzog für die Tochter eines Kesselflickers interessieren, die sich mit Eseln stritt und aussichtslose Kämpfe gegen Forellen führte?

Seine Gnaden sorgte sich nur um sie, weil es in seiner Natur als Ehrenmann lag. Die Liebe mochte ihn verletzt haben, aber er besaß immer noch ein nobles Herz. Deshalb war er geblieben, um sie zu retten, und hatte sich bereit erklärt, sie nach London zu eskortieren.

„Dann bin ich beruhigt", sagte Bea.

„Ich bin nicht die Einzige, um die wir uns Sorgen machen müssen." Jetzt war es an Fancy, die Hand ihrer Freundin zu ergreifen. „Wie läuft's mit Mr Murray?"

Bea blickte verblüfft drein. „Es läuft ... nun ja ..."

„Spuck's schon aus!"

„Hervorragend." Ihre Freundin errötete. „Wick ist alles, was ich nie zu finden glaubte."

„Das freut mich für dich", sagte Fancy mit aufrichtiger Wärme.

„Allerdings gibt es zwischen uns noch einiges zu klären. Wir müssen nach wie vor den Angreifer dingfest machen." Bea runzelte die Stirn. „Und uns eine Lösung für die Sache mit der Eisenbahn und meinen Ländereien einfallen lassen."

„Aber du bist glücklich."

„Ich denke schon, ja."

„Dann genieß es", sagte Fancy lächelnd. „Niemand verdient es mehr als du."

Je näher die Abreise rückte, desto nervöser wurde Severin.

Seit Lady Beatrice zugestimmt hatte, gemeinsam nach London zu fahren, verfolgte ihn diese innere Unruhe. Seiner Erfahrung nach gab es keine Pläne ohne Komplikationen. Das mochte zynisch klingen, aber wenn die Dinge zu reibungslos verliefen, wusste er, dass er kurz davor war, auf ein Hindernis zu stoßen. So war es immer gewesen.

Im Alter von fünfzehn Jahren hatte er ein Mädchen aus dem Weg einer außer Kontrolle geratenen Kutsche gezogen, nur um selbst von Amors Pfeil niedergestreckt zu werden. An diesem Tag hatte er sein Herz an Imogen verloren, und es war zerbrochen, als sie zehn Jahre später einen anderen Mann heiratete.

Mit achtzehn hatte er bei den Hammonds gekündigt, um als Wachmann zu arbeiten. Er hatte sich in dem Posten bewährt und genug Geld gespart, um seine *Maman* endlich aus dem Irrenhaus zu holen. Er bezahlte einen Nervenarzt, der bescheinigte, dass sie bei vollem Verstand war, und fand einen Pfleger, der sich um sie kümmerte, während er arbeitete. Als er ihr die Neuigkeiten bei seinem letzten Besuch erzählte, leuchteten ihre grauen Augen in einem seltenen Anflug von Freude und Klarheit. Doch als er sie am nächsten Tag abholen wollte, überbrachte ihm ein Pfleger die schreckliche Nachricht: Sie war in der Nacht gestorben.

In diesem Jahr hatte sein Leben die vielleicht unverhoffteste Wendung genommen, die es je gab. Er hatte ein Herzogtum und die Vormundschaft über vier Geschwister geerbt. Zwei von ihnen hassten ihn, weil er versucht hatte, ihre wilde Art zu zügeln, und die anderen beiden ... Nun ja, er hatte keine Ahnung, was er mit dreizehnjährigen Zwillingen anfangen sollte. Dennoch konnte er die vier nicht sich selbst überlassen. Er wusste, wie das war, und wünschte es niemandem.

Kurzum, das Leben war nicht einfach. Wenn es doch einmal den Anschein erweckte, war der nächste Ärger nicht weit.

Daher war Severin nicht überrascht, als Milton Sheridan den Salon betrat, in dem er mit Lady Beatrice und Murray die Pläne für die Abreise besprach. Severin erhob sich mit einer unguten Vorahnung. Das ernste, entschlossene Gesicht des Kesselflickers, von dem nicht einmal dessen wild zusammengewürfeltes Ensemble – eine haarsträubende Mischung aus Purpur, Safrangelb und Rostrot – ablenken konnte, verhieß nichts Gutes.

„Wir kommen nicht mit Ihnen nach London, Miss Bea", verkündete Sheridan.

Mit einem lauten Klirren stellte Lady Beatrice ihre Teetasse ab. „Warum nicht?"

„Die Sheridans sind keine Stadtmenschen", erklärte er. „Wir leben auf offenen Feldern und unter freiem Himmel."

„Aber hier ist es nicht sicher", protestierte sie. „Nach dem, was Fancy zugestoßen ist ..."

„Genau das hat mich ja umgestimmt. Wir werden weiterziehen, Miss. Die Straße ist unser wahres Zuhause, und dort sind wir am sichersten. Wir Wanderfamilien kennen Orte, die andere nicht kennen, und außerdem passen wir aufeinander auf."

Für Severin war klar, dass der verdammte Narr sich entschieden hatte. Die übliche gute Laune des Kesselflickers war verschwunden – alles, von seiner Haltung bis zu seinem Tonfall, verriet, dass er sich nicht umstimmen lassen würde. *Verdammt noch mal.* Am liebsten würde er dem Mann etwas Vernunft einbläuen. War Sheridan denn nicht bewusst, welcher Gefahr er seine Tochter aussetzte? Glaubte er wirklich, dass er und sein kunterbunter Haufen Fancy vor Schaden bewahren konnten?

Als Severin ihr einen kurzen Besuch abgestattet hatte, traf ihn ihr zerbrechlicher Anblick mitten ins Herz. Sie hatte so klein und verletzlich ausgesehen inmitten der aufgetürmten Kissen. Ihre fülligen Locken waren ihr wirr über die Schultern gefallen, das strahlende Braun ihrer Augen wurde von dem violetten Bluterguss an ihrer Schläfe überschattet und die blanke Panik stand ihr ins Gesicht geschrieben.

Sie war verängstigt, und sie brauchte Schutz.

Sosehr er sich auch bemühte, konnte er das Verlangen nicht abschütteln, ihn ihr zu gewähren. Logisch betrachtet wusste er, dass das keine gute Idee war. Er musste eine Braut finden, seine

Geschwister unter Kontrolle bringen und seine Geschäfte führen. Fancy stellte eine Ablenkung dar, auf die er sich nicht einlassen durfte. Sie eignete sich weder als seine Gemahlin noch seine Geliebte ... Verflucht, einer Frau wie er war er noch nie zuvor begegnet.

Da er ohnehin zurück nach London wollte, sah er keinen Grund, sie nicht dorthin zu begleiten. Nun jedoch durchkreuzte Sheridan seine Pläne. Um Fancy zu beschützen, musste Severin sich in unbekannte Gefilde begeben, und zwar für weiß Gott wie lange.

„Aber Fancy hat sich noch nicht vollständig erholt." Lady Beatrice ging zu dem Kesselflicker hinüber, als könnte ihre Nähe ihn umstimmen. „Sie braucht Ruhe und Zuwendung."

Sheridan sah sie mit unnachgiebiger Miene an.

„Erlauben Sie mir, Ihnen meine Begleitung anzubieten." *Teufel noch eins, das habe ich gerade nicht wirklich gesagt, oder?*

Er spürte, wie sich die bohrenden Blicke sämtlicher Anwesenden auf ihn richteten.

„Wie bitte?", fragte Lady Beatrice verblüfft.

Die nächsten Worte sprudelten nur so aus Severin hervor. „Meine Kutsche wird Miss Sheridan den Komfort bieten, den sie während ihrer Genesung benötigt. Ich werde bei ihr und ihrer Familie bleiben, bis sie außer Gefahr sind. Darauf gebe ich Ihnen mein Wort."

Der Kesselflicker musterte ihn skeptisch. „Das fahrende Leben ist nichts für feine Herrschaften."

„Ich komme schon zurecht." Der Kerl hatte ja keine Ahnung, was Severin im Elendsviertel durchmachen musste. Im Vergleich dazu war Sheridans Leben vermutlich das reinste Zuckerschlecken gewesen. „Miss Sheridans Sicherheit muss an erster Stelle stehen."

Lady Beatrice sah aus, als wollte sie etwas erwidern, aber Murray kam ihr zuvor.

„Das ist eine gute Idee", sagte er. „Mr Sheridan, wenn Sie unbedingt allein reisen müssen ..."

„Muss ich", beharrte der Kesselflicker.

„Dann nehmen Sie Knightons Angebot an. Falls Sie in Schwierigkeiten geraten, ist es von Vorteil, einen Mann wie ihn an Ihrer Seite zu haben." Murray warf Severin einen flüchtigen Blick zu, bevor er sich wieder Fancys Vater zuwandte. „Glauben Sie mir, ich weiß, wovon ich rede."

Severin wusste nicht, was er von den schmeichelhaften Worten halten sollte. Er könnte das Kompliment erwidern, tat es aber lieber nicht. Der Schotte war auch so schon arrogant genug. Außerdem musste er sich vorsehen, sonst wurden Murray und er am Ende noch Freunde.

„Sie können uns begleiten, Euer Gnaden", sagte Sheridan mit sichtlichem Widerwillen. „Aber ich warne Sie: Wir sind zügig unterwegs und warten auf niemanden."

„Ich werde mich bemühen, mitzuhalten", konterte er trocken.

„Wir brechen morgen in aller Frühe auf. Seh'n sie zu, dass Sie bereit sind." Sheridan drohte ihm mit dem Finger, als wäre er ein ungezogenes Hündchen, bevor er sich verabschiedete und den Raum verließ.

„Vielen Dank, Knighton. Das ist sehr großzügig von Ihnen", sagte Murray, der zu Severin herübergekommen war und ihm auf die Schulter klopfte.

Lady Beatrice hob die Brauen. „Wirklich äußerst großzügig."

„Nicht der Rede wert", erwiderte Severin, um einen ungezwungenen Tonfall bemüht.

Seine Gedanken überschlugen sich jedoch. *Was zum Teufel habe ich getan?*

Kapitel Acht

Am Tag der Abreise verabschiedeten sich Fancy und Bea unter Tränen voneinander. Sie klammerte sich an ihre beste Freundin, denn jede Faser in ihr sträubte sich dagegen, Bea in ihrer Zeit der Not im Stich zu lassen. Was, wenn ihr Feind einen weiteren Angriff startete? Fancy war vielleicht nicht viel wert, wenn es ums Kämpfen ging, aber sie besaß eine kräftige Lunge und konnte so laut wie jeder andere schreien.

Aber jegliche Versuche, ihren Vater umzustimmen, waren vergeblich. Wenn er sich etwas in den Kopf gesetzt hatte, konnte er so stur sein wie Bertrand. Nichts, was sie sagte, konnte ihn von der Überzeugung abbringen, dass die Sheridans ihren eigenen Weg gehen mussten.

„Gib deinem Vater nicht die Schuld", sagte Bea, als hätte sie ihre Gedanken gelesen. „Er will nur das Beste für dich. Wahrscheinlich hat er genau die richtige Entscheidung getroffen."

„Wie kannst du das sagen?" Fancy wischte sich mit dem Handrücken über die Augen. Eigentlich war sie nicht nah am Wasser gebaut, aber seit dem Überfall brach sie wegen nichts und wieder nichts in Tränen aus. „Ich wäre ein zusätzliches

Paar Augen und Ohren für dich. Man weiß nie, wann der Bastard erneut zuschlägt ...“

„Wick und seine Wachen werden auf mich aufpassen.“

Die Zuversicht ihrer Freundin beruhigte Fancy mehr als jedes Argument, das sie hätte vorbringen können, denn Bea hatte anderen noch nie leichtfertig vertraut, insbesondere nicht Männern. Doch nun wechselte sie einen Blick mit Mr Murray, der in diskretem Abstand neben seiner wartenden Kutsche stand. Sie schienen eine unausgesprochene Botschaft auszutauschen. Und Fancy erkannte die Wahrheit, die ihre Freundin noch nicht in Worte gefasst hatte.

Bea hat sich verliebt, dachte sie erstaunt. *Und Mr Murray liebt sie auch.*

Ihre beste Freundin erstrahlte in einem leuchtend gelben Kutschenkleid, ihre lavendelfarbenen Augen funkelten, ihr weißgoldenes Haar war zurückgebunden und verbarg weder ihre Narbe noch ihre Schönheit vor der Welt. Die Liebe hatte sie verwandelt und sie auf alle bevorstehenden Schwierigkeiten vorbereitet. Sie konnte sich fortan auf Mr Murray verlassen, und er vermochte ihr weitaus mehr Schutz zu bieten als die Tochter eines Kesselflickers.

Freude und Wehmut erfüllten Fancys Herz gleichermaßen.

„Du bist in guten Händen“, sagte sie lächelnd.

„Du ebenfalls.“ Bea beugte sich näher zu ihr. „Aber vergiss nicht, was du mir versprochen hast. Auch wenn Wick sagt, dass Knighton ehrenhaft ist, musst du auf der Hut bleiben. Sollte er versuchen, deine Gutmütigkeit ausnutzen zu wollen und sich dir unsittlich nähern ...“

„Das wird er nicht“, erwiderte sie mit zitternder Stimme. „Aber ich werd mein Versprechen nicht vergessen.“

Bea lehnte ihre Stirn gegen Fancys. „Pass auf dich auf, meine Liebe. Ich werde dich vermissen.“

„Sei du auch vorsichtig." Sie lächelte unter Tränen. „Bis wir uns wiederseh'n."

Sie umarmten sich noch einmal, und dann war Bea fort.

Fancy wischte sich übers Gesicht, bevor sie ihrem Vater und ihren Brüdern half, den Wagen zu beladen. Sie waren gerade dabei, die letzten Koffer zu verstauen, als eine Kutsche die ringförmige Einfahrt hinauffuhr. Ihre Augen weiteten sich. Als sie nach ihrer Rettung in Knightons Karosse gesessen hatte, war sie nicht in der Verfassung gewesen, deren prachtvolle Aufmachung zu bewundern. Das riesige, schwarze Gefährt, das von einem halben Dutzend brauner Pferde mit glänzenden Mähnen gezogen wurde, sah aus wie aus einem Märchen. Die lackierten Seitenwände und blitzblanken Fenster, die von fransigen Samtvorhängen umrahmt waren, spiegelten das gleißende Tageslicht wider.

Die Kutsche kam vor ihr zum Stehen.

Ihr Bruder Liam trat neben sie und flüsterte in ehrfürchtigem Tonfall: „Ich werd nicht mehr, Fancy. Mit *dem* Ding dürfen wir fahren?"

„Ja", erwiderte sie, ebenso verblüfft.

Pa hatte zwar das Angebot des Herzogs angenommen, sie nach Northumberland zu begleiten, wo es einen abgelegenen Zeltplatz gab, der nur Kesselflickern bekannt war, aber er wollte Fancy nicht allein mit Knighton reisen lassen. Also mussten ihre Brüder Strohhalme ziehen und Liam, der den kürzesten gezogen hatte, sollte ihr Aufpasser sein. Er musste sich die Sticheleien der anderen gefallen lassen, die ihn als affigen Adeligen bezeichneten, weil er in der feinen Kutsche eines Lords und nicht in dem solide gebauten, zuverlässigen Wohnwagen eines Kesselflickers reisen würde.

Doch Liam war derjenige, der zuletzt lachte, als ihre Brüder nun mit offenen Mündern beobachteten, wie der Fahrer die Tür der eleganten Kutsche öffnete und die Trittstufen herunterließ. Soweit Fancy sehen konnte, war der Innenraum mit mitternachtsblauem Samt gepolstert und mit Armaturen aus poliertem Messing ausgestattet.

Dann stieg der Herzog von Knighton aus, und jeder Gedanke an das Gefährt war wie weggeblasen. Ganz in Blau und Grau gekleidet, war er vom Hut bis zu den Stiefelspitzen makellos. An diesem Morgen war er frisch rasiert und trug ein edles Krawattentuch aus hellgelber Seide.

Gott, er ist so unglaublich attraktiv, dachte sie und seufzte innerlich.

Er verneigte sich vor ihr und hielt ihr eine Hand hin. „Bereit, Miss Sheridan?"

„Ja, Euer Gnaden." Mit hämmerndem Herzen legte sie ihre Hand in seine. Durch das schwarze Leder seines Handschuhs spürte sie die Wärme seiner Haut.

Nachdem er ihr in die Kutsche geholfen hatte, kletterte Liam als Nächster hinein und stieß einen aufgeregten Jubelschrei aus, als er die geräumige, moderne Kabine in Augenschein nahm. Die gegenüberliegenden Sitzbänke waren breit genug, um jeweils vier Personen Platz sowie jede Menge Beinfreiheit zu bieten.

Liam machte es sich neben ihr gemütlich und öffnete den Weidenkorb auf dem Boden.

„Wahnsinn, sieh dir mal die ganzen Vorräte an!", rief er.

„Benimm dich." Fancy warf einen nervösen Blick über seine Schulter nach draußen, wo Knighton sich mit Pa beriet. „Du willst doch nicht, dass Seine Gnaden dich für 'nen Bettler hält, oder?"

„Diese Fleischpastete ist fast so gut wie deine."

Ihr Blick flog zurück zu Liam, der an einem goldenen Gebäckstück knabberte.

„Leg das zurück", zischte sie leise. „Du kannst dir nicht einfach nehmen, was du willst."

„Aber dafür ist das Zeug doch da, oder nicht?" Er biss erneut herzhaft hinein. „Außerdem ... Was soll der gute Herzog denn mit 'ner angefressenen Pastete anfangen?"

„Dann lass gefälligst die Finger vom Rest des Proviants."

„Den Teufel werd ich tun." Ihr Bruder sah sie an, als ob sie den Verstand verloren hätte. „Ich hab ein verdammtes Festmahl vor mir und keinen Tommy, Godfrey oder Oliver, der es mir streitig macht. Aber da du meine Schwester bist und ich dir diesen Luxus zu verdanken hab, teil ich's mit dir, wenn du ganz lieb fragst."

„Ich will nicht ..."

Sie verstummte, als Knighton in die Kutsche stieg und sich auf der Sitzbank ihnen gegenüber niederließ. Die Kabine schien in seiner Gegenwart zu schrumpfen, nicht nur wegen seiner Größe, sondern auch wegen der Macht und Männlichkeit, die er ausstrahlte. Der Duft seines teuren Parfüms stieg ihr in die Nase und ließ ihr Herz höherschlagen.

„Haben Sie beide es bequem?", erkundigte er sich. „Brauchen Sie noch irgendetwas, bevor wir aufbrechen?"

Er sprach in einem neutralen Tonfall, der keine Spur von Sarkasmus oder Verachtung aufwies. Dennoch wanderte Fancys Blick von dem geöffneten Picknickkorb über Liams fettige Finger zu den Krümeln, die am Mundwinkel ihres Bruders klebten.

Knighton muss uns für schlecht erzogene Bauerntölpel halten, dachte sie betrübt.

Sie vergrub die Finger in den Falten ihres abgetragenen Kleids. „Nein ... Vielen Dank, Euer Gnaden."

„Haben Sie zufällig was da, mit dem ich diese hervorragende Pastete runterspülen könnte?", fragte Liam. „Ich hab 'nen Mordsdurst."

Sie erschauderte ob der Dreistigkeit ihres Bruders.

Knighton zeigte kein Anzeichen von Hohn, sondern öffnete

lediglich ein mit Leder bezogenes Fach in der Wand der Kabine, das mit bloßem Auge kaum zu erkennen war. Er griff hinein und holte eine verkorkte Flasche heraus. Noch erstaunlicher war, dass Kondenswasser an ihr haftete: In diesem Fach musste Eis sein, ein unerhörter Luxus.

„Das gibt's doch nicht!", rief Liam. „Wenn das nicht die cleverste Vorrichtung ist, die ich je gesehen hab, und ich bin der Sohn eines Kesselflickers!"

„Ich habe sie vom Kutschenbauer speziell entwerfen lassen", erklärte Knighton.

Aus einem anderen Geheimfach holte er Gläser heraus und reichte sie seinen Gästen, bevor er den Korken knallen ließ und etwas von der sprudelnden, goldenen Flüssigkeit ausschenkte.

Liams Augen leuchteten vor Aufregung. „Ist das etwa *Champagner?*"

„Von meinem Weingut in Frankreich", bestätigte der Herzog.

„Donnerwetter! Ich hab noch nie welchen getrunken", gluckste ihr Bruder.

Fancy warf ihm einen verärgerten Blick zu. Er musste doch nicht noch damit angeben, dass es ihnen an Kultiviertheit mangelte.

„Ich schon", beeilte sie sich zu sagen. „Bei Bea."

„Ich hoffe, Sie beide genießen diesen Jahrgang." Knighton füllte sein eigenes Glas und erhob es. „Auf eine unbeschwerte Reise."

Als die Kutsche sich in Bewegung setzte, nahm Fancy einen vorsichtigen Schluck. Das Getränk war belebend und herrlich kalt. Bläschen kitzelten ihre Nase und die erfrischenden Aromen tanzten auf ihrer Zunge.

„Schmeckt es Ihnen?", fragte der Herzog und ihre Blicke trafen sich.

Sie nickte. „Schmeckt irgendwie nach Feigen und Honig. Und auch 'n bisschen wie Rosinenbrötchen.“

Er hob die Brauen. Mit glühenden Wangen realisierte sie, wie töricht es klingen musste, teuren Champagner mit einem gewöhnlichen Frühstücksgebäck zu vergleichen.

„Find ich jetzt nicht, aber er löscht auf jeden Fall den Durst eines Mannes“, verkündete Liam und leerte sein Glas. „Schenken Sie ruhig nach, mein Bester.“

Während Knighton der Aufforderung ihres Bruders folgte, sagte er: „Sie haben einen erlesenen Gaumen, Miss Sheridan.“

Fancy blinzelte. „Finden Sie?“

„Feige, Orangenblüte, Honig und *pain aux raisins* waren die Noten, die der Winzer mir nannte.“

„Wirklich?“ Sie runzelte die Stirn. „Was ist *pahoräsah*?“

Seine Mundwinkel zuckten leicht. „Ein Gebäckstück, die französische Version des Rosinenbrötchens. Meiner Meinung nach schmeckt das *pain aux raisins* besser, allerdings ziehe ich die französische Küche generell der englischen vor.“

„Woher wissen Sie so viel über die Franzosen?“, fragte sie neugierig.

Knighton hielt inne, um erneut das leere Glas zu füllen, das Liam ihm hinhielt.

„Vorsichtig damit“, warnte er ihn. „Champagner kann einem schnell zu Kopf steigen.“

Liam stürzte sein Getränk in einem Zug hinunter. „Wir Sheridans sind trinkfest.“

„Wie Sie meinen.“ Der Herzog reichte ihm die Flasche.

Mit dem Champagner in der einen Hand und einem Sandwich, das er aus dem Korb geplündert hatte, in der anderen, wirkte Liam so glücklich wie ein Schwein im Schlamm.

„Um auf Ihre Frage zurückzukommen, Miss Sheridan“, sagte Knighton und wandte sich wieder Fancy zu. „Meine Mutter war Französin. Ihre frühen Vorfahren waren Hugenotten, die auf der Flucht vor religiöser Verfolgung in ihrem Heimatland nach London auswanderten."

„Ist Ihr Vorname französisch? Ich hab auf meinen Reisen schon viele Namen gehört, aber Ihren noch nie."

„Ja, *Severin* hat französische Wurzeln. Er bedeutet ‚ernsthaft'", erklärte Knighton trocken. „Mir wurde gesagt, dass er zu mir passt."

In gewisser Hinsicht stimmte das.

„Außer in der Nähe von Eseln", merkte sie an.

Ein überraschtes, leicht amüsiertes Funkeln trat in seine Augen. „*Touché*, Miss Sheridan."

Erfreut über seine Reaktion, nippte sie an ihrem Getränk. „Sprechen Sie französisch?"

„*Oui*."

Das bedeutete wohl ja. Während sie seine teilnahmslosen Züge betrachtete, wirbelten ihr Fragen über seine ungewöhnliche Vergangenheit durch den Kopf. Bea zufolge stammte er aus dem Londoner Elendsviertel, was für den Sohn eines Herzogs ein seltsamer Ort zum Aufwachsen war.

„Wie haben sich Ihre Eltern kennengelernt?", fragte sie.

Er senkte flüchtig den Blick. „Das ist eine lange Geschichte."

Der Champagner musste ihr Mut eingeflößt haben, denn sie sagte: „Wir haben doch einen langen Weg vor uns."

„Mit den unbedeutenden Details will ich eine junge Dame nicht langweilen", erwiderte er sanft. „Ich würde lieber etwas über Sie erfahren, Miss Sheridan."

„Über mich?" Sie konnte sich ein Prusten nicht verkneifen. „Mein Leben ist alles andere als interessant."

Als würde er ihr zustimmen wollen, schnarchte ihr Bruder laut auf. Er war eingeschlafen, den Kopf gegen das lederne Polster gelehnt, ein seliges Lächeln auf dem Gesicht.

„Für mich ist es interessant, denn ich bin noch nie zuvor der Tochter eines Kesselflickers begegnet", sagte Knighton.

„Man muss dem Gras nicht beim Wachsen zuseh'n, um zu wissen, dass es stinklangweilig ist", gab sie zurück.

Das Lächeln, das seine Miene erhellte, raubte ihr den Atem. In diesem Moment wusste sie, dass es keinen schöneren Anblick auf Erden gab als die Art und Weise, wie sich kleine Fältchen um seine dunkelgrauen, von Silber durchzogenen Augen bildeten, während sein Mund seinen markanten Zug beibehielt.

„Sie unterschätzen Ihren eigenen Charme, Miss Sheridan", murmelte er.

Fancy wusste, dass er nur höflich sein wollte. Einem Mann wie ihm warfen sich zweifellos die zauberhaftesten Damen Londons an den Hals. Doch nun saß er in einer Kutsche mit ihr fest, einer Frau mit einer großen, dunkelvioletten Beule an der Schläfe und einem Bruder, dessen Schnarchen Tote aufwecken konnte.

Sie nahm ihren Mut zusammen und entgegnete: „Das müssen Sie nicht sagen, Euer Gnaden. Ich bin Ihnen bereits für alles dankbar, was Sie für mich getan haben. Sie haben mir das Leben gerettet, und dafür steh ich in Ihrer Schuld. Jetzt begleiten Sie mich auch noch auf dieser Reise, obwohl 'n Mann wie Sie bestimmt Wichtigeres zu tun hat …"

„Es gibt nichts Wichtigeres als Ihr Wohlergehen."

„Warum? Ich bin niemand Besonderes", platzte sie heraus. „Und Bea hat sich längst für Mr Murray entschieden …"

Er runzelte die Stirn. „Sie denken, ich begleite Sie nur, um Lady Beatrice zu beeindrucken?"

„Na ja, Sie baten mich doch, Ihre, äh, Verbündete zu sein", erwiderte sie unsicher.

„Lassen Sie mich eines klarstellen: Ich sorge mich nur Ihretwegen um Sie, nicht, um die Gunst anderer zu erlangen." Sein

Kiefer spannte sich an. „Wenn ich Ihnen diesen Eindruck vermittelt habe, war ich kein Gentleman."

„Sie war'n 'n perfekter Gentleman", protestierte sie. „Freundlich und zuvorkommend ..."

„Wohl kaum. Allerdings kann ich Ihnen versichern, dass Sie bei mir in Sicherheit sind. Ich werde Sie beschützen, Miss Sheridan, dessen können Sie sich gewiss sein."

Obwohl er in einem kühlen, nüchternen Tonfall sprach, berührten seine Worte sie wie ein inbrünstig vorgetragenes Sonett. Das Herz klopfte ihr bis zum Hals. Trotz ihres Schwurs, vernünftig zu sein und ihrer albernen Fantasien zu entsagen, wurden ihre Gefühle für ihn immer stärker. Ihr Traumprinz war ihr so nah, dass sie ihn berühren konnte ... doch gleichzeitig war er für immer außerhalb ihrer Reichweite.

Sie steckte eine Hand in die Tasche ihres Kleids und streichelte schuldbewusst, aber auch versonnen über den Knopf, den sie an jenem Tag am Flussufer von seinem Gehrock abgerissen hatte. Sie rechtfertigte ihren kleinen Diebstahl, indem sie sich einredete, dass sein Diener sicher einen Ersatzknopf hatte. Er war das einzige Stück von Knighton, das sie jemals besitzen würde. Ein Andenken, das sie ihr ganzes Leben lang in Ehren zu halten gedachte.

„Leugnen Sie's ruhig, aber in meinen Augen sind Sie 'n Held", sagte sie mit vor Emotionen zitternder Stimme.

Die Intensität in seinem Blick schwoll an wie ein aufziehender Sturm.

„Ich bin kein Held, Miss Sheridan", versicherte er ihr. „Aber ich möchte Sie um einen Gefallen bitten."

Was kann ich schon für ihn tun?

„Um welchen denn?"

„Ich möchte, dass wir noch einmal neu anfangen. Wenn Sie geneigt sind, meine unangebrachten Worte von neulich am Flussufer zu vergessen, möchte ich, dass wir Freunde werden."

Eine Freundschaft. Mit Severin Knight. Das entsprach zwar nicht ihrem Märchentraum, aber zumindest war es mehr, als sie je für möglich gehalten hatte. Sein Angebot bestärkte sie in dem Glauben, dass er ein anständiger Mann war und nicht der Verführer, für den Bea ihn hielt.

Wenn ich ihn als Freund betrachte, höre ich vielleicht auf, etwas anderes in ihm zu sehen, dachte sie. *Etwas, das die Tochter eines Kesselflickers nie in einem Herzog sehen sollte.*

„Das wäre schön, Euer Gnaden", erwiderte sie schüchtern.

„Dann sollten wir als Erstes diese Förmlichkeiten abschaffen. Bitte nennen Sie mich Knight." Er lehnte sich zurück und hielt den Blick fest auf sie gerichtet.

„Wenn das so ist, Knight, müssen Sie mich Fancy nennen." Seinen Namen auszusprechen, verursachte ihr Schmetterlinge im Bauch.

„Fancy." Der Anflug eines Lächelns flackerte in seinen Augen auf. „Das war doch gar nicht so schwer, oder?"

„Nein, gar nicht." Sie wollte sein Lächeln erwidern, aber zu ihrer Beschämung gähnte sie.

„Sie müssen erschöpft sein", sagte er sanft.

Seit dem Angriff hatte sie nicht mehr gut geschlafen, da sie von schrecklichen Albträumen geplagt wurde. Deshalb war sie müde, und der dumpfe Schmerz an ihrer Schläfe ließ den Rest ihres Kopfes so schwer wie einen Eisentopf erscheinen.

„Ich glaub, ich könnt 'n Nickerchen gebrauchen", gab sie zu.

„Bei mir sind Sie sicher. Ich werde Wache halten. Ruhen Sie sich ruhig etwas aus, Fancy."

Eingelullt von der Wärme in seinen Augen und der sanften Bewegung der Kutsche schloss sie die Augen und glitt in einen heilsamen Schlaf.

Kapitel Neun

„Wir sind fast da, Sir!", rief Tommy, der jüngste Sheridan, als er aus dem Fenster auf die vorbeiziehende Waldlandschaft blickte. „Es gibt in ganz Cumberland keinen schöneren Platz zum Zelten als den hier."

Severin nickte und warf einen vielsagenden Blick auf Fancy, die gerade döste. Tommy verstand die Botschaft und verstummte, obwohl er weiterhin die Nase wie ein aufgeregter Welpe gegen die Scheibe drückte. Nach fünf Tagen Fahrt mit den Sheridans hatte Severin sich an ihre überschwängliche Art gewöhnt. Liam hatte mit den Annehmlichkeiten in der Kutsche geprahlt, und seither rissen sich die anderen Brüder darum, mit Fancy fahren zu dürfen.

Zu Severins Überraschung fand er Gefallen an den Burschen, die eine fröhliche, anpassungsfähige Einstellung zum Leben hatten. Es schien sie nicht zu stören, dass sie jede Nacht an einem anderen Ort schliefen, sei es auf einem verlassenen Heuboden, in den engen Kojen des Wohnwagens oder unter dem Sternenhimmel. Oliver, der älteste Bruder, hatte Severin mitgeteilt, dass sie einige ihrer üblichen Zwischenstopps ausließen, um so schnell wie möglich aus Staffordshire wegzukommen. Offenbar machte die Familie in der Regel Halt, um Flickarbeiten und andere Aufgaben für eine Reihe von Bauern zu erledigen. Im Gegenzug wurde ihnen Gastfreundschaft angeboten, und Oliver bedauerte, dass er vor allem auf die Backkünste der Bäuerin Jenkins verzichten musste.

Severin war beeindruckt von der Vielzahl der Fähigkeiten seiner Reisegefährten. Die Kesselflicker, denen er in London begegnet war, hatten sich auf das Ausbessern und den Handel mit Blech spezialisiert. Während sie am Abend zuvor ums Lagerfeuer gesessen hatten, hatte Milton Sheridan ihm erzählt, dass die Kesselflicker vom Lande anders waren.

„Ja, mein Vater hat mir das Blechhandwerk beigebracht, genau wie sein Vater vor ihm. Aber Kesselflickerei ist nicht nur darauf beschränkt." Milton zog an seiner Pfeife und blies einen Rauchkranz aus, der im Licht des Feuers hing. „Beim fahrenden Leben geht's darum, frei zu sein, wie Gott es für uns vorgeseh'n hat. Frei von den Fesseln der Gesellschaft und mit den Fähigkeiten, es zu bleiben."

Wie Severin herausfand, zählten zu diesen Fertigkeiten unter anderem Pferdehandel, Feldernte und Schornsteinfegen. In der Tat hatten die Sheridan-Jungs am Abend zuvor ein Spiel daraus gemacht. Jeder musste der Reihe nach eine Fähigkeit aufzählen, die er besaß, ohne sie zu wiederholen, und der letzte Bruder, der eine neue nannte, war der Gewinner – in diesem Fall Godfrey, der sich mit „Kerzen ziehen" den Sieg holte.

Woraufhin Oliver stichelte: „Nicht zu vergessen sein Talent als Schürzenjäger, das Einzige, worin Godfrey wirklich gut ist."

Sein jüngerer Bruder hatte sich auf ihn gestürzt und die beiden anderen Burschen waren grölend aufgesprungen, um sich an dem Gerangel zu beteiligen. Fancy hatte zugesehen und in liebevoller Resignation den Kopf geschüttelt.

Als Severin sie nun beim Schlafen beobachtete, verspürte er

einen besitzergreifenden Stich in der Brust, der ihm gar nicht gefiel. Sie sah so klein und verletzlich aus, zusammengerollt in einer Ecke, den Kopf an das Samtpolster gelehnt. Der Bluterguss an ihrer Schläfe war zu einem gelblichen Fleck verblasst und sie war nicht mehr so schreckhaft wie unmittelbar nach dem Angriff. Dennoch achtete Severin darauf, sie nicht zu erschrecken.

Außerdem war ihm aufgefallen, dass sie anders war als der Rest ihrer Familie. Vom Körperbau her war sie zierlicher, aber in diesem Punkt könnte sie auch nach ihrer Mutter kommen, die, wie er erfahren hatte, vor ein paar Jahren gestorben war. Fancy wirkte auch wesentlich ruhiger als ihre Brüder und neigte dazu, deren Faxen zu beobachten, anstatt daran teilzuhaben.

Während der Reise entspannte sie sich zunehmend in Severins Gegenwart, und immer öfter sah er ihren Scharfsinn und Humor durchscheinen. Es war leicht, sich mit ihr zu unterhalten ... beinahe zu leicht. Obwohl er nicht gerne aus dem Nähkästchen plauderte, ertappte er sich dabei, wie er bereitwillig ihre Fragen über seine Arbeit und das Leben in London beantwortete. Er erzählte wenig von seiner Tante und seinen Geschwistern, und sie drängte ihn nicht, sondern schien seinen Wunsch nach Privatsphäre zu verstehen. Sie strahlte eine natürliche, ungekünstelte Wärme aus, die ihn zugleich anzog und misstrauisch machte.

Für eine Frau, die behauptete, weltgewandt und erfahren zu sein, hatte sie etwas verblüffend Unschuldiges an sich. Vielleicht lag es an ihren großen, rehbraunen Augen, die Reinheit ausstrahlten und in denen sich ein unbefleckter Geist widerspiegelte. Aber was ging es ihn überhaupt an, wie erfahren sie war? Es sollte ihm egal sein, ob sie mit einem oder hunderten Männern geschlafen hatte.

Warum wirst du dann hart, wenn du sie nur ansiehst?, fragte seine innere Stimme vorwurfsvoll. *Warum sehnst du dich danach, zu erforschen, wie sie schmeckt ... und zwar an jeder Stelle ihres Körpers?*

Seine immer intensiver werdenden Fantasien über Fancy waren der beste Beweis dafür, dass er sie in Sicherheit bringen und dann schnellstens nach London zurückkehren musste. Bevor sie losgefahren waren, hatte er seinen Bevollmächtigten und seine Tante von seiner verspäteten Rückkehr in Kenntnis gesetzt. Milton Sheridan zufolge brauchten sie für die restliche Strecke nach Northumberland weniger als eine Woche. Sicherlich konnte Severin seine lüsternen Impulse bis dahin im Zaum halten. Sobald er sich vergewissert hatte, dass Fancy auf dem Zeltplatz sicher untergebracht war, würde er aufbrechen.

Die Kutsche erreichte eine Lichtung. In der Ferne sah Severin ein verfallenes Bauernhaus, dessen kaputte Zäune und brachliegende Felder verrieten, dass es schon seit einiger Zeit nicht mehr bewohnt war. Der Wagen der Sheridans war vor dem Steingebäude zum Stehen gekommen, neben einem ähnlichen Gefährt, das in grellen Gelb- und Grüntönen leuchtete.

„Das müssen die Taylors sein", stellte Tommy aufgeregt fest.

Dem Grinsen auf dem Gesicht des Knaben nach zu urteilen, war das wohl etwas Gutes.

„Freunde von euch?", erkundigte Severin sich.

„Ja, die Taylors sind Freunde von Pa und seines Vaters davor. Wir laufen ihnen eigentlich immer übern Weg, aber ich hätte nicht gedacht, dass es hier auf der Farm sein würde", sagte Tommy. „Das wird großartig! Das Feld hinterm Hof ist perfekt zum Ballspielen. Die Taylors haben fünf Jungs. Wenn Fancy mitmacht, können wir Familie gegen Familie spiel'n!"

Gähnend setzte Fancy sich auf und rieb sich die Augen. „Was soll ich spiel'n?"

„Kickball", sagte Tommy eifrig. „Die Taylors sind da!"

Severin runzelte die Stirn. „Deine Schwester erholt sich gerade von einer Verletzung."

„Stimmt. Dann wohl eher nicht." Tommy beäugte ihn. „Sie spiel'n doch sicher an ihrer Stelle, oder?"

„Auf keinen Fall", sagte Severin.

„Gut, dann sind wir eben vier gegen fünf." Der Junge warf seiner Schwester einen verschmitzten Blick zu. „Sam lässt uns bestimmt gewinnen, weil er auf Fancy steht."

„Wer ist Sam?", fragte Severin, als er sah, wie sie errötete.

„Der älteste Sohn der Taylors. 'N toller Kerl. Er könnte mein Schwager sein, aber das hat ja noch Zeit." Tommy grinste seine Schwester frech an, öffnete die Tür und sprang hinaus, bevor die Räder ganz zum Stillstand gekommen waren. Er rannte auf die Gruppe von Männern zu, die sich vor dem Farmhaus tummelten, und rief: „He, ihr Taylors! Schön, euch zu seh'n!"

Severin sah Fancy mit hochgezogenen Brauen an.

„Beachten Sie Tommy gar nicht", murmelte sie. „Wir, äh, sollten besser zu den anderen stoßen."

Bevor er ihr aus der Kutsche helfen konnte, war sie hinausgesprungen.

Er stieg aus und folgte ihr gemächlich. Ein breit gebauter, blonder Mann in einem weiten Hemd und Lederhose kam ihnen entgegen. Der Bursche war beinahe so groß wie Severin, hatte Beine wie Baumstämme und markante, attraktive Züge, die zweifellos das Herz eines jeden Milchmädchens höherschlagen ließen.

Mit zusammengekniffenen Augen beobachtete Severin, wie der Kerl die Arme um Fancys Taille schloss und sie durch die Luft wirbelte.

„Lass mich sofort runter, Sam Taylor!", rief sie atemlos.

„Setzen Sie die Dame ab", befahl Severin mit kühler Stimme. „Auf der Stelle."

Taylor wandte sich ihm zu und runzelte die Stirn. „Wer zum Teufel sind Sie denn?“

„Der Mann, vor dem Sie sich verantworten müssen, wenn Sie Miss Sheridan nicht augenblicklich loslassen“, erwiderte er.

Taylor verengte die Augen zu Schlitzen.

„Lass mich runter, du Trampel!“, verlangte Fancy und befreite sich aus seinem Griff. „Das ist der Herzog von Knighton. Er begleitet uns.“

„Ein Herzog, hm?“ Taylor musterte Severin unbeeindruckt. „Wo habt ihr den denn aufgetrieben? Und wozu braucht ihr ’ne Begleitung?“

„Ist ’ne lange Geschichte ...“, begann sie.

„Für die später noch genug Zeit ist. Erst mal müssen wir unser Lager aufschlagen.“ Milton Sheridan kam mit einem freundlichen Lächeln auf sie zu. „Fancy, warum hilfst du Mrs Taylor nicht in der Küche? Sie will unbedingt ’n Festmahl zubereiten, um zu feiern, dass wir alle wieder zusammen sind.“

„Natürlich, Pa.“ Sichtlich erleichtert eilte seine Tochter in Richtung des Bauernhauses davon.

„Ich schau besser mal, ob ich irgendwas für Ma reintragen soll.“ Entschlossenen Schrittes folgte Taylor ihr.

„Meine Fancy und Sam kennen sich schon ihr ganzes Leben“, sagte Milton. „Sie passen gut zusammen, nicht wahr, Euer Gnaden?“

Severin beobachtete, wie der blonde Bursche Fancy einholte und sie über etwas errötete, das er sagte. Beim Anblick des jungen Paares, das von seinen liebenden Familien umgeben war, fühlte er sich wieder einmal wie ein Außenstehender, der dem Glück anderer aus der Ferne beiwohnte.

„In der Tat“, erwiderte er tonlos.

In der Abenddämmerung ging Fancy mit einem Teller in der Hand auf die Suche nach Knight.

Er war weder bei der Gruppe, die in der Küche aß, noch saß er mit Oliver, Godfrey und einigen der Taylor-Jungs am Feuer. Sie lief um den Wohnwagen ihrer Familie herum, als sie Sam erblickte, der daran lehnte und ein ernstes Gespräch mit Pa führte.

Gütiger Himmel, hoffentlich ging es nicht schon wieder um das Thema Heirat. Fancy dachte, sie hätten diese Angelegenheit im vergangenen Frühling abgehakt. Sie wollte nicht, dass die Beziehung zwischen seiner und ihrer Familie durch Unannehmlichkeiten getrübt wurde. Vorhin in der Küche war es schon peinlich genug gewesen. Während sie und Mrs Taylor das Abendessen zubereiteten, deutete die rothaarige Matrone ein ums andere Mal an, wie sehr sie sich eine Frau für ihren Sohn wünschte, die ebenfalls aus einem fahrenden Clan stammte.

So ungern Fancy Mrs Taylor und ihre eigene Familie enttäuschte, hegte sie einfach keine derartigen Gefühle für Sam. Und sie konnte die Sehnsüchte ihres Herzens, so töricht sie auch sein mochten, ebenso wenig kontrollieren wie den Lauf der Sonne.

Als sie sich Knights Kutsche näherte, teilte ihr der Fahrer, der sich gerade eine große Portion von Mrs Taylors Festmahl schmecken ließ, mit, dass der Herzog zum Teich gegangen sei. Fancy lehnte sein Angebot ab, sie dorthin zu begleiten. Seit sie ein kleines Mädchen war, machte ihre Familie immer wieder an diesem verlassenen Bauernhaus halt und sie kannte sich auf dem Grundstück gut aus.

Der Teich befand sich gleich hinter der Lichtung, die an den rückwärtigen Teil des Gehöfts angrenzte. Sie ging an den Baumstämmen vorbei, die die Jungs als behelfsmäßige Torpfosten für ihr Kickballspiel benutzt hatten, wobei ihre

Röcke über das zertrampelte Gras raschelten. Als sie ein Wäldchen durchquerte, schlug ihr Herz schneller und ihre Hände wurden klamm, aber die lauten Stimmen ihrer Familie und ihrer Freunde, die in der Ferne erklangen, gaben ihr ein Gefühl der Sicherheit.

Am Ufer des Teichs entdeckte sie Knight. Er hatte Hut und Gehrock neben sich auf dem Boden abgelegt und einen Fuß auf einem Felsblock abgestützt. Er sah einsam aus, aber nicht nur, weil er allein war. Sein Blick war distanziert, während er das in den Farben des Sonnenuntergangs funkelnde Wasser studierte, als wollte er ein Geheimnis unter der sich kräuselnden Oberfläche entdecken.

Als sie sich ihm näherte, drehte er sich um. Seine Augen spiegelten ein Wechselbad der Gefühle wider: Schmerz und ... Sehnsucht, gleißender als die ausklingenden Strahlen der Sonne.

Woran denkt er wohl gerade?, fragte sie sich. *Oder besser gesagt ... an wen?*

Er straffte die Schultern und setzte seine gewohnte, undurchdringliche Miene auf. „Guten Abend, Fancy."

„Entschuldigen Sie die Störung", sagte sie zögerlich. „Aber Sie war'n nicht beim Abendessen und ich dachte mir, dass Sie vielleicht Hunger haben."

Sein Blick fiel auf den Teller, den sie ihm hinhielt.

„Danke", sagte er leise, als er ihn entgegennahm.

„Keine Ursache." Lächelnd reichte sie ihm auch noch das Holzbesteck, das sie in der Tasche ihrer Schürze mitgebracht hatte. „Mrs Taylor ist berühmt für ihren Eintopf, und wenn sich die Jungs erst mal darüber hermachen, bleibt nicht viel übrig."

Sein stoisches Nicken machte sie stutzig. Seit er sie zu Beginn der Reise darum gebeten hatte, Freunde zu sein, hatte sie sich in seiner Gegenwart immer wohler gefühlt. Das war wohl zu erwarten, wenn man stundenlang in einer Kutsche zusammengepfercht saß. Nun jedoch kehrte ihre Befangenheit zurück, denn offensichtlich wollte er sie nicht um sich haben.

„Ich, äh, lass Sie dann mal in Ruhe essen", sagte sie.

„Nein, bleiben Sie." Langsam schien er wieder zu sich zu kommen. „Leisten Sie mir ruhig Gesellschaft."

„Davon hatten Sie diese Woche sicher mehr als genug", erwiderte sie scherzhaft. „Es heißt, wir Sheridans sind ziemlich gewöhnungsbedürftig. Ich kann durchaus versteh'n, wenn Sie 'n bisschen Zeit für sich haben wollen."

„Ihre Brüder sind ein recht ungestümer Haufen." Er warf ihr einen amüsierten Blick zu und tat dann etwas sehr Galantes: Mit der freien Hand breitete er seine Jacke wie eine Picknickdecke auf dem Gras aus und bedeutete ihr, sich zu setzen. „Bitte bleiben Sie bei mir, damit ich nicht allein essen muss."

Da er es ernst zu meinen schien, willigte sie ein, und so saßen sie in geselligem Schweigen nebeneinander. Er machte sich über den Eintopf her, der das Ergebnis einer gemeinsamen Anstrengung war. Mr Taylor hatte bei einem Metzger in einem nahe gelegenen Dorf gearbeitet und eine Hammelkeule mit nach Hause gebracht. Mrs Taylor hatte das Fleisch zerkleinert und mit Zwiebel- und Karottenstücken geschmort. Nachdem Pa den Backsteinofen des Bauernhauses repariert hatte, hatte Fancy die Kartoffeln in dünne Scheiben geschnitten, sie zusammen mit einem Klecks Butter auf dem Eintopf verteilt und diesen gebacken. Auf diese Weise entstand eine goldbraune Kruste, unter der die reichhaltige Füllung brodelte.

„Das ist köstlich", sagte Knight.

„Freut mich, dass es Ihnen schmeckt." Um sich von seiner Nähe abzulenken, schlang sie die Arme um ihre angezogenen Knie und blickte auf das Wasser hinaus, in dem sich die leuchtenden Rosa- und Orangetöne der Abenddämmerung spiegelten. „Es ist wunderschön hier draußen, nicht wahr?"

„In der Tat." Er legte den Kopf schief. Im schwindenden

Tageslicht glänzte sein dunkles Haar violett. „Ich habe noch nie so viele Grillen auf einmal gehört."

Sie konnte sich ein Grinsen nicht verkneifen. „Das sind keine Grillen."

„Ach, nein?"

„Nein, das sind balzende Kröten." Sie musterte ihn neugierig. „Sie sind nicht oft aufm Land, was?"

„Ich habe einen Landsitz geerbt, den ich noch nicht besucht habe." Er hielt inne und aß von dem Teller, den er auf seinem Schoß balancierte. „Die Arbeit hält mich in London."

„Müssen Sie Ihre Fabriken im Auge behalten?", fragte sie.

Er nickte. „Neben anderen Dingen."

„Welche anderen Dinge?"

Er nahm einen Bissen und schluckte, bevor er antwortete. „Die Weber sind ein streitsüchtiger Haufen, was ich ihnen nicht verdenken kann. Die Steuern und die Modernisierung schmälern ihre Lebensgrundlage. Ich habe alle Hände voll zu tun, sie davon zu überzeugen, dass sie die Industrialisierung nicht bekämpfen können, sondern sich ihr anschließen müssen. Es gibt eine neue Webmaschine, die ich einführen will, aber ich muss es so bewerkstelligen, dass die Arbeiter sie akzeptieren und nicht streiken oder randalieren."

„Da können Sie das Heft ja wirklich nicht abgeben", scherzte sie.

„Machen Sie in Gegenwart eines Webers nie Witze über Abgaben, Fancy." Knights Mundwinkel zuckten leicht. „Aber nicht nur die Arbeit nimmt meine Zeit in Anspruch, sondern auch die Verpflichtungen, die mit meinem Titel einhergehen: die Verwaltung der Ländereien, Investitionen ... meine Halbgeschwister."

Seinen knappen Berichten hatte sie entnehmen können, dass diese recht schwierig sein mussten.

„Sie können kaum so schwer zu bändigen sein wie meine", sagte sie neckisch.

„Seien Sie sich da mal nicht so sicher", erwiderte er mit einem schiefen Blick. „Ich habe nicht nur Brüder, sondern auch eine Schwester, die sich hemmungslos jedem an den Hals wirft, und eine andere, die sich für eine Revolutionärin hält."

Fancy musterte ihn neugierig. „Wie sind sie so geworden?"

„Es ist nicht ihre Schuld." Seine Miene verfinsterte sich. „Mein Vater hat sie zwar finanziell versorgt, sich ansonsten aber kaum um ihre Erziehung gekümmert. Als ihre Mütter starben, holte er sie zu sich auf sein Schloss in Südfrankreich. Mich traf beinahe der Schlag, als ich dort ankam. Meine sechzehnjährige Schwester Cecily und mein siebzehnjähriger Bruder Jonas hatten ihren eigenen Flügel und taten, was sie wollten. Ich weiß nicht mehr, an wie vielen betrunkenen Wüstlingen und Flittchen ich auf dem Weg zu Jonas' Zimmer vorbeikam. Cecily konnte ich überhaupt nicht finden, da sie mit einem Mitgiftjäger unterwegs war."

„Gütiger Himmel", sagte Fancy ungläubig.

„Die dreizehnjährigen Zwillinge, Toby und Eleanor, wohnten in einem anderen Flügel. Sie wurden von einer Gouvernante beaufsichtigt, die mehr wie ein Gefängniswärter wirkte. Die Kinder waren praktisch an den Schulraum gekettet und hatten kaum Kontakt zur Außenwelt."

„Aber Ihr Vater ..."

„Er war zu sehr mit seinen eigenen Vergnügungen beschäftigt, um sich um seine Bastarde zu kümmern."

Fancy betrachtete Knights markantes Profil. „Dann sind Sie 'n wahrer Prinz, weil Sie sich um Ihre Geschwister sorgen, wie es nie zuvor jemand getan hat."

„Ich tue nur meine Pflicht", sagte er knapp.

Je besser sie ihn kennenlernte, desto weniger glaubte sie, dass das seine einzige Motivation war. Er hatte ein fürsorgliches, edles Herz, auch wenn er es aus irgendeinem Grund nicht zugeben wollte.

„Genug von mir." Mit übertriebener Sorgfalt stellte er seinen leeren Teller ab. „Erzählen Sie mir von Ihnen und Sam Taylor."

Der plötzliche Themenwechsel ließ ihre Wangen erglühen.

„Da ... da gibt's nicht viel zu erzählen", stammelte sie.

„Ihr Bruder Tommy ist da anderer Meinung."

„Tommy plappert alles aus, was ihm in den Sinn kommt", sagte sie düster. „Er weiß nicht, wann er besser den Mund halten sollte."

„Er ist nicht der Einzige, der sich über Sie und Taylor Gedanken macht." Knight hob die Brauen. „Ich hörte Ihren Vater und Mrs Taylor darüber sprechen, dass Enkelkinder die Familien noch näher zusammenbringen könnten."

Warum interessiert Knight sich für meine Beziehung zu Sam? Ist er etwa ... eifersüchtig? Oder macht er sich nur Sorgen als guter Freund?

„Was sie sagen, spielt keine Rolle. Ich hab Sam im Frühling den Laufpass gegeben", erklärte sie. „Er ist 'n anständiger Kerl, aber für mich ist er mehr wie 'n Bruder."

„So denkt er nicht über Sie."

Das war keine Frage, sondern eine Feststellung.

„Weil er mich nicht wirklich kennt", sagte sie ernst. „Wenn er's täte, wüsste er, dass ich 'ne furchtbare Ehefrau abgeben würde."

„Das bezweifle ich stark." Als ihr Herz höherschlug, runzelte er die Stirn. „Das heißt, für den richtigen Mann – einen Mann von derselben Herkunft – besitzen Sie jede Menge erstrebenswerte Fähigkeiten. Ihr Vater ist sehr stolz auf Ihre Leistungen."

„Ja, ich kann kochen, nähen und putzen. Aber was, wenn ich mehr sein will als die Frau eines Kesselflickers?" Betrübt blies sie sich eine Haarsträhne aus dem Gesicht, die sich aus ihrem Zopf gelöst hatte. „Was, wenn ich mehr will, als immer nur rumzureisen und meine Fertigkeiten feilzubieten?"

Er musterte sie eindringlich, und für den Bruchteil einer Sekunde fürchtete sie, dass er ihr widersprechen würde. Sie wollte nicht wissen, wie es sich anfühlte, wenn der Mann ihre Träume verspottete, der ihre tiefsten Sehnsüchte verkörperte.

„Sie sind anders als der Rest Ihrer Familie", sagte er schließlich, ohne dabei verurteilend zu klingen.

Ein Teil von ihr wollte ihm die Wahrheit sagen: dass sie sich von den Sheridans unterschied, weil sie nicht mit ihnen blutsverwandt war. Doch ihre aufkeimende Freundschaft mit Knight hatte bereits eine große soziale Kluft zu überbrücken. Sie war nicht bereit, noch mehr Distanz zwischen sie zu bringen, indem sie gestand, dass sie ein Findelkind war.

Ein ungewollter Säugling, den man in einem Feld ausgesetzt hatte.

„Ich besitze alle wichtigen Eigenschaften, die 'ne Sheridan ausmachen." Das war zumindest nicht gelogen.

„Also gut, Miss Fancy Sheridan." Er sah ihr fest in die Augen. „Wenn Sie nicht die Frau eines anständigen Kesselflickers sein wollen, was wollen Sie dann?"

Sein heiserer Tonfall verursachte ihr eine Gänsehaut und ließ ihre Brustwarzen hart werden. Gefesselt von seinem aufmerksamen Blick neigte sie sich zu ihm ... und sagte ihm die Wahrheit. „Ich will ein Märchen", flüsterte sie. „Ich will 'nen Prinzen, der mich wie 'ne Prinzessin behandelt, obwohl ich ganz gewöhnlich bin. Ich will, dass er mich von ganzem Herzen liebt, so wie ich ihn lieben werde. Ich möchte mit ihm sesshaft werden und 'ne Familie gründen, die wir gemeinsam großzieh'n. Das ist es, was ich will."

Knights Pupillen weiteten sich, bis seine Augen fast schwarz waren. Sein Blick fiel auf ihre Lippen und sie sah, wie sein Adamsapfel über seinem gelockerten Krawattentuch hüpfte, als er schwer schluckte. Eine magnetische Kraft pulsierte zwischen ihnen und er senkte den Kopf, während sie ihm das Gesicht entgegenhob ...

Doch dann wich er abrupt zurück. „Taylor ist eine gute Wahl für Sie."

„W-wie bitte?", fragte sie verwirrt.

„Er scheint ein zuverlässiger Kerl zu sein", fuhr Knight in schroffem Ton fort. „Und ein geduldiger, wenn er nach der Abfuhr immer noch auf Sie wartet. Glauben Sie mir, Fancy, es ist besser, nicht auf die Liebe zu wetten."

Als sie ihm in die Augen sah, hatte sie das Gefühl, gegen eine Stahlwand gerannt zu sein. Seine Züge waren hart und undurchdringlich, jede Spur von Verlangen war verschwunden.

„Liebe ist doch kein Glücksspiel", flüsterte sie.

Er erhob sich und hielt ihr eine Hand hin. „Ich begleite Sie besser zurück, bevor die anderen sich fragen, wo Sie abgeblieben sind."

Sie stand ebenfalls auf, ohne seine Hilfe anzunehmen. „Ich finde den Weg allein, Euer Gnaden."

Ihr Stolz erlaubte es ihr, den Schmerz über ihre zerstörten Hoffnungen zu verbergen. Es war töricht gewesen, diese Hoffnungen zu hegen, und noch törichter, sie mit ihm zu teilen. Steif ging sie zurück zum Bauernhaus, wobei sie sich zwang, nicht zu rennen oder zu weinen. Sie wünschte, sie wäre in der Lage, seine übermächtige Präsenz hinter ihr zu ignorieren.

Kapitel Zehn

In dieser Nacht fand Fancy keinen Schlaf. Sie und Mrs Knight teilten sich das einzige Schlafzimmer im Haus, aber sie konnte das Schnarchen der freundlichen Matrone nicht für ihre Rastlosigkeit verantwortlich machen. Während sie den Geräuschen tiefen Schlummers der anderen Frau lauschte, wälzte sie sich auf ihrer Strohmatratze hin und her, weil sie nicht aufhören konnte, an Knight zu denken.

Hab ich mir den Beinahe-Kuss zwischen uns nur eingebildet? Warum ist er in Sachen Liebe so zynisch? Was ist mit ihm passiert?

Bei Tagesanbruch erhob sie sich überraschend munter und beschloss, ihre Energie in der Küche zu nutzen. Dank der Vorräte der Taylors und dem Proviant, den Bea ihnen aufgedrängt hatte, gab es genug, um ein herzhaftes Frühstück aus Eiern, Kartoffeln und gedünsteten Bohnen zuzubereiten. Sie hatte sogar Zeit, ein wenig zu backen.

Die Taylors und ihre Familie freuten sich lautstark über das Festmahl. Sie wartete auf Knight, doch als er selbst am frühen Vormittag noch nicht aufgetaucht war, beschloss sie, zu ihm zu gehen. Sie wollte die zarten Bande der Freundschaft, die sie in der letzten Woche geknüpft hatten, nicht zerstören. Am Ende dieser Reise würden sich ihre Wege trennen, und sie wollte, dass sie beide mit guten Erinnerungen auseinandergingen.

Knight saß an einem Tisch vor seiner Kutsche, während sein Diener ihm Tee einschenkte. Als er Fancy erblickte, erhob er sich. Sie wusste nicht, wie sein Kammerdiener es anstellte, aber der Herzog sah aus, als habe er in einem Palast übernachtet anstatt auf den Feldern eines Bauernhofs. Sein Halstuch war zu einem perfekten Knoten gebunden und er trug den anthrazitfarbenen Gehrock, den er ihr neulich geliehen hatte. Ein verstohlener Blick auf seinen linken Ärmel verriet ihr, dass sein Diener den goldenen Knopf ersetzt hatte, der in diesem Moment in ihrer Rocktasche steckte.

„Guten Morgen, Fancy", begrüßte Knight sie freundlich.

Seinem Tonfall ließ sich nicht entnehmen, dass am Abend zuvor etwas Ungewöhnliches zwischen ihnen vorgefallen war. Und vielleicht stimmte das auch. Vielleicht war dieser Moment nichts weiter als ein Produkt ihrer Einbildung, ihrer hoffnungslosen Sehnsucht gewesen.

Sei froh, dass er dir deinen unhöflichen Abgang gestern nicht übel nimmt, ermahnte sie sich. *Tu's ihm gleich und sei freundlich.*

Sie stellte den Teller auf dem Tisch ab. „Ich hab Frühstück gemacht und dachte mir, Sie hätten vielleicht auch gern was."

„Vielen Dank", erwiderte er höflich.

Aus ihrer Schürze zog sie ein in Tücher gewickeltes Bündel hervor und reichte es ihm.

„Was ist das?"

„Machen Sie's doch mal auf."

Er faltete die raue Serviette auseinander und enthüllte drei goldene, scheibenförmige Gebäckstücke. Durch die Einschnitte in der butterigen Kruste war die dunkle, fruchtige Johannisbeerfüllung zu sehen.

Ein Lächeln umspielte seine Augen, als er zu ihr aufsah. „Sie haben Eccles-Kuchen gebacken?"

„Oder zerquetschte Fliegenkuchen, wie wir Sheridans sie nennen", erwiderte sie mit einem Grinsen.

Fragend hob er die Brauen.

„Als Tommy noch klein war, hat Liam ihm erzählt, dass Eccles-Kuchen mit zerquetschten Fliegen gefüllt sind. Jahrelang fragten wir uns, warum Tommy sich so sehr vor ihnen ekelte."

Knights Mundwinkel zuckten amüsiert. „Und Liam hat sich aus reiner Herzensgüte bereiterklärt, Tommys Anteil zu essen?"

„Offensichtlich kennen Sie meine Brüder schon sehr gut", sagte Fancy. „Jedenfalls sind die Kuchen für den Nachmittagstee, aber ich hab Ihnen jetzt schon welche gebracht, bevor die Jungs alles aufessen."

Statt sie sich aufzuheben, nahm Knight eines der Gebäckstücke und biss kräftig hinein. Er kaute, schluckte, und nahm einen weiteren Bissen. Überrascht sah Fancy zu, wie er die drei Küchlein hintereinander verspeiste.

„Sie mögen wohl Eccles-Kuchen?", fragte sie, während er sich den Mund mit der Serviette abwischte.

„Ich habe generell eine Schwäche für Süßes", gab er zu. „Und ganz besonders für Ihre köstlichen Eccles-Kuchen."

Sein Kompliment ließ sie dahinschmelzen wie die Johannisbeerfüllung im Ofen.

„Dann mach ich Ihnen noch welche", bot sie atemlos an.

Mit einem amüsierten Funkeln in den Augen schüttelte er den Kopf. „Wollen Sie mich mästen?"

Sie ließ den Blick über seinen schlanken, kräftigen Körper wandern. „Als ob Sie jemals etwas anderes als perfekt sein könnten."

O Gott ... Bitte sag mir, dass ich das nicht laut ausgesprochen hab.

Die Falte zwischen seinen Augenbrauen deutete ganz darauf hin.

„Ich, äh, meinte nur, bei Ihrer Größe verteilt sich das Fett besser", stammelte sie mit glühenden Wangen. „Anders als bei mir. Da, äh, sieht man sofort alles, was sich ansetzt."

Was plapperst du da für 'nen Unsinn? Am liebsten wäre sie vor Scham im Boden versunken. *Meine Güte, geht's noch peinlicher?*

„Fancy." Seine sanfte, aber feste Stimme erdete sie. „Vielen Dank für die Kuchen und das Frühstück. Ich wollte Sie gerade aufsuchen, bevor Sie hergekommen sind."

Tief durchatmen. Du willst doch nicht an Demütigung sterben.

„W-wirklich?", presste sie hervor.

„Ja. Ich wollte Ihnen mitteilen, dass ich morgen abreise."

„S-Sie reisen ab?", wiederholte sie verwirrt.

Er nickte knapp. „Ich habe heute Morgen mit den Taylors gesprochen. Da Ihr Vater sie über die Vorfälle auf Lady Beatrices Anwesen informiert hat, sind sie äußerst besorgt um Ihr Wohlergehen. Sie haben beschlossen, Sie nach Northumberland zu begleiten und so lange wie nötig bei Ihnen zu bleiben. Mr Taylor hat mir versichert, dass er und seine Söhne nach Unruhestiftern Ausschau halten werden. Somit haben Sie praktisch eine ganze Armee um sich, die auf Sie aufpasst."

Sie blinzelte und versuchte, die Bedeutung seiner Worte zu begreifen.

„Sie gehen also." Ihre Kehle war wie zugeschnürt. „Einfach so?"

Seine Miene war undurchdringlich. „Das ist für uns beide am besten. Die Taylors sind jetzt bei Ihnen ... Und vor allem Sam hat mir geschworen, dass er Sie beschützen wird. Was mich betrifft, ich habe meine Angelegenheiten zu lange vernachlässigt und muss zurück nach London."

Was hattest du denn erwartet, du Närrin? Dass er für immer bei dir bleibt? Dass er dir 'nen Antrag macht und dich in sein Schloss in den Wolken entführt?

Sie wusste nicht, warum es so wehtat. Schließlich reiste er nur ein paar Tage früher ab als geplant. Es war besser, einen sauberen Schlussstrich zu ziehen und getrennte Wege zu gehen, so wie Gott es wollte, versuchte sie sich einzureden. Knight war ein Herzog, der in London eine Herzogin finden musste.

Sie hingegen war die Tochter eines Kesselflickers ... dazu verdammt, den Rest ihres Lebens allein zu verbringen.

Denn niemand würde ihm je das Wasser reichen können, das wusste sie tief in ihrem Herzen. Niemals.

„Natürlich müssen Sie aufbrechen", presste sie hervor. „Sie sind schon viel zu lange geblieben."

„Fancy ... Ich würde nicht gehen, wenn ich Sie in Gefahr glaubte. Aber Sie sind in guten Händen", sagte er sanft.

„Ich versteh schon." Sie zwang sich zu einem Lächeln. „Und bevor ich es vergesse: Ich danke Ihnen, Knight. Für alles."

Nach einer Pause erwiderte er leise: „Es war mir ein Vergnügen und eine Ehre."

„Ich schau besser mal nach Pa. Er meint, dass ein Sturm aufzieht, und will die Scheune für Bertrand und die Pferde vorbereiten. Ich hab versprochen, ihm zu helfen."

Knight nickte stumm.

Sie spürte seinen Blick auf sich, während sie mit gestrafften Schultern davonging, zurück in die Welt, in die sie gehörte.

Um kurz nach Mitternacht verließ Severin mit einer Lampe in der Hand das provisorische Schlafquartier seiner Kutsche. Es war klar, dass er in dieser Nacht keinen Schlaf finden würde, also machte er lieber einen Spaziergang, anstatt sich rastlos hin und her zu wälzen. Wie Milton Sheridan vorausgesagt hatte, zog ein Sturm auf: Die Luft war schwül und stickig, und der Mond versteckte sich hinter den Wolken. Tiere und Insekten raschelten und zirpten erwartungsvoll.

Als er am Wohnwagen der Sheridans und an dem dunklen Bauernhaus, in dem Fancy schlief, vorbeikam, redete er sich ein, dass er das Richtige tat.

Du musst verschwinden, bevor du etwas tust, das ihr beide bereuen werdet.

Am Tag zuvor war er verdammt nah dran gewesen, sie zu küssen.

Er wusste nicht, was genau an Fancy Sheridan seine niedersten Instinkte weckte, den Teil seiner selbst, den er unter Verschluss hielt und nur für die Frauen hervorholte, die diese Art von körperlicher Zuwendung willkommen hießen. Doch was er für Fancy empfand, war mehr als nur pure Lust.

Er ... mochte sie. Es gefiel ihm, mit ihr zu reden und ihr Freund zu sein.

Dabei verehrte er sie nicht auf dieselbe inbrünstige Weise wie Imogen. Ihr allein gehörte sein Herz und daran würde nichts etwas ändern. Allerdings brachte Fancy ihn zum Lächeln und sie wirkte vor allem auf einen ganz speziellen Teil seines Körpers.

Sein Schwanz pulsierte schmerzhaft. Seine Hoden waren zum Bersten gefüllt. Seit seiner Jugend war er nicht mehr so scharf gewesen, und das verwirrte ihn. Bevor er Fancy kennenlernte, gab es nur zwei Kategorien für die Frauen in seinem Leben: diejenigen, mit denen er schlief ... und Imogen. Fancy, mit ihrer warmen Sinnlichkeit und ihren unschuldigen Träumen, fiel in keine von beiden. Trotz ihrer weltlichen Erfahrung war sie keine Frau, die er einfach vögeln und verlassen konnte. Dafür war sie zu lieblich, zu vertrauensvoll. Gleichzeitig besaß sie keine der Eigenschaften, die sie als geeignete Herzogin von Knighton qualifizierte.

Seine Frustration trieb ihn zu der Lichtung hinter dem Bauernhaus, wo die ersten Regentropfen fielen. Sie waren kühl und belebend, und er zögerte, umzukehren. Dieses eine Mal war er nicht bereit, das Vernünftige zu tun. Er ging weiter über die Wiese in Richtung Teich, selbst als der Wind auffrischte und seine Laterne flackerte.

Nass gesprenkelt starrte er aufs dunkle Wasser hinaus. Der Anblick barg eine ursprüngliche Schönheit: die sich wiegenden Bäume, die plätschernden Wellen, das neckische Aufblitzen des Mondes durch die Wolken, wie der Knöchel einer Dame unter dem Saum ihrer Röcke. Er atmete die frische Luft ein, die so ganz anders war als der Gestank des Londoner Elendsviertels. Hier roch es nicht nach Müll und menschlichem Elend vermischt mit dem fauligen Mief der Themse. Ebenso wenig roch es nach den besseren Gegenden der Stadt, nach brennendem Bienenwachs, Blumen und Parfüm. Stattdessen duftete es nach Erde, Wald und Wasser ... nach Freiheit.

Wann hatte er sich zuletzt frei gefühlt?

Er konnte sich nicht daran erinnern. Womöglich nie.

So lange er zurückdenken konnte, hatte es immer dringende Aufgaben gegeben, die er erledigen musste. Er hatte sich um seine *Maman* gekümmert, nachdem sie dem Alkohol verfallen war, hatte gestohlen und auf der Straße gekämpft, um zu überleben. Dann war er Imogen und den Hammonds begegnet, die neue Ambitionen in ihm weckten.

Er wollte nicht länger wie eine wilde Bestie leben, sondern reich und kultiviert sein, das genaue Gegenteil dessen, was er war. Für Imogen hatte er sich zu einem echten Gentleman gemausert.

Obwohl er sie verloren hatte, trieb sein Ehrgeiz ihn an.

Selbst jetzt, wo er Herr seines eigenen Reiches war, fühlte er diese rastlose Unzufriedenheit in sich rumoren.

Wann hört das endlich auf? Werde ich je Frieden finden, wenn auch kein Glück?

Er wurde aus dem seltenen Moment der Selbstreflexion gerissen, als er am anderen Ufer des Teichs etwas Weißes aufblitzen sah. Mit zusammengekniffenen Augen versuchte er, die Gestalt, die sich dort bewegte, auszumachen. Es sah nicht aus wie ein Tier. War es etwa ... eine Frau? In einem Nachthemd?

Teufel noch eins, fuhr es ihm durch den Kopf. *Was macht Fancy hier draußen ... noch dazu im Schlafgewand?*

Der offensichtliche Grund traf ihn wie ein Schlag gegen den Schädel. Wollte sie sich mit einem Liebhaber treffen? Hatte sie in Bezug auf Sam Taylor gelogen? Oder hatte Severin sie mit seinen einfältigen, lobenden Worten über Sams Zuverlässigkeit und Beständigkeit gar in dessen Arme getrieben?

Mit hämmerndem Herzen beobachtete er, wie Fancy in dem dichten Wald hinter dem Teich verschwand. Sie bewegte sich leichtfüßig wie ein Reh, das genau wusste, wohin es wollte.

Zu Taylor? Wartete Sam etwa in einem kuscheligen Versteck auf sie?

Sein Verstand kämpfte mit seinen Gefühlen.

Soll ich sie gehen lassen? Was interessiert es mich, ob Taylor ihr Liebhaber ist?

Aber allein hier draußen ist es nicht sicher.

Sie wird nicht lang allein sein, wenn Sam auf sie wartet ...

Verdammt, aber sie unterliegt meinem Schutz.

Sie ist ... mein.

Fluchend rannte er ihr hinterher.

～

Erst tief im Wald gelang es Severin, sie einzuholen. Sie bewegte sich schnellen Schrittes fort, ohne auf den tosenden Wind zu achten.

„Fancy! Bleiben Sie stehen, ich bin es!", rief er ihr zu. „Was ist los?"

Als sie nicht reagierte, packte er sie an den Armen und drehte sie um. Ihre Augen waren weit aufgerissen und unfokussiert.

„Lass mich los", zischte sie.

Eine Erinnerung durchfuhr ihn, an seine *Maman*, während eines dieser Anfälle, die dazu führten, dass sie in die Irrenanstalt kam. An die Unkenntnis und das wahnsinnige Funkeln in ihren Augen, als sie ihn anstarrte ... und das Messer nach ihm schwang.

Energisch verdrängte er die Dämonen der Vergangenheit. Fancy war nicht von Sinnen. Hier ging etwas anderes vor sich.

„Fancy, sehen Sie mich an", bat er und schüttelte sie sanft. „Sagen Sie mir, wer ich bin."

Sie blinzelte und schien aus ihrem seltsamen Zustand zu erwachen. „Knight?"

Erleichterung durchflutete ihn. „Ja, ich bin es."

„W-warum haben Sie mich aufgeweckt?", fragte sie verwirrt. „Was machen Sie in meinem Zimmer?"

„Sie sind nicht in Ihrem Zimmer", erwiderte er behutsam. „Sondern im Wald."

„Im Wald?" Verblüfft sah sie sich um. „Was mach ich denn hier?"

„Sie waren so zügig unterwegs, dass ich annahm, Sie wüssten, wohin Sie wollten."

„Ich ... muss geschlafwandelt sein. Das passiert manchmal."

„Sie sind Schlafwandlerin?" Nun ergab alles einen Sinn.

„Ja, schon seit ich klein bin ..."

Sie blinzelte, als ein Tropfen auf ihrer Wange landete, und

dann noch einer. Ihre großen Augen leuchteten im Mondlicht und das Haar fiel ihr in losen Wellen bis zur Taille. Trotz ihrer Verwirrung sah sie aus wie eine jener freundlichen Waldfeen aus den Kindermärchen, die verirrten Männern den Weg wiesen.

„Es fängt an zu stürmen." Er zog seine Jacke aus und legte sie ihr um die Schultern, als die ersten Tropfen auf sie niederprasselten. „Wir sind zu weit vom Haus entfernt. Ich habe einen Platz gesehen, wo wir warten können, bis der Regen vorbei ist. Kommen Sie."

Er hielt ihr eine Hand hin. Sie ergriff sie und verflocht ihre zierlichen Finger mit den seinen. Gemeinsam liefen sie los, um einen Unterschlupf zu finden.

Kapitel Elf

Fancy schreckte aus dem Schlaf auf. Nach einem Moment der Verwirrung erinnerte sie sich wieder, wo sie war: im ausgehöhlten Stamm eines alten Baumes ... mit Severin Knight.

Sie war im Wald geschlafwandelt und er hatte sie geweckt und hierhergebracht. Er saß aufrecht da und sie lehnte an ihm. Sie mussten eingeschlafen sein, während sie darauf warteten, dass der Regen aufhörte.

Knight hatte einen Arm um sie gelegt, und seine Wärme schützte sie vor der nächtlichen Kälte. Seine Brust hob und senkte sich unter ihrer Wange, sein Duft stieg ihr in die Nase. In dieser gemütlichen Höhle, begleitet vom hypnotischen Trommelschlag der Regentropfen, fühlte sie sich wie in einem Traum. Sie schwebte in einer Blase, jenseits von Zeit und irdischen Zwängen.

Sie hob den Kopf, um ihn zu betrachten. Das schwache Licht der Morgendämmerung, das durch die schmale Öffnung hereinfiel, betonte seine markanten Züge. Fasziniert bemerkte sie den Bartschatten, der seinen kräftigen Kiefer zierte und seinen strengen, sinnlichen Mund umrahmte. Sein Anblick erfüllte sie mit quälend süßer Sehnsucht. Er war ihr Held, und wieder einmal war er ihr zu Hilfe gekommen.

Sie hob eine Hand und fuhr mit dem Zeigefinger über sein stoppeliges Kinn.

Er öffnete die Augen und sie verlor sich in ihren unergründlichen Tiefen. Statt ihre Hand wegzuziehen, legte sie sie an seinen Kiefer und spürte, wie er sich anspannte. Einen Moment lang verharrten sie in reglosem, erwartungsvollem Schweigen.

„Ich kann Ihnen nichts bieten", presste er schließlich hervor. „Nichts außer der Flüchtigkeit des Augenblicks."

Das wusste sie. Aber wenn ihr nur die Wahl zwischen einem Augenblick mit ihm und gar keinem blieb, dann hatte sie ihre Entscheidung längst gefällt. Obwohl sie keine Erfahrung hatte, was körperliche Intimität anbelangte, empfand sie weder Scheu noch Scham davor. Sie vertraute darauf, dass ihr Herz sie leiten würde. Und es sagte ihr, dass es richtig war, sich mit Knight zu lieben, die natürlichste Sache der Welt.

„Dann lassen Sie uns das Meiste daraus machen", flüsterte sie.

Er stieß einen kehligen Laut aus und zog sie auf seinen Schoß.

Während er Küsse auf ihrer Stirn und ihren Wangen verteilte, erschauderte sie, aber nicht vor Kälte, sondern vor Sehnsucht. Glühendes Verlangen entfachte in ihrem Herzen und breitete sich wie Lava durch ihre Adern aus. Ihr war so heiß, als hätte sie Fieber.

Viel zu lange hatte sie darauf gewartet, auf ihn, ihren Prinzen ... ihren Ritter.

Als er an ihrem Ohrläppchen saugte, stöhnte sie überrascht auf. Er liebkoste die empfindliche Stelle mit Zunge und Zähnen, bis sie eine feuchte Hitze zwischen ihren Schenkeln verspürte und ungeduldig auf seinem Schoß hin und her rutschte. Durch den Stoff ihres Nachtgewands spürte sie den untrüglichen Beweis seiner Erregung hart und heiß an ihrem Gesäß.

Sie war halb von Sinnen vor Lust, vor Verlangen nach diesem Mann.

Seufzend vergrub sie die Finger in seinem Haar, als er an ihrem Hals knabberte. Das Prickeln seiner Bartstoppeln auf ihrer Haut und das seidige Gefühl seiner Locken verursachten ihr unbeschreibliches Vergnügen. Er drückte sie sanft hinunter auf den moosigen Boden, streifte seine Jacke von ihren Schultern und umschloss ihre Brüste. Sie stöhnte seinen Namen, als er die harten Spitzen durch ihr Nachthemd streichelte.

„Das gefällt dir", murmelte er mit heiserer Stimme.

„Ja, o ja!", keuchte sie, obwohl es keine Frage war.

Im Halbdunkel der Höhle funkelten seine Augen gefährlich. „Wie ist es hiermit?"

Er senkte den Kopf und sie stöhnte auf, als er an ihrer Brustwarze saugte. Der abgenutzte Stoff bot keinen Schutz gegen die sündhaft heißen Liebkosungen seiner Lippen und Zunge. Jede Berührung durchfuhr sie wie ein Blitz und machte sie noch feuchter. Ihre Scheidenmuskeln bebten und zogen sich zusammen, doch da war nichts, was sie ausfüllte. Nie zuvor hatte sie etwas Derartiges empfunden, eine berauschende Verzweiflung, die ihr den Verstand zu rauben drohte.

„Willst du mehr, Fancy?", fragte er.

Diesmal war es eine Frage. Er verharrte über ihr und musterte sie erwartungsvoll. Die Entscheidung lag ganz bei ihr.

„Ich brauche dich, Knight", flüsterte sie. „Und ich will, was immer du zu geben bereit bist."

Wildes Verlangen flammte in seinen Augen auf. Ihr stockte der Atem, als sie spürte, wie er ihr Nachtgewand nach oben schob, wie seine Hand über ihren Knöchel und ihre Wade hinaufwanderte, bevor sie besitzergreifend auf ihrem Schenkel liegen blieb. Als sein Daumen die Falte zwischen ihrem Bein und ihrer Scham streifte, entfuhr ihr ein leises Wimmern.

„So ungeduldig", tadelte er sie.

Obwohl sie wusste, dass er sie nur necken wollte, erregte sein strenger Tonfall sie noch mehr.

„Berühr mich ... *bitte*", flehte sie.

„Hier?", fragte er und ließ einen Finger über ihre Schamlippen gleiten.

„Ja", keuchte sie.

„Was für eine süße, seidige Pussy du hast", murmelte er. „Wie geschaffen für Liebkosungen."

Auf ihren Reisen hatte sie Männer über gewisse Körperteile und den Geschlechtsakt reden gehört, und diese Gespräche waren ihr immer äußerst vulgär erschienen. Doch diese unanständigen Worte aus dem Mund ihres kultivierten Herzogs zu hören, erregte sie ebenso wie seine meisterhaften Liebkosungen. Kurz machte sie sich Gedanken darüber, wie feucht sie war, aber seine Reaktion beruhigte sie.

„Mir gefällt, wie klitschnass du für mich bist", murmelte er mit tiefer, kehliger Stimme. „Wie bereit für meinen Schwanz."

Er fand ihre verborgene Perle und ließ seinen Daumen in elektrisierenden Bewegungen, die ihr ein wohliges Stöhnen entlockten, darüber kreisen.

„Was für bezaubernde Laute du von dir gibst", knurrte er. „Ich will dich noch lauter stöhnen hören, Fancy."

Ihr Herz machte einen Satz, als er einen langen, kräftigen Finger in sie gleiten ließ.

„*Knight!*", entfuhr es ihr angesichts des ungewohnten Gefühls, von etwas ausgefüllt zu werden.

„Verdammt ... Du bist so eng."

Sie hatte keine Zeit, sich darüber zu wundern, warum er so überrascht klang, denn im nächsten Moment bewegte er seinen Finger und die Empfindung war ... unbeschreiblich. Je tiefer er in sie eintauchte, desto lauter stöhnte sie, während ihr Körper versuchte, sich an ihn zu klammern. Gleichzeitig rieb er immer wieder über ihre empfindliche Knospe, bis sich ein seltsamer Druck in ihr aufbaute. Als er den Finger in ihr krümmte, schrie sie auf und wurde von einer Woge der Verzückung übermannt.

„Gott, bist du lieblich", flüsterte er. „Ich kann es kaum erwarten, in dir zu sein."

Er richtete sich auf und entledigte sich seiner Kleidung, bevor er sich über ihr ausstreckte. Trotz der prickelnden Befriedigung, die sie durchströmte, verspannte sie sich, als sie seinen harten Körper auf dem ihren spürte. Panik schnürte ihr die Kehle zu, als die Spitze seines Glieds gegen ihre intimste Stelle stieß. Dem Rest seiner Statur entsprechend war er dort unten *riesig*.

„Entspann dich, Liebling. Ich werde behutsam sein", murmelte er heiser. „Ich werde dir nicht wehtun."

Als sie das verzweifelte Verlangen in seinen Augen sah und das entschlossene Zucken seines Kiefermuskels, wusste sie, dass er die Wahrheit sagte. Er würde mit ihr nicht die Kontrolle verlieren. Trotz seiner Größe und seiner Kraft war sie bei ihm sicher.

„Ich weiß", erwiderte sie. „Ich vertraue dir."

Denn das tat sie.

Fancys Lieblichkeit brachte Severin beinahe um den Verstand.

Er war härter als je zuvor in seinem Leben und aus seiner Eichel quollen bereits die ersten Lusttropfen, als er sie gegen Fancys Schamlippen presste. Trotz seines unbändigen Verlangens bewegte er sich langsam. Eher würde er sich den Arm abhacken, als sie zu verletzen, und da er sich seiner Größe bewusst war, hatte er sie sorgfältig vorbereitet. Sie war so feucht für ihn, dass er leicht in sie hineingleiten konnte. Dennoch war sie enger als erwartet, und er keuchte vor Erregung, während er sich Zentimeter um Zentimeter in sie hineinschob.

„Wie fühlt sich das an?", fragte er und sah zu ihr hinab.

„Äh ... voll?" Sie fuhr sich mit der Zunge über die Lippen und riss die Augen auf, als sie spürte, wie sein Schwanz in ihr zuckte. „Du bist so groß."

„Aber das hältst du doch aus, oder, Liebling? Sag mir, dass du mich willst."

„Ich will dich, Knight", erwiderte sie leise.

„Gut, denn ich muss mich bewegen, Fancy. Du fühlst dich einfach zu gut an."

Er wertete ihr zaghaftes Lächeln als Erlaubnis. Als er sich ein wenig zurückzog, pulsierten ihre Scheidenmuskeln um ihn und jagten ihm einen elektrisierenden Schock durch den Körper. Mit jedem Stoß seiner Hüften nahm sie ihn tiefer in sich auf, und er konnte sich nicht gegen die süße Versuchung wehren. Als er spürte, wie ihre Pussy gegen seine Hoden rieb, keuchte er laut auf und presste sich so fest in sie, dass sie vor Verzückung wimmerte.

In diesem Moment war es um seine Beherrschung geschehen. Er drückte ihre Knie nach hinten und spreizte ihre Beine, um sie noch schneller und härter nehmen zu können. In diesem Winkel streifte sein Schaft bei jeder Bewegung ihre Perle, und seine Hoden pulsierten schmerzhaft, als ihre Muskeln sich im selben Rhythmus um ihn zusammenzogen. Er erhöhte das Tempo, verlor sich in ihrer feuchten, engen Hitze, völlig überwältigt von der Realität, die so viel besser war als seine erotischen Fantasien über sie. Fancy klammerte sich an ihn, hob sich seinen Hüften entgegen und vergrub die Finger in seinem Haar. Dann kam sie ein zweites Mal, und die Schockwellen ihrer Ekstase massierten seinen stahlharten Schaft.

Sein eigener Höhepunkt übermannte ihn mit solcher

Wucht, dass er beinahe nicht rechtzeitig herausgezogen hätte. Hastig befreite er sich, packte seinen Schwanz und pumpte ein-, zweimal, bevor er seinen heißen Samen über ihre Schenkel verteilte.

Keuchend und benebelt vor Lust verharrte er über ihr. Er konnte kaum atmen, geschweige denn einen klaren Gedanken fassen. Sie lächelte ihn an und legte die Hände um seinen Nacken. Panik erfasste ihn, als sie sich aufrichtete und ihm ihre Lippen entgegenhob.

Hastig wich er zurück. „Ich kann nicht."

Sie blinzelte verwirrt. „Was ... was meinst du?"

„Ich kann dich nicht küssen", erklärte er heiser.

Sie setzte sich aufrecht hin. „Warum nicht?"

„Weil ich ..." Er brach ab, als von draußen plötzlich Stimmen hereindrangen.

„Fancy! Wo bist du?"

Erschrocken riss sie die Augen auf. „Das ist meine Familie", flüsterte sie in gehetztem Tonfall.

Sie versuchte, sich von ihm loszureißen und sich etwas anzuziehen, aber Severin wusste, dass es zu spät war. Wenige Sekunden später steckte Godfrey den Kopf durch die Öffnung.

„Fancy, Gott sei Dank! Wir haben überall nach dir ... *Knighton?*" Im Handumdrehen schlug Godfreys Unglaube in Wut um. „Was zum Teufel machen Sie da mit meiner Schwester?", brüllte er.

Später an diesem Morgen saßen Severin und Milton Sheridan an einem Tisch im Wohnwagen des Kesselflickers. Die Einrichtung verdeutlichte die vielfältigen Zwecke, die der Hauptraum erfüllte. In einer Ecke stand ein kleiner, eiserner Herd, umgeben von verschiedenen Kochutensilien, die an Haken hingen. An einer anderen Wand stapelten sich Körbe mit verschiedenen Waren. An der Wand direkt hinter Sheridan hingen seine Werkzeuge.

Zweifellos war es kein Zufall, dass Severin sich nicht nur dem Vater der Frau gegenübersah, die er kompromittiert hatte, sondern auch einer Reihe gefährlicher Instrumente. Eine Säge mit glänzenden Zähnen schaukelte bedrohlich neben einer Spitzhacke und einem Hammer. Auf dem schmalen Arbeitstisch darunter war eine Sammlung von Messern aufgereiht.

Er presste die Zähne zusammen und ballte die Hände unter dem Tisch. Für das, was er getan hatte, übernahm er die volle Verantwortung, und folglich auch für das, was er jetzt tun musste. Gott, er war so verdammt wütend auf sich selbst.

Was zum Teufel habe ich mir nur dabei gedacht?

Er hatte gar nicht gedacht ... zumindest nicht mit dem Kopf. Die Bestie in ihm hatte die Oberhand gewonnen und nun befand er sich in dieser unmöglichen Situation. Er würde Fancy Sheridan heiraten müssen. Die Tochter eines Kesselflickers, die keine der Eigenschaften besaß, die er von einer Braut erwartete. Sie war eine bezaubernde Frau, ja, aber eine ohne Rang und Namen, die seine Halbgeschwister bei lebendigem Leibe auffressen würden und die bessere Chancen hatte, sich Flügel wachsen zu lassen und fliegen zu lernen, als von der feinen Gesellschaft akzeptiert zu werden.

So schlimm das alles auch war, eine andere Erkenntnis war noch schlimmer: Er hatte Fancy entjungfert.

Scham übermannte ihn. Er hatte ja nicht geahnt, dass sie noch unberührt war. Gut, sie war unglaublich eng gewesen, aber das hatte er auf seine Größe und ihre zierliche Statur geschoben. Und sie hatte weder vor Schmerzen geschrien noch sonst etwas getan, was er von einer Jungfrau erwartet hätte. Da er noch nie zuvor mit einer zusammen war, wusste er nicht, wie eine keusche Frau beim ersten Mal reagierte.

Erst als er zu seiner Kutsche zurückkehrte und sich zurechtmachte, bemerkte er das Blut an seinem Schwanz – Fancys Blut. In dem Moment hatte alles plötzlich einen Sinn ergeben: ihre Enge, die Unschuld, die er immer an ihr gespürt hatte. Die Erkenntnis, dass er ihr die Jungfräulichkeit auf dem Waldboden genommen und sie wie ein Tier gerammelt hatte, traf ihn buchstäblich wie ein Blitz.

Schuldgefühle und Selbstvorwürfe übermannten ihn. Er hatte sie ruiniert, ihr etwas genommen, das nie wiederhergestellt werden konnte. Und wofür – sexuelle Befriedigung?

Erinnerungen stiegen in ihm auf: Fancy, die wie eine sinnliche Waldnymphe auf ihrem Bett aus Moos lag. Ihr verklärter Blick und ihre süßen Schreie, als er sie zum Orgasmus brachte, das ekstatische Gefühl, in ihr zu sein, sich gemeinsam in ihrer Leidenschaft zu verlieren. Das war das Schlimmste daran. So falsch es auch war, so dumm und zerstörerisch seine Entscheidung auch gewesen sein mochte ... Letztendlich bereute er es nicht.

„Ich werd nicht um den heißen Brei herumreden, Euer Gnaden.“

Milton Sheridans Stimme riss Severin aus seinen Gedanken. Die Wut auf dem Gesicht des sonst so freundlichen Kesselflickers überraschte ihn nicht. Auch Fancys Brüder hatten ihn angestarrt, als wollten sie ihn windelweich prügeln. Er konnte es ihnen nicht verdenken. Verdammt, niemand war wütender über das, was er getan hatte, als er selbst.

„Das ist auch nicht nötig“, erwiderte er kurz angebunden. „Es gibt keine Entschuldigung für mein Verhalten.“

„Da haben Sie recht.“ Sheridan sah ihn finster an, und die unterschiedlichen Knöpfe an seiner violetten Weste bebten vor unterdrückten Gefühlen. „Meine Fancy hat es nicht verdient, von jemandem wie Ihnen ausgenutzt zu werden.“

„Nein, das hat sie nicht.“

Sie verdient so viel mehr als mich. Als er sich an ihren Versuch erinnerte, ihn zu küssen, verzog er das Gesicht. Er hatte ihr die Jungfräulichkeit genommen, ihr im Gegenzug aber nicht einmal einen Kuss geben wollen. Aus diesem Grund hatte er versucht, sich von ihr fernzuhalten: Er wusste von Anfang an, dass er ihr nicht das bieten konnte, wonach sie sich sehnte.

Er war kein Prinz und sein Herz gehörte einer anderen.

„Sie sagt, die Schuld liegt bei ihr, nicht bei Ihnen. Aber ich kenn meine Tochter, sie ist 'n gutes Kind. Zumindest war sie das, bis Sie aus London aufgetaucht sind und sie verdorben haben", knurrte Sheridan.

„Es ist allein meine Schuld", erwiderte Severin brüsk. „Und ich werde die volle Verantwortung für meine Taten übernehmen."

„Es gibt nur eine Lösung für diesen Schlamassel."

„In der Tat."

„Sie werden sofort verschwinden und meine Fancy nie wieder belästigen."

Severin brauchte einen Moment, um zu begreifen, was der Kesselflicker gesagt hatte.

„Sie wollen, dass ich Fancy *verlasse?*", fragte er ungläubig.

„Ich will Sie nicht mehr in ihrer Nähe haben", erwiderte Sheridan. „Wenn ich oder einer meiner Söhne mitkriegen, dass Sie auch nur den Kopf in ihre Richtung drehen, kann ich für nichts garantieren."

Er warf einen vielsagenden Blick auf die Werkzeuge hinter sich.

Severin schüttelte den Kopf. „Ich werde Fancy nicht verlassen."

Der Gedanke war völlig absurd.

„Was glauben Sie, wer Sie sind?" Milton sprang auf und schlug auf den Tisch. „Reicht's nicht, dass Sie mein Mädchen ruiniert haben? Für Sie mag sie nicht mehr sein als die Tochter eines Kesselflickers, aber für uns ist sie ein Geschenk. Seit dem Tag, an dem ich sie auf den Feldern fand, ist sie ein Teil dieser Familie. Ihr Herz, um genau zu sein, vor allem seit dem Tod meiner Annie. Ich lass nicht zu, dass Sie uns das Herz rausreißen."

„Fancy ist ein Findelkind?" Severin runzelte die Stirn. Das hatte sie ihm gegenüber nie erwähnt. „Sie sind nicht vom selben Blut?"

„Sie ist meine Tochter. Wir wissen nicht, wer sie zur Welt gebracht hat, und es ist uns auch egal." Sheridan schürzte verächtlich die Lippen. „Aber Ihnen nicht, was, Euer Gnaden?"

Obwohl Severin keine Miene verzog, zuckte er innerlich zusammen. Es überraschte ihn nicht, dass Milton ihn für einen arroganten Schnösel hielt. Wenn es nach ihm ginge, wenn er niemandem außer sich selbst verpflichtet wäre, dann würde er sich einen Dreck um Fancys Herkunft scheren. Aber es ging nicht nur um ihn. Er hatte einen Titel und Geschwister, an die er denken musste.

Doch das spielte nun keine Rolle mehr. Nach allem, was er Fancy angetan hatte, konnte er sie nicht im Stich lassen. Und er wollte es auch gar nicht. Die Vorstellung, sie nie wiederzusehen, war noch undenkbarer, als sie zu heiraten. Es fühlte sich nicht so an wie der Verlust von Imogen, aber er war mittlerweile auch ein anderer Mann.

Er erinnerte sich an sein letztes Treffen mit Imogen, bevor er abgereist war, um Lady Beatrice den Hof zu machen.

Hättest du diesen Titel doch nur schon vor Jahren geerbt. Ihre herzzerreißende Traurigkeit hatte ihre engelsgleiche Schönheit nur noch verstärkt. *Dann wäre alles ganz anders gekommen. Ich hätte deine Herzogin sein können ... und du wärst der Vater meiner Kinder gewesen anstelle von Cardiff. Er hat mich nie geliebt, weißt du? Vermutlich ahnt er, dass mein Herz immer einem anderen gehört hat.*

Severin ignorierte das vertraute Stechen in seiner Brust. Die Vergangenheit ließ sich nicht ändern, doch die Zukunft war nicht in Stein geschrieben. Plötzlich realisierte er, dass er seine Wahl in dem Moment getroffen hatte, als er Fancy im Regen nachgelaufen war.

Er musste sie beschützen. Sie gehörte zu ihm.

Die Anziehungskraft, die er für sie empfand, war weder klug noch richtig noch praktisch. Sie war einfach da. Und auch wenn er sie nicht so liebte wie Imogen, würde er einen Weg finden, die Leidenschaft zwischen ihnen in eine Form von Glück zu verwandeln. Zumindest das hatte sie verdient.

„Fancy kann ihre Herkunft ebenso wenig ändern wie ich meine", sagte er steif. „Angesichts dessen, was geschehen ist, gibt es nur einen ehrenhaften Ausweg aus diesem Schlamassel. Sie und ich müssen heiraten."

Milton erbleichte. „Kommt nicht infrage", schnauzte er.

Ein Herzog, der von einem Kesselflicker abgewiesen wird? Das gibt es auch nicht alle Tage.

Er hob die Brauen. „Die meisten Männer wären überglücklich, wenn aus ihrer Tochter eine Herzogin wird."

„Ich bin aber nicht wie die meisten Männer und meine Fancy ist für diese Art von Leben nicht gemacht. Sie ist 'ne freie, unbefleckte Seele. London würde sie ruinieren."

Severins Ärger verblasste, als er die Panik in Miltons verwitterten Zügen bemerkte. Wovor hatte der alte Kesselflicker Angst? Dass Severin seine Tochter schlecht behandelte?

„Wenn Sie mit *ruinieren* meinen, dass sie in einem Herrenhaus in Mayfair leben wird, ist das wohl richtig", erwiderte er kühl. „Sie wird ein großzügiges Taschengeld erhalten, zusätzlich zu Kleidern, Juwelen und Annehmlichkeiten, die einer Herzogin angemessen sind."

„Das sind doch nur *Dinge*." Sheridan sah angewidert aus,

als ob der Luxus, den Severin zu bieten hatte, weniger wert wäre als Dreck.

Severin entging nicht die Ironie, dass er jahrelang für Reichtum gekämpft hatte, weil er glaubte, dass er damit die Frau seiner Träume gewinnen würde. Bei Imogen hatte es nicht gereicht. Jetzt, da er wohlhabend und ein verdammter *Herzog* war, war er immer noch nicht genug, nicht einmal für die Tochter eines Kesselflickers.

Wann werde ich je genug sein?, tobte eine Stimme in seinem Inneren.

„Damit können Sie meine Tochter nicht glücklich machen", fuhr Milton verächtlich fort. „Wenn Sie glauben, dass sie materielle Güter braucht, sind Sie eindeutig der Falsche für sie."

Ich will ein Märchen, schossen ihm Fancys Worte durch den Kopf.

Seine Brust schnürte sich zusammen. Sheridan hatte recht: Er konnte ihr nicht geben, was sie sich wünschte. Er war jedoch entschlossen, ihr eine ehrbare Alternative zu bieten, und dazu musste er mit ihr sprechen.

„Es gibt nur einen Weg, dieses Problem zu lösen", sagte er entschlossen. „Lassen Sie mich mit Fancy reden. Sie haben mein Wort, dass ich ehrlich zu ihr sein werde und ihr genau erkläre, was ich ihr anbiete. Lassen Sie ihr die Wahl. Wenn sie will, dass ich gehe, dann soll es so sein. Aber bei meiner Ehre, anders werden Sie mich nicht los."

Kapitel Zwölf

Fancys Magen flatterte vor Nervosität, während sie in der Küche des Bauernhauses auf Knight wartete. Ihr Vater stand draußen, darauf bestehend, dass die Tür während des Treffens offen blieb, ganz gleich, wie oft sie beteuerte, dass nichts passieren würde und dass den Herzog keine Schuld traf.

„Der Kerl hat gesagt, er wird nicht abhaun'n, bevor er mit dir gesprochen hat", brummte Pa in einem strengen Tonfall, den sie noch nie von ihm gehört hatte. „Es liegt an dir, die Sache zu regeln. Unsere Welt und seine passen nicht zusammen, Fancy, und London ist kein Ort für dich. Vor zwei Wochen noch hat er Miss Beatrice den Hof gemacht, weil er 'ne Adlige an seiner Seite braucht. Er hält nur aus Pflichtgefühl um dich an, und du verdienst so viel mehr als das. Also lass ihn zieh'n, ja?"

Sie biss sich auf die Lippe und nickte. Obwohl es ihr im Herzen wehtat, wusste sie, dass ihr Vater recht hatte. Bevor Knight mit ihr geschlafen hatte, machte er ihr unmissverständlich klar, dass er ihr nichts bieten konnte, was über das Vergnügen des Augenblicks hinausging … und sie hatte zugestimmt. Sie würde ihren Teil der Abmachung nicht brechen, würde Knight niemals in eine Ehe drängen, die er nicht wollte.

Als der Herzog die Küche betrat, raubte sein Anblick ihr kurzzeitig den Atem und fegte sämtliche Gedanken aus ihrem Kopf. Sehnsüchtig beobachtete sie, wie er sich mit anmutigen, zielstrebigen Schritten auf sie zubewegte. Ihre Sinne kribbelten bei der Erinnerung an das Kratzen seiner Bartstoppeln auf ihrer Haut, das seidige Gefühl seiner Haare zwischen ihren Fingern, die sinnliche Wärme seiner Lippen, die ihren Körper erforschten. Sie schwelgte in seinem betörenden Aroma ... Doch dann fiel ihr wieder ein, wie er sie von sich geschoben hatte.

Ich kann dich nicht küssen.

Sie verstand nicht, warum, nach allem, was sie sonst getan hatten. War sie etwa nicht gut genug zum Küssen? Bea hatte sie gewarnt, dass ein Gentleman wie Knight vielleicht nur auf das schnelle Vergnügen aus war. Die Vorstellung, dass er so wenig von ihr hielt, zerriss ihr das Herz. Ein Grund mehr, die Angelegenheit so schnell wie möglich hinter sich zu bringen. Sie versuchte, die Fassung zu wahren, als er neben sie an den Tisch trat.

Törichterweise wünschte sie sich, sie hätte etwas Schöneres als ihr verblichenes Arbeitskleid angezogen. Aber eine solche Zurschaustellung ihrer Verzweiflung ließ ihr Stolz nicht zu. Er sah natürlich makellos aus in einem taubengrauen Gehrock und einer Weste aus dezent gemustertem Damast. Sein Gesicht war frisch rasiert, sein Krawattentuch perfekt gebunden und der Duft seines teuren Parfüms erinnerte sie an das, was sie miteinander geteilt hatten und wie weit er über ihr stand.

„Wie geht es Ihnen, Fancy?", fragte er.

Sein besorgter Tonfall trieb ihr die Tränen in die Augen und ihr Herz schmerzte vor Sehnsucht.

Fackel nicht lang, ermahnte sie sich. *Bring's so schnell wie möglich hinter dich.*

„Ganz gut, Euer Gnaden.“

„Euer Gnaden?“ Er musterte sie forschend und fuhr dann leise fort: „Kehren wir nach letzter Nacht zu diesem Punkt zurück?“

„Seit letzter Nacht hat sich nichts verändert“, presste sie hervor.

„Das stimmt nicht, Fancy. Alles hat sich verändert.“

Sie ließ sich von seinem sanften Tonfall nicht beirren. „Vor ... dieser Sache haben wir uns geeinigt, dass sie nur dem Vergnügen des Augenblicks dient. Der Augenblick ist vorbei und Sie müssen sich nicht dazu verpflichtet fühlen, mehr draus zu machen, als es war.“

Seine Miene verfinsterte sich. „Wir wurden entdeckt, Fancy. Von Ihrer Familie und den Taylors. Ihr Ruf steht auf dem Spiel.“

„Meine Familie wird mich nicht verstoßen“, sagte sie mit einer wegwerfenden Geste. „Und die Taylors sind gute Freunde. Die werden sich nicht das Maul über mich zerreißen. Niemand außer ihnen wird je davon erfahr’n.“

„Aber ich werde mit dem Wissen leben müssen.“ Knight presste die Lippen zusammen. „Halten Sie mich für so ehrlos, dass ich nicht wie ein Gentleman handeln und das Richtige tun würde?“

Sie versuchte, die aufkeimende Sehnsucht zu unterdrücken. „Wir beide hatten ’ne Abmachung und daran halte ich mich.“

„Es gab keine Abmachung.“ Sein Kiefermuskel spannte sich an. „Ich war ein Schuft, weil ich Sie in Ihrem verletzlichen Zustand ausgenutzt habe.“

„Sie haben mir ehrlich gesagt, was Sie mir bieten können“, beharrte sie.

„Im Gegenteil, ich habe sowohl Sie als auch mich selbst belogen. Sie sind unverheiratet, ich bin ein Gentleman. Es war von Anfang an unausweichlich, dass unsere Taten Konsequenzen nach sich ziehen."

„Es ist ja nicht so, als wär ich 'ne Dame ..."

„Nicht." Die Emotionen, die in seinen Augen aufblitzten, ließen sie verstummen. „Sagen Sie niemals, dass Sie weniger wert sind als andere, Fancy, denn das stimmt nicht."

Sie straffte die Schultern. „Sie wissen längst nicht alles über mich. Ich bin ein Findelkind ..."

„Ich weiß. Ihr Vater hat es mir erzählt", erklärte er auf ihren überraschten Blick hin. „Jedoch verdienen Sie unabhängig von Ihrer Herkunft Respekt, und ich war ein Bastard, weil ich Ihnen mit meinem törichten Verhalten einen anderen Eindruck vermittelt habe."

„Das ändert nichts an der Tatsache, dass ich nicht die Richtige für Sie bin", sagte sie mit belegter Stimme. „Vor zwei Wochen wollten Sie unbedingt Bea, weil sie 'ne Lady ist. Mich haben Sie nicht mal bemerkt."

„O doch, das habe ich."

Seine Augen glühten noch immer, aber diesmal aus anderem Grund. Sofort kehrten die Erinnerungen an ihre gemeinsame Leidenschaft zurück, ließen ihre Knie weich und ihre Entschlossenheit schwächer werden. Aber sie durfte nicht nachgeben, sie musste beenden, was nie hätte beginnen dürfen.

„Sie ... Sie wollten mich nicht küssen", platzte sie heraus.

Das sollte nicht wie ein Vorwurf klingen. Er stieß einen Fluch aus, dessen Vehemenz sie überraschte. Für den Bruchteil einer Sekunde fiel die Maske seiner eisernen Zurückhaltung von ihm ab und dahinter kam ein heißblütiger Mann zum Vorschein, der sie mit Begierde und einer seltsamen Qual anstarrte.

„Das ist keine Fragen des Wollens", erwiderte er heiser.

Was sollte sonst dahinterstecken? Sie richtete sich auf.

„Spar'n Sie sich die Ausflüchte. Ich weiß, dass ich nicht die Sorte Frau bin, die Sie sich wünschen."

„Verdammt, Fancy, hier geht es nicht um Sie, sondern um mich und meine Situation." Er atmete tief durch. „Es gibt Dinge, dich ich Ihnen sagen muss, damit Sie genau verstehen, was ich Ihnen anbiete."

„Sie müssen mir gar nichts anbieten."

„Verflucht, sind Sie immer so stur?" Er fuhr sich mit der Hand durchs Haar, eine Geste der Frustration, die sie so noch nie bei ihm gesehen hatte. „Würden Sie mir den Gefallen tun und sich anhören, was ich zu sagen habe? Was niemand sonst weiß?"

Die Neugierde durchbrach ihren Schutzschild des Stolzes. Sie nickte steif.

„Vielen Dank." Kurz senkte er den Blick, bevor er wieder zu ihr aufsah. „Ich habe Sie nicht geküsst, weil ich vor Jahren einen Schwur geleistet habe. Ich versprach einer Dame, dass ich nach ihr nie wieder eine andere küssen würde."

Das Blut pochte Fancy in den Ohren. Sie erinnerte sich an den sehnsüchtigen Blick, mit dem er auf den Teich hinaus gestarrt hatte, als sie ihn heimlich beobachtete.

„Wer ... wer ist sie?", fragte sie mit erstickter Stimme.

„Ihr Name ist Imogen Hammond. Ich habe sie kennengelernt, als ich fünfzehn war und sie dreizehn", sagte er schroff. „Nun, nicht wirklich kennengelernt ... Ich habe sie aus dem Weg einer außer Kontrolle geratenen Kutsche gezogen. Aus Dankbarkeit stellte ihr Vater mich ein. Als Stallbursche kam ich nicht mit der Familie in Kontakt, aber Imogen war nett zu mir. Sie schlich sich oft hinaus, um mich zu sehen ... und irgendwann verliebten wir uns ineinander."

Fancy fühlte sich benommen, als würde sie nach einer Episode des Schlafwandelns erwachen. Knight war alles andere als zynisch, was die Liebe anbelangte, sondern vielmehr der

Held seiner eigenen romantischen Geschichte. Eine, in der die Rolle der Prinzessin von Imogen Hammond gespielt wurde. Sogar der Name der Dame war bezaubernd.

Ebenso erwartungsvoll wie bang fragte sie: „Was ist dann passiert?"

„Zunächst nichts. Ich wusste, dass ihr Vater ihr niemals erlauben würde, den Stallburschen zu heiraten. Also beschloss ich, ein besserer Mann zu werden und mein Glück zu machen. Ich kündigte bei den Hammonds und fand Arbeit als Wachmann. Leicht verdientes Geld, wenn man bereit ist, seinen Hals zu riskieren." Knight zuckte mit den Schultern, als ob es nichts bedeutete, dass er sein Leben riskiert hatte, um die Frau seiner Träume zu erobern.

Es hätte Fancy schwerfallen müssen, sich den Herzog als Leibwächter vorzustellen. Doch sie hatte schon immer diese angeborene Macht an ihm gespürt, die nicht von Reichtum oder gesellschaftlichem Stand herrührte. Was er ihr soeben erzählt hatte, erklärte vieles: Er war ein Mann, der sich seinen Erfolg buchstäblich erkämpft hatte.

„Nach ein paar Jahren in diesem Beruf habe ich einem Klienten das Leben gerettet", fuhr er in demselben sachlichen Tonfall fort. „Der Gentleman, James Hessard, besaß eine Reihe von Manufakturen, und er revanchierte sich, indem er mir eine Stelle als seine rechte Hand anbot. Hessard wies mich in das Geschäft ein, und schließlich wurde ich sein Partner. Als er sich zur Ruhe setzte, kaufte ich ihn auf und baute das Geschäft aus. Mit fünfundzwanzig war ich ein reicher Mann, aber das war nicht genug. Imogen heiratete einen anderen."

„Wen?", fragte Fancy, auch wenn es sie nichts anging.

„Den Grafen von Cardiff", erwiderte er tonlos.

„Das tut mir leid."

„Muss es nicht. Imogen war stets eine pflichtbewusste Tochter, die sich den Wünschen ihrer Familie nicht widersetzen konnte. Sie ist jetzt seit fünf Jahren mit Cardiff verheiratet und hat zwei Kinder."

Trotz seines neutralen Tons lag etwas Versonnenes in seinem Blick, das Fancys Herz mit Mitgefühl und Sehnsucht erfüllte. Er war also doch so unerschütterlich und loyal wie die Ritter von einst. Obwohl Imogen seit fünf Jahren mit einem anderen vermählt war, sparte Knight sich seine Küsse für sie allein auf.

Sie erinnerte sich an das, was er über die Liebe gesagt hatte: dass sie ein riskantes Spiel sei, auf das man sich besser nicht einließ. Nun verstand sie, warum er so dachte. Er war das Risiko eingegangen und es hatte ihm das Herz in tausend winzige Stücke zerbrochen.

„Lieben Sie sie immer noch?", fragte sie zögerlich.

„Ist es Liebe? Ich weiß es nicht mehr. Manchmal scheint das, was ich für sie empfinde, wie eine Gewohnheit zu sein, die ich nicht ablegen kann." Er lächelte freudlos. „Das spielt keine Rolle. Imogen ist verheiratet und sie würde ihren Mann niemals betrügen, noch würde ich das wollen. Aber ich habe ihr als Gentleman versprochen, keine andere zu küssen, und daran habe ich mich gehalten."

Die grausame Schönheit seines Schwurs versetzte ihr einen Stich ins Herz.

„Sie sind ein ehrbarer Mann", flüsterte sie.

„Nicht in Bezug auf Sie." Er holte tief Luft, bevor er fragte: „Warum haben Sie mir nicht gesagt, dass Sie noch Jungfrau sind?"

Die Frage überraschte sie. „Ich, äh, dachte nicht, dass Sie das wissen müssen."

„O doch. Wenn ich es gewusst hätte, wäre ich ..." Er runzelte die Stirn und wechselte abrupt das Thema. „An jenem Tag am Bach sagten Sie mir, Sie hätten Erfahrung. Sie meinten: ‚Ich weiß, was Liebe ist.'"

„Ich erinnere mich. Wir redeten über Liebe und Sie waren ... na ja, sie hatten 'ne äußerst zynische Sichtweise. Als ich Ihnen widersprach, behaupteten Sie, ich hätte einfach nicht genug Erfahrung mit der Welt. Da sagte ich, dass ich wohl erfahren bin, weil's stimmt. Ich bin mein ganzes Leben lang rumgereist und hab mit Sicherheit viel mehr von der Welt gesehen als die meisten Frauen meines Alters.“

„*Das* haben Sie mit Erfahrung gemeint? Dass Sie viel *unterwegs* waren?“

„Ja“, sagte sie, verwundert über seinen ungläubigen Tonfall. „Und ich *weiß*, was Liebe ist. Meine Eltern waren einander treu ergeben. Genauso wie Mr und Mrs Taylor und viele andere, die ich kenne. Was hätte ich denn sonst meinen sollen?“

Knight musterte sie mit steinerner Miene.

Plötzlich dämmerte es ihr. *Warum haben Sie mir nicht gesagt, dass Sie noch Jungfrau sind?* Eine solche Frage würde er nur stellen, wenn er glaubte, dass sie *keine* war.

„Sie dachten, ich ... ich wäre mit anderen Männern zusammen gewesen?“, flüsterte sie verletzt.

Er betrachtete sie nachdenklich und nickte langsam.

Seine Reaktion brachte eine Flut schmerzhafter Erinnerungen mit sich: all die Menschen, die auf sie herabgesehen hatten, weil sie die Tochter eines Kesselflickers war. Die Männer, die versucht hatten, sie auszunutzen, weil sie glaubten, sie besäße weder Moral noch Stolz. Die gemeinen Vermutungen, die die Leute über sie und ihre Sippe anstellten.

Über die Jahre hatte sie Mauern errichtet, um den Schmerz zu verdrängen. Aber nun wandten sich genau diese Mauern – ihre kostbaren Träume – gegen sie. Sie hatte sich damit abgefunden, dass es keine Zukunft mit ihrem Prinzen geben würde, kein Märchenende. Sie konnte sogar den Schmerz ertragen zu wissen, dass er eine andere liebte, und sei es nur, weil es von seinem hingebungsvollen Herzen zeugte.

Sie war jedoch nicht darauf vorbereitet, dass er so schäbig über sie dachte.

Dass er sie für ein ... Flittchen hielt.

Bea hatte recht, dachte sie benommen. *Er wollte nur das Eine von mir. Was zwischen uns geschehen ist, war nicht magisch, sondern ... billig.*

„Fancy, es tut mir leid. Bitte weinen Sie nicht."

Seine gequälten Worte durchdrangen den Nebel des Schmerzes. Sie hatte gar nicht bemerkt, dass sie weinte. Beschämt wandte sie sich von ihm ab, wischte sich mit der Schürze über die Augen und fing die Tränen auf, die sie nicht zurückhalten konnte.

„Geh'n Sie einfach", murmelte sie.

„Ich lasse Sie nicht allein." Plötzlich stand er hinter ihr, drehte sie um und schloss sie fest in die Arme. „Verdammt, ich bin so ein Mistkerl."

Sein schroffes Eingeständnis raubte ihr die Beherrschung. Sie trommelte gegen seine Brust, um ihrer Wut Luft zu machen. Er hinderte sie nicht, ließ sie aber auch nicht los. Er hielt sie einfach fest, bis sie aufhörte zu kämpfen und den Tränen freien Lauf ließ. Sie weinte um ihre zerbrochenen Träume und ihre verlorene Unschuld, während er ihr beruhigend über den Rücken streichelte, bis seine Weste völlig durchnässt war und nichts weiter aus ihr herauskam als zitternde Schluchzer.

Erst dann ergriff Knight das Wort. „Ich kann mich nicht genug entschuldigen für das, was ich geglaubt habe", sagte er mit leiser, rauer Stimme. „Als armer, vaterloser Knabe aus dem Elendsviertel weiß ich besser als jeder andere, wie es ist, wenn man wegen seiner Herkunft verurteilt wird. Wie ungerecht und verletzend sich das anfühlt. Es gibt keine Entschuldigung dafür, dass ich Ihnen dasselbe angetan habe."

In ihrem Zustand gab es nur wenige Dinge, die er hätte sagen können, um zu ihr durchzudringen.

Aber soeben hatte er sie gesagt.

Sein vollkommenes Verständnis für ihren Schmerz war fast so erstaunlich wie das, was er über sich selbst preisgegeben hatte. Während ihrer gemeinsamen Reise sprachen sie über die verschiedensten Themen, von seiner Arbeit bis zu seinen Geschwistern, aber eines hatte er stets vermieden: über seine eigene Herkunft zu sprechen. Er hatte so gut wie nichts über seine Mutter oder seine Kindheit gesagt.

Sie hob ihren Kopf von seiner Brust. „Sie sind arm und vaterlos aufgewachsen?"

„Ich habe bis vor einem Jahr nicht gewusst, wer mein Vater ist", bekräftigte er mit fester Stimme. „Meine Mutter wollte nicht darüber sprechen, sie sagte mir nur, dass er vor meiner Geburt gestorben sei. Ich vermutete, dass ich ein Bastard war. Sie arbeitete als Näherin und verdiente gerade so viel, dass wir überleben konnten. Ich stahl, kämpfte, tat, was immer ich konnte, um uns das Essen auf den Tisch zu bringen. Sie starb, als ich zwanzig war, und während der ganzen Zeit, in der ich sie kannte, hatte sie kein einfaches Leben."

Fancy wusste nicht, was sie sagen sollte. Obwohl sie wusste, dass er sich seinen Erfolg hart hatte erarbeiten müssen, war ihr nicht klar gewesen, wie schwer sein Leben tatsächlich gewesen war.

Er holte ein Taschentuch hervor und trocknete ihre Tränen. „Letztes Jahr wurde ich an das Sterbebett von Arthur Huntingdon, dem Herzog von Knighton, gerufen", fuhr er fort. „Er erzählte mir, dass er meine Mutter aus Gründen, die zu langwierig sind, um sie jetzt zu erörtern, verlassen hatte, dass sie jedoch von Rechts wegen verheiratet waren. Was bedeutete, dass ich sein rechtmäßiger Nachkomme und Alleinerbe war."

„Das muss ein Schock gewesen sein", sagte Fancy mit großen Augen.

„Um es milde auszudrücken." Er legte eine Hand an ihre

Wange. Sie wusste, dass sie es nicht zulassen sollte, aber sein warmer, eindringlicher Blick fesselte sie. „Ich erzähle Ihnen meine Geschichte, weil Sie wissen sollen, dass ich Sie nie für unter meiner Würde gehalten habe. Wenn überhaupt, sind Sie viel zu gut für einen Mann wie mich. Sie verdienen jemanden, der Ihnen sein ganzes Herz schenkt, und das kann ich nicht. Aber ich habe etwas anderes zu bieten und bitte Sie, mir die Ehre zu erweisen, mich anzuhören.“

Er strich mit dem Daumen über ihre Wange, bevor er die Hand sinken ließ und die Arme hinter dem Rücken verschränkte. Dann stand er schweigend da und musterte sie erwartungsvoll.

Sag ihm, dass er verschwinden soll, meldete sich ihre Stimme der Vernunft zu Wort. *Lass nicht zu, dass er dich wieder verletzt.*

Doch ihr Herz hatte noch nie auf ihren Verstand gehört.

„Was bieten Sie mir an?“, fragte sie.

Zu ihrer Überraschung atmete er sichtlich erleichtert aus. Die Tatsache, dass ihre Reaktion ihm so viel bedeutete, stellte ihre Entschlossenheit auf die Probe.

„Ich bin zwar kein Prinz, aber ich habe ein Schloss“, sagte er. „Eigentlich mehrere, wenn man die gewöhnlichen Herren-häuser dazu zählt. Wenn nicht, gibt es ein paar Schlösser in Frankreich, die wir jederzeit besuchen können. Sie sagten, Sie wünschen sich einen Ort, an dem Sie sich niederlassen können, und den kann ich Ihnen bieten.“

Er erinnert sich noch daran, dachte sie erstaunt. *Er hat sich die Details meines albernen Traums gemerkt.*

„Außerdem kann ich Ihnen eine Familie in Form einer Tante und vier Halbgeschwistern bieten. Allerdings muss ich Sie warnen: Wenn Sie sie kennenlernen, werden Sie sie wahr-scheinlich umgehend zurückgeben wollen.“

Die trockene Bemerkung überraschte sie, und sie lachte leise auf.

„So schlimm können sie nicht sein."

„Sie sind sogar noch schlimmer. Aber wenn Sie es mit ihnen aufnehmen wollen, gehören sie Ihnen."

Während sie darüber nachdachte, räusperte er sich. „Natürlich sind sie nicht die einzige Familie, die ich Ihnen geben könnte und möchte, wenn Sie meine Frau wären."

Ihr Herz setzte einen Schlag aus, als sie den glühenden Ausdruck in seinen grauen Augen bemerkte.

„Ich will Sie, Fancy", fuhr er mit heiserer Stimme fort. „Leidenschaft ist zwar nicht dasselbe wie Liebe, aber ich behaupte, sie ist zuverlässiger. Und was ich für Sie empfinde, geht über körperliche Anziehung hinaus. Ich mag Sie wirklich."

Er will mich. Er mag mich.

Ein wohliger Schauer jagte ihr über den Rücken, doch sie ignorierte ihn.

„Was genau mögen Sie an mir?", fragte sie vorsichtig.

„Dass es so leicht und unbeschwert ist, mit Ihnen zu reden. Dass Sie fürsorglich und loyal gegenüber Ihrer Familie und Ihren Freunden sind. Mir gefällt, wie ehrlich und praktisch veranlagt Sie sind, dass Sie nicht zu der Sorte Frauen gehören, die zu alberner Theatralik neigen."

Mit einer solch ausführlichen Antwort hatte sie nicht gerechnet. Sie hatte ja keine Ahnung, dass er so über sie dachte. Und das war noch längst nicht alles.

„Mir gefällt, dass Sie sich um streitsüchtige Esel kümmern und nicht vor Fischen zurückschrecken, die größer sind als Sie." Ein Lächeln schlich sich in seine Augen. „Mir gefällt, dass Sie ständig in Schwierigkeiten geraten, damit ich Sie retten kann."

„Ich gerate nicht ständig in Schwierigkeiten", protestierte sie. Er hob die Brauen.

Sie seufzte. „Also gut, in letzter Zeit zieh ich Ärger irgendwie magisch an."

„Umso besser, dass Sie mich in Ihrer Nähe haben", sagte er und streichelte ihr sanft über die Wange.

Die zwanglose, zärtliche Geste brachte den Rest ihres Widerstands zum Schmelzen. Obwohl Knight ihr keine Liebe versprach, schien er ihr andere Aspekte ihres Traums erfüllen zu können – es sogar zu wollen.

Vielleicht hatte er recht. Vielleicht war die Liebe nicht so wichtig, wie sie dachte. Vielleicht waren Leidenschaft und Freundschaft verlässliche Bausteine, auf denen man eine Ehe aufbauen konnte. Als sie versuchte, einige ihrer alten Erwartungen loszulassen, stellte sie fest, dass es eine gab, die sie nicht aufgeben konnte.

„Was ist mit Imogen?", wollte sie wissen.

„Sie wird keinen Einfluss auf unsere Ehe haben", erwiderte er mit ernster Miene. „Ich verspreche Ihnen, ein guter und treuer Ehemann zu sein. Ich werde Sie nicht anlügen und bitte Sie, mir dieselbe Höflichkeit zu erweisen. Die Tatsache, dass wir offen über Imogen sprechen können, ist ein gutes Zeichen für die Ehrlichkeit, die zwischen uns möglich ist. Sie zeugt von unserer Fähigkeit, kommunizieren und zusammenarbeiten zu können."

Er war so überzeugend, auch wenn sie wusste, dass ihr Weg nicht einfach sein würde. In Wahrheit ließ sich nicht sagen, was vor ihr lag. Doch eine ihrer größten Fähigkeiten war, sich anzupassen und das Beste aus dem zu machen, was sie hatte. Selten in ihrem Leben war etwas vollkommen oder perfekt gewesen. Nun teilte das Schicksal ihr einen gut aussehenden Herzog zu, der sie begehrte und mochte, der ihr ein Zuhause und eine Familie geben wollte.

Was mehr konnte sie sich wünschen?

„Sagen Sie, dass Sie die Meine sein wollen, Fancy", bat er

sie. „Dass Sie gewillt sind, sich eine Zukunft mit mir aufzubauen."

„Das bin ich." Sie hielt inne und holte tief Luft. „Unter einer Bedingung."

Sie war zwar Optimistin, aber nicht töricht. Sie hatte aus den Fehlern der Vergangenheit gelernt. Wenn sie sich schon auf unsicheres Terrain begab, würde sie Maßnahmen ergreifen, um sich zu schützen.

Die Sanftheit in seinen Augen wich einem seltsam zynischen Blick. „Die da wäre?"

Da es keinen feinfühligen Weg gab, es zu sagen, platzte sie einfach damit heraus. „Ich will nicht, dass Sie mich küssen."

Sie hätte nicht gedacht, dass man ihn aus der Fassung bringen könnte, aber die kaum merkliche Entgleisung seiner Gesichtszüge deutete ganz darauf hin.

„Darf ich fragen, warum nicht?"

„Weil Sie es nicht woll'n", erwiderte sie unumwunden. „Und ich will nicht geküsst werden, es sei denn, Sie meinen es ernst." *Es sei denn, Sie lieben mich.* „Auch ich habe meinen Stolz, Knight."

„Daran habe ich nie gezweifelt." Er räusperte sich. „Was ist mit ... anderen ehelichen Aktivitäten?"

Fancy schoss die Hitze ins Gesicht, doch sie antwortete mit fester Stimme: „Wie Sie schon sagten, begehren wir einander, und es ist nichts Unredliches daran, diesen Gefühlen nachzugeh'n. Ich möchte Ihnen eine richtige Ehefrau sein, Knight."

„Das freut mich zu hören", sagte er sanft. „Denn ich möchte Ihnen ein richtiger Ehemann sein."

Wieder legte er eine Hand an ihre Wange und beugte sich vor. Als seine Lippen zärtlich über ihre Stirn streiften, erzitterte sie und betete, dass sie die richtige Wahl getroffen hatte.

Kapitel Dreizehn

Zwei Tage später stand Severin in einer Schmiede in Gretna Green und wartete auf Fancy.

Obwohl das Gebäude vermutlich seit Jahrzehnten nicht mehr als Schmiede benutzt worden war, roch es in dem niedrigen Raum immer noch schwach nach Rauch und erhitztem Metall. Die weiß getünchten Wände und Wildblumensträuße wiesen darauf hin, dass die Räumlichkeiten gegenwärtig für Hochzeiten genutzt wurden. Severin bemühte sich, ruhig zu bleiben, während der „Priester", ein Mr Clewis, ungeduldig an dem Amboss herumhantierte, vor dem die Ehen geschlossen wurden. Zweimal hatte Clewis nun schon gefragt, wann die Braut eintreffen würde, da er für den Tag mehrere Hochzeiten geplant hatte.

Severin hatte den Mann mit einer Münze zum Schweigen gebracht. Dennoch konnte er das ungute Gefühl nicht abschütteln, dass Fancy womöglich nicht auftauchte. Wie groß waren die Chancen, dass er beim Durchbrennen nicht nur einmal, sondern gleich zweimal versetzt wurde?

Zugegeben, mit Imogen war er gar nicht so weit gekommen.

Sie hatten London nie verlassen, weil sie nicht am vereinbarten Treffpunkt aufgetaucht war. Er hatte geplant, sie hierherzubringen, nach Gretna Green, einem Dorf kurz hinter der schottischen Grenze, das als Anlaufstelle für diejenigen bekannt war, die schnell heiraten mussten. Da die schottischen Gesetze diesbezüglich weniger restriktiv waren als die englischen, war Gretna ein beliebtes Ziel für englische Eheschließungen geworden. Schmiede konnten die Zeremonien, die im Volksmund als „Amboss-Hochzeiten" bezeichnet wurden, legal durchführen.

Severin und die Sheridans waren tags zuvor am späten Nachmittag eingetroffen. Obwohl sie nicht durchbrannten, wollte er Fancy so schnell wie möglich auf legalem Wege zu der Seinen machen. Von daher hatte er für diesen Morgen um Punkt zehn Uhr einen Termin beim hiesigen Schmied gebucht, aber Fancy war bereits eine Viertelstunde zu spät. Insgeheim fragte er sich, ob ihr Vater dafür verantwortlich war.

Sheridan hatte darauf bestanden, dass seine Tochter die Nacht bei ihm im Wohnwagen der Familie verbrachte anstatt in dem Gasthaus, in dem Severin ein ganzes Stockwerk für alle reserviert hatte. Aus Gründen, die er offen gesagt nicht nachvollziehen konnte, war der alte Kesselflicker nach wie vor strikt gegen die Vermählung. Severin war bereit, alles zu tun, um zumindest von dem Mann geduldet zu werden, wenn er schon nicht seine Zustimmung hatte, aber Fancy hatte ihn gebeten, sich nicht einzumischen.

„Überlass Pa mir", sagte sie mit entschlossener Miene. „Wir seh'n uns morgen in der Schmiede."

Trotz ihrer zierlichen Statur und sanften Art besaß seine zukünftige Braut einen eisernen Willen, und den würde sie auch brauchen, wenn sie es mit seiner Familie und dem *ton* in London aufnahm.

Wenn es ihm gelang, sie zu seiner Herzogin zu machen.

Angesichts der Möglichkeit, dass Fancy ihn vor dem Altar – oder besser gesagt dem Amboss – stehen ließ, löste sich seine verbleibende Zwiespältigkeit bezüglich einer Vermählung mit ihr in Luft auf. Ob sie nun geeignet war oder nicht, er wollte sie zur Frau haben, verdammt noch mal.

Er dachte an die Bedingung, die Fancy an ihre Heirat geknüpft hatte, an das Einzige, was sie von ihm verlangte, und ein seltsamer Schmerz schnürte ihm die Brust ab. Er hatte erwartet, dass sie etwas von materiellem Wert aushandeln würde. Sie hatte durchaus einen Anspruch auf Juwelen, ein vierteljährliches Taschengeld oder Ähnliches. Seine früheren Geliebten pflegten diese Dinge von ihm zu fordern, und er war stets großzügig gewesen.

Doch Fancy hatte ihm gesagt, dass sie nichts von ihm verlangte, was er nicht freiwillig geben wollte. Erst jetzt fiel ihm auf, dass sie die einzige Frau war, die ihm jemals das Gefühl gegeben hatte, genug zu sein ... und zwar so, wie er war.

Bevor seine *Maman* dem Wahnsinn zum Opfer gefallen war, hatte sie ihn geliebt. Selbst dann, als die Krankheit ihr die Kontrolle raubte, dachte er und ignorierte den Phantomschmerz seiner alten Narbe. Sie hatte alles geopfert, damit Severin und sie überleben konnten. Als er alt genug war, um zu erkennen, was sie tat, flehte er sie an, damit aufzuhören. Er bot ihr an zu stehlen oder zu tun, was auch immer nötig war, damit sie ihren Lebensunterhalt nicht länger auf dem Strich verdienen musste.

Du bist weder groß noch stark genug, um die Arbeit eines Mannes zu verrichten, mon chou, hatte sie gesagt und ihm zärtlich die Haare aus der Stirn gestrichen. *Wenn du deine Maman glücklich machen willst, dann sei besser als das, was die Straße dich gelehrt hat. Sei nicht wie diese Tiere, mit denen du dich abgibst, oui?*

Er bemühte sich so sehr, ein Mann zu sein und sich um sie zu kümmern, aber er hatte versagt.

Dann lernte er Imogen kennen und sie verlangte von ihm, etwas zu sein, das er nicht war ... zumindest damals noch nicht. Und nun, da er ein Herzog war, war es zu spät. Er konnte die Zeit nicht zurückdrehen, nicht einmal für sie.

Was jedoch Fancy betraf ... Er hatte das Gefühl, ihr gerecht werden zu können. Aus einem unerklärlichen Grund hatte sie ihm seine schändlichen Vorurteile und die grausame Art, auf die er sie entjungfert hatte, verziehen. Sie war vor den widerwärtigen Details seiner Vergangenheit nicht zurückgeschreckt, obwohl er das Schlimmste, die Erinnerungen, die er selbst unter Verschluss hielt, natürlich nicht erzählt hatte.

Das Wichtigste war, dass sie ihn zu wollen schien, auch wenn er nicht in der Lage war, ihr sein Herz zu schenken oder sie zu küssen. Ihre Ehrlichkeit und Großzügigkeit weckten das unstillbare Verlangen in ihm, sie zu der Seinen zu machen.

Wo zum Teufel steckt sie?, dachte er voller Ungeduld und ballte die Hände. Er wusste, wo die Sheridans ihr Lager aufgeschlagen hatten. Wenn nötig, würde er dorthin stürmen, sich seine Braut holen und jeden niederstrecken, der sich ihm in den Weg stellte.

Gerade, als er sich der Tür zuwandte, flog diese auf und Fancy eilte herein.

Sie hatte rosige Wangen und war ein wenig zerzaust. Eine glänzende, kastanienbraune Locke hatte sich aus ihrem schlichten, mit frischen Blumen geschmückten Haarknoten gelöst. Sie trug eines ihrer gewöhnlichen Kleider in nichtssagendem Beige, das am Saum unauffällig geflickt war.

Noch nie hatte sie so schön ausgesehen wie in diesem Augenblick.

Sichtlich außer Atem eilte sie auf ihn zu. „Tut mir leid, dass du warten musstest. Es gab 'nen kleinen Unfall.“

„Ein Unfall?“ Seine Erleichterung über ihr Erscheinen wich der Besorgnis. „Geht es dir gut?“

„Ja, nur mein Stolz wurde verletzt." Sie schenkte ihm ein verlegenes Lächeln. „Ich wollte mein bestes Kleid anzieh'n, das rosafarbene. Ich machte mich also fertig und wollte geh'n, aber Bertrand weigerte sich mal wieder, sich zu bewegen. Ich hätte ihn Pa überlassen soll'n, aber weil ich es so eilig hatte, sprang ich runter vom Wagen und hielt dem störrischen Esel 'ne Standpauke. Bertrand mag es nicht, wenn man ihn belehrt, und im nächsten Moment hat das Mistvieh mich mit *Schlamm* bespritzt."

Severins Mundwinkel zuckten. So etwas konnte wirklich nur Fancy passieren. Keine andere Braut hätte sich am Tag ihrer Hochzeit mit einem Esel gestritten – und verloren – und dabei noch so ein entzückendes Häufchen Elend abgegeben.

Sie seufzte und sah an sich hinunter. „Und jetzt muss ich in diesem alten Fetzen heiraten."

Er hob ihr Kinn an und sah ihr tief in die Augen.

„Du bist immer noch die schönste Braut, die ich je gesehen habe", sagte er.

Sie errötete. „Das sagst du nur aus Höflichkeit."

„Nein, es ist die Wahrheit", protestierte er, woraufhin sie ihm ein Lächeln schenkte. „Es tut mir leid, dass wir keine Zeit hatten, dir ein anständiges Kleid zu besorgen. Wir kaufen dir eine Aussteuer, sobald wir in London sind."

„Ich werde nie so eindrucksvoll ausseh'n wie du", sagte sie wehmütig. „Du bist ein tadelloser Bräutigam, Knight."

Ihre aufrichtige Anerkennung brachte sein Blut in Wallung und drohte, einen unangemessenen Teil seines Körpers zum Leben zu erwecken. Doch in diesem Augenblick bemerkte er, dass ihr Vater und ihre Brüder eingetreten waren. Die Jungs winkten ihm breit grinsend zu, und Severin nickte zur Begrüßung. Als er jedoch Milton Sheridans besorgten Blick sah, beschloss er, nicht länger zu fackeln.

„Ohne dich wäre ich überhaupt kein Bräutigam", sagte er und hielt Fancy einen Arm hin. „Bereit, Liebling?"

Sie legte ihre zierliche Hand auf seinen Ärmel und ihr vertrauensvolles Lächeln versetzte ihm einen bittersüßen Stich in die Brust.

„Bereit", sagte sie.

Kapitel Vierzehn

Ich bin mit Knight verheiratet.

Fancy wollte sich kneifen, um sicherzugehen, dass sie nicht träumte.

Nach dem Desaster mit ihrem Hochzeitskleid war der Rest des Tages zum Glück ohne Probleme verlaufen. Um ehrlich zu sein, war sie überrascht gewesen, wie schnell die Zeremonie, die sie und Knight für den Rest ihres Lebens verband, vorbei war. Mr Clewis, der Schmied, der die Trauung abhielt, hatte sie angewiesen, sich an den großen Amboss in der Mitte des Raumes zu stellen und sich die Hände zu reichen.

„Sind Sie alt genug, um zu heiraten?", fragte er in seinem schweren schottischen Akzent.

Sie und Knight hatten beide mit Ja geantwortet.

„Dürfen Sie heiraten?", fuhr Clewis fort.

Kaum hatten sie auch diese Frage bejaht, ergriff der Schmied einen großen, schwarzen Hammer und schlug so kräftig auf den Amboss, dass ihre Zähne klapperten.

„Damit erkläre ich Sie zu Mann und Frau", verkündete er. „Viel Glück. Gehen Sie jetzt bitte in den Raum zu Ihrer Rechten, um den Papierkram zu erledigen. Na los, das nächste Paar ist dran."

Das war es gewesen.

Anschließend hatte Knight in einem nahe gelegenen Gasthaus ein Mittagessen für ihre Familie ausgerichtet. Sehr zur Freude ihrer Brüder gab es ein Festmahl aus Schellfisch und Kartoffelsuppe, Rinder- und Lammbraten sowie herzhaften Wildpasteten und Nierenfettkuchen. Zum Nachtisch hatte die Frau des Gastwirts eine Auswahl an Mürbegebäck, mit Nüssen gespickten Obstkuchen und ein Parfait aus Himbeeren, Schlagsahne, Haferflocken und Heidehonig aufgetischt. Die Gäste hatten die köstlichen Speisen mit reichlich Holunderwein und Whisky heruntergespült.

Knight erwies sich als herzlicher Gastgeber. Er hatte die Possen ihrer Brüder und die anzüglichen Trinksprüche mit Bravour ertragen, und seine Augen leuchteten jedes Mal vergnügt, wenn Fancy errötete. Auch Pa war dem Herzog gegenüber etwas aufgetaut, obwohl seine Glückwünsche eher von Resignation als aufrichtiger Freude zeugten. Fancy hatte die letzten zwei Tage damit verbracht, ihrem Vater zu versichern, dass Knight der Mann war, den sie heiraten wollte.

Nach dem Festmahl war sie in die Hochzeitssuite gegangen, die Knight für sie reserviert hatte. Ein Dienstmädchen hatte dort auf sie gewartet, um ihr bei ihrer Abendtoilette zu helfen und im Anschluss an ein luxuriöses, nach Rosen duftendes Bad auch beim Anziehen ihres besten Nachtgewands. Am Abend zuvor hatte Fancy den Ausschnitt des schlichten Leinenhemdes mit blauen Bändern und Spitze verziert. Sie hoffte, dass Knight nicht bemerken würde, wie abgenutzt das Kleidungsstück war. Wenigstens sah ihr Haar schön aus. Das Dienstmädchen hatte es gebürstet, bis es ihr in glänzenden Wellen bis zur Taille fiel.

Nun saß Fancy in einem der gepolsterten Sessel vor dem

Kamin und wartete auf Knight. Ihren Ehemann. Eigentlich sollte sie nervös sein, aber in Wahrheit empfand sie nichts als Vorfreude. Sie konnte ihre Hochzeitsnacht kaum erwarten, um mehr von der Leidenschaft zu erfahren, die zwischen ihnen entflammt war. Mit wild hämmerndem Herzen sah sie hinüber zu dem großen Bett.

Dann blickte sie auf den glänzenden Ehering an ihrer linken Hand hinunter. Das schlichte, goldene Schmuckstück barg ungeahnte Möglichkeiten. Knight hatte ihn ihr gegeben, bevor sie die Schmiede verließen. Als er ihr den Ring an den Finger steckte, hatte sie vor Rührung kaum ein Wort des Dankes herausgebracht.

„Etwas Besseres konnte ich in der kurzen Zeit leider nicht auftreiben", sagte er schroff. „Ich werde dir einen Schöneren kaufen, wenn wir in London sind."

Als sie merkte, dass er ihr Schweigen als Abneigung missverstanden hatte, platzte sie heraus: „Nein, ich *liebe* den Ring! Danke, dass du daran gedacht hast."

Die Tür zum angrenzenden Schlafzimmer öffnete sich und ihr Herz setzte einen Schlag aus, als ihr frisch gebackener Gemahl eintrat. Gütiger Himmel, er sah umwerfend aus. Er trug einen Morgenmantel aus schwarzer Seide und sein dichtes Haar war noch ein wenig feucht von seinem Bad. Die winzigen Locken in seinem Nacken ließen sie vermuten, dass er eine hübsche, natürliche Welle besaß, wenn er es länger trüge.

Als sie sich erhob, um ihn zu begrüßen, ergriff er ihre Hand und hauchte einen Kuss auf ihre Knöchel, der sie vor Erwartung erbeben ließ.

„Mir gefällt, wie du dein Haar trägst, *Chérie*", murmelte er. „Habe ich dir genug Zeit gegeben, dich von den Festlichkeiten des Tages zu erholen?"

Der elegante Kosename jagte ihr einen wohligen Schauer über den Rücken. Da sie zuvor schon einmal Ausbesserungsarbeiten für eine französische Schneiderin verrichtet hatte, wusste sie, dass *chérie* „Liebling" bedeutete.

„Ich bin nicht müde", erwiderte sie aufrichtig. „Ich hab auf dich gewartet."

„Tatsächlich?", fragte er mit einem trägen Lächeln, das ihr Herz höherschlagen ließ. „Was für eine brave Ehefrau du doch bist."

Hitze schoss ihr in die Wangen. „Es ist immer noch seltsam, mich als Ehefrau zu seh'n."

„Und als Herzogin von Knighton?"

„Das ist noch seltsamer", gab sie zu. „Ich kann nicht glauben, dass wir verheiratet sind."

„Glaub es ruhig. Wir sind den Bund fürs Leben eingegangen und es gibt kein Zurück."

Sein strenger Tonfall überraschte sie, ebenso wie das besitzergreifende Funkeln in seinen Augen.

„Ich will nicht zurück", erwiderte sie.

„Gut." Er umschloss ihr Kinn und fuhr mit dem Daumen sanft über ihre Unterlippe. „Weil ich mir nichts sehnlicher wünsche, als die Vorzüge unserer Ehe zu genießen."

„Das will ich auch. Seit unserer Nacht im Wald hab ich an nichts anderes mehr gedacht."

Auf ihr Geständnis hin stieß er ein warmes, heiseres Lachen aus. „Ich habe ein lüsternes Weibsstück geheiratet, was? Ich Glückspilz."

Bevor sie reagieren konnte, hob er sie hoch und trug sie hinüber zum Bett. Er stellte sie davor ab und musterte sie von Kopf bis Fuß. Sein eindringlicher Blick verursachte ein nervöses Flattern in ihrem Bauch.

Hoffentlich bemerkt er die Flicken nicht.

„Heb die Arme, Liebling", bat er sie.

Als sie gehorchte, zog er ihr das Nachthemd über den Kopf und warf es achtlos beiseite.

So viel dazu.

Ihre Erleichterung war nur von kurzer Dauer, denn nun stand sie zum ersten Mal völlig entblößt vor einem Mann. Knights glühender Blick war wie eine Berührung und verursachte ihr eine prickelnde Gänsehaut. Ihr Atem ging schneller und ihre Brustwarzen wurden zu festen Knospen, die sich ihm entgegenreckten. Als sie instinktiv die Beine zusammenpresste, spürte sie eine feuchte Hitze zwischen ihren Schenkeln.

„Verdammt, bist du umwerfend“, sagte er mit belegter Stimme. „Letztes Mal konnte ich deinen Anblick gar nicht genießen.“

Die unverhohlene Begierde in seinen silbernen Augen gab ihr das Gefühl, schön zu sein, auch wenn es ihr ein wenig peinlich war. Sie schämte sich zwar nicht für körperliches Begehren, insbesondere nicht zwischen Mann und Frau, aber die Intensität dessen, was sie fühlte, war noch neu für sie. Ein wenig überwältigend.

Sie senkte den Blick und murmelte: „Jetzt kannst du dich ja sattseh'n.“

Er legte einen Finger unter ihr Kinn und zwang sie, ihn anzuschauen.

„Ich bin dein Ehemann und ich sehe dich gerne an“, sagte er schlichtweg. „Es gibt nichts, wofür du dich schämen müsstest.“

„Du hast leicht reden. Du bist ja nicht derjenige, der nackt dasteht“, konterte sie.

Er hob eine Braue. „Möchtest du das denn?“

Auf ihr eifriges Nicken hin zuckten seine Mundwinkel. Langsam öffnete er seinen Morgenmantel und zog ihn aus. Darunter trug er ein Nachthemd, dessen Knöpfe er nacheinander öffnete. Immer mehr seiner behaarten Brust kam zum Vorschein, bis er sich den Stoff schließlich über den Kopf zog. Der Anblick, der sich ihr nun bot, raubte ihr den Atem.

Sie blinzelte verblüfft. „Du bist ... einfach unbeschreiblich.“

Knight war kräftig gebaut. An seinen breiten Schultern und muskulösen Armen traten Sehnen hervor. Sein Oberkörper sah aus, als sei er aus Marmor gemeißelt. Die dunkle Behaarung seiner Brust verlief in einem schmalen Pfeil über seinen perfekten Bauch bis hinunter zu seinem ...

Gütiger Himmel. Sie konnte nicht umhin, sein beeindruckendes Gemächt anzustarren. Wie hatte etwas so Riesiges nur in sie hineingepasst? Da sie in ihrem Metier nicht behütet aufgewachsen war, hatte sie schon vor ihrem ersten Mal mit Knight grundlegende Kenntnisse darüber besessen, was zwischen einem Mann und einer Frau vor sich ging. Sie wusste, welches Teil wohin passte, wie man Kinder machte und sogar, wie man eine Schwangerschaft verhinderte (wann immer ihr Bruder Oliver Verhütungsmittel zum Überziehen zur Hand hatte, gingen sie weg wie warme Semmeln). Allerdings hatte sie noch nie einen erregten Mann gesehen, und der Anblick war erstaunlich.

Sein Glied hing schwer zwischen seinen muskulösen Schenkeln und war bestimmt fünfzehn Zentimeter lang und fast so dick wie ihr Handgelenk. Der fleischige Schaft war von Adern durchzogen, und aus der breiten, dunkelroten Spitze tropfte seine männliche Essenz. Fiebrige Hitze breitete sich in ihr aus, und sie spürte, wie sie noch feuchter wurde.

Als er die Hände auf ihre Schultern legte, zuckte sie zusammen.

„Nervös?", fragte er leise.

„Eher beeindruckt. Obwohl ich beim letzten Mal wohl weggelaufen wäre, wenn ich dich gesehen hätte", gab sie kleinlaut zu. „Ich versteh nicht, wie du in mich reingepasst hast."

„Wir sind eben füreinander geschaffen." Er legte eine Hand um ihren Nacken und sah ihr fest in die Augen. „Ich werde immer sanft sein, Fancy. Ich werde dir niemals wehtun."

Dann senkte er den Kopf und sie drehte den ihren zur Seite,

spürte, wie seine warmen Lippen ihre Wange streiften. Er saugte an ihrem Ohrläppchen, bis ihre Knie weich wurden. Behutsam hob er sie hoch und legte sie aufs Bett, bevor er sich neben ihr ausstreckte und eine Hand besitzergreifend über ihre Seite streifen ließ. Seine Finger wanderten nach oben zu ihren Brüsten und sie wimmerte leise, als er eine von ihnen zu kneten begann und mit dem Daumen über ihre empfindliche Knospe rieb.

„Ich hatte recht, was deine Brustwarzen angeht", sagte er mit offensichtlicher Genugtuung. „Sie sind ebenso rot und prall wie deine Lippen."

„Du, äh, hast über sie nachgedacht?" Sie wusste nicht, ob sie geschmeichelt oder entsetzt sein sollte.

„Seit unserer ersten Begegnung." Als er sanft in eine der rosigen Knospen zwickte, jagte ihr ein elektrisierender Schock durch den Körper und ihre Scheidenmuskeln pulsierten.

„Das glaub ich dir nicht", erwiderte sie atemlos, während er ihrer anderen Brust dieselbe Aufmerksamkeit schenkte. „Du hast mich anfangs nicht mal bemerkt."

„O doch, von der ersten Sekunde an. Und seitdem bist du mir nicht mehr aus dem Kopf gegangen."

Sie runzelte die Stirn. „Was genau hast du über mich gedacht?"

Ein wölfisches Funkeln erhellte seine Augen.

„Warum zeige ich es dir nicht?", murmelte er.

„Oh, Knight, du kannst doch nicht ... O Gott, das ist ... *Hör nicht auf!*"

Erfüllt von den lieblichen Schreien seiner Braut und dem noch süßeren Aroma ihrer Pussy auf seiner Zunge wusste Severin, dass er der größte Glückspilz auf Erden war. Ihre Reaktionen, während er sie oral befriedigte, waren das Erotischste, was er je erlebt hatte. Ihr anfänglicher Schock war hemmungsloser Hingabe gewichen. Umrahmt von ihren bebenden Brüsten, glühte ihr Gesicht vor Erregung, und ihren sinnlichen, leicht geöffneten Lippen entwichen sündhafte Laute.

Verdammt, sie war so wunderschön. Noch viel wollüstiger als in seinen dunkelsten Fantasien.

Und jetzt ist sie ganz die Meine.

Die Erkenntnis ließ sein Herz höherschlagen und seinen Schwanz zucken. Was auch immer geschehen mochte, Fancy gehörte zu ihm ... und niemandem sonst. Bislang hatte er nie großen Wert darauf gelegt, eine Jungfrau zu heiraten, aber zu wissen, dass er Fancys einziger Liebhaber war und sein würde, erfüllte ihn mit Stolz.

Und Verlangen.

Ihre Beine begannen zu zittern, ein deutliches Zeichen dafür, dass sie kurz vor dem Höhepunkt stand. Er wollte sehen, wie sie kam. Genüsslich spreizte er ihre Schamlippen und tauchte mit der Zunge tief in ihre feuchte Hitze. Gleichzeitig rieb er mit dem Daumen über ihre feste, kleine Perle. Ihr Aroma und ihr Duft brachten ihn völlig um den Verstand, ebenso wie ihre Hemmungslosigkeit.

Als sie sich seinem Mund entgegenpresste, quollen die ersten Lusttropfen aus seiner Eichel.

„Knight", keuchte sie, als sie sich ihrer Ekstase hingab.

Mit ihrem süßen Nektar auf seinen Lippen erhob er sich und positionierte sich über ihr, *seiner Frau*, deren glänzendes Haar sich wie ein Fächer um ihr rosiges Gesicht ausbreitete. Ihr Anblick erfüllte ihn mit Lust und unersättlicher Begierde, raubte ihm die Fähigkeit, auch nur einen klaren Gedanken zu fassen. Er musste sie haben, und zwar sofort. Er stützte sich auf einer Hand ab, während er mit der anderen seinen Schwanz griff und ihn an ihre seidige Pussy führte. Langsam glitt er in sie hinein und keuchte laut auf, als ihre enge Höhle ihn umschloss.

„Alles in Ordnung, Liebling?", fragte er mit heiserer Stimme. „Tut es noch weh vom letzten Mal?"

„Nein." Mit großen Augen sah sie zu ihm auf. „Es fühlt sich gut an. Mach weiter."

Gott sei Dank.

Trotz ihres Zuspruchs ließ er sich Zeit, da er sie nicht verletzen wollte. Zentimeter um Zentimeter schob er sich in sie, bis seine Hoden ihre Schamlippen berührten. Unbändige Lust breitete sich kribbelnd durch seinen ganzen Körper aus, als er endlich vollkommen mit ihr vereint war. Er presste die Zähne zusammen und kämpfte gegen das Verlangen an, sie schnell und hart zu nehmen.

„Wie ist das, *Chérie*?", fragte er und ließ sanft die Hüften kreisen. „Fühlt es sich noch gut an?"

„Ja, aber ..." Sie biss sich auf die Lippe und wand sich unter ihm.

„Was ist denn, Fancy?" Er musterte sie besorgt. „Du kannst mir alles sagen."

„Könntest du vielleicht ... 'n bisschen schneller machen?"

Ihre unerwartete Forderung hätte ihm um ein Haar ein Lachen entlockt. Belustigung und Leidenschaft war eine unbekannte, aber äußerst berauschende Kombination für ihn. Sein Schwanz pulsierte voll Ungeduld.

„Das lässt sich einrichten", erwiderte er mit kehliger Stimme.

Ohne zu zögern, gab er den Wünschen seines Körpers und seiner bezaubernden Braut nach. Immer schneller und härter stieß er in sie, und sie bewegte sich mit ihm, passte sich ihm mit einer natürlichen Anmut an, die ihm vollends die Beherrschung raubte. Sie stöhnte laut, schlang die Beine um seine Hüften und nahm ihn noch tiefer in sich auf. Wild vor

Verlangen erhöhte er das Tempo und die Kraft seiner Stöße immer mehr.

Er verlor sich voll und ganz in der sinnlichen Intensität ihres Liebesspiels, dem klatschenden Geräusch seiner Haut an der ihren, der erotischen Reibung seiner Hoden an ihrer triefenden Pussy. In dem Kratzen ihrer Fingernägel auf seinen Armen. In den lustvollen Lauten, die ihr über die verführerisch rosigen Lippen kamen und ihn dazu einluden, sie zu kosten ...

Als er den vertrauten Druck spürte, der sich in ihm aufbaute, wollte er den Gipfel der Ekstase gemeinsam mit ihr erreichen. Er ließ eine Hand zwischen ihre Körper gleiten und drückte ihre empfindliche Perle gegen seinen harten Schaft. Sofort zogen ihre intimen Muskeln sich so fest um ihn zusammen, dass er verzückt aufstöhnte.

„Komm für mich, Liebling", knurrte er. „Massiere mich mit deiner Pussy und lass uns gemeinsam kommen."

Vermutlich sollte ein Gentleman nicht auf solch vulgäre Weise mit seiner Frau reden, aber das war ihm egal. Das Pulsieren ihrer engen Höhle verriet ihm, dass Fancy sich nicht an seinem verruchten Vokabular störte. Ihr Orgasmus entlockte ihm seinen eigenen. Heißer Samen schoss von seinen Hoden durch seinen Schaft, und mit einem kehligen Aufschrei ergoss er sich in seine bezaubernde Braut.

Anschließend sank er befriedigt neben ihr auf die Matratze und zog sie an sich. Sie bettete ihren Kopf auf seine Schulter, schlang einen Arm um seinen Oberkörper und legte ein Bein über seins, als wären sie Liebende, die schon seit Jahren miteinander intim waren. Schweigen legte sich über sie wie eine warme, gemütliche Decke. Wahrscheinlich sollte er etwas sagen – jede Frau verdiente es, nach der Hochzeitsnacht ein Kompliment von ihrem Mann zu hören. Doch er konnte sein vernebeltes Gehirn nicht dazu bringen, die passenden Worte zu finden.

In diesem Moment ertönte ein leises Schnarchen. Amüsiert stellte er fest, dass sie eingeschlafen war. Ein paar Augenblicke lang bewunderte er die hübschen, entspannten Züge seiner Frau, bis sein Blick auf ihren Lippen landete.

Stirnrunzelnd wandte er sich ab. Was er sich mit Fancy aufbaute, war stabil und zuverlässig, und das wollte er nicht zerstören. Er zog sie noch fester an sich, atmete den Duft ihres Haares ein und folgte ihr in den Schlaf.

Kapitel Fünfzehn

Als Fancy die Augen öffnete, wurde sie von einem ungewohnten Anblick begrüßt: ein nackter Männerkörper.

Verträumt lächelnd rieb sie ihre Wange an Knights behaarter Brust und genoss das Gefühl, zum ersten Mal neben ihrem Ehemann aufzuwachen. Seine gleichmäßigen Atemzüge verrieten ihr, dass er noch schlief. Er hielt sie jedoch selbst im Schlummer fest an sich gedrückt, und sie schmiegte sich noch enger an ihn und nutzte die Gelegenheit, um ihn ausgiebig zu bewundern.

Ihr Herz machte einen Satz, als sie sich daran erinnerte, wie zärtlich er in der Nacht zuvor mit ihr umgegangen war. Sanft ließ sie die Fingerspitzen über seine Brustmuskeln gleiten ... und runzelte die Stirn, als sie eine Narbe in der Nähe seines Herzens entdeckte. Die blassrote, mehrere Zentimeter lange Erhebung wurde von seinem Brusthaar verdeckt.

Ohne nachzudenken, presste sie einen Kuss darauf.

Er zuckte zusammen und öffnete die Augen.

„Tut mir leid", sagte sie überrascht. „Hat das wehgetan?"

Es dauerte einen Moment, bis sein Blick sich fokussierte und er den Kopf schüttelte. „Sie ist alt."

„Wie ist das passiert?"

„Es war ein Unfall", sagte er kurz angebunden. „Falls meine Narben dich interessieren, solltest du wissen, dass es noch mehr davon gibt. Das bringt der Beruf eines Leibwächters wohl mit sich."

Sie musterte seine steinernen Züge. Dachte er, sie fände die Wunden seiner Vergangenheit abstoßend? Nichts könnte der Wahrheit ferner liegen. Sie berührte seinen Kiefer und spürte, wie der Muskel unter ihren Fingern zuckte.

„Das sind Ehrenabzeichen", flüsterte sie. „Erinnerungen daran, wie hart du für deinen Erfolg gekämpft hast."

Sein Kiefer entspannte sich.

„Siehst du immer nur das Beste in allem?", fragte er trocken.

„Ich sehe dich als den Mann, der du bist. Und ich bin stolz, deine Frau zu sein."

Er bedachte sie mit einem warmen Blick. „Du bist stolz?"

Sie nickte. „Du hast mir alles aufgezählt, was du an mir magst. Aber da gibt's auch einiges, was mir an dir gefällt."

„Ich bin ganz Ohr." Er rollte sich auf die Seite und drehte sie auf die ihre, bevor er in wichtigtuerischem Tonfall befahl: „Sodann lass hören, welche meiner Eigenschaften dir zusagen, werte Gemahlin."

Seine neckischen Worte vermochten jedoch nicht zu verbergen, wie sehr er von ihr gelobt werden wollte. Diese jungenhafte Seite an ihm erinnerte sie an ihre erste Begegnung, daran, wie viel Spaß ihm sein kleiner Scherz bereitet hatte. Da sie jetzt über seine Vergangenheit Bescheid wusste, konnte sie sich vorstellen, dass er schnell erwachsen werden musste, und eine tiefe Zärtlichkeit erfüllte sie.

„Du bist natürlich edel", begann sie.

„Nun, das ist nicht sehr erhellend. Ich weiß bereits, dass ich ein Herzog bin.“

„Ich meinte nicht in Bezug auf deinen Titel“, erwiderte sie und verdrehte die Augen. „Sondern dass du ein edles Herz hast. Du sorgst dich um das Wohlergeh'n anderer, wie zum Beispiel deiner Geschwister. Oder um meins. Auch, wenn es nicht in deinem eigenen Interesse ist. Du hast mir mehr als einmal das Leben gerettet und mich geheiratet, um meinen Ruf zu wahren.“

„Dich zu heiraten, war nicht ganz uneigennützig, weißt du?“

Sein glühender Blick ließ sie erröten. „Trotzdem war ich nicht die Herzogin, die du wolltest. Aber als Mann von Ehre hast du mir deinen Namen gegeben. Und du siehst nicht auf mich und meine Familie herab. Du bist immer freundlich zu meinen Brüdern, obwohl sie ziemlich anstrengend sein können, und du hast Pas Ablehnung gegen unsere Hochzeit ertragen.“

„Ich mag deine Familie.“ Er klang, als ob er es ernst meinte.

„Da bin ich froh. Und ich freu mich darauf, deine kennenzulernen.“

„Ich betrachte es als Erfolg, wenn du hinterher kein Riechsalz benötigst.“

Leider schien er auch das ernst zu meinen.

„Ich bin noch nie im Leben hysterisch geworden“, prustete sie.

„Du bist ziemlich zäh, nicht wahr?“ Verspielt fuhr er ihr mit einem Finger über die Nase, während er sie mit einem sanften Blick bedachte. „Danke, Fancy. Dafür, dass du es mit mir und meiner Familie aufnimmst.“

„Gleichfalls“, erwiderte sie lächelnd, erfreut über ihre Fortschritte. Obwohl sie erst einen Tag verheiratet waren, fühlte sie sich Knight schon viel näher. Sie wollte unbedingt mehr über ihn erfahren und verstehen, was diesen vielschichtigen Mann ausmachte.

„Als du mir vor'n paar Tagen von deinen Eltern erzählt hast, war nicht genug Zeit, um zu erklären, warum dein Vater deine Mutter verlassen hat", setzte sie vorsichtig an. „Aber jetzt haben wir Zeit."

Sein Blick wurde wachsam. „Warum ist das wichtig?"

„Weil ich dich besser kennenlernen will." Sie runzelte die Stirn. „Du hast gesagt, wir müssen ehrlich zueinander sein, miteinander kommunizieren und zusammenarbeiten."

„Der Schuss ging für mich nach hinten los", murmelte er.

„Du hast 'n Treffen mit deinem Vater erwähnt", bohrte sie weiter.

„Richtig." Seufzend setzte er sich auf und lehnte sich gegen das Kopfende des Bettes, wobei ihm die Decke bis zu den Lenden rutschte.

Sie tat es ihm gleich und wollte sittsam ihre Brüste bedecken ... Doch zu ihrer Überraschung hielt er sie davon ab.

„Da du über ein unangenehmes Thema sprechen willst, schuldest du mir ein wenig Ablenkung." Ihre Brustwarzen verhärteten sich unter seinem glühenden Blick. „Das sollte genügen."

Hitze schoss ihr ins Gesicht und zwischen die Schenkel, aber sie ließ nicht locker.

„Jetzt erzähl schon", forderte sie.

„Vor etwa einem Jahr holte mein Vater mich an sein Sterbebett. Er erzählte mir, dass ich sein rechtmäßiger Sohn sei, dass er meine *Maman* in London kennengelernt habe, wo sie als Näherin in einem Geschäft arbeitete. Sie verliebten sich ineinander, und er heiratete sie heimlich. Er war der jüngste der drei Söhne des Herzogs, nicht einmal der Ersatz für den Erben, und dachte daher, er könnte seine Eltern überzeugen, seine Vermählung zu akzeptieren. Er irrte sich. Sie drohten, ihn zu verstoßen, wenn er nicht die Annullierung der Ehe beantragen würde. Um ihren Standpunkt deutlich zu machen, strichen sie ihm die Apanage, seine einzige Einnahmequelle."

„Wie sind er und deine Mutter zurechtgekommen?"

„Mehr schlecht als recht. Er hatte keinen Tag in seinem Leben gearbeitet und war an Luxus gewohnt. Nach ein paar Monaten hatte er die Nase voll von der Armut. Das Flehen meiner Mutter nützte nichts. Er verließ sie und kehrte zu seinem alten Leben in Mayfair zurück. Nachdem er gegangen war, muss sie bemerkt haben, dass sie ein Kind von ihm erwartete."

Fancy schnürte es die Kehle zu. „Warum ist sie ihm dann nicht gefolgt?"

„Da sie starb, als ich zwanzig war, und nie ein Wort darüber verlor, kann ich nur Vermutungen anstellen. Sie war eine stolze Frau und muss über den Verrat meines Vaters sehr wütend gewesen sein. Wahrscheinlich verdiente er es in ihren Augen nicht zu erfahren, dass er einen Sohn hatte. Ich denke, dass sie den Nachnamen ‚Knight' für uns wählte, um die Knightons zu verhöhnen." Er presste die Lippen zusammen. „Mein Vater hatte noch eine andere Theorie. Seine Eltern waren gemein zu ihr. Sie warfen ihr vor, den Stammbaum zu beflecken, und drohten ihr, um sie dazu zu bringen, meinen Vater zu verlassen. Womöglich dachte sie, sie würden sie zwingen, die Schwangerschaft zu beenden, wenn sie davon erfuhren."

„Was sind das für Leute, die so etwas Schreckliches tun?", platzte Fancy heraus.

„Meinem Vater zufolge war die Beziehung zu seinen Eltern stets angespannt", fuhr Knight grimmig fort. „Aber er war zu feige, sich von ihnen und ihrem Geld loszusagen. Nachdem seine Eltern die Annullierung erwirkt hatten, rebellierte er, indem er das Leben eines Wüstlings führte. Er verließ England und lebte in Frankreich, wo er meine vier Halbgeschwister mit zwei verschiedenen Mätressen zeugte. Seinen Eltern war das egal, solange er keine der beiden heiratete. Zu diesem Zeitpunkt hatten sie ihr Erbe bereits durch ihre älteren Söhne gesichert, die geheiratet und Nachwuchs gezeugt hatten.

Vor zwei Jahren kamen sie jedoch bei einem Schiffsunglück ums Leben. Sie starben zusammen mit den Brüdern meines Vaters und ihren Enkeln, die ebenfalls an Bord waren.“

„Gütiger Himmel“, flüsterte sie entsetzt.

„Somit war mein Vater der einzig verbleibende Erbe des Herzogtums Knighton. Da er nicht wieder geheiratet hatte, musste er nun versuchen, eine Frau zu finden und einen rechtmäßigen Erben zu zeugen. Da er nicht mehr der Jüngste war und seine Gesundheit durch jahrzehntelange Ausschweifungen geschwächt, wollte er sich beides nicht mehr antun. Dann ereilte ihn eine Fügung des Schicksals.

Er stolperte über einen Briefwechsel zwischen seinem Vater und einem Anwalt, der mehrere Jahre zurücklag. Offenbar hatte es einen Fehler gegeben, und die Annullierung der Ehe meiner Eltern war nie vollständig festgeschrieben worden. Der Anwalt hatte das Versehen erst einige Zeit später entdeckt und wollte wissen, wie es weitergehen sollte. Mein Großvater beauftragte einen Privatdetektiv, um herauszufinden, was aus meiner Mutter geworden war, und so erfuhr er auch von mir. Und durch das Lesen dieser Briefe fand mein Vater heraus, dass er einen Sohn hatte.“

„Dein Großvater hat ihm nie von dir erzählt?“, fragte sie ungläubig.

„Nein, er wollte, dass ich ein Geheimnis bleibe.“ Knight presste die Lippen zusammen. „Da meine Mutter bereits tot war, hatte es keinen Sinn, einen Skandal zu riskieren, um die Annullierung zu vollenden. Mein Großvater hat wahrscheinlich beschlossen, dass es das Beste sei, die Verbindung zwischen mir und der Familie zu verbergen. Auch wenn ich das rechtmäßige Kind seines Jüngsten war, machte er sich vermutlich keine Sorgen um meinen Anspruch auf den Titel, schließlich hatte er zwei ältere Söhne und zwei Enkel, die vor meinem Vater und mir Vorrang hatten. Woher sollte er wissen, dass ein einziger Schiffbruch alles ändern würde?"

„Aber das hat er", sagte Fancy leise. „Am Ende hat das Schicksal alles geregelt."

„In der Tat."

„Wie ... wie war es, deinen Vater zu sehen?"

„Es war, als würde ich einen Fremden treffen", sagte Knight emotionslos. „Nach seinem Tod wurde mein Erbe von der Gerichtsbarkeit zurückgehalten, während ein entfernter Cousin versuchte, es anzufechten. Es dauerte fast ein Jahr, bis der Fall geklärt war. Zumindest war die Trauerzeit vorbei, als meine Beziehung zu meinem Vater endlich anerkannt wurde. Ich musste nicht mehr so tun, als ob mich der Tod des Mannes, der meine Mutter verlassen hatte, auf irgendeine Weise berührte."

„Es tut mir leid, dass du das durchmachen musstest", flüsterte sie mit zitternder Stimme. „Aber ich bin so stolz auf dich, weil du den Anstand hattest, das Erbe deines Vaters anzutreten und somit auch die Verantwortung für deine Halbgeschwister übernommen hast."

„Ich habe also doch eine hoffnungslose Optimistin geheiratet." Ein Lächeln umspielte seine Augen. „Die meisten Leute würden annehmen, dass ich den Titel wegen seiner Privilegien wollte, nicht wegen eines angeborenen Ehrgefühls."

„Diese Leute kennen dich nicht so gut wie ich", sagte sie entschieden.

Emotionen blitzten in seinen Augen auf, doch ebenso schnell wie eine Sternschnuppe waren sie wieder verschwunden.

„Das kann ich nicht bestreiten", murmelte er gedehnt. „Vor allem nicht nach letzter Nacht."

„So hab ich das nicht gemeint", erwiderte sie mit glühenden Wangen.

Er ließ einen Finger über ihre Schulter kreisen. „Bist du heute Morgen wund?"

„Vielleicht ein wenig", gab sie zu, als sie ein Ziehen zwischen ihren Beinen spürte.

„Meine arme Gemahlin." Sein Zeigefinger wanderte hinunter zu ihrer Brust und umkreiste ihre Brustwarze. „Dann muss ich meine ehelichen Pläne wohl verschieben und dich ruhen lassen."

Sie erzitterte unter seiner Berührung. „Deine ehelichen Pläne? Aber es ist doch helllichter Tag ...?"

Als ihr Blick auf seinen Schoß fiel, stellte sie überrascht fest, dass er erregt war. Es sah aus, als hätte er eine Eisenstange unter der Decke versteckt.

„Dachtest du, sich zu lieben sei ausschließlich eine nächtliche Aktivität?", fragte er amüsiert.

Sie nickte und schämte sich ihrer Naivität.

„Auf uns trifft das nicht zu." Er schenkte ihr ein träges, selbstsicheres Lächeln. „In der Tat gibt es Variationen des Akts, die deinen empfindlichen Zustand nicht verschlimmern. Wie wäre es, wenn ich dir ein paar von ihnen zeige?"

Kapitel Sechzehn

Später am Morgen begab Severin sich hinunter in den Empfangsbereich des Gasthauses. Da das Etablissement auf durchgebrannte Paare ausgerichtet war, war die Einrichtung sehr romantisch. Rosa und cremefarben gestreifte Tapeten zierten die Wände und das Mobiliar war mit weinrotem Samt bezogen. Auf dem Tresen und in der gemütlichen Sitzecke vor dem Kamin standen Vasen mit Rosen und Heidekraut.

Der Wirt, ein korpulenter, bärtiger Mann, wuselte hinter dem Tresen herum.

Als er Severin erblickte, fragte er fröhlich: „Genießen Sie Ihren Aufenthalt, Euer Gnaden?"

Severin dachte an Fancy, die er dösend in ihrem Zimmer zurückgelassen hatte. Dank seiner Unersättlichkeit war sie völlig erschöpft, und ihm erging es nicht anders.

Er hatte ihr beigebracht, ihn mit der Hand zu befriedigen, und sie hatte sich als äußerst talentierte Schülerin erwiesen. Die Erinnerung an ihre zarten, geschickten Finger um seinen Schwanz brachte sein Blut auch jetzt noch in Wallung. Eigentlich müsste er unfähig zu irgendeiner Regung sein, wenn man bedachte, wie heftig er über die lieblichen Hände seiner Frau gekommen war. Er hatte sich revanchiert, indem er ihre feste, kleine Perle fingerte, bis sie kam, und anschließend brachte er sie mit dem Mund erneut zum Höhepunkt.

„Durchaus", murmelte er, völlig vernebelt von den erotischen Erinnerungen.

Der Gastwirt zwinkerte ihm zu. „Ich pflege ja immer zu sagen, ein Bräutigam ist der glücklichste Mensch auf Erden."

Severin wusste, dass er ein verdammter Glückspilz war. Und das nicht nur, weil er und Fancy mit ihrer Leidenschaft beinahe das Bett in Brand gesetzt hätten. Als er an diesem Morgen neben ihr aufwachte, hatte er sich ... nicht einsam gefühlt. Er hatte es genossen, mit ihr zu kuscheln und zu reden. Es war ein wenig beunruhigend gewesen, wie viel Wert er auf ihr Lob und ihre Anerkennung legte. Und obwohl sie neugierig war, spürte er keine böse Absicht hinter ihren Fragen. Er schuldete ihr die wesentlichen Fakten, damit sie auf die Familie vorbereitet war, zu der sie nun gehörte.

Dann erinnerte er sich daran, wie sie seine Narbe geküsst hatte, und sein Magen krampfte sich zusammen. Er sagte sich, dass er sich ihr öffnen konnte, aber nur bis zu einem gewissen Punkt. Manche Dinge waren zu hässlich, um sie mit einer Frau zu teilen. Zu hässlich, um sie mit irgendjemandem zu teilen.

Er atmete tief durch und verbannte die düsteren Gedanken bis auf Weiteres. Gegenwärtig wollte er die Vorzüge genießen, die einem frisch vermählten Mann zustanden. Er wollte die Flitterwochen und den Beginn ihrer Ehe einläuten, indem er Fancy auf eine Reise durch Schottland führte, ihr die Sehenswürdigkeiten zeigte, ihr alles kaufte, was ihr Herz begehrte und Stunden im Bett mit ihr verbrachte ...

Er beschloss, seinem Bevollmächtigten und seiner Tante Esther Folgebriefe zu schreiben, in denen er sie über seine Heirat informierte und ihnen mitteilte, dass es noch eine Woche dauern würde, bis er nach London zurückkehrte. Ihm fiel auf, dass Fancy immer mehr Priorität vor seinen Verpflichtungen einnahm. Dass sie sein Dasein weniger trist machte und ihm etwas gab, worauf er sich freuen konnte. Die Tatsache, dass er nun ein häusliches Leben hatte, war seltsam ... befriedigend.

Dann dachte er an Imogen. Er wollte auch ihr schreiben, dass er sich vermählt hatte, bevor sie es von jemand anderem erfuhr. Das schien ihm das Richtige zu sein.

„Kann ich Ihnen irgendwie behilflich sein, Euer Gnaden?", fragte der Gastwirt.

Severin fiel wieder ein, warum er heruntergekommen war. „Haben Sie Zeitungen aus London hier?"

„In der Tat, wir haben heute Morgen eine Lieferung erhalten." Der Gastwirt ging zu einem kleinen Schreibtisch hinüber und kam mit einem Stapel zurück. „Nehmen Sie sich, was Sie wollen, Euer Gnaden."

Severin ging mit den Zeitungen hinüber zur Sitzecke. Er ließ sich in einem Ohrensessel nieder und blätterte den Stapel durch ... und erstarrte, als ihm eine Schlagzeile ins Auge sprang:

WÜTENDER MOB FORDERT GERECHTIGKEIT VON DER EISENBAHNGESELLSCHAFT.

Er überflog den Artikel, der vor ein paar Tagen erschienen war, und seine Brust zog sich zusammen.

Verdammt noch mal, hat dieser Schlamassel denn nie ein Ende?

Er erhob sich und ging die Treppe hinauf, um seiner Frau die unerfreuliche Nachricht mitzuteilen.

„Ich versteh nicht, warum du nach London musst." Pa verschränkte die Arme und nahm einen Zug aus seiner Pfeife.

Fancy starrte ihren Vater ungläubig an. Sie und Knight waren vor einer Viertelstunde auf dem Zeltplatz ihrer Familie angekommen. Vor dem Wohnwagen stehend, hatte sie ausführlich erzählt, was in den Tagesblättern geschrieben stand.

„Aber ich hab's dir doch erklärt, Pa", sagte sie eindringlich. „Der Kurs der Aktien von Mr Murrays Eisenbahngesellschaft stürzt ab, und die Zeitungen geben Bea die Schuld daran. Sie beschimpfen sie und behaupten, dass sie sich weigert, Mr Murrays Firma Gleise durch ihr Land verlegen zu lassen, weil sie mehr Geld will. Anscheinend hat jeder in London in das Unternehmen investiert, und jetzt ist ein Mob hinter Bea und Mr Murray her. Ich muss nach London, um ihr zur Seite zu steh'n."

Besorgnis blitzte in den Augen ihres Vaters auf, doch er schüttelte stur den Kopf. „Du kannst nichts tun, um ihr zu helfen, Kleines. Murray ist 'n wohlhabender Schnösel mit Beziehungen, ich bin sicher, er wird das alles regeln ..."

„Ich glaube nicht, dass Murray dieser Situation gewachsen ist", meldete Knight sich mit ernster Miene zu Wort. „Um Fancy zu beruhigen, werde ich ihm meine Mittel zur Verfügung stellen und ihm helfen, wo ich kann."

Sie warf ihm einen dankbaren Blick zu. Er war so ein edelmütiger Mann und der beste Gemahl überhaupt. Obwohl sie nichts sagte, schien er ihre Gedanken zu erraten, denn um seine Augen bildeten sich winzige Lachfältchen.

„Aber Sie haben doch gerade erst meine Tochter geheiratet." Die ungewohnte Anspannung in der Stimme ihres Vaters verwunderte sie. „Sie sollten mit ihr auf Hochzeitsreise geh'n ..."

„Was ist denn nur los mit dir, Pa?", platzte Fancy heraus. „Bea ist eine enge Freundin der Familie. *Du* hast mir beigebracht, dass man seine Freunde nie im Stich lässt."

Sie konnte ihre Frustration nicht länger im Zaum halten. Ihr Vater benahm sich seltsam, und zwar seit Knight ihr den Antrag gemacht hatte. Irgendetwas beschäftigte ihn. Als er erneut die Pfeife an den Mund führte, zitterte seine Hand merklich. Hatte er etwa … Angst?

„Was auch immer es ist, Pa, du kannst es mir sagen“, ermutigte sie ihn.

„Ach, Fancy … Die Wahrheit ist, ich hab Angst um dich.“ Tränen stiegen ihm in die Augen und sein Bart zitterte.

„Es gibt nichts, wovor du dich fürchten musst“, erwiderte sie geduldig. „Ich leiste Bea nur Gesellschaft.“

„Ich hab keine Angst um Miss Bea.“ Er atmete zitternd ein. „Sondern um dich, Fancy. Es gibt ’nen Grund, warum ich dich noch nie mit nach London genommen hab.“

„Ich weiß, du hältst die Stadt für unsicher, aber …“

„Das ist nicht der Grund. Es ist wegen *dir*, Kleines. Wegen deiner Vergangenheit.“

Seine Worte jagten ihr einen Schauer über den Rücken. „Was meinst du damit?“

„Deine Mutter und ich haben dir nicht alles über den Tag erzählt, als wir dich auf den Feldern fanden.“ Pa zog an seiner Pfeife, als wollte er sich dadurch Mut einflößen. „Wir haben’s vor dir geheim gehalten, weil wir dich beschützen wollten.“

Eine Vorahnung ließ sie erschaudern. „Mich beschützen? Wovor?“

„Ich weiß es nicht“, erwiderte er schwermütig. „Aber wer auch immer dich auf dem Feld ausgesetzt hat, tat es, weil er glaubte … dass du in Gefahr bist.“

Eisige Kälte breitete sich in ihr aus. Gleichzeitig spürte sie eine vertraute Wärme hinter sich. Knight war an sie herangetreten. Obwohl er sie nicht berührte, ging seine schützende Stärke auf sie über und gab ihr Halt.

„Erklären Sie das, Sheridan“, forderte er.

Pa seufzte. „Wartet hier. Ich will euch was zeigen.“

Er verschwand im Wohnwagen und sie hörten ihn herumwühlen, bevor er wenige Augenblicke später wieder herauskam und ihr ein gefaltetes Stück Stoff entgegenhielt.

Neugierig entfaltete sie es und hielt es hoch.

„Das Taufkleid eines Kindes ... Ist das etwa meins?“, fragte sie erstaunt.

Das Kleidungsstück war von tadelloser Qualität und sah aus wie neu. Die feste, elfenbeinfarbene Seide glitt sanft zwischen ihren Fingern hindurch, und Spitze, so zart wie ein Spinnennetz, säumte den Ausschnitt und die Handgelenke, während sich ein breiter Streifen über die Vorderseite erstreckte.

„Das hattest du an, als ich dich fand, Kleines. Außerdem warst du in ’ne edle Samtdecke eingewickelt. Sowas Hochwertiges hatte ich noch nie zuvor geseh’n. Deshalb hab ich dich Fancy genannt“, erzählte ihr Vater mit rauer Stimme. „Du sahst aus wie ’ne winzige Fee. Als du mich erblickt hast, hast du aufgehört zu weinen. Du hast mich mit großen, staunenden Augen angeschaut und gegluckst. Da wusste ich, dass ich dich nicht zurücklassen konnte.“

Die Offenbarung schockierte sie zutiefst. „Aber wer würde ein Kind in so ’nem hübschen Kleidchen aussetzen ... und warum?“

„Darf ich?“ Knight nahm ihr das Kleidungsstück aus der Hand und begutachtete es mit fachkundigem Blick. „Das ist erstklassige französische Seide. Die Spitze sieht ebenso hochwertig aus. Vermutlich stammt sie aus Belgien.“ Er drehte es um und deutete auf eine kleine Stickerei an der linken Schulter. „Hast du das gesehen?“

Fancy beugte sich vor, um einen genaueren Blick darauf zu werfen. Die winzige, glockenförmige Blüte war in Rot- und Rosatönen gehalten, mit gelben Flecken in der Mitte.

Sie kniff die Augen zusammen. „Ist das ’ne Rose?“

„Schwer zu sagen", erwiderte Knight. „Aber sie ist wunderschön."

Ihre Gedanken überschlugen sich. Das Taufkleid war zweifelsohne sehr teuer. Bedeutete das, dass sie aus einer wohlhabenden Familie stammte, vielleicht sogar aus dem Adel?

Sie wandte sich an ihren Vater. „Warum hast du mir das nicht schon früher gesagt?"

„Weil ich versucht hab, dich zu beschützen." Mit düsterer Miene holte Pa einen Zettel aus seiner Tasche und reichte ihn ihr. „Das lag neben dir im Korb. Deine Mutter und ich haben es uns von 'nem Ladenbesitzer vorlesen lassen."

Fancy nahm den Zettel mit zitternden Händen entgegen. Er war an den Rändern vergilbt, und die krakelige Handschrift war schwer zu lesen. Ihre Wangen wurden warm, als sie Knights Blick auf sich spürte. Dank Beas Unterricht las sie immer besser, aber unter Druck musste sie die Worte nach wie vor langsam aussprechen.

„*M-möge Gott ... über ... dieses Kind wachen*", brachte sie stockend hervor. „*Zu ihrer eigenen S-Sicherheit ... darf sie niemals nach Lon... London zurückkehren.*"

Es dauerte kurz, bis sie die Botschaft begriff.

„Warum darf ich nicht nach London?", fragte sie verwirrt. „Wer bin ich?"

„Ich weiß es nicht, Kleines", seufzte Pa. „Aber deine Ma und ich wollten nicht riskieren, dass dir was zustößt. Deshalb haben wir die Stadt all die Jahre gemieden. Und deshalb wollte ich auch nicht, dass du Knighton heiratest. Ich wusste, er würde dich dorthin bringen und dich der Gefahr aussetzen."

„Fancy wird nichts geschehen", sagte Knight. „Darauf gebe ich Ihnen mein Wort."

Obwohl er die Aussage mit ruhiger Stimme machte, war sein Tonfall messerscharf.

„Ich kann Sie nicht dran hindern, nach London zu geh'n.

Aber jetzt, da Sie die Wahrheit kennen, passen Sie besonders gut auf meine Kleine auf, ja?", erwiderte ihr Vater resigniert.

„Das würde ich auch ungeachtet der Umstände tun. Immerhin ist Fancy meine Frau", sagte Knight mit fester Stimme.

Meine Frau. Sein besitzergreifender Ton jagte ihr einen wohligen Schauer über den Rücken. Doch als sie die Besorgnis in den Augen ihres Vaters sah, ergriff sie seine Hand. Sie spürte die Schwielen, die von jahrelanger harter Arbeit zeugten, von der Stärke des Mannes, der sie großgezogen hatte, und ein Gefühl tiefer Liebe durchflutete sie.

„Keine Angst, Pa", sagte sie mit einem Lächeln und drückte seine Hand. „Es wird schon alles gut geh'n."

Er hielt ihre Hand fest in der seinen. „Bei Gott, ich hoff, du hast recht, Kleines."

Kapitel Siebzehn

Die Reise nach London dauerte fünf Tage. Da Fancy so schnell wie möglich bei ihrer Freundin sein wollte, wies Severin den Pferdeknecht an, sich zu sputen, ohne dabei auf Komfort zu verzichten. Sie fuhren die meiste Zeit des Tages und hielten nur an, um die Pferde rasten zu lassen und in Gasthöfen entlang der Strecke zu übernachten. Auch wenn es nicht die Hochzeitsreise war, die Severin sich für seine neue Braut gewünscht hatte, schien die Zeit dennoch wie im Flug zu vergehen.

Ihm wurde klar, dass er zum ersten Mal so viel Zeit mit einer Frau verbrachte. Seine Treffen mit Imogen waren stets flüchtig und heimlich gewesen, und bei seinen Mätressen hatte er keinen Sinn darin gesehen, nach dem Liebesspiel länger als nötig zu verweilen.

Aber mit Fancy war es anders.

Mit ihr zu schlafen, war unbeschreiblich. Ihre Unschuld in Kombination mit ihrer Leidenschaft versetzte ihn in einen Zustand dauerhafter Erregung. Obwohl sie noch unerfahren war, schämte sie sich nicht für das Vergnügen, das die Berührungen ihres Mannes ihr bereiteten. Sie war nicht schüchtern, spielte keine Spielchen, und das weckte das Verlangen in ihm, sie ständig nehmen zu wollen. Es war gut, dass sie in der Kutsche problemlos schlafen konnte, denn er hielt sie nachts wach und vögelte sie so lange, bis sie ihre Verzückung herausschrie und ihn mit ihrer engen, kleinen Pussy ebenfalls zum Höhepunkt brachte.

Aber die Anziehung, die er für sie empfand, ging über das Körperliche hinaus.

Sie war eine hervorragende Gefährtin, beschwerte sich nie und verlangte nicht ständig danach, Pausen einzulegen oder zu wissen, wie lange es noch dauerte. Stattdessen vertrieb sie ihm die Zeit mit unterhaltsamen Anekdoten über das fahrende Leben. Allein mit den Geschichten über Bertrand ließe sich ein ganzes Buch füllen.

Außerdem wollte sie alles über Severins Alltag wissen, und glücklicherweise schienen seine Antworten sie nicht zu langweilen. Im Gegensatz zu anderen, die kaum die Augen offen halten konnten, wenn er die neueste Version des Jacquard-Mechanismus und andere Innovationen seines Metiers erläuterte, war Fancy wissbegierig und stellte wohlüberlegte Fragen.

Obwohl er ihren Charakter immer bewundert hatte, schämte er sich zuzugeben, dass er ihren Intellekt nicht voll zu schätzen gewusst hatte. Zu ihrer Liebenswürdigkeit und Ehrlichkeit gesellte sich ein kluger und einfallsreicher Verstand. Tag für Tag entdeckte er, dass seine Frau über ein erstaunliches Repertoire an Fähigkeiten verfügte.

Bevor sie Schottland verließen, hatte Milton Sheridan Severin zur Seite genommen. Überraschenderweise hatte der Kesselflicker beschlossen, sie nicht nach London zu begleiten.

„Fancy hat ihre Wahl getroffen und ist jetzt in Ihrer Obhut", sagte Sheridan zu ihm. „Auch wenn es nicht mehr meine Aufgabe ist, für sie zu sorgen, will ich Ihr Ehrenwort, dass Sie gut auf meine Kleine aufpassen werden."

Genau das hatte Severin ihm bereits versprochen, und eigentlich wiederholte er sich nicht gern, aber für den Vater seiner Frau machte er eine Ausnahme. Da er nun wusste, dass Sheridans Vorbehalte gegen ihre Ehe von dem Geheimnis um Fancys Vergangenheit herrührten, war er versöhnlich gestimmt.

Außerdem hielt er die Entscheidung des Kesselflickers, sie nicht nach London zu begleiten, für das Beste. Nach ihrer Ankunft in der Stadt stand Fancy vor der beängstigenden Aufgabe, die Gunst des *ton* für sich und seine Geschwister zu erlangen. Die Anwesenheit ihrer fahrenden Familie würde ihre Bemühungen zusätzlich erschweren.

„Ich werde mich gut um sie kümmern", hatte er daher erneut versprochen.

„Gut." Sheridan streckte ihm eine Hand entgegen.

Severin ergriff sie, überrascht von der Stärke des Griffs und den nächsten Worten des Kesselflickers.

„Wie Sie wissen, hat meine Fancy keine Mitgift." Bevor Severin einwenden konnte, dass er keine brauchte, fuhr Sheridan fort: „Aber was sie in die Ehe mitbringt, ist wertvoller als Geld. Sie hat von mir die Kunst der Kesselflickerei gelernt, und es gibt nichts, was mein Mädchen nicht reparieren könnte."

Severin wollte weder den Stolz seines Schwiegervaters noch den gegenwärtigen Waffenstillstand verletzen, indem er das Offensichtliche aussprach: Als Herzog hatte er eine Armee von Leuten, die Dinge für ihn reparierten.

„Danke, Sir", sagte er mit feierlicher Ernsthaftigkeit. „Ich bin sicher, das wird sich als nützlich erweisen."

„Das Gefühl hab ich auch", erwiderte Sheridan mit einem weisen Nicken. „Fancy kommt aber trotzdem nicht mit leeren Händen. Ich hab ihr meine beste Erfindung geschenkt, und außerdem hab ich 'n besonderes Hochzeitsgeschenk für Sie beide."

So kam es, dass Bertrand der Esel Severins Pferdegespann

anführte. Sheridan behauptete, dass das störrische Vieh gern den Ton angab, und aus irgendeinem Grund gehorchten die Vollblüter dem räudigen Tier. Bertrand gab dem Gespann ein flottes Tempo vor und hielt es aufrecht.

Etwa auf der Hälfte der Strecke wurden sie von einem Unwetter überrascht. Während der Regen auf die Kutsche prasselte, saßen Severin und Fancy nebeneinander und unterhielten sich über die Enthüllungen ihres Vaters bezüglich ihrer Vergangenheit.

„Hast du dich nie gefragt, wer deine richtigen Eltern sind?", wollte er wissen.

„So seltsam es klingt, eigentlich nicht", gab sie zu. „Obwohl ich wusste, dass ich 'n Findelkind war, hab ich mich nie als solches gefühlt. Meine Eltern haben mich nicht anders behandelt als meine Brüder und haben uns alle gleichermaßen geliebt."

„Du hattest Glück."

„Sehr." Sie schenkte ihm ein wehmütiges Lächeln. „Ich wünschte, du hättest meine Mutter kennenlernen können."

„Wie war sie so?"

„Liebevoll und gütig. Sie hat die besten Geschichten erzählt, Märchen über Prinzessinnen und wie sie glücklich bis ans Ende ihrer Tage lebten."

Das erklärte die romantische Ader seiner Frau.

„Sie war auch praktisch veranlagt und konnte ebenso gut flicken wie Pa", fuhr Fancy fort. „Wir hatten dieses Geschirr aus Eisenstein, das meinen Brüdern ständig runterfiel. Sie hat diese Teller unzählige Male repariert, aber man konnte die Risse nicht seh'n, so geschickt war sie."

„Sie scheint eine Frau mit vielen Talenten gewesen zu sein."

Fancy nickte. „Ma wäre in deiner Nähe anfangs recht schüchtern gewesen. Sie konnte nicht so gut mit Fremden. Aber wenn sie dich erst mal besser kannte, gab sie dir das Gefühl, dass du zur Familie gehörst."

„Du kommst ganz nach ihr", murmelte er.

„Das ist das größte Kompliment für mich." Sie hielt inne und legte den Kopf schief. „Wie war deine Mutter so?"

Sie war wunderschön, stolz und hat ihren Körper verkauft, damit wir überleben konnten. Am Ende haben die Armut und Verzweiflung sie gebrochen. Ich schaffte es nicht, sie vor einem grausamen Ende zu bewahren.

„Sie war eine gute Frau und hat alles in ihrer Macht Stehende für mich getan", erwiderte er. „Aber zurück zu deinen Eltern. Bist du jetzt nicht doch neugierig, woher du stammst?"

Angesichts des abrupten Themenwechsels runzelte Fancy die Stirn. Aber mehr wollte er über diesen Teil seiner Vergangenheit nicht preisgeben, die finstere Zeit, bevor er ein Gentleman wurde.

„Ja und nein", sagte sie langsam. „Ein Teil von mir ist schon neugierig, aber ein anderer ist der Meinung, dass man schlafende Hunde nicht wecken soll. Warum würde jemand ein hilfloses Kind auf einem Feld aussetzen? Da fällt mir nur ein offensichtlicher Grund ein."

„Es wurde unehelich geboren", sagte er.

Sie nickte und biss sich auf die Lippe.

„Machst du dir Sorgen wegen der Notiz, die dein Vater gefunden hat?"

„Die wurde vor über zwanzig Jahren geschrieben. Ich glaub nicht, dass diese Gefahr noch besteht, was auch immer da gewesen sein mag."

„Das halte ich auch für unwahrscheinlich", stimmte er zu. „Aber wenn du möchtest, kann ich einen Privatdetektiv anheuern ..."

„Wozu?", fragte sie mit stiller Würde. „Mir reicht es zu wissen, dass ich die Tochter von Milton und Annie Sheridan bin. Sie sind meine wahren Eltern. Ich muss nicht rausfinden, wer mich weggeworfen hat.“

Dieser Logik hatte Severin nichts entgegenzusetzen. Außerdem war es kaum vorstellbar, dass ein Ermittler anhand eines Taufkleids und einer alten Nachricht etwas herausfinden würde.

Plötzlich fuhr die Kutsche mit solcher Wucht über eine Erhöhung, dass Fancy vom Sitz geschleudert wurde. Severin fing sie auf und hielt sie fest, während er mit der anderen Hand den Haltegriff umklammerte. Das Gefährt schlingerte noch ein paar Meter weiter, bevor es zum Stillstand kam.

„Warte hier, Liebling“, wies er Fancy an und öffnete die Tür. „Ich sehe nach, was los ist.“

Der Regen hatte nachgelassen, und Severin stapfte durch den Schlamm nach vorne zu seinem Fahrer, Rogers, und seinem Diener, Verney, die vom überdachten Kutschbock gestiegen waren, um den Schaden zu begutachten.

„Verzeihung, Euer Gnaden“, murmelte Rogers, dem die Tropfen, die von seiner Hutkrempe fielen, im dunklen Schnauzer hingen. „Wegen dem Regen konnte ich nicht gescheit seh’n und bin gegen einen Stein gefahr’n. Jetzt ist eins der Vorderräder kaputt.“

Severin besah sich das Rad. Zwei der Speichen wiesen große Risse auf.

„Können Sie es reparieren?“, fragte er.

„Ja, mit dem richtigen Werkzeug. Und ich müsste die Kabine irgendwie stützen.“ Rogers schaute resigniert drein. „Am besten reite ich ins nächste Dorf und hol Hilfe.“

„Was ist passiert?“, ertönte Fancys atemlose Stimme.

Severin drehte sich um und sah seine Frau mit wehenden Zöpfen über die Pfützen auf sie zuspringen. Sie hatte sich nicht einmal einen Mantel übergezogen.

Er streifte seinen eigenen ab und wickelte sie darin ein. „Du solltest nicht hier draußen sein, *Chérie*. Du bist schon völlig durchnässt."

Ihr Blick fiel auf das kaputte Rad. „Ich wollte seh'n, ob ich helfen kann."

„Rogers reitet ins nächste Dorf und holt sich dort Unterstützung. Geh lieber wieder rein und ..."

Aber Fancy war bereits an ihm vorbeigehuscht und zum Vorderrad gelaufen. „Darf ich mal 'nen Blick drauf werfen?"

Rogers und Verney wechselten einen Blick, der an ein Augenrollen grenzte, doch sie traten beiseite, um ihrer neuen Herrin Platz zu machen. Gut so, denn Severin duldete keine Respektlosigkeit gegenüber seiner Herzogin.

„Da sind Risse in zwei der Speichen." Ohne auf den Schlamm zu achten, fuhr sie mit den Fingern über die besagten Stellen. „Gibt es sonst noch Schäden, Rogers?"

„Nein, Euer Gnaden", erwiderte der Kutscher.

„Es hat keinen Sinn, bei diesem Wetter ins Dorf zu reiten. Ich hab was dabei, mit dem ich das Rad zusammenhalten kann, bis wir dort sind. Verney, würden Sie mir meine Reisetasche holen? Ich brauche mein Werkzeug."

Der Kammerdiener warf Severin einen fragenden Blick zu, der den Kopf neigte. „Tun Sie, was Ihre Gnaden befiehlt."

Fancy begleitete Verney zum Gepäckfach und kehrte kurz darauf mit einer abgenutzten Ledertasche über der Schulter zurück. Der Diener folgte ihr mit einem Regenschirm in der einen und einem Stapel Handtücher in der anderen Hand.

Sie ging neben dem Vorderrad in die Hocke und wies Verney an: „Halten Sie den Schirm immer schön über das Rad. Es muss trocken bleiben, während ich es flicke."

„Sehr wohl, Euer Gnaden." Pflichtbewusst brachte der Diener den Schirm in Position.

Fasziniert beobachtete Severin, wie seine Frau ein Handtuch auf dem Boden ausbreitete und ein großes Gefäß aus ihrer

Tasche holte. Mit einem weiteren Handtuch trocknete sie das Rad in zügigen, akribischen Bewegungen ab. Als sie fertig war, griff sie in eine ihrer Rocktaschen und zog etwas heraus, das aussah wie ein ... Taschenmesser? Es war kompakt, etwa so lang wie ihre Hand und halb so breit.

„Das hat Pa mir zur Hochzeit geschenkt. Ist eine seiner besten Erfindungen", erklärte sie stolz. „Er nennt es den *Freund des Flickers*, weil jeder in unserem Metier eins haben sollte. Es hat alle wichtigen Werkzeuge und lässt sich platzsparend zusammenklappen. Hier, schau nur."

Ebenso amüsiert wie neugierig sah Severin zu, wie sie die Werkzeuge, die in dem Metallgehäuse versteckt und mit einem rotierenden Bolzen daran befestigt waren, eines nach dem anderen herausholte. Es waren unter anderem kleinere Versionen eines Schraubenziehers, einer Klinge und eines Spatels. Anschließend öffnete Fancy das Gefäß, in dem sich eine zähe, dunkle Substanz befand. Mit dem Metallspatel holte sie etwas von der dickflüssigen Masse heraus und verteilte es auf den Rissen.

„Was ist das?", fragte er.

„Pas geheime Erfindung." Sie runzelte konzentriert die Stirn, den Blick fest auf ihre Arbeit gerichtet. „Es ist eine Mischung aus Harz, Kohlenteer, Leinöl und noch ’n paar anderen Zutaten. Das Zeug trocknet im Handumdrehen und hält absolut alles zusammen."

„Beeindruckend", murmelte er.

„Es gibt keinen besseren Kesselflicker als Milton Sheridan", behauptete sie stolz.

Severin hatte sich nicht auf die Erfindungen ihres Vaters bezogen, so praktisch sie auch waren. Seine Herzogin schien die erstaunten, bewundernden Blicke der anderen beiden Männer nicht zu bemerken, während sie geschickt die Risse im Holz füllte.

„So, das sollte reichen." Sie erhob sich und wischte ihren Freund des Flickers sauber, bevor sie ihn zurück in ihre Rocktasche steckte.

Rogers beäugte das Rad. „Teufel noch eins, Sie haben's tatsächlich repariert", sagte er ehrfürchtig. „Und mir damit den Ritt durch den Regen erspart."

„Das war nicht ich, sondern das Geheimrezept meines Vaters."

Sie schenkte dem Kutscher ein freundliches Lächeln, das ihn ganz und gar zu verzaubern schien.

Severin konnte es dem Mann nicht verdenken. Einige Haarsträhnen hatten sich aus ihren Zöpfen gelöst und kräuselten sich um ihre rosigen Wangen. Ihre von Regentropfen benetzten Wimpern ließen ihre braunen Augen noch größer erscheinen. Sie sah aus wie eine gutmütige Fee, die sich ihrer eigenen Reize nicht bewusst war.

„Ich denke, ab jetzt kommt Rogers allein zurecht", sagte er, führte seine Frau zurück in die Kabine und schloss die Tür hinter sich. Sie streifte seinen nassen Mantel ab, ließ sich auf einer der Sitzbänke nieder und trocknete sich die Haare mit einem der Handtücher, das sie mitgenommen hatte. Sobald die Kutsche sich in Bewegung setzte, zog Severin die Vorhänge zu.

Sie legte den Kopf schief. „Warum schließt du die Vorhänge?"

„Weil wir dich aus deinen durchnässten Klamotten befreien müssen."

„So nass bin ich doch gar nicht ..."

Der Rest ihres Satzes ging in einem überraschten Ausruf unter, als er sie auf seinen Schoß zog, ihre Röcke hochschob und einen Finger durch den Schlitz in ihrer Unterwäsche gleiten ließ. Der Kontrast zwischen ihrem seidigen Schamhaar und ihrer feuchten Haut ließ ihn umgehend hart werden.

„Das lässt sich ändern", sagte er voller Genugtuung, während er seine Hose öffnete und seine Erektion befreite.

Sie riss die Augen auf und krallte sich an seinen Schultern fest. „Aber, Knight, wir sind in einer Kutsche ..."

Ein Stöhnen entfuhr ihr, als er seine Eichel gegen ihre samtigen Schamlippen presste, bevor er langsam und genüsslich in ihre honigsüße Hitze glitt.

Verdammt, ist das gut.

„Was soll das ... Man kann es auf *diese* Weise machen?", hauchte sie.

Er zog sie hinunter auf seinen Schaft und musste ein Stöhnen unterdrücken, als ihre enge Höhle ihn vollständig umschloss.

„Ja, Liebling", erwiderte er. „Und ich denke, es wird dir gefallen."

Ihr verzücktes Seufzen verriet ihm, dass er recht hatte.

Kapitel Achtzehn

Sie erreichten London bei Einbruch der Dunkelheit. Fancy stieg aus der Kutsche und wandte sich Knights Haus zu ... wenn man es als solches bezeichnen konnte. Eigentlich glich es mehr einem Schloss, dessen Größe selbst im Halbdunkel beeindruckend war. Das aus hellem Stein erbaute Gebäude war vier Stockwerke hoch und verfügte über Säulen, Giebel und Reihen von Bogenfenstern, aus denen Licht strahlte.

„Hier wohnst du?", fragte sie zaghaft.

„Wir beide wohnen hier, Liebling." Knight legte einen Arm um ihre Taille und führte sie die Stufen hinauf zur Eingangstür. „Ich bin selbst erst vor Kurzem eingezogen, also können wir uns gemeinsam an diesen Steinhaufen gewöhnen."

Sein Kommentar sollte sie zweifellos beruhigen, doch sie war nach wie vor nervös. Im Gegensatz zu ihr hatte er vorher nicht in einem Wohnwagen gelebt.

Bis zu diesem Moment war ihre Zuversicht, dass sie gut zusammenpassten, stetig gewachsen. Die innige Verbindung zwischen ihren Körpern und ihrem Geist hatte ihr das Gefühl gegeben, ihm ebenbürtig zu sein. In seiner Nähe fühlte sie sich wie etwas ... Besonderes.

Nach ihrem Stelldichein in der Kutsche hatte er sie beispielsweise an sich gedrückt und ihr ins Ohr geflüstert: „Weißt du eigentlich, wie bezaubernd du bist, wenn du etwas reparierst, *Chérie?*"

Niemand hatte sie je zuvor bezaubernd gefunden. Dass er es tat, verschlug ihr die Sprache. Sie wünschte sich nichts sehnlicher, als ihm eine gute Gemahlin zu sein ... Leider gehörte dazu aber auch die Rolle einer Herzogin.

Kopf hoch, sagte sie sich. *Tu einfach so, als würdest du hierhergehör'n.*

Als sie jedoch das stattliche Herrenhaus betraten, schwand ihre Entschlossenheit. In der prunkvollen Eingangshalle aus Marmor wurden sie von einer ganzen Schar Bediensteter erwartet. Sie schluckte schwer, als sie die tadellosen Uniformen betrachtete, deren polierte Knöpfe im Licht des Kronleuchters glänzten. Obwohl sie zu diesem Anlass ihr bestes Kleid angezogen hatte, wies der rosafarbene Stoff Spuren der Reise auf und musste dringend gereinigt werden. Außerdem bereute sie es, sich nicht ordentlich frisiert zu haben. In ihrer Eile hatte sie ihr Haar an diesem Morgen vor dem Aufbruch zu ihren üblichen Zöpfen geflochten.

Knight stellte ihr die Bediensteten einen nach dem anderen vor und Fancy versuchte, sich alle Namen zu merken, was bei der Menge nahezu unmöglich war. Nach der Begrüßung entließ er sämtliche Angestellten bis auf den Butler und die Haushälterin.

„Ihre Gnaden benötigt eine Kammerzofe, Mrs Treadwell", wandte Knight sich an letztere.

„Ich erstelle sofort eine Liste möglicher Kandidatinnen." Das Haar der Haushälterin war grau meliert und sie besaß eine forsche, aber freundliche Art. „Hat Ihre Gnaden irgendwelche Bedingungen?"

Fancy zögerte kurz, bevor sie schüchtern erwiderte: „Könnten Sie 'ne Zofe einstellen, die gut im Frisieren ist?"

„Selbstverständlich, Euer Gnaden." Mrs Treadwell nickte höflich.

Als Nächstes wandte Severin sich an den Butler, einen Mann von einschüchternder Förmlichkeit. „Harvey, wo ist Lady Brambley?"

„Sie befindet sich mit dem Rest Ihrer Verwandtschaft im Salon, Euer Gnaden", antwortete Harvey, dessen Stimme so klangvoll war wie eine Kirchenglocke.

Knight ergriff Fancys Hand und legte sie auf seinen Arm.

„Komm, Liebling. Es ist Zeit, die Familie kennenzulernen."

Familie ... oder Erschießungskommando?, dachte sie mit einem mulmigen Gefühl.

Obwohl Severins Gesicht ausdruckslos war, zitterte sein Armmuskel unter ihren Fingern. Er war also ebenso nervös wegen dieses Aufeinandertreffens wie sie. Auf der Fahrt hatte er ihr noch ein wenig mehr über seine Angehörigen erzählt, beispielsweise, dass seine Tante Esther, Lady Brambley, seinen Anspruch auf den Titel unterstützt habe, sich ansonsten aber eher distanziert und missbilligend verhielt. Weiterhin sprach er über die zwiespältige Beziehung zu seinen Geschwistern, insbesondere zu den beiden älteren, denen es gar nicht gefiel, dass plötzlich ein Fremder in ihr Leben geschneit war und die Verantwortung für sie übernommen hatte.

Und nun musste Fancy irgendwie die Gunst seiner Familie gewinnen. Auch wenn Knight es nicht auf diese Weise ausgedrückt hatte, wusste sie, wie wichtig es für ihn war, Unterstützung zu haben, jemanden, der ihm half, die Familie zusammenzubringen und seine Geschwister zu respektablen Mitgliedern der Gesellschaft zu erziehen. Selbst für eine Dame aus edlem Hause war das eine beängstigende Aufgabe. Für die Tochter eines Kesselflickers war sie nahezu unmöglich.

Werde ich dieser Verantwortung gewachsen sein?, fragte sie sich besorgt.

Als sie den Salon betraten, richteten sich fünf Augenpaare auf sie. Fancy fühlte sich in der Gegenwart von Fremden generell unwohl, und so zwang sie sich, tief durchzuatmen, während Knight sie einander vorstellte. Eigentlich hätte er sich die Förmlichkeiten sparen können, denn anhand seiner Beschreibungen hatte sie die Identitäten der jeweiligen Anwesenden bereits erraten.

Lady Brambley saß steif auf einem weinroten Sofa, von Kopf bis Fuß in schwarze Parramatta-Seide gekleidet. Laut Knight trug seine Tante seit dem Tod ihres Gemahls vor über zehn Jahren Trauerkleidung. Lady Esther, eine schlanke Frau in ihren Sechzigern mit scharfen Gesichtszügen, hatte silbernes Haar und schmale, blaugraue Augen, die leicht nach oben geschwungen waren, was ihr ein katzenhaftes Aussehen verlieh.

Neben ihr saß die sechzehnjährige Cecily, eine zierliche, brünette Schönheit mit grünen Augen. Sie trug ein Musselinkleid mit einem tiefen Ausschnitt, der gerade noch als sittsam durchging. Ihre anmutigen Gesichtszüge brächten zweifellos das Blut eines jeden Mannes in Wallung, wenn sie nicht so stark geschminkt wäre und übel gelaunt schmollen würde.

Jonas, der Älteste, stand vor dem Kamin und hatte einen Arm auf dem Sims abgestützt. Mit seiner Größe und seiner Gesichtsfarbe wies er eine gewisse Ähnlichkeit zu Knight auf, ansonsten erinnerte an seinem gekünstelten, überheblichen Gebaren nichts an seinen Halbbruder. Er sah aus wie ein grüblerischer Dichter, dessen langes, zerzaustes Haar ihm immer wieder in die Augen fiel.

Die dreizehnjährigen Zwillinge, Eleanor und Toby, saßen gemeinsam auf einem Diwan. Beide waren braunhaarig und von Sommersprossen übersät. Eleanor hatte ein geöffnetes Buch auf dem Schoß und musterte Fancy über den Rand ihrer Brille hinweg eindringlich. Ihre kognakfarbenen Augen strahlten ernst aus ihrem intelligenten Gesicht und ihr Haar war wie Fancys zu zwei Zöpfen geflochten. Toby war gerade dabei, ein Stück Kuchen zu essen, und hielt inne, um Fancy verlegen zuzuwinken. Sie winkte nervös zurück.

Knight führte sie zu einem Paar Stühle auf der anderen Seite des Kaffeetisches, gegenüber seiner Tante und Cecily und neben den Zwillingen. Sie ließ sich vorsichtig auf dem Rand ihres Sitzes nieder, während ihr Gemahl sich mit steinerner Miene zurücklehnte.

„Willkommen in der Familie, meine Teure", sagte Lady Esther in kühlem Tonfall. „Ich war *äußerst* überrascht zu hören, dass mein Neffe geheiratet hat."

„Freut mich, Ihre Bekanntschaft zu machen, Ma'am", erwiderte Fancy schüchtern.

Lady Brambley hob die dünnen, schwarzen Brauen. „Du darfst mich Tante Esther nennen, Teuerste. Und ich werde dich fortan Francesca rufen, denn Kosenamen sind mir zuwider."

„Oh, Fancy ist kein Kosename, sondern mein voller Name."

Tante Esther kniff die Augen zusammen. „Wie bedauerlich. Im Übrigen gilt es als unhöflich, jemanden zu korrigieren, der älter ist. Das solltest du dir merken."

„Ja, Ma'am ... Ich meine, Tante Esther." Mit glühenden Wangen warf sie Knight einen Blick zu.

Der saß stirnrunzelnd da, sagte jedoch nichts.

„Knighton hat mir aufgetragen, dich in die Gesellschaft einzuführen", fuhr die Gräfin fort. „Im Gegenzug wirst du dich um die Erziehung der jüngeren Kinder meines Bruders kümmern."

„Ja, Tante Esther. Ich bin Ihnen wirklich sehr dankbar für Ihre Hilfe." Fancy nahm all ihren Mut zusammen und fügte hinzu: „Ich weiß, dass ich den Ansprüchen noch nicht gerecht werd, aber ich lerne schnell und bin bereit, hart zu arbeiten."

„Du *lernst schnell*?" Cecily stieß ein trillerndes Lachen aus. „Meine liebe Schwägerin, kommst du etwa mit Referenzen zu uns?"

Jonas kicherte hämisch und Fancys Gesicht wurde noch heißer vor Scham.

„Das reicht, Cecily." Knight bedachte seine beiden Geschwister mit einem warnenden Blick. „Ihr werdet Fancy den Respekt erweisen, der ihr gebührt."

„Ich habe nichts Falsches gesagt", erwiderte seine Schwester gereizt.

„Und ich habe überhaupt nichts gesagt, verdammt", fügte Jonas gedehnt hinzu.

„Ich verbitte mir diesen Ton, Jonas", tadelte Lady Esther ihn, bevor sie sich ihrer Nichte zuwandte. „Und du, Cecily, achtest gefälligst auf deine Manieren."

„Warum bin ich diejenige, die an ihre Manieren erinnert wird?" Cecily lief puterrot an und gestikulierte in Fancys Richtung. „Sie kann noch nicht einmal richtig sprechen und kleidet sich wie ein Bauerntölpel. Wenn ich darauf warten soll, dass sie den nötigen Schliff hat, mich in die Gesellschaft einzuführen, werde ich nie debütieren!"

Fancy verschlug es vor Schock und Scham die Sprache. Wie konnte die junge Frau nur so unhöflich sein?

„Cecily, ich habe dir gesagt, dass du aufhören sollst", fuhr Knight sie scharf an.

„Das ist alles, was du tust, *Bruder*." Cecily sprang auf. Ihr schlanker Körper bebte vor Wut. „Papa hat mir nie gesagt, was ich tun soll. Er wollte nur, dass ich glücklich bin. Aber deinetwegen musste ich meinen geliebten Jacques und meine Freunde in Frankreich zurücklassen. Mein Herz ist gebrochen, und das ist allein deine Schuld. Ich hasse London! Und ich hasse dich!"

Schluchzend rannte sie aus dem Salon.

In der Stille, die folgte, war nur das Ticken der Uhr zu hören.

Verblüfft wandte Fancy sich an Knight, der mit zusammengebissenen Zähnen dasaß. „Solltest du nach ihr sehen oder …?"

„Die Mühe kannst du dir sparen", mischte Eleanor sich in sachlichem Tonfall ein und sah von ihrem Buch auf. „Cecily neigt zur Theatralik. Ihre Mutter war Schauspielerin."

„Ihre Mutter war auch *meine* Mutter." Jonas strich sich eine Haarsträhne aus der Stirn und warf seiner jüngeren Schwester einen finsteren Blick zu.

Eleanor hob vielsagend die Brauen. „Ich weiß."

Jonas ballte die Hände zu Fäusten. „Du hochnäsiger, kleiner Blaustrumpf …"

„Lieber bin ich ein Blaustrumpf als ein Wüstling."

„Niemand weiß, dass du überhaupt existierst, du dummes Huhn", gab Jonas zurück.

Seine Schwester fixierte ihn mit einem eindringlichen Blick. *„Cogito, ergo sum."*

„Was zur Hölle soll das nun wieder heißen?"

„Ich denke, also bin ich", erwiderte das Mädchen mit einem selbstgefälligen Lächeln. „Nach Descartes' Grundsatz bist du folglich derjenige, der nicht existiert."

„Du elende, kleine Besserwisserin …"

„Jonas, lass deine Schwester in Ruhe", mischte Tante Esther sich ein. „Eleanor, hör auf, deinen Bruder zu provozieren."

„Ich habe Besseres zu tun, als mich mit diesem Unsinn zu befassen", verkündete Jonas und verließ ebenfalls das Zimmer.

„Hat er nicht", merkte Eleanor an. „Besseres zu tun, meine ich."

Bevor Fancy etwas darauf erwidern konnte, hatte das Mädchen die Nase wieder in seinem Buch vergraben und schien sich vom Rest der Welt abzuschotten.

Wieder legte sich Stille über den Raum, in der das Ticken der Uhr beinahe ohrenbetäubend laut wirkte. Fancy sah Knight an, der mit steifen Schultern und starrer Miene dasaß.

„Nun, Knighton, habe ich dir nicht gesagt, dass dies eine Sisyphusaufgabe ist?", merkte Tante Esther kühl an. „All meine Bemühungen, diese widerspenstigen Kinder zu zivilisieren, waren vergeblich. Es ist, als ob man versucht, aus Stroh Gold zu spinnen. Man kann das Grundmaterial nicht verändern."

Knight presste die Lippen zu einem dünnen Strich zusammen.

„Bitte sei nicht böse, Tante Esther", meldete sich Toby zum ersten Mal mit hoher, zaghafter Stimme zu Wort. „Möchtest du ein Stück Kuchen? Die Cremeschnitte ist sehr lecker."

Aus irgendeinem Grund wirkte Tante Esther misstrauisch. „Nein, Toby. Kein Kuchen für mich."

„Und für Sie, Euer Gnaden?" Schüchtern wandte der Junge sich nun Fancy zu. „Kann ich Ihnen eines bringen?"

Sein eifriger Blick ließ ihr Herz dahinschmelzen. „Ja, gerne."

„Ich glaube nicht, dass das eine gute Idee ...", setzte Knight an, doch Fancy brachte ihn zum Schweigen. Sie wollte weder Tobys Gefühle verletzen noch das erste Zeichen des Wohlwollens, das seine Familie ihr entgegenbrachte, mit Füßen treten. Toby legte ein Stück Kuchen auf einen Teller und schickte sich an, es ihr zu bringen, aber sein Fuß blieb am Bein des Kaffeetisches hängen. Er stolperte, der Kuchen flog vom Teller und was dann folgte, schien sich in Zeitlupe abzuspielen. Fancys Augen weiteten sich, als das Stück durch die Luft auf sie zuflog. Einen Augenblick später klebten ihr kühle Sahne und luftiger Kuchen im Gesicht.

Sie prustete und keuchte.

Knight hatte bereits sein Taschentuch gezückt, kam zu ihr herüber und begann, ihre Wangen zu säubern.

„E-es tut mir so leid", wimmerte Toby.

Unter der Schicht aus sahnigen Krümeln brachte Fancy ein beschwichtigendes Lächeln zustande. „Ist doch nicht schlimm. Unfälle passier'n nun mal."

„Aber müssen sie denn stündlich vorkommen?", fragte Tante Esther mit einem gequälten Seufzen.

Tränen schimmerten in Tobys Augen, und mit gesenktem Kopf ging er zurück zu seinem Platz neben Eleanor, die nicht einmal von ihrem Buch aufgeschaut hatte.

„Knighton, du verteilst den Kuchen nur über ihrem Gesicht. Ich werde Francesca zu ihren Gemächern begleiten, damit sie sich säubern kann", sagte Tante Esther in herrischem Tonfall.

Knight warf ihr einen finsteren Blick zu. „Verflucht noch mal, ihr Name ist nicht Francesca, sondern ..."

„Hat mich wirklich gefreut, euch alle kennenzulernen", fiel Fancy ihm ins Wort und sprang auf. „Und ich bin Ihnen sehr dankbar für Ihre Hilfe, Tante Esther. Danke für das Angebot."

Knight umklammerte das schmutzige Taschentuch. „Du musst nicht mit ihr gehen."

„Ich möchte aber." Als sie seine grimmige Miene bemerkte, schenkte sie ihm ein Lächeln. „Wird schon schiefgeh'n."

„Komm jetzt, Francesca." Lady Brambley erhob sich unter dem lauten Geraschel ihres schwarzen Seidenkleids. „Bevor uns noch weitere Überraschungen ereilen."

Kapitel Neunzehn

Später am Abend stand Severin vor der Tür, die sein Schlafgemach mit Fancys verband. Er fühlte sich wie ein Narr, gelähmt und unentschlossen. Einerseits wollte er die Nacht mit Fancy verbringen. Andererseits hatte ihn seine Tante nach dem Abendessen – das angespannt gewesen war, obwohl Cecily auf ihrem Zimmer aß und Jonas Gott weiß wohin verschwunden war – in seinem Arbeitszimmer in die Enge getrieben. Wie üblich hatte Esther nicht um den heißen Brei herumgeredet.

„Du machst es dir nicht gern einfach, nicht wahr, Knighton?", hatte seine Tante trocken gesagt. „Jetzt muss ich mich nicht nur mit deinen wilden Geschwistern herumschlagen, sondern auch mit deiner Herzogin. Dabei soll sie uns doch helfen, den Familiennamen zu retten, anstatt uns diese Aufgabe zu erschweren."

Er erinnerte sie daran, dass Fancy dankbar und bereit gewesen war, ihren Rat anzunehmen.

„Nun, das ist zumindest etwas." Esther hatte ihm einen strengen Blick zugeworfen. „Sie zu einer Herzogin auszubilden, wird ein gewaltiges Unterfangen sein, hörst du? Wir werden von allem das Beste brauchen: eine Modistin, eine Zofe, einen Tutor für die Aussprache, einen Tanzlehrer und so weiter."

„Was immer du brauchst, steht dir zur Verfügung."

„Was ich brauche, ist ein Wunder", schnaubte Esther. „In Ermangelung eines solchen muss ich mich auf meinen guten Geschmack verlassen. Apropos, ich möchte mit dir über deinen Umgang mit Francesca sprechen."

„Ihr Name ist Fancy", hatte er hervorgepresst.

„Ein Problem, das ich zu beheben versuche." Esther schniefte pikiert und fuhr fort: „Ehepaare aus gutem Hause kleben nicht den lieben langen Tag aneinander. Die Leute sind nachsichtig mit frisch Verheirateten, aber meiner Meinung nach ist es am besten, von vorneherein den richtigen Ton anzugeben. Francesca himmelt dich an, und auch wenn du das vielleicht charmant findest, tust du ihr keinen Gefallen damit, sie zu solch unverhohlenen Gefühlsäußerungen zu ermutigen. Ihr mangelt es ohnehin schon an Raffinesse und Feinschliff. Willst du, dass die Herzogin von Knighton von der ganzen Welt als liebestolle Närrin angesehen wird?"

Severin war rot geworden wie ein Schuljunge, der von seiner Gouvernante ausgeschimpft wurde. Dennoch hatte er die Wärme, die sich in ihm ausbreitete, nicht unterdrücken können. Sah Fancy ihn wirklich so vernarrt an, wie seine Tante behauptete?

Im nächsten Augenblick hatten ihn Schuldgefühle übermannt. Es war nicht fair von ihm, die Zuneigung seiner Frau auszunutzen, wenn sein eigenes gebeuteltes Herz keine Gegenleistung erbringen konnte.

Er hatte sich geräuspert. „Natürlich nicht."

Was zu seiner gegenwärtigen Lage führte.

Esther hatte recht. In der feinen Gesellschaft wurde von starken Gefühlsäußerungen abgeraten, und übertriebene Sentimentalität galt als gewöhnlich. Die Hammonds zum Beispiel waren immer selbstbeherrscht gewesen und hatten auf alles und jeden liebenswürdig und maßvoll reagiert. Imogen lebte stets nach dem Motto: *Wenn du nichts Nettes zu sagen hast, dann sag überhaupt nichts.*

Severin schob den Gedanken beiseite. Er sollte sich nicht mit der Vergangenheit beschäftigen, sondern mit seiner Ehe. Auf der Fahrt nach London waren die Dinge zwischen ihm und Fancy so viel einfacher gewesen. Frei von Verantwortungen hatte er die Rolle des Bräutigams genossen, der sich nach seiner bezaubernden Braut verzehrte.

Aber nun waren sie in der Stadt angekommen und er war nicht länger nur ein liebestoller Frischvermählter, sondern auch ein Herzog, der eine Herzogin brauchte, was bedeutete, dass er seine Frau wie eine solche behandeln sollte. Er starrte auf die getäfelte Tür, den polierten Türknauf, und es juckte ihn in den Fingern, sie zu öffnen, jeden Gedanken an seine verflixten Pflichten und seine Familie zu verbannen und sich in Fancys leidenschaftlicher Wärme zu verlieren.

Du denkst nur an deine eigenen Bedürfnisse, du selbstsüchtiger Mistkerl, schalt er sich. *Hättest du eine Dame aus gutem Hause geheiratet, würdest du es nicht jeden Tag mit ihr treiben ... und an manchen Tagen sogar mehr als einmal. Verdient Fancy nicht denselben Respekt?*

Er atmete tief durch und wandte sich ab.

Doch in diesem Augenblick ging die Tür auf und er wirbelte herum.

„Knight?" Fancy steckte den Kopf herein.

„Ja, Liebling?" Er versuchte zu ignorieren, dass sie ihr Nachtgewand trug und ihr glänzendes, kastanienbraunes Haar in Wellen über ihre Schultern fiel. „Benötigst du etwas?"

„Nein ... nicht wirklich." Sie biss sich auf die Lippe und errötete. „Ich hab mich nur gefragt, ob du vielleicht, äh, Gesellschaft möchtest?"

Angesichts ihrer Verletzlichkeit löste sich der Knoten in seiner Brust.

„Ich wollte gerade anklopfen und dich dasselbe fragen", sagte er reumütig.

„Tatsächlich?" Erleichterung flackerte in ihren braunen Augen auf. „Tante Esther hat mir erzählt, dass getrennte Schlafgemächer für Eheleute angemessen sind. Und sie sagte, es sei immer das Vorrecht des Mannes, die Tür zu öffnen."

Als er Esthers Worte aus dem Mund seiner Frau hörte, wurde ihm klar, wie albern dieser Rat war. Hier ging es um *seine* Ehe – seine und Fancys. Was sich in ihrem Privatleben abspielte, ging niemanden etwas an.

„Tante Esther mag in vielen Dingen eine Expertin sein, aber nicht in Eheangelegenheiten." Er nahm die Hand seiner Frau, zog sie in sein Zimmer und schloss die Tür hinter ihr. „Komm zu mir, wann immer du willst. Mir fällt kein einziger Anlass ein, bei dem ich deine Gesellschaft nicht begrüßen würde."

Im Kerzenlicht glänzten ihre Augen wie geschmolzene Schokolade. „Wahrhaftig?"

„Wahrhaftig."

Sie lächelte so strahlend, dass sein Herz ins Stottern geriet. Dann legte sie die Hand auf seine Brust und spielte mit dem Revers seines Morgenmantels. „Nach der letzten Woche fühlt es sich seltsam an, allein zu schlafen. Und das Bett in meinem Zimmer ist so groß wie der gesamte Wohnwagen meiner Familie."

„Du musst nicht allein schlafen."

Und ich auch nicht.

Die Erkenntnis wurde von einem Gefühl des Staunens begleitet. Vor Fancy hatte er selten die Nacht mit einer Frau verbracht. Hin und wieder war er neben einer seiner Mätressen eingeschlafen, hatte jedoch nie mit ihnen gekuschelt. Fancy hingegen passte vom ersten Augenblick an perfekt in seine

Arme. Er hatte sich daran gewöhnt, mit dem Duft ihres Haares in der Nase einzuschlafen und eng umschlungen mit ihr aufzuwachen.

Er führte sie hinüber zu seinem riesigen Himmelbett aus Mahagoni, das mit marineblauen Seidenvorhängen versehen war.

„Rein mit dir, *Chérie*."

Sie kletterte hinein und er folgte ihr. Es fühlte sich so natürlich an, sie an sich zu ziehen und ihren Kopf auf seine Brust zu betten. Eine Weile lagen sie in kameradschaftlichem Schweigen da, was ein weiterer Vorzug an seiner Frau war, den er schätzte. Im Gegensatz zu anderen Frauen, die er kannte, hatte sie nicht das Bedürfnis, die Stille mit unsinnigem Geplapper zu füllen. Sie schmiegte sich einfach an ihn, während er träge ihre Schulter streichelte.

„Deine Familie mag mich nicht", sagte sie plötzlich.

Er hielt in seiner Bewegung inne. „Das ist nicht wahr."

„Cecily findet mich derb und unmodisch. Meinetwegen wollte sie nicht mal zum Essen runterkommen."

„Sie ist nicht zum Essen erschienen, weil sie ein verzogenes Gör ist", konterte er. „Und wenn sie jemanden verabscheut, bin ich es."

Fancy hob den Kopf und sah ihn an. „Warum? Sie sollte dankbar sein, dass du dich um sie kümmerst."

„Wie ich bereits erwähnte, hat mein Vater keine Zeit mit seinen Kindern verbracht. In den seltenen Fällen, in denen er sich die Mühe machte, ihnen ein wenig Aufmerksamkeit zu schenken, verhätschelte er sie. Er hat weder Regeln aufgestellt noch erzieherische Maßnahmen hinsichtlich ihres Verhaltens ergriffen."

„Aber du stellst Regeln auf", sagte Fancy langsam.

„Als ihr Vormund ist es meine Pflicht", erklärte Severin. „Sie müssen lernen, sich anständig zu benehmen und Selbstdisziplin zu erlangen. Wie sollen sie sonst in der Welt überleben?"

„Du bist ein guter Bruder", sagte sie leise.

Ihr Kompliment bereitete ihm Unbehagen. „Ich übernehme nur die Verantwortung, die mir auferlegt wurde. Meine Familie ist nicht wie deine. Uns verbindet kein Gefühl der Verwandtschaft."

„Da bin ich anderer Meinung. Ob sie's nun zeigen oder nicht, deine Geschwister seh'n zu dir auf, und du sorgst dich um sie." Bevor er ihr widersprechen konnte, fragte Fancy: „Wer ist Jacques? Der Mann, den Cecily erwähnt hat."

„Einer der vielen Taugenichtse, der ihr in Frankreich nachgestellt hat", erklärte Severin angewidert. „Sie hat eine Vorliebe für Mitgiftjäger und Wüstlinge."

„Zum Glück bist du jetzt da, um sie zu beschützen. Und ich auch."

Er starrte sie an. „*Du* willst Cecily beschützen? Nachdem sie dich so schändlich behandelt hat?"

„Deshalb brauchst du doch 'ne Herzogin, oder nicht?", konterte sie. „Es liegt an mir, deine Geschwister auf Vordermann zu bringen. Ich weiß, dass ich selbst noch nicht so weit bin, aber Tante Esther hat 'nen Plan für mich."

Amüsiert über ihre entschlossene Miene fragte er: „Und wie sieht dieser Plan aus?"

„Kurz und bündig? Sie will alles an mir ändern und mich in 'ne Dame verwandeln."

„Du musst dich nicht ändern. Alles, was du brauchst, ist ein wenig oberflächlicher Feinschliff. Mehr als ein paar Unterrichtsstunden und Besuche bei der Modistin sind dafür nicht nötig."

„Ich werd hart arbeiten, damit du stolz auf mich bist", beteuerte sie.

„Ich bin stolz auf dich." Er rollte sich über sie und stützte sich auf den Ellbogen ab. Als er ihr ernstes Gesicht betrachtete, verspürte er einen Stich im Herzen. „Ich weiß, was du für mich auf dich nimmst, und ich … ich weiß es zu schätzen. Ich schätze es, dich an meiner Seite zu haben."

Er war überwältigt von der Sanftheit ihres Lächelns. Von dem Gefühl, nicht allein zu sein.

„Ich schätze dich auch", flüsterte sie.

Emotionen übermannten ihn. Er musste den Blick von ihrem verlockenden Mund abwenden und vergrub das Gesicht in ihrer Halsbeuge. Sie seufzte, als er sie dort küsste und mit der Zunge über ihren flatternden Puls fuhr. Er war bereits hart vor Verlangen. Ungeduldig öffnete er die Knöpfe ihres Nachthemds, und sie half ihm, ihr das vermaledeite Ding auszuziehen.

Anschließend hielt er inne. Verdammt, er würde nie genug davon bekommen, seine Frau nackt zu sehen. Besitzergreifend ließ er eine Hand über ihren Hals, ihre prallen Brüste, ihre Taille und ihren Bauch gleiten. Seufzend wölbte sie sich seiner Berührung entgegen. Er presste den Handballen gegen ihre samtige Pussy und massierte sie in kreisenden Bewegungen. Lust floss wie Lava durch seine Adern, als er spürte, wie feucht sie war.

„Du bist bereit für mich, nicht wahr, Liebling?", murmelte er heiser. „Schön feucht für meinen Schwanz."

Sie sah ihn aus großen, dunklen Augen an. „Oh, bitte …"

„Bitte was? Soll ich deine süße kleine Perle härter reiben?"

Als er den Druck seiner Handfläche verstärkte, entfuhr ihr ein Wimmern, das die wilde Bestie in ihm weckte.

„Oder willst du mehr als das, Fancy?", fragte er.

„Ich brauche dich", keuchte sie. „Was immer du zu geben gewillt bist."

Dasselbe hatte sie in der Nacht in der Baumhöhle zu ihm gesagt. Und ihre Hingabe hatte dieselbe Wirkung wie damals:

Er spürte, wie die Fassade des Gentlemans von ihm abfiel und seinen animalischen Bedürfnissen, seinen dunkelsten Begierden wich.

Er schob einen Finger in sie, und das Pulsieren ihrer Muskeln, die sich instinktiv um ihn zusammenzogen, entlockte ihm ein kehliges Knurren. „Willst du noch einen Finger, Liebling?“

Ihr Stöhnen war Antwort genug. Sie keuchte auf und hob ihm ihre Hüften entgegen, als er einen zweiten in sie gleiten ließ. Er spürte, wie seine Erektion gegen den Stoff seines Morgenmantels rieb, während er sie immer schneller und härter fingerte. Bei jeder Bewegung klatschte seine Handfläche gegen ihre Schamlippen, so, wie es seine Hoden bald tun würden.

„Befriedige dich mit meinen Fingern“, wies er sie an. „Komm für mich, Fancy.“

Sie vergrub die Zähne in ihrer Unterlippe und folgte seiner Aufforderung. Ihre Scheidenmuskeln flatterten so heftig, dass erste Lusttropfen aus seiner Eichel quollen. Es dauerte nicht lange, bis sie seinen Namen rief und sich ihrer Ekstase hingab.

Er riss sich den Morgenmantel vom Leib, positionierte seinen Schwanz an ihrer Pussy und glitt mit einem Stoß in sie hinein. Ein elektrisierender Schock durchfuhr ihn, als er komplett in der feuchten Hitze seiner Frau versank. Von purem Verlangen getrieben, gab er ein hartes, schnelles Tempo vor. Ihre Muskeln pulsierten durchgehend, sodass er nicht wusste, ob sie immer noch oder schon wieder kam. Das klatschende Geräusch ihrer aufeinanderprallenden Haut und seine unstillbare Lust raubten ihm völlig die Sinne.

Als sie sich ein wenig entspannte, zog er sich aus ihr zurück und beförderte seine überraschte Frau auf Hände und Knie. Dann packte er ihre Hüften und glitt von hinten in sie hinein. Er spürte, wie sie zusammenzuckte, bevor ihr Körper ihn bereitwillig in sich aufnahm. Das sündhafte Vergnügen, seinen Schaft in ihrer engen, kleinen Pussy versinken zu sehen, brachte ihn beinahe um die Beherrschung. Bebend vergrub er die Finger in ihrer Haut und presste sich bis zu den Hoden in sie, wiederholte die Bewegung immer wieder, angetrieben von ihren verzückten Lauten und seinem Bedürfnis, so tief wie nur irgend möglich mit ihr verbunden zu sein.

Er spürte, wie sich ein vertrauter Druck in ihm aufbaute und schob eine Hand zwischen ihre Beine, um ihre Perle zu stimulieren. Sie stöhnte auf und krallte die Finger ins Laken.

„Komm mit mir", presste er hervor.

Sie folgte seiner Aufforderung, und das massierende Zucken ihrer Scheidenmuskeln gab ihm den Rest. Heißer Samen schoss von seinen Hoden durch seinen Schaft und mit einem letzten, heftigen Stoß seiner Hüften füllte er seine Frau mit der Essenz seiner Lust.

Schwer atmend küsste er ihren Nacken, bevor er sich auf die Matratze fallen ließ und sie an sich drückte. Er hatte gerade noch so viel Kraft, um die Decke über sie beide zu ziehen. Sie schmiegte sich mit einem zufriedenen Seufzen an ihn, das seine eigenen Gefühle widerspiegelte. Er strich ihr sanft übers Haar, schob ein Bein zwischen die ihren und fiel in einen tiefen Schlaf.

Als Fancy am nächsten Morgen erwachte, brauchte sie einen Moment, um ihre Umgebung zu erkennen. Sie lag in Knights Bett. Er war nicht mehr da, aber sein Geruch hing noch in der Luft. Verträumt lächelnd rieb sie ihre Wange an seinem Kissen und schwelgte in Erinnerungen an die vergangene Nacht, an die glühende Leidenschaft, die sie geteilt hatten ... und mehr.

Ich weiß es zu schätzen, dich an meiner Seite zu haben.

Die Freude, die sie durchströmte, wurde von einem Gefühl der Beklemmung getrübt.

War sie dabei, sich in Knight zu verlieben?

Sie bewunderte ihn so sehr. Dafür, wie er sich trotz seiner dunklen Vergangenheit um andere kümmerte, ohne eine Gegenleistung zu erwarten. Dafür, dass er ihr das Gefühl gab, etwas Besonderes zu sein und gewollt zu werden. Dafür, dass er ein Kämpfer und Beschützer war und dennoch eigene Schwachstellen hatte.

Schwachstellen, bei denen sie ihm helfen wollte, so wie er ihr einen Teil ihres Traums zu verwirklichen half. Aber ließ sie sich dadurch auf unvermeidlichen Schmerz ein? Auf ein gebrochenes Herz?

Knight hatte ihr von Anfang an gesagt, dass er sie nicht lieben würde. In diesem Punkt war er ganz ehrlich gewesen. Auch wenn sie sich seitdem nähergekommen waren, hatte sie kein Recht zu erwarten, dass er seine Meinung über die Liebe änderte. Da sie das wusste, sollte sie weise sein und ihr Herz hüten.

Ach, wann bin ich schon weise?, dachte sie seufzend.

Sie war noch nie bereit gewesen, ihre Träume aufzugeben. Aber vielleicht musste sie das auch gar nicht. Vielleicht würde er sich in sie verlieben, wenn es ihr gelang, sich in eine perfekte Herzogin zu verwandeln.

Er mochte sie bereits, dachte sie mit aufkeimender Hoffnung. Und er begehrte sie definitiv. Jedes Mal, wenn sie miteinander schliefen, fühlte sie sich ihm näher, spürte, wie er sich ihr mehr und mehr öffnete. Letzte Nacht hatte er eine rohe Seite von sich gezeigt, die sie bislang nicht kannte. Allein der Gedanke daran, wie hemmungslos er sie genommen hatte, trieb ihr die Hitze in die Wangen ... und in andere Körperstellen.

Nachdem Freundschaft und Leidenschaft abgehakt waren, musste sie nur noch die Art von Bewunderung gewinnen, die er offensichtlich für Imogen hegte. Wenn Fancy als Herzogin von Knighton, fulminante Gastgeberin und Schwägerin den *ton* beeindruckte, dann würde er sie doch sicher ebenso bewundern, oder? Dann gewann sie womöglich doch noch seine Liebe.

Voller Optimismus über ihren neuen Plan kehrte Fancy in ihr Zimmer zurück. Knights Liebe zu erlangen, war nicht der einzige wichtige Punkt auf ihrer Agenda: Sie wollte Bea besuchen. Weil sie gestern Abend zu spät angekommen waren, hatte Knight ihr versprochen, sie an diesem Morgen gleich als Erstes zu ihr zu bringen.

In ihrem Schlafgemach klingelte sie nach der Zofe, die Mrs Treadwell ihr zugewiesen hatte. Kurze Zeit später kam das Dienstmädchen mit einem fröhlichen Lächeln im Gesicht und einem Frühstückstablett in den Händen herein. Nachdem Fancy die pochierten Eier und den knusprigen Toast restlos verputzt hatte (die nächtlichen Aktivitäten hatten ihren Appetit angeregt), wusch sie sich, kleidete sich an und eilte nach unten, um ihren Mann zu suchen.

Er war nicht im Frühstückszimmer, und einer der Lakaien sagte ihr, Seine Gnaden empfange gerade Besuch im Salon. Fancy wagte sich hinüber und hörte Stimmen durch die Tür. Sie setzte ein strahlendes Lächeln auf – sie wollte einen guten ersten Eindruck auf Knights Gast machen –, trat ein ... und erstarrte.

Ihr Mann stand vor dem Kamin, in Begleitung der schönsten Frau, die Fancy je gesehen hatte.

Sie hatte rötlich-goldenes Haar, das zu einer kunstvollen Frisur aufgesteckt war, um ihren langen Schwanenhals perfekt zur Geltung zu bringen. Sie war groß, nur ein paar Zentimeter kleiner als Knight, und ihr schlanker Körper war in ein elegantes, kobaltblaues Kutschenkleid gehüllt. Die dazu passende Pelisse wurde an der Taille mit einem goldenen Gürtel zusammengehalten, und ihre zartgliedrigen Finger steckten in makellosen, weißen Handschuhen. Sie stand dicht neben Knight, umklammerte ein Taschentuch und sah mit einem sehnsüchtigen Blick zu ihm auf, der Fancy einen Stich ins Herz versetzte.

Als Knights Blick auf sie fiel, drehte sich auch die Frau zu ihr um, und ihre azurblauen Augen weiteten sich in ihrem anmutigen Gesicht. Die einzelne Träne, die ihr über die Wange kullerte, betonte ihre engelsgleiche Schönheit.

Mit einem Schlag wusste Fancy, wer die unbekannte Dame war.

„Fancy, du bist ja früh auf den Beinen." Hastig trat Knight einen Schritt von seinem Gast zurück. „Das hier ist eine alte Freundin, Lady Imogen Cardiff. Sie, äh, hatte etwas im Auge, deshalb habe ich ihr mein Taschentuch geliehen."

Seine holperige Erklärung klang falsch in ihren Ohren und versetzte ihr einen weiteren Stich ins Herz.

„Es freut mich sehr, Ihre Bekanntschaft zu machen, Euer Gnaden, und ich möchte Ihnen meine aufrichtigen Glückwünsche zu Ihrer Hochzeit aussprechen." Imogens Stimme war melodisch und glockenhell, ihr Knicks der Inbegriff von Anmut. „Und ich muss mich dafür entschuldigen, dass ich zu dieser unpassenden Stunde hereinschneie. Ich erledigte Besorgungen in der Nachbarschaft und wollte nur kurz vorbeischauen. Da Knighton ein alter Freund der Familie ist, nehmen wir es mit der Förmlichkeit normalerweise nicht so genau."

„Sie sind hier jederzeit willkommen, Mylady." Fancy musste sich zwingen, die Worte auszusprechen. „'S freut mich immer, Freunde meines Mannes kennenzulernen."

„Sie sind zu freundlich." Imogen lächelte, als ob Fancy ihr den größten Gefallen getan hätte. „Wie ich höre, sind Sie zum ersten Mal in London?"

Fancy sah Knight an und fragte sich, was genau er seiner früheren Liebe über ihre Ehe mitgeteilt hatte. Seine Miene war teilnahmslos, aber die Anspannung in seinen Schultern verriet sein Unbehagen. In ihrem Herzen vertraute sie darauf, dass er sie nicht betrügen würde. Er hatte versprochen, treu zu sein, und er war ein Mann, der sein Wort hielt. Doch würde er sie nun, da er sie und Imogen nebeneinander sah, miteinander vergleichen ... und feststellen, dass Fancy zu wünschen übrig ließ? Verzweiflung und Demütigung schnürten ihr die Brust ab. Warum hatte man sie nicht vorwarnen, ihr ein oder zwei Wochen geben können, um sich vorzubereiten?

Was für einen Unterschied würde das machen? Du wirst nie an die Perfektion von Lady Imogen Cardiff herankommen.

„Ja, ich bin das erste Mal hier", sagte sie tonlos.

„Bitte nennen Sie mich Imogen. Es wäre so schön, wenn wir Freunde werden könnten."

Aus irgendeinem Grund, der womöglich von der Eifersucht in ihrem Herzen herrührte, fand sie das Lächeln der anderen Frau nicht überzeugend. „Dann ... nennen Sie mich Fancy."

Sie klang unbeholfen und unhöflich, aber Imogen schien es nicht zu bemerken.

„Wenn Sie meine Hilfe brauchen, zögern Sie nicht, mich zu fragen, Fancy. Ich kann Ihnen die schicksten Etablissements für Damen von Rang empfehlen. Einige dieser Geschäfte haben zwar eine Warteliste, aber ich setze mich gerne für Sie ein. In Anbetracht Ihrer, ähm, Umstände."

Fancy presste die Zähne zusammen. Sie mochte nicht besonders kultiviert sein, aber sie merkte es, wenn man auf sie herabsah. Eher würde sie für immer ihr rosafarbenes Kleid tragen, als die Hilfe dieser Frau anzunehmen.

„Tante Esther hat 'nen Plan für mich", erwiderte sie kurz angebunden. „Ich bin sicher, sie wird sich um mich kümmern."

„Wie reizend. Nun, ich möchte Ihre Zeit nicht länger in Anspruch nehmen", sagte Imogen sanft. „Ich hoffe, Sie bald wiederzusehen?"

Letzteres war eindeutig an Knight gerichtet, der mit einer

knappen Verbeugung antwortete: „Vielen Dank für Ihren Besuch, Mylady."

Nachdem Imogen gegangen war, einen Hauch von Rosenöl in der Luft hinterlassend, herrschte Schweigen im Raum. In Fancy kochten die Emotionen hoch. Sie waren zu verwirrend und zu beängstigend, um sie zu teilen, wenn ihr Mann diesen distanzierten Ausdruck in den Augen hatte und sichtlich angespannt war. Ihr leidenschaftlicher, zärtlicher Liebhaber vom Vorabend war verschwunden, und sie war sich nicht sicher, wer der Fremde vor ihr war.

Nein, sie hatte ihn schon einmal so gesehen. In jener Nacht am Teich. Hatte er damals über Imogen nachgegrübelt?

Unfähig, die quälende Stille zu ertragen, sagte sie: „Ich wollte dich was fragen."

Er bedachte sie mit einem misstrauischen Blick. „Ja?"

„Du hast gesagt, du würdest mich heute zu Bea bringen. Können wir jetzt geh'n?"

„Natürlich." Erleichterung machte sich auf seinen Zügen breit. „Passt es dir, wenn wir in zehn Minuten aufbrechen?"

Sie nickte.

„Dann sehen wir uns gleich." Er stürmte aus dem Raum, als wäre der Teufel höchstpersönlich hinter ihm her.

Sie sah ihm nach, hin- und hergerissen zwischen ihrer tiefsten Sehnsucht und der Erkenntnis, was sie alles überwinden musste, wenn sie das Herz ihres Mannes gewinnen wollte.

Kapitel Zwanzig

„Ich will *alles* wissen, meine Liebe", sagte Bea, kaum, dass Knight und Mr Murray den Raum verlassen hatten. „Da lasse ich dich weniger als einen Monat allein, und plötzlich bist du eine Herzogin!"

Fancy saß mit ihrer Freundin im Salon von Mr Murrays Stadthaus. Die Fahrt in der Kutsche war angespannt gewesen, zumal Knight weiterhin abwesend vor sich hin brütete. Bei ihrer Ankunft hatten Bea und Mr Murray sie überrascht, aber erfreut empfangen. Die beiden hatten wunderbare Neuigkeiten zu verkünden: Der Bösewicht, der die Angriffe auf Bea – und Fancys Entführung – geplant hatte, war besiegt worden und konnte keinen weiteren Ärger mehr verursachen.

Auch das Problem mit dem Mob, der Bea für den Absturz der Eisenbahnaktien verantwortlich gemacht hatte, war gelöst. Nach ihren erschütternden Abenteuern hatte Bea erkannt, dass die wahre Sicherheit in der Liebe zwischen ihr und Mr Murray lag und nicht in einem Stück Land. Sie beschloss, ihren Besitz an die Great London National Railway zu verkaufen und mit dem Erlös ein anderes Anwesen in der Nähe zu erwerben, sodass ihre Pächter weiterhin ihren Lebensunterhalt bestreiten konnten. Bea und Mr Murray gaben noch etwas Wunderbares bekannt: In etwas mehr als einer Woche würden sie mit einer Sondergenehmigung des Bischofs heiraten.

„Du wirst doch meine Brautjungfer sein, nicht wahr, Fancy?", fragte Bea.

In der ganzen Aufregung hatten Fancy und Knight ihre eigenen Neuigkeiten noch gar nicht verkündet. Sie blickte zu ihrem Mann hinüber, der wie üblich stoisch dasaß. Er hob die Augenbrauen, als wollte er sagen: „Du kannst es ihnen ruhig erzählen."

Sie holte tief Luft und erwiderte: „Das geht leider nicht."

Bea hatte die Stirn gerunzelt. „Warum nicht?"

„Weil ich ... keine Jungfer mehr bin."

„Wie bitte? Mit wem – O mein Gott!" Im Handumdrehen hatte Bea eins und eins zusammengezählt. „Du und *Knighton?*"

„Fancy hat mir die Ehre erwiesen, meine Frau zu werden", bestätigte Knight. „Wir haben vor einer Woche in Gretna Green geheiratet."

„Sie alter Halunke." Grinsend war Mr Murray zu ihnen herübergekommen, um Knight die Hand zu schütteln. „Sie machen wirklich aus allem einen Wettkampf, was? Natürlich mussten Sie unbedingt zuerst vor den Altar treten."

„Mir war nicht bewusst, dass die Ehe ein Wettrennen ist", erwiderte Knight trocken, doch seine Augen funkelten amüsiert. „Wie dem auch sei, ich glaube, wir sind beide Gewinner."

„Sehr galant, Euer Gnaden", sagte Bea anerkennend.

„Er gibt nur an", murmelte Mr Murray, aber in seinen haselnussbraunen Augen lag ein gutmütiger Ausdruck. „Das schreit nach Champagner."

Das Festgetränk war hereingebracht worden, und die vier hatten auf das Glück der beiden Paare angestoßen. Dann hatte

Bea nicht gerade subtil vorgeschlagen, Mr Murray solle Knight in seinem Arbeitszimmer eine Zigarre anbieten.

„Wir werden fortgeschickt, Knighton", sagte Murray in neckischem Tonfall, als er seinen Gast hinausführte. „Ich frage mich, ob das Eheleben so aussehen wird? Wir nutzlosen Ehemänner werden von unseren Frauen herumkommandiert?"

„Das mag vielleicht auf Sie zutreffen." Knight warf einen Blick zurück auf Fancy. „Ich beabsichtige, mich als nützlich zu erweisen und möchte meiner Frau keinen Anlass geben, sich zu fragen, warum sie mich geheiratet hat."

Überrascht von der Wärme in seinen Augen, war Fancy errötet.

Nun war Knight verschwunden und sie fand sich einer neugierigen Bea gegenüber.

„Ist 'ne lange Geschichte", begann sie.

„Wie lang kann sie schon sein?" Bea hob die Brauen. „Du hast Knighton vor weniger als einem Monat kennengelernt. Jetzt bist du mit ihm verheiratet. Hör auf, dich herauszureden, meine Liebe. Erzähl mir alles."

Und das tat Fancy. Angefangen von ihrer Begegnung mit Knight am Bach über das Kampieren auf dem Bauernhof bis hin zu ihrem Schlafwandeln im Sturm. Sie erzählte ihrer besten Freundin, wie gut, freundlich und edel er zu ihr gewesen war. Und sie enthüllte die Bedingungen ihrer Ehe: dass das Einzige, was Knight nicht bot, Liebe war.

„Moment mal", sagte Bea mit einem Stirnrunzeln. „Du, Fancy Sheridan, die ihr Leben lang an Märchen geglaubt hat, hast einen Mann geheiratet, der nichts mit Liebe zu tun haben will?"

„Es ist nicht so schlimm, wie's klingt." Fancy sah die Skepsis in den Augen ihrer Freundin und fügte schnell hinzu: „Knight ist ein freundlicher und großzügiger Ehemann. Heute Nachmittag soll ich mit seiner Tante Esther einkaufen gehen, und er hat mir ..." Sie versuchte, sich an den Ausdruck zu erinnern. „Er hat mir *Carte blanche* gegeben. Das heißt, ich kann kaufen, was immer ich will."

„Ich weiß, was das bedeutet." Abermals runzelte Bea die Stirn. „Und ich weiß auch, dass du dir nichts aus Kleidern und Schmuckstücken machst. Hast du mir nicht immer gesagt, dass nichts wichtiger ist als die Liebe? Was du willst – was du immer gewollt hast –, ist ein Mann, den du liebst und der dich auch liebt."

Richtig. Das war seit jeher ihr Traum gewesen.

Und er ist es immer noch, flüsterte ihr Herz.

„Ich habe meinen Traum noch nicht aufgegeben. Ich glaube ... ich glaube, ich bin dabei, mich in ihn zu verlieben, Bea." Sie kämpfte gegen die aufsteigende Verzweiflung an. „Aber sein Herz gehört einer anderen, und ich habe sie heute Morgen getroffen. Sie sieht aus wie ein Engel."

Zu ihrem Entsetzen brach ihre Stimme, und die Tränen fielen, bevor sie sie aufhalten konnte. Sobald sie einmal angefangen hatten, wollten sie nicht mehr aufhören.

Bea legte ihr einen Arm um die Schultern und murmelte: „Ist schon gut, meine Liebe. Lass alles raus."

Das tat Fancy auch, und als sie fertig war, reichte Bea ihr ein Taschentuch. „Fühlst du dich besser?"

„Ja." Schniefend wischte sie sich über die Augen. „Ich hatte niemanden, mit dem ich darüber reden konnte."

„Dafür sind beste Freundinnen doch da", sagte Bea. „Und jetzt erzähl mir von diesem ‚Engel', den du getroffen hast."

Um Knights Vertrauen nicht zu missbrauchen, beschränkte Fancy die Details auf ein Minimum, damit ihre Freundin die Situation verstehen konnte.

„Ihr Name ist Imogen, und er liebt sie, seit er sie mit fünfzehn vor einer außer Kontrolle geratenen Kutsche gerettet hat. Aber sie ist 'ne Dame aus gutem Hause, und er war damals nicht edel genug, um die Anerkennung ihrer Familie zu gewinnen. Vor fünf Jahren hat sie 'nen Grafen geheiratet und ..." Fancy stockte der Atem. „Und Knight liebt sie immer noch."

„Das hat er dir erzählt?"

Fancy putzte sich die Nase und nickte. „Er sagte, sie zu lieben, ist 'ne Gewohnheit, die er nicht ablegen kann. Er war ganz ehrlich zu mir, weil er wollte, dass ich verstehe, welche Art von Ehe er mir anbietet."

„Eine Vernunftehe?", murmelte Bea.

„So hat er's nicht genannt. Er sagte, er kann mir zwar keine Liebe geben, aber er würde mir treu sein und sich um mich kümmern. Dass wir uns gegenseitig helfen und ein Team sein würden."

„Wie läuft es denn im Ehebett?"

Fancys Gesicht begann zu glühen.

„Du musst nichts weiter sagen, meine Liebe, deine knallroten Wangen sind Antwort genug", lachte Bea. „Aber so, wie Knighton dich ansieht, überrascht mich das nicht."

„Wie schaut er mich denn an?"

„Wie soll ich das beschreiben?" Ihre Freundin legte den Kopf schief. „Als wärst du ein Reh und er ein ausgehungerter Wolf?"

„Oh." Ihre Augen wurden groß. „Wirklich?"

„Das ist mir bereits aufgefallen, bevor ich nach London aufgebrochen bin. Während Knighton sich davon zu überzeugen versuchte, dass er aus Pflichtgefühl um meine Hand anhalten müsse, konnte er die Augen nicht von *dir* lassen. Deshalb habe ich dich damals auch vor ihm gewarnt. Ich machte mir Sorgen, dass er dir ein unmoralisches Angebot unterbreiten könnte, aber stattdessen ..." Bea hielt inne und lächelte. „Stattdessen hat er das Richtige getan und dich zu seiner Herzogin gemacht.“

„Ich will die Art von Dame sein, die Knight an seiner Seite braucht“, sagte sie ernsthaft. „Eine, auf die er stolz ist. Ich will ihm auch mit seinen Geschwistern helfen, im Vergleich zu denen meine Brüder übrigens perfekte Prinzen sind. Ich hab dir nicht alles erzählt, aber Knights Weg war nicht einfach. Er hatte nie jemanden, auf den er sich stützen konnte, und er soll wissen, dass er jetzt nicht mehr allein ist.“

Während sie ihre Gedanken laut aussprach, wuchs ihre Entschlossenheit. Sie würde zwar niemals an die engelsgleiche Imogen herankommen, aber Knight war ja auch nicht mit Imogen verheiratet, sondern mit ihr, Fancy, und es gab einiges, was sie zu dieser Ehe beitragen konnte. Sie war die Tochter ihres Vaters: Was den Kesselflickern an Reichtum und Prestige fehlte, machten sie durch Tatkraft, Entschlossenheit und Anpassungsfähigkeit wett.

Wie oft hatte sie schon einen zerbrochenen Topf oder ein Kleidungsstück repariert? Oder Dinge, die sie im Müll gefunden hatte, in Gegenstände verwandelt, für die andere gutes Geld zahlen würden? Sie würde alle ihr zur Verfügung stehenden Fähigkeiten nutzen, um den Ansprüchen des Herzogs zu genügen.

Sie würde einfach ... *sich selbst* reparieren.

Ich werde das sein, was er braucht, dachte sie kämpferisch. *Ich werde mich zu einer Dame machen und hart an mir arbeiten, um das Herz meines Prinzen zu gewinnen.*

„Du bist längst alles, was dein Mann benötigt.“ Bea griff nach ihrer Hand und drückte sie. „Du bist wunderschön, liebevoll und gutmütig, und genau deswegen hat Knighton sich wahrscheinlich von Anfang an zu dir hingezogen gefühlt.“

Fancy, die zu sehr mit ihrer Planung beschäftigt war, hörte nur mit halbem Ohr hin.

„Tante Esther hilft mir mit meinen Klamotten und meinen Haaren", sagte sie eifrig. „Und sie will, dass ich Unterricht nehme."

Bea schürzte die Lippen. „Unterricht wofür?"

„Für alles. Ich muss lernen, mich wie 'ne echte Dame auszudrücken, zu kleiden und zu benehmen." Fancy warf ihrer Freundin einen hoffnungsvollen Blick zu. „Würdest du mir helfen mit diesem ... Etikette-Zeug?" Beinahe wäre ihr der Begriff, den Tante Esther verwendet hatte, nicht mehr eingefallen.

„Ich bin wohl kaum ein leuchtendes Beispiel für gutes Benehmen", sagte Bea trocken. „Aber natürlich stehe ich dir mit Rat und Tat zur Seite."

„Vielen Dank." Fancy sprühte vor Enthusiasmus und merkte plötzlich, dass es etwas gab, das sie noch nicht erwähnt hatte. „Und da ist noch was. 'N Geheimnis über meine Vergangenheit."

Sie erzählte Bea, was ihr Vater ihr über ihre Herkunft verraten hatte.

„Du meine Güte." Ihre Freundin machte große Augen. „Und es gab keine anderen Hinweise darauf, wer deine Eltern sein könnten, außer der Kleidung, die du getragen hast, und dem Brief?"

„Nein, überhaupt nicht. Pa denkt – und Knight und ich stimmen ihm zu –, dass mindestens einer meiner Eltern reich gewesen sein muss." Sie biss sich auf die Lippe. „Vielleicht bin ich das uneheliche Kind einer Dame oder das Produkt der Affäre eines Schnösels. So oder so wollte man mich loswerden."

Besorgt runzelte Bea die Stirn. „Ist es sicher für dich, in London zu sein?"

„'S ist mehr als zwanzig Jahre her, seit dieser Wisch geschrieben wurde. Wie könnte ich jetzt in Gefahr sein?" Sie zuckte mit den Schultern. „Aber Knight sagt, ich soll keine Risiken eingehen, und er lässt mich nirgendwo ohne Begleitung hin."

„Dein Herzog wird mir immer sympathischer", murmelte Bea.

„Er ist 'n guter Mann", beharrte sie. „Und ich werd mich zu einer Dame machen, die seiner würdig ist."

„Das ist völliger Quatsch."

Der scharfe Tonfall ihrer Freundin überraschte Fancy.

„Ich habe mein ganzes Leben lang mit sogenannten Damen zu tun gehabt, Fancy", fuhr Bea fort. „Nach meinem Unfall haben sie sich aufgrund meiner Narbe von mir abgewandt, selbst die, die behaupteten, meine engsten Freundinnen zu sein. Keine von ihnen besitzt deine Güte, deine Loyalität oder dein Herz. Jeder Mann, der dich verdient, wird das erkennen, wird dich als das Juwel sehen, das du bist."

Fancy war gerührt von den Worten ihrer Freundin, doch im Vergleich zu der strahlenden Perfektion Lady Imogens war sie selbst höchstens ein Rohdiamant. Als Tochter eines Herzogs verstand Bea bestimmte Dinge nicht und würde sie womöglich auch nie verstehen können. Auch wenn das Schicksal ihr übel mitgespielt hatte, besaß sie doch Reichtum und Privilegien, die sie aufgefangen hatten.

Ohne diese Dinge musste Fancy sich auf ihre Fähigkeiten verlassen, um das Herz ihres Mannes zu gewinnen.

„Auch 'n Juwel braucht die richtige Fassung und den richtigen Schliff", sagte sie leichthin. „Apropos, Tante Esther geht heute Nachmittag mit mir einkaufen."

„Ich wünschte, ich könnte mitkommen", sagte Bea. „Aber Wick und ich wollen uns heute Ringe anschauen."

Das glückliche Strahlen auf ihrem Gesicht wärmte Fancy innerlich und äußerlich. Sie gingen dazu über, die Pläne für

Beas Hochzeitsfeier zu besprechen, und Fancy bot ihre Hilfe an, wo sie nur konnte. Als sie hörte, wie ihre einst so zynische Freundin über Blumen und Dekoration sprach, spürte sie, wie ihre Entschlossenheit und ihr Mut wuchsen.

Liebe bedeutete ihr alles, und sie würde in ihrer eigenen Ehe dafür kämpfen.

Kapitel Einundzwanzig

Später an diesem Nachmittag betrat Fancy in Tante Esthers Begleitung ein Geschäft auf der Bond Street, das so exklusiv war, dass es nicht einmal eine Beschilderung hatte. Im Schaufenster prangte lediglich ein dezentes Schild mit der Aufschrift: „Termine nur nach Vereinbarung".

Die blitzblanken Scheiben und die königsblaue, mit goldenen Paspeln verzierte Markise gaben den Ton für das elegante, spartanische Interieur an. Theken und Schränke aus glänzendem Palisanderholz säumten die Wände. Mit dunkelblauem Samt gepolsterte Stühle und kleine Tische, auf denen goldumrandete Teetassen standen, waren überall im Raum verteilt.

„*Bienvenue*, meine Damen." Die Assistentin einer Schneiderin begrüßte sie mit einem schüchternen Knicks. „Madame Rousseau ist gerade mit einer Kundin fertig und wird gleich zu Ihnen kommen. Bitte nehmen Sie Platz."

Fancy folgte Tante Esther und ließ sich auf einem der Stühle nieder, und schon bald hatten sie Tee und einen Teller mit mundgerechtem Gebäck vor sich, während sie warteten.

Ehrfürchtig sah Fancy sich um. „Das ist echt 'n todschicker Laden, was?"

„Es ist ein exklusives Etablissement." Tante Esther warf ihr über den Rand ihrer Teetasse hinweg einen strengen Blick zu. „Der Unterricht in Rhetorik und Grammatik beginnt zwar erst morgen früh, aber du kannst genauso gut jetzt damit anfangen, deine Ausdrucksweise zu verbessern, Francesca."

„Ja, Ma'am." Fancy hatte nichts dagegen, korrigiert zu werden. Sie brauchte jede nur erdenkliche Hilfe, um eine Dame zu werden. „Ich geb mir Mühe, richtig zu sprechen."

„Verschlucke weder Buchstaben noch Silben. Und Bemühung allein reicht nicht aus." Tante Esther nippte an ihrem Tee. „Tu es einfach."

„Ja, Tante Esther." Fancy senkte ihre Stimme und fragte: „Glauben Sie, Madame Rousseau kann mir helfen, wie 'ne Herzogin auszusehen?"

„Madame Rousseau ist die gefragteste Modistin in London. Zu ihren Kunden gehört die Crème de la Crème der Gesellschaft, darunter auch das Königshaus", erwiderte Tante Esther in normaler Lautstärke. „Wenn sie dir nicht zu helfen vermag, schafft es niemand. Sie nimmt nur Kunden auf Empfehlung an, und es dauert Monate, bis man einen Termin bei ihr bekommt. Du hast nur deshalb so schnell einen erhalten, weil ich dir meinen eigenen überlassen habe."

„Das ist wirklich großzügig von Ihnen", sagte Fancy aufrichtig. „Ich weiß zu schätzen, was Sie für mich machen."

Tante Esther setzte ihre Teetasse ab. „Ich tue das alles nicht für dich, sondern für meine Familie."

„Weiß ich. Aber ich bin Ihnen trotzdem dankbar für Ihre Hilfe. Und für alles, was Sie für Knight getan haben."

„Was weißt du darüber?" Die Gräfin hob die Brauen.

„Ich weiß, dass Sie sich für ihn eingesetzt haben, als ein Cousin seine Legitimität und sein Recht auf den Titel anzweifelte. Dass Sie ihn unterstützt haben, wo Sie ihn einfach hätten abtun können. Und ich weiß, dass Sie eine der wenigen Personen in Knights Leben sind, die zu ihm halten", sagte Fancy mit vor Emotionen zitternder Stimme. „Dafür bin ich Ihnen auf ewig dankbar."

„Das hat Knighton dir erzählt?", fragte Tante Esther erstaunt. „Er hat gesagt, dass ich mich für ihn eingesetzt habe?"

Das war zwar nicht sein direkter Wortlaut gewesen, aber Fancy wusste, dass er so *empfand*.

Sie erinnerte sich daran, wie einsam Knight gewirkt hatte, als sie sich zum ersten Mal begegneten. Und daran, wie er sich von ihrer Familie und den Taylors ferngehalten hatte, nicht weil er ein Snob war, sondern weil er, wie sie vermutete, einfach nicht wusste, wie man zu einer Familie gehörte. Sie dachte an seine ironischen Bemerkungen darüber, wie sehr seine Geschwister ihn verabscheuten, und an seine völlige Resignation, als das erste Treffen zwischen ihnen und Fancy schiefgegangen war. Mit wild klopfendem Herzen beschloss sie, ihm dabei zu helfen, sich mit seiner Familie zu versöhnen ... und zwar von dieser Sekunde an.

„Kann sein, dass er seine Wertschätzung nicht laut zum Ausdruck bringt", sagte sie. „Knight ist kein Mann, der über seine Gefühle spricht ..."

„Wie es sich für einen Gentleman gehört", sagte Tante Esther mit einem zustimmenden Nicken.

„Aber ich weiß, dass er dankbar ist für alles, was Sie für ihn, seine Geschwister und mich getan haben. Außer seiner Mutter hatte er nie jemanden, deshalb schätzt er es umso mehr, dass er jetzt 'ne richtige Familie hat, glaube ich", fuhr Fancy nachdenklich fort.

„Nun ja." Tante Esther räusperte sich. „Das hätte ich nicht vermutet. Aber wie du schon sagtest, ist Knighton kein Mann, der seine Gefühle zur Schau stellt, was auf eine ausgezeichnete

Erziehung zurückzuführen ist. Mir kannst du diese Dinge erzählen, Francesca, aber hüte dich, in Gesellschaft darüber zu tratschen. Es ist besser, wenn derartige Themen vertraulich bleiben, verstehst du? Der Name Knighton darf niemals befleckt werden."

„Ja, Tante Esther", sagte sie.

Zurückhaltung lag den Knightons ganz offensichtlich im Blut. Doch als Tante Esther einen Schluck Tee nahm und ihr damit zu verstehen gab, dass das Gespräch beendet war, sah Fancy einen Anflug von Sehnsucht über ihr Gesicht huschen. Ihre Intuition sagte ihr, dass sich hinter der scharfen Zunge der älteren Dame ein weicher Kern verbarg. Immerhin hatte Lady Brambley ihren Ehemann, ihre Eltern und ihre Geschwister überlebt und hatte keine eigenen Kinder. Ein solches Leben musste einsam sein. Womöglich brauchte sie eine Familie ebenso sehr wie Knight.

Im hinteren Teil des Ladens öffnete sich eine Tür und Fancy sah eine Frau herauskommen. Die Dame war zwar klein, aber von majestätischer Haltung, und sie trug eine Haube mit rosafarbenen Straußenfedern, die ihr erheblich mehr Größe verlieh. Ihr Gesicht war knochig, und ihre lange Nase und dunklen Augen hatten etwas Falkenhaftes an sich. Ihren stahlgrauen Locken zufolge musste sie um die fünfzig oder sechzig sein. Die Frau, die ihr die Tür aufhielt, war schlank und hatte dunkles, von silbernen Strähnen durchzogenes Haar. Ihr makelloses schwarzes Kleid wies sie als Schneiderin aus. Ein Dienstmädchen folgte zögernd den Schritten der stattlichen Dame.

Zu Fancys Überraschung erhob sich Tante Esther und bedeutete Fancy mit einer Geste, es ihr gleichzutun.

„Eure Königliche Hoheit", sagte Tante Esther mit einem tiefen Knicks. „Welch eine Ehre, Sie zu sehen."

Hastig beugte Fancy die Knie und neigte den Kopf.

„Lady Brambley." Der aristokratische Akzent der Frau

klang irgendwie fremdartig ... womöglich deutsch? Ihr gebieterischer Tonfall brachte Fancy dazu, den Blick gesenkt zu halten. „Und wen haben Sie bei sich?“

„Darf ich Ihnen die Frau meines Neffen präsentieren: Francesca, die Herzogin von Knighton? Francesca, du hast die Ehre, Ihrer Königlichen Hoheit, Prinzessin Adelaide von Hessenstein, vorgestellt zu werden.“

„Freut mich, Ihre Bekanntschaft zu machen, Eure Königliche Hoheit“, murmelte Fancy, den Blick fest auf die bestickten Schuhe der Dame gerichtet.

„Eine Herzogin, ja? Nun, dann lassen Sie sich mal ansehen.“

Auf den Befehl hin hob Fancy langsam den Kopf. Sie sah etwas in den Augen der Prinzessin aufblitzen, und ihr Herz setzte einen Schlag aus. Gütiger Himmel, *so* schrecklich sah sie doch nicht aus, oder? Sie wusste, dass ihr Kleid nicht sehr elegant war, aber die Zofe hatte es geschafft, ihr Haar zu einem ansehnlichen Knoten zu bändigen. Doch während Prinzessin Adelaide sie weiter musterte, als wäre sie etwas Abscheuliches, das die Katze hereingeschleppt hatte, drehte sich Fancy der Magen um, und ihre Verlegenheit wuchs.

Warum konnte ich sie nicht kennenlernen, nachdem ich neue Kleider und 'n paar Unterrichtsstunden bekommen hab?, dachte sie kläglich.

Sie wollte unbedingt eine Herzogin sein, auf die Knight stolz war, eine, die jeden Raum mit Haltung und Anmut betrat. Stattdessen war sie gleich bei ihrem ersten öffentlichen Auftritt auf die Nase gefallen. Und das ausgerechnet vor den Augen einer Frau von königlichem Geblüt. Schlimmer konnte es wirklich nicht kommen.

„Ihre Gnaden ist gerade erst in London eingetroffen, Eure Königliche Hoheit.“ Tante Esthers rechtfertigende Worte rissen Fancy aus ihrem Gedankenstrudel. „Sie ist noch nicht an die

Gepflogenheiten der Stadt gewöhnt, aber seien Sie versichert, dass ich sie unter meine Fittiche nehmen werde."

„Da kann sie sich glücklich schätzen." Prinzessin Adelaide musterte Fancy eindringlich. „Woher kommen Sie, Euer Gnaden?"

„Ähm, von hier und dort", sagte Fancy leise.

„Hier und dort?" Die Augen der Prinzessin verengten sich zu Schlitzen. „Was ist das denn für eine Antwort?"

„Meine Familie reist viel, Eure Hoheit." Sie schluckte schwer. „Mein Pa ist Kesselflicker."

„Ein Kesselflicker?" Prinzessin Adelaide hob überrascht die Brauen. „Wie ungewöhnlich von Knighton, in eine Familie von fahrenden Hausierern einzuheiraten."

So beschämt Fancy auch war, der verächtliche Tonfall der Frau gefiel ihr nicht. Es war eine Sache, sie zu beleidigen, aber eine ganz andere, ihre Familie zu verspotten, die nichts getan hatte, um das zu verdienen.

Sie straffte die Schultern. „Mein Vater ist kein Hausierer. Er ist Kesselflicker und begabt in seinem Handwerk, Eure Hoheit."

„Nun, das heißt nicht viel, oder?"

„Der Name Milton Sheridan ist vielerorts berühmt, denn was er nicht reparieren kann, kriegt auch niemand sonst hin", sagte sie durch zusammengebissene Zähne.

„Ich habe noch nie von ihm gehört."

Der hochmütige, abweisende Tonfall der Prinzessin stellte Fancys Geduld auf die Zerreißprobe. „Wenn Sie's hätten, wüssten Sie, dass er sowohl für sein Geschick als auch für sein gutes Herz bekannt ist, und davon kann ich Ihnen 'n Lied singen. Wenn er und meine Ma mich nicht aufgenommen hätten, als ich noch 'n Kind war, würd ich heute nicht vor Ihnen stehen, das kann ich Ihnen versichern."

Tante Esther schnappte hörbar nach Luft und überspielte

das Geräusch schnell mit einem Husten. Fancys Herz pochte vor Wut und Angst, während Ihre Hoheit sie einen Augenblick lang schweigend betrachtete.

„Sie besitzen Stolz", sagte Prinzessin Adelaide schließlich.

Fancy blinzelte verwirrt.

„Das wird Ihnen in Ihrem neuen Leben von großem Nutzen sein, Euer Gnaden." Sie warf Fancy einen weiteren prüfenden Blick zu, bevor sie sich an Tante Esther wandte. „Lady Brambley, Sie können sie zu meinem nächsten monatlichen Empfang mitbringen."

„Das ist zu gütig von Ihnen, Eure Königliche Hoheit."

Tante Esther klang so schockiert, wie Fancy sich fühlte. Sie knickste, und auf ihren harten Stupser hin tat Fancy es ihr gleich. Prinzessin Adelaide neigte den Kopf und ging hinaus. Ihre Zofe huschte hinter ihr her.

Kaum war die Tür ins Schloss gefallen, atmete Tante Esther tief durch. „Das hätte beinahe in einer Katastrophe geendet."

Scham schnürte Fancy die Kehle zu und sie faltete die Hände. „Es tut mir leid, Tante Esther. Ich weiß, ich hätt nicht ..."

„Es gibt keinen Grund, dich zu entschuldigen, Francesca", unterbrach die Gräfin sie. „Du hast soeben eine drohende Niederlage in einen Sieg verwandelt – Wellington selbst hätte es nicht besser machen können! Prinzessin Adelaide ist eine der vornehmsten Gastgeberinnen des *ton*. Ein Wort von ihr entscheidet über Erfolg oder Ruin deiner gesellschaftlichen Zukunft. Hast du eine Ahnung, wie schwierig es ist, eine Einladung zu den monatlichen Empfängen Ihrer Königlichen Hoheit zu erhalten?"

„Nee", erwiderte Fancy aufrichtig. „Ist es sehr schwer?"

„Schwerer als einen Termin bei Madame Rousseau zu erhalten. Ist es nicht so, Madame?"

Tante Esther wandte sich an die Schneiderin, die, wie

Fancy feststellte, die ganze Zeit über schweigend zugesehen hatte. Madame Rousseau besaß ein hübsches Gesicht und intelligente Augen, denen nichts zu entgehen schien.

„Lady Brambley spricht die Wahrheit", sagte sie. „Mein Etablissement ist exklusiv. Aber nur einige wenige meiner Kunden können sich eine Einladung von Prinzessin Adelaide sichern. Zugang zu ihren Empfängen ist nur den Besten der Crème de la Crème gewährt."

„Und du wirst zu ihnen gehören, Francesca." Tante Esthers ehrfürchtiger Blick wich purer Entschlossenheit. „Die Empfänge der Prinzessin fallen auf den letzten Freitag des Monats ... Das heißt, uns bleiben etwas mehr als vierzehn Tage Zeit, um dich vorzubereiten. Machen wir uns gleich an die Arbeit!" Sie wandte sich an die Schneiderin. „Madame Rousseau, Francesca braucht eine neue Garderobe, und zwar von Kopf bis Fuß. Sie haben natürlich *Carte blanche*."

„Würden Sie mir bitte helfen, Madame?", bat Fancy besorgt. „Ich muss mich in 'ne richtige Lady verwandeln."

„Was das Äußere betrifft, haben Sie recht. Der Rest bedarf keiner Verwandlung." Die Modistin schenkte ihr ein Lächeln und fügte mit fester Stimme hinzu: „Folgen Sie mir, meine Damen. Beginnen wir unverzüglich mit den Vorbereitungen."

Kapitel Zweiundzwanzig

Obwohl Severin mehrere Manufakturen besaß, verbrachte er den größten Teil seiner Zeit im Hauptsitz seines Unternehmens. Sein Mentor und ehemaliger Geschäftspartner, James Hessard, hatte diesen Reihenhausblock in der Nähe des Petticoat Lane Market in Webereien umgewandelt, deren vom Boden bis zur Decke reichende Fenster viel natürliches Licht hereinließen. Nachdem Severin die erste Hälfte seines Lebens in schmuddeligen, fensterlosen Behausungen verbracht hatte, gefiel es ihm, den Himmel sehen zu können.

Gemäß den Gepflogenheiten der Weber wurden die unteren Stockwerke der Gebäude als Wohnräume für die Arbeiter genutzt. Er hielt die Mieten niedrig, um seine Weber bei Laune zu halten, denn zufriedene Angestellte förderten seiner Meinung nach die Produktivität. In den Stockwerken darüber befanden sich die Webstuben, große Räume, in denen die Webstühle standen.

Severins Büro war in der obersten Etage. An den Wänden hingen antike Wandteppiche, die das Klackern der Webstühle dämpften. Die Mahagoni-Möbel, mit denen er sein Heiligtum ausgestattet hatte, waren von höchster Qualität. Links neben seinem massiven Schreibtisch befand sich eine Fensterwand, die ihm einen herrlichen Blick auf die geschäftigen Spitalfields-Märkte bot.

Im Moment saß er in seinem Stuhl und schaute aus dem Fenster, während Dutton, sein Bevollmächtigter, den Monatsbericht herunterleierte. Normalerweise fiel es ihm nicht schwer, sich zu konzentrieren, aber an diesem Nachmittag konnte er einfach nicht bei der Sache bleiben. Gedanken an Fancy lenkten ihn immer wieder ab, ebenso wie seine Schuldgefühle, was sie betraf.

Seit Imogens unangekündigtem Besuch vor zwei Tagen hatte er jeden Abend lange gearbeitet, und das nicht nur, weil es nach seiner Abwesenheit viel aufzuholen gab. Tatsächlich ging er seiner Frau aus dem Weg.

Fancy verdiente etwas Besseres, als ihn in dieser grüblerischen Stimmung ertragen zu müssen, die ihn nach einer Begegnung mit Imogen oft ereilte. Diesmal war es noch schlimmer, denn Imogen war völlig unerwartet aufgetaucht und hatte ihn mit ihrem Gefühlsausbruch überrumpelt.

E-es tut mir leid, Knight, hatte sie geschluchzt und sich mit dem Taschentuch, das er ihr reichte, die Tränen abgetupft. *Es ist nur ... Dein Brief hat mich völlig unvorbereitet getroffen. Bist du denn glücklich, mein Lieber?*

Meine Gemahlin ist eine gute Frau, hatte er schroff erwidert.

Das bezweifle ich nicht. Imogen hatte sich auf die Lippe gebissen, und der Ausdruck in ihren kornblumenblauen Augen versetzte ihm einen Stich ins Herz. *Wären die Dinge doch nur anders gelaufen, dann könnte ich jetzt deine Herzogin sein ...*

Dann hatte Fancy den Salon betreten und Severin war von

Imogen zurückgewichen wie ein Verbrecher, der auf frischer Tat ertappt wurde. Die Ausrede, die er vorbrachte, war albern gewesen. Er wusste selbst nicht, was ihn dazu bewogen hatte, immerhin hatte er nichts Falsches getan. Doch der Ausdruck auf Fancys Gesicht, als sie erkannte, wer ihr Gast war, hatte ihm Übelkeit bereitet und ihn mit einer seltsamen Panik erfüllt. Einen Moment lang bereute er es, Fancy so viel von Imogen erzählt zu haben ... Aber das war eines der Dinge, die er an seiner neuen Frau am meisten schätzte: ihre Offenheit und Ehrlichkeit, wie bedingungslos sie ihn und seine Unzulänglichkeiten akzeptierte.

Seitdem hatte sie ihn nicht mehr nach Imogens Besuch gefragt, und dafür war er zutiefst dankbar. Denn er war selbst verwirrt. Als Imogen wissen wollte, ob er glücklich sei, hatte er nicht gewusst, was er antworten sollte.

Zugegebenermaßen empfand er für Fancy nicht dieselbe Bewunderung wie für Imogen. In seiner Vorstellung thronte letztere auf einem Sockel der Vollkommenheit, während Fancy, nun ja ... Fancy war. Die fröhliche, liebevolle und bodenständige Tochter eines Kesselflickers mit einer unbändigen, lebensfrohen Ader. Die beiden Frauen zu vergleichen, war, wie Äpfel mit Birnen zu vergleichen und wurde keiner von ihnen gerecht. Außerdem war seine Reaktion auf sie unterschiedlich. Imogen erbaute seinen Geist, füllte ihn mit reinen, edlen Gedanken. Sie inspirierte ihn dazu, ein Gentleman zu sein.

Seine Fantasien über Fancy hingegen waren alles andere als zivilisiert. Sie hatte ein schier unstillbares Verlangen in ihm geweckt. Bei keiner seiner früheren Bettgespielinnen war er so lüstern gewesen und hatte es so nötig gehabt. Glücklicherweise schien Fancy seine Zuwendungen zu genießen, und sie war nicht nur im Bett, sondern auch außerhalb des Schlafgemachs eine wundervolle Partnerin.

Er konnte mit ihr reden, ihr seine Probleme anvertrauen, mit ihr lachen. Er hatte noch nie jemanden wie sie in seinem Leben gehabt. Obwohl ihre Ehe unter ungünstigen Umständen begonnen hatte, lief es doch besser als erwartet.

Warum hat mich Imogens Besuch dann so verunsichert?

„Soll ich fortfahren, Euer Gnaden?"

Die Stimme seines Bevollmächtigten riss ihn aus seinen Gedanken. Er ärgerte sich darüber, den Faden verloren zu haben, und fragte: „Worauf beziehen Sie sich, Dutton?"

„Auf die Bestellung des Jacquard-Mechanismus, Euer Gnaden."

Ach ja, richtig. Der Jacquard-Mechanismus, eine Erfindung auf dem Gebiet der Weberei, automatisierte Vorgänge, die zuvor nur von erfahrenen Webern ausgeführt werden konnten. Das an einem Webstuhl angebrachte Gerät bestand aus einer Kette von Lochkarten, die das Anheben der Kettfäden und damit das Muster des Gewebes steuerten. Auf diese Weise ließen sich komplexe Muster wie Damaste, Brokate und Matelassé in einem Bruchteil der Zeit und zu geringeren Kosten herstellen.

Severins Mentor, Hessard, hatte sich gegen diese Technologie gewehrt, da er überzeugt davon war, dass keine Maschine so exquisite Stoffe produzieren könne wie seine geschickten Weber. Zunächst war Severin bereit gewesen, in die Fußstapfen seines Vorgängers zu treten, da die handgefertigten Seidenstoffe bei einem ausgewählten Kundenkreis einen hohen Preis erzielten. Die neueste Version des Jacquard-Mechanismus hatte ihn jedoch umgestimmt. Die Komplexität und Schönheit der mit dieser neuen Generation von Technologie produzierten Stoffe übertraf alles, was selbst seine erfahrensten Weber herzustellen vermochten.

Er musste den Tatsachen ins Auge blicken: Ohne diesen Mechanismus konnte er mit der Konkurrenz nicht mithalten.

Ihm blieb nichts anderes übrig, als sich dem Fortschritt anzupassen ... und das würde seinen Webern nicht gefallen. Ihre Sorgen, dass ihre speziellen Fähigkeiten bald durch eine Maschine ersetzt werden könnten, waren berechtigt. Er musste sie davon überzeugen, dass es am klügsten war, sich dem unvermeidlichen Wandel nicht zu widersetzen, sondern einen Weg zu finden, von ihm zu profitieren. Er würde seine Angestellten in den neuen Fertigkeiten schulen – beispielsweise im Entwerfen der Muster und in der Herstellung der Jacquard-Karten –, aber das funktionierte nur, wenn sie mit ihm zusammenarbeiteten.

Und genau darin lag der Kern des Problems. Er hatte nicht gelogen, als er Fancy sagte, dass die Weber ein streitsüchtiger Haufen seien, und der streitsüchtigste unter ihnen war ein Vorarbeiter namens William Bodin. Der hitzköpfige, aufsässige Bursche war ein geborener Anführer, der bei den anderen Arbeitern Gehör fand. Er hatte Severin schon früher Ärger bereitet und dabei den Rückhalt seiner Kollegen genossen, weshalb es schwierig war, ihn zu entlassen, ohne eine Arbeitsniederlegung oder, schlimmer noch, einen Aufstand auszulösen. Bodin würde sich zweifellos gegen den Einsatz der neuen Jacquard-Webstühle wehren.

Severins Schläfen pochten schmerzhaft, als er an die bevorstehenden Fallstricke dachte. Aber wann war sein Leben je einfach gewesen? Nichts war ihm kampflos überlassen worden.

„Bestellen Sie das Gerät", sagte er barsch. „Lassen Sie es in einem der leeren Lagerhäuser aufstellen und seien Sie diskret. Ich möchte nicht, dass sich Neuigkeiten über die Maschine herumsprechen, bevor ich einen Probelauf vorgenommen habe."

„Sehr wohl, Euer Gnaden", sagte Dutton. „Wenn es sonst nichts gibt ..."

Severin entließ den Geschäftsmann und starrte grübelnd

aus dem Fenster. Er stand buchstäblich auf dem Gipfel des Erfolgs und sollte eigentlich zufrieden sein. Aber er war es nicht. Er fühlte sich isoliert. Einsam. An und für sich war das nicht ungewöhnlich. Eigenartig war nur, dass es ihn störte.

Severin wurde sich des Verlangens bewusst, das er in den vergangenen zwei Tagen zu unterdrücken versuchte. Er hatte sich nicht wohl dabei gefühlt, das Bett seiner Frau aufzusuchen, wenn er ständig an eine andere denken musste. Doch jetzt, da seine Grübeleien über Imogen nachließen, wurde ihm klar, wie sehr er Fancy vermisst hatte, wie sehr er sich danach sehnte, Zeit mit ihr zu verbringen, selbst wenn sie nur miteinander redeten.

Allerdings hatte sie auch nicht an die Tür seines Schlafgemachs geklopft. Vermutlich war sie erschöpft. Tante Esther hatte sie mit Einkaufstouren, Rhetorikunterricht und dergleichen auf Trab gehalten. Der alte Drache hatte ihn an diesem Morgen auf dem Weg nach draußen sogar in die Enge getrieben, um ein paar lobende Worte über Fancy fallen zu lassen.

Francesca hat noch einen langen Weg vor sich, Knighton, daran besteht kein Zweifel. Dennoch bemüht sie sich nach Kräften. Sie ist entschlossen, eine richtige Herzogin zu werden und dir und dem Familiennamen Ehre zu machen.

Das mochte nicht wie ein überschwängliches Kompliment klingen, aber aus Tante Esthers Mund war es ein hohes Lob. Es überraschte ihn nicht wirklich, dass Fancy dabei war, seine stachelige Tante für sich zu gewinnen: Mit ihrer warmen, fröhlichen Art wickelte seine Frau selbst den eingefleischtesten Unhold um den Finger.

Severin sehnte sich nach Fancys Zärtlichkeit und dem Gefühl der Nähe, das sich zwischen ihnen entwickelt hatte. Jetzt, da er einen klaren Kopf besaß und seine üble Laune vorbei war, konnte er sie aufsuchen, ohne sich wie ein Bastard zu fühlen. Eine plötzliche Eingebung überkam ihn. Er beschloss, auf dem Heimweg einen Zwischenstopp einzulegen, um ein Geschenk für seine Frau zu besorgen. Eine solche Aufmerksamkeit war längst überfällig, und er konnte es kaum erwarten, Fancys Reaktion zu sehen, wenn er ihr seine Überraschung überreichte.

Nach ihrem Bad am Abend saß Fancy an ihrem Frisiertisch, während ihre neue Zofe Gemma ihr das Haar kämmte. Mrs Treadwell hatte ihr an diesem Nachmittag drei Bewerberinnen vorgeführt und Fancy hatte Gemma auf der Stelle eingestellt, als diese ihr Haar auf eine Weise frisierte, die selbst Tante Esther für akzeptabel hielt. Das zierliche, blonde Dienstmädchen war einfallsreich und diskret und wusste alles über die neueste Mode, da sie in der Vergangenheit mit diversen Damen von Rang gearbeitet hatte.

Als es an der Tür zwischen ihrem und Knights Schlafgemach klopfte, schreckte Fancy auf. Angesichts seiner Abwesenheit in den letzten beiden Nächten hatte sie nicht erwartet, dass er ihr einen Besuch abstatten würde.

Gemma schenkte ihr ein verschwörerisches Lächeln. „Soll ich die Tür aufmachen, Euer Gnaden?"

„Ja. Nein. Warte kurz." Fancy begutachtete sich eilig im Spiegel. „Wie seh ich aus?"

„Wunderschön, Euer Gnaden." Gemmas Augen funkelten spitzbübisch. „Das neue Nachthemd steht Ihnen ausgezeichnet."

Das Negligé und der dazu passende Peignoir waren unter den ersten Stücken gewesen, die von der Modistin geliefert worden waren, und sie waren anders als alles, was Fancy bisher besessen oder getragen hatte. Bei der Anprobe hatte Madame Rousseau ihr versichert, dass dieses Design der letzte Schrei in

Paris sei und von aristokratischen Kundinnen und vor allem deren Ehemännern bevorzugt werde. In der Tat, so hatte die Schneiderin mit einem verschwörerischen Lächeln hinzugefügt, ermutige sie ihre Kundinnen immer, Duplikate zu bestellen. Fancy sah zwar nicht ein, warum sie zwei der teuren Negligés brauchte – sie pflegte ihre Kleidung stets sorgfältig –, befolgte jedoch den Rat der Modistin.

Madame hatte das Negligé und den Peignoir aus feiner elfenbeinfarbener Seide gefertigt, wobei der raffinierte Schnitt Fancys Kurven zur Geltung brachte. Beide Kleidungsstücke waren mit bronzenen Bändern verziert, und die Rückseite des Peignoirs war mit einer Chinoiserie-Szene in passendem Bronzefaden bestickt. Die Verarbeitung war tadellos. Nach Fancys Einschätzung lag Madames Genialität in ihrer Fähigkeit, Kleider zu entwerfen, die einfach und doch außerordentlich schmeichelhaft waren.

Als Fancy nun in den Spiegel blickte, wuchs ihr Selbstvertrauen. Es gab einen Grund, warum sie sich an diesem Abend für ihre neue Garderobe entschieden hatte: Wenn Knight nicht zu ihr käme, ging sie eben zu ihm, auch wenn Tante Esther ihr Vorhaben wahrscheinlich missbilligen würde.

Du darfst nicht zu eifrig sein, Francesca, hatte die Gräfin ihr während der heutigen Lektion in Etikette eingeschärft. *In unserer Welt gilt es als bourgeois, zu entgegenkommend zu sein. Du bist kein Hündchen, das tut, was sein Herr befiehlt. Eine wahre Dame kennt ihren Wert und weiß, dass sie die Mühe wert ist. Verstehst du das?*

Das begriff Fancy natürlich, doch zwei Nächte getrennt von Knight zu verbringen, war ihrer Meinung nach genug. Er hatte ihr doch gestattet, die Tür zu öffnen, wann immer sie wollte, nicht wahr? Beim Abendessen vorhin hatte er weniger distanziert gewirkt und mehr wie sein altes Ich vor Imogens unerwartetem Besuch. Fancy hatte sich vorgenommen, den Stier bei den

Hörnern zu packen und an diesem Abend zu ihm zu gehen, und deshalb hatte sie sich bei ihrer Toilette besonders viel Mühe gegeben.

Als Knights gebieterisches Klopfen erneut ertönte, durchströmten Fancy Glück und Erleichterung. Wenn er die Initiative ergriff, dann hatte er sie vielleicht auch vermisst.

„Bitte lass Seine Gnaden herein", sagte sie zu ihrer wartenden Zofe. „Dann kannst du gehen."

Während Gemma ihrem Befehl folgte, erhob Fancy sich und rückte nervös den Gürtel ihres Gewandes zurecht. Die zarte Seide auf ihrer Haut fühlte sich ganz anders an als ihr alter Flanellmantel. Sie fühlte sich dadurch sinnlicher ... wagemutiger. Was ihr Mann wohl von ihrem neuen Ensemble halten würde?

Sie brauchte nicht lange auf eine Antwort zu warten. Knight betrat das Gemach in seinem schwarzen Morgenmantel und steuerte mit einem raubtierhaften Funkeln in den Augen auf sie zu. Sein Verlangen war spürbar, es erfüllte den Raum und ließ ihr Herz höherschlagen. Von einem uralten Instinkt getrieben, wich sie einen Schritt zurück und stieß mit der Rückseite ihrer Beine gegen den Frisiertisch, wodurch die Utensilien auf dessen Oberfläche klapperten.

Er blieb eine Haaresbreite von ihr entfernt stehen, musterte sie und murmelte: „Was trägst du da, Chérie?"

„Das gehört zu meiner neuen Garderobe", sagte sie. „G-gefällt's dir?"

„Das kann ich nicht mit Sicherheit sagen." Gerade, als sich Enttäuschung in ihr breitmachen wollte, hob er eine Hand und ließ seinen Zeigefinger über ihre Schulter gleiten. „Erst, wenn du mir den Rest gezeigt hast, hm?"

Ermutigt durch seine sinnliche Aufforderung, öffnete sie den Gürtel des Peignoirs und streifte ihn ab. Er glitt an ihrem Körper hinunter und fiel zu Boden. Das Negligé wurde von dünnen Trägern hochgehalten, die ihre Schultern entblößten. Der Ausschnitt war tief genug, um das schattige Tal zwischen ihren Brüsten zu betonen. Die Seide schmiegte sich locker an ihre Haut und umschmeichelte ihre Kurven. Sie spürte den glühenden Blick ihres Mannes an sich hinunterwandern. Ihre Brustwarzen versteiften sich zu harten Spitzen, die sich unter der Seide abzeichneten.

„Was denkst du jetzt?", wagte sie zu fragen.

„Ich denke", erwiderte er mit einem kehligen Knurren, „dass du aussiehst wie ein köstliches Dessert. Und zufälliger-weise habe ich meines noch nicht gegessen."

Erschrocken sah sie zu, wie er mit einer ausladenden Geste seines Arms die Toilettenartikel von ihrem Frisiertisch fegte, die nach allen Seiten flogen und auf dem Teppich aufschlugen.

„Knight, die waren teuer ..."

„Ich kaufe dir mehr." Er hob sie auf den Tisch, sodass ihr Rücken gegen den Spiegel gedrückt war und ihre Beine über den Rand baumelten. Dann zerrte er an ihrem Ausschnitt.

Als sie hörte, wie die Nähte aufrissen, keuchte sie: „Das ist neu. Du machst es kaputt!"

„Ich kaufe dir ein neues."

Deshalb hat Madame gesagt, dass ich 'n Duplikat brauche. Die Erkenntnis verflüchtigte sich wie eine Pusteblume im Wind, als Knights lüsterner Blick auf ihre entblößten Brüste fiel.

„Verdammt", murmelte er. „Deine Titten sind einfach umwerfend."

Statt einer Antwort entwich ihr ein Stöhnen, als er eine ihrer Brustwarzen mit den Lippen umschloss. Er saugte daran, und das elektrisierende Gefühl schoss ihr direkt zwischen die Schenkel. Ihre Pussy pulsierte ungeduldig, während er abwech-selnd ihre prallen Knospen verwöhnte, bis ihre Brüste feucht glänzten. Als er einen Nippel sanft zwischen seine Zähne nahm, zuckten ihre Hüften und ein Keuchen entwich ihr.

„Zu viel?" Er musterte sie forschend, und was er in ihrem Gesicht sah, entlockte ihm ein verruchtes Lächeln. „Das hatte ich auch nicht erwartet."

Bevor sie etwas erwidern konnte, drängte er sich zwischen ihre gespreizten Beine. Dann senkte er abermals den Kopf und biss leicht in ihre empfindliche Knospe. Überwältigt von der Kombination aus Lust und Schmerz presste sie sich ihm entgegen und wimmerte, als ihre Pussy durch die Bewegung gegen seinen muskulösen Oberschenkel rieb. Sie spürte, wie der seidige Stoff ihres Negligés feucht wurde.

„Reite mein Bein, Liebling", sagte er heiser. „Komm für mich, während ich deine Titten küsse."

Keuchend gab sie seinem sündhaften Befehl nach, klammerte sich an seine Schultern und rieb sich lustvoll an ihm. Er wandte sich wieder ihren Brüsten zu, umfasste und knetete sie, bevor er erneut an ihnen saugte. Ihre Scheidenmuskeln zogen sich zusammen, als er mit den Zähnen daran zerrte. Angetrieben von ihrem Verlangen nach Erlösung, nach *ihm*, presste sie sich an sein Bein und stöhnte seinen Namen, während ihre Ekstase über sie hereinbrach.

Seine Frau war immer bezaubernd, aber auf dem Höhepunkt der Verzückung war sie unvergleichlich. Severin gestattete sich einen Moment, um ihre Schönheit in sich aufzunehmen: ihre vor Leidenschaft geröteten Wangen, ihre großen, braunen Augen, in denen ein verklärter Ausdruck lag. Ihr Schönheitsfleck bebte bei jedem Atemzug, ihre vollen, rosigen Lippen waren leicht geöffnet, wie das Tor zur Versuchung. Für einen wilden Augenblick stellte er sich vor, wie er seinem Verlangen nachgab und sie leidenschaftlich küsste.

Er besaß gerade noch genug Willenskraft, um dem Drang zu widerstehen. Es war ihr gegenüber nicht fair, sie verdiente einen richtigen Kuss. Ihre einzige Bitte an ihn war gewesen, sie nicht zu küssen, wenn er es nicht ernst meinte. Also konnte er es nicht tun. Dafür konnte er eine Menge anderer Dinge mit ihr anstellen.

Verflucht, er *brauchte* sie.

Obwohl er vorgehabt hatte, an diesem Abend mit ihr zu reden, siegte seine Lust. Das Gespräch konnte warten, sein Verlangen nach seiner Frau nicht. Fancy beobachtete aufmerksam, wie er seinen Morgenmantel abstreifte und ihn beiseite warf. Dann zog er sich das Nachthemd über den Kopf, und sie ließ ihren Blick von seiner breiten Brust über seine harten Bauchmuskeln bis zu seiner riesigen Erektion gleiten.

Als sie sich mit der Zunge über die Lippen fuhr, musste er ein Stöhnen unterdrücken. Er umklammerte seinen Schwanz und fuhr mit der Hand den schweren Schaft auf und ab.

„Gefällt dir, was du siehst, *Chérie*?", fragte er sanft.

„Ja." Die unverhohlene Anerkennung in ihren Augen entlockte seiner Eichel die ersten Lusttropfen. „Und dir gefall'n wohl die neuen Nachtkleider, die Madame Rousseau für mich angefertigt hat?"

Ihr zufriedenes Lächeln ließ ihn noch härter werden.

„Ich mag sie", sagte er. „Aber das, was sich darunter verbirgt, gefällt mir noch mehr. Zieh den Rock für mich hoch, damit ich sehen kann, was mir gehört."

Sie atmete scharf ein, wobei ihre entblößten Brüste bebten. Ihre kirschroten Knospen ragten noch immer steif empor. Langsam griff sie nach dem Saum ihres Negligés und zog es über ihre wohlgeformten Beine.

„Ganz nach oben, Liebling", forderte er. „Lass mich deine Pussy sehen."

Mit hochroten Wangen tat sie, was er verlangte, und wand sich ein wenig, um den Stoff über ihre Hüften zu schieben. Schwer atmend labte er sich am Anblick seiner Herzogin, deren Nachthemd nun um ihre Taille geschlungen war und ihre herrlichen Brüste, Beine und ihre intimste Stelle entblößte. Animalische Instinkte zerrten an seiner Zurückhaltung.

„Bist du feucht für mich?", fragte er.

Sie nickte schüchtern.

„Zeig es mir."

Sie blinzelte verwirrt.

„Berühre dich, *Chérie*", sagte er mit rauer Stimme. „Zeig mir, wie bereit du für meinen Schwanz bist."

Sie schnappte schockiert nach Luft und er fragte sich, ob er zu weit gegangen war. Ob er zu viel von seiner bestialischen Natur preisgegeben hatte. Dann glitt ihre Hand zaghaft nach unten, und sein Herz klopfte wie wild, als ihre Finger ihr dunkles Schamhaar fanden. Sie berührte sich zurückhaltend, tauchte mit einer Fingerspitze in ihre rosige Spalte und biss sich auf die Unterlippe.

„Ich bin bereit", flüsterte sie.

Der Anblick ihres feucht glänzenden Fingers brachte ihn beinahe um den Verstand. Seine Erektion schwoll an und pulsierte in seinem Griff. Er führte seine von Lusttropfen benetzte Eichel an ihre zarte Öffnung, doch als sie ihre Hand fortnehmen wollte, hielt er sie auf.

„Streichle dich weiter", wies er sie an.

Dann schob er seine Hüften nach vorn und beobachtete mit wilder Befriedigung, wie sein dicker Schaft zwischen den hübschen Schamlippen seiner Frau verschwand. Auch sie sah zu, während sie, seiner Anweisung folgend, ihre Perle fingerte und bei jeder Bewegung über seinen Schwanz strich.

Ihre zarten Berührungen zu spüren, während er immer tiefer in sie glitt, war zu viel. Mit einem Knurren ließ er die Hüften nach vorn schnellen und vergrub sich ganz in ihr. Prickelnde Lust durchfuhr ihn wie ein Blitz, als er ihre exquisite Enge um sich spürte. Die feuchte Hitze seiner Frau war wie geschaffen für seinen Schwanz. Er packte ihre Hüften, nahm sie immer härter und schneller, angetrieben von einem verzweifelten Verlangen, das er nicht unterdrücken konnte. Ihr liebliches Stöhnen untermalte das obszöne Klatschen seiner Schenkel gegen ihren Hintern, während ihr Rücken bei jedem Stoß gegen den Spiegel gepresst wurde.

Als er einen vertrauten Druck in seinen Hoden spürte, keuchte er: „Reib deine Perle fester, Fancy. Sei eine brave Ehefrau und komm mit meinem Schwanz tief in dir."

Seine Worte schienen sie zu elektrisieren. Ihre Augen weiteten sich, ihre Beine umklammerten ihn fester, ihre Finger arbeiteten in einem wilden, unregelmäßigen Rhythmus. Wenige Augenblicke später schrie sie auf, und ihr Höhepunkt von der Gewalt einer Sturmflut zog seinen eigenen nach sich. Mit einem kehligen Schrei stieß er in sie, dann warf er den Kopf in den Nacken und gab sich seiner überwältigenden Ekstase hin.

Träge ließ er weiterhin die Hüften kreisen, während er Fancys gerötetes Gesicht betrachtete. Glückseligkeit pulsierte in seinen Adern, zusammen mit einem Gefühl, das er nicht genau benennen konnte. Zufriedenheit, vielleicht. Da er kein Mann war, der sich mit Emotionen aufhielt, vor allem, wenn er noch in seiner Frau steckte, beugte er sich vor, um ihre Stirn zu küssen. Als er sich bewegte, glitt sein Schwanz tiefer in ihre enge Pussy, und als ihre Scheidenmuskeln sich instinktiv um ihn zusammenzogen, spürte er, wie er erneut hart wurde.

Er hob die Augenbrauen. „Noch eine Runde?"

Sie schenkte ihm ein schüchternes und zugleich verführerisches Lächeln. „Ja, bitte.“

Sein unstillbares Verlangen erstaunte ihn. Eigentlich hätte er befriedigt sein müssen, aber ihrem lieblichen Blick und der einladenden Enge um seinen Schwanz konnte er einfach nicht widerstehen.

„Du wirst mich noch umbringen“, murmelte er.

Dann machte er sich daran, mit seiner Frau erneut *la petite mort* zu erleben.

Kapitel Dreiundzwanzig

Als Fancy erwachte, fühlte sie sich wie in einem Traum. Dieses Gefühl verstärkte sich, als sie merkte, dass ihre Wange an die Brust ihres Mannes gedrückt war. Erinnerungen an ihr leidenschaftliches Liebesspiel überkamen sie und entlockten ihr ein Lächeln.

Knight hatte ihr Nachthemd gefallen. Ihre Bemühungen, eine Dame zu werden, verzeichneten erste Erfolge. Ihre Ehe war wieder auf dem richtigen Weg, und die letzte Nacht war eine berauschende Erinnerung daran, was für ein hingebungsvoller, zärtlicher und ausdauernder Liebhaber ihr Mann sein konnte.

Mit einem glücklichen Seufzer betrachtete sie ihn. Sie liebte seinen Körper, die straffen Muskeln, die männliche Behaarung. Sie mochte sogar die Narbe in der Nähe seines Herzens, denn sie zeigte, dass er ein Krieger war, der die härtesten Kämpfe überstehen konnte. Ihr Blick wanderte über seinen flachen Bauch nach unten. Die Decke war über seine Hüften drapiert und versperrte ihr den Blick auf seine eindrucksvolle Männlichkeit ... allerdings nicht ganz.

Ihre Augen weiteten sich. Unter dem dünnen Stoff ragte eindeutig etwas empor.

„Wenn du ihn weiter so anstarrst, wird er noch größer", brummte Knights amüsierte Stimme.

Sie neigte den Kopf zurück und sah ihm in die Augen. „Du bist wach?"

„Schon seit einer Weile. Ich habe dich beim Schlafen beobachtet."

„Oh." Sie war sich nicht sicher, was sie davon halten sollte. „Habe ich, äh, gesabbert?"

„Nein. Allerdings hast du ein bisschen geschnarcht ... Ich mache nur Spaß", versicherte er ihr auf ihren entsetzten Blick hin. „Du warst bezaubernd wie immer."

„Nett von dir, das zu sagen."

Sie setzte sich auf, wobei sie ihre Brüste mit dem Laken bedeckt hielt, kämmte sich das Haar mit den Fingern und stellte erleichtert fest, dass sich keine Knoten gebildet hatten.

„Ich sage es, weil es wahr ist. Du bist bezaubernd." Er runzelte die Stirn und setzte sich ebenfalls auf. „Wenn ich dir Anlass gegeben habe, daran zu zweifeln, dann ist das meine Schuld."

„Du hast nichts falsch gemacht", sagte sie schnell.

„Habe ich nicht?" Er schwieg kurz. „Ich muss mich bei dir entschuldigen, Fancy."

Sein intensiver, grübelnder Blick bereitete ihr ein mulmiges Gefühl. „Wofür?"

„Seit Imogens Besuch war ich nicht mehr ich selbst."

Sein unverblümtes Geständnis bestätigte ihren Verdacht und schnürte ihr die Kehle zu.

Er fuhr sich mit der Hand durchs Haar, wobei sich sein Bizeps anspannte. „Ich weiß, ich war ... distanziert. Obwohl du nicht danach gefragt hast, möchte ich dir erklären, was passiert ist. Nicht, dass etwas passiert wäre", sagte er hastig. „Das weißt du doch, nicht wahr?"

„Ich weiß, dass du dein Gelübde nicht brechen würdest", erwiderte sie leise.

„Danke für dein Vertrauen, Liebling."

„Aber Imogen ..." Sie zögerte.

„Frag, was immer du willst, Fancy. Du bist meine Frau und hast ein Recht darauf, es zu erfahren."

„Sie hatte nichts im Auge, oder?"

„Nein." Er runzelte die Stirn. „Es war töricht von mir, diese Ausrede vorzubringen. Ich weiß nicht, warum ich es getan habe. Die Worte ... kamen einfach heraus."

„Vielleicht hat sie dich mit ihren Tränen aus der Fassung gebracht?", wagte sie zu sagen.

„Ich verliere niemals die Fassung", erwiderte er ein wenig ungehalten. „Allerdings hat mich ihr unerwarteter Besuch überrascht. Ich hatte ihr eine kurze Nachricht geschrieben, in der ich ihr mitteilte, dass du und ich geheiratet haben." Er warf ihr einen festen Blick zu. „In Anbetracht unserer Vergangenheit schien es mir das Richtige zu sein."

Sie nickte, obwohl ihr Herz sich verkrampfte, als sie erfuhr, dass ihr Mann an seine Jugendliebe geschrieben hatte. „Warum hat sie geweint?"

„Meine Vermählung hat sie überrumpelt", sagte er. „Was ich ehrlich gesagt nicht verstehe. Es war klar, dass ich als frisch gebackener Herzog eine Gemahlin brauche, um Erben zu zeugen und meine Geschwister in die Gesellschaft einzuführen."

Schmerz durchfuhr Fancy, und sie senkte den Blick auf ihre Hände, die die Bettdecke umklammerten. Sie wusste nicht, was sie sagen sollte. Wie sollte sie auf die Tatsache reagieren, dass die Frau, die ihr Mann liebte, durch seine Heirat verletzt wurde? Ihn so deutlich sagen zu hören, dass er sie, Fancy, nicht aufgrund seines Verlangens nach ihr, sondern aus Notwendigkeit geheiratet hatte, fühlte sich wie ein Schlag an.

„Nicht, dass das die einzigen Gründe sind, aus denen ich mich mit dir vermählt habe." Frustration machte sich in seiner Stimme breit. „Verdammt noch mal, ich bringe das alles durcheinander. Fancy, sieh mich an. Bitte."

Sie hob den Kopf.

„Imogen gehört meiner Vergangenheit an, und ich bin verdammt glücklich, dass du meine Frau bist und mir hier und jetzt zur Seite stehst", sagte er ruhig, aber bestimmt. „Ich weiß, dass wir beide nicht unter den besten Umständen geheiratet haben, aber wir kriegen es doch ganz gut hin, oder?"

Wir kriegen es ganz gut hin. Würde er dieselben Worte verwenden, wenn Imogen seine Frau wäre?, fragte Fancy sich verdrießlich.

„Tun wir das?" Ihre Stimme zitterte ein wenig.

„Ich denke schon." Er strich ihr sanft über die Wange. Seine grauen Augen strahlten so warm wie der Himmel bei einem Sommerregen. „Ich habe noch nie eine Frau so sehr begehrt, wie ich dich begehre, Fancy."

Das war wenigstens etwas. Ein Balsam, um ihr verwundetes Herz zu lindern. Auch wenn er sie nicht liebte, begehrte er sie körperlich und seiner Meinung nach mehr als jede andere Frau, die er kannte.

Mehr als Imogen? Die Frage drängte sich ihr auf, doch sie war nicht bereit, die Antwort zu erfahren.

„Es tut mir leid, dass ich dir in den vergangenen Tagen nicht genug Aufmerksamkeit geschenkt habe", fuhr er fort. „Verzeihst du mir?"

Es lag nicht in ihrer Natur, nachtragend zu sein. Knight hatte sich entschuldigt und alles erklärt, und er war von Anfang an ehrlich gewesen, was Imogen betraf. Fancy konnte nicht erwarten, dass sich seine Gefühle über Nacht änderten. Sie musste ihrer Ehe Zeit geben, um zu wachsen und zu gedeihen.

Sie nickte, bereit, den Vorfall hinter sich zu lassen.

Die Anspannung wich aus seinen Zügen und ein Lächeln umspielte seine Augen. „Erzähl mir, was du so getrieben hast, *Chérie*. Ich weiß, dass du sehr beschäftigt warst. Tante Esther hat dich in den höchsten Tönen gelobt."

„Wirklich?", fragte sie überrascht.

Seine Mundwinkel zuckten. „Sie sagte, und ich zitiere, *dass du dich nach Kräften bemühst, entschlossen bist, eine richtige Herzogin zu werden und mir und dem Familiennamen Ehre zu machen.* Glaube mir, aus Esthers Mund ist das die höchste aller Lobeshymnen. Und sie ist hellauf begeistert, dass es dir gelungen ist, eine Einladung zu einem Empfang von Prinzessin Adelaide von Hessenstein zu ergattern."

„Tante Esther ist mir 'ne gute Mentorin. Sie bellt mehr, als sie beißt, und ich glaube, sie ist froh, dass sie was zu tun hat", sagte Fancy. „Sie muss sehr einsam gewesen sein, bevor du und deine Geschwister ihr 'ne Familie gegeben habt."

„Wir sind wohl kaum eine Familie", sagte Knight trocken. „Ich würde uns eher als Fremde bezeichnen, die auf einer endlosen Privatfeier festsitzen, ohne Hoffnung auf Entkommen."

Fancy musste über diese Beschreibung schmunzeln, die nicht weit von der Wahrheit entfernt war. Doch als sie die Sehnsucht in seiner Stimme hörte, wollte sie ihn ermutigen.

„Gestern beim Abendessen haben sich alle schon viel besser benommen, finde ich", sagte sie diplomatisch.

„Das liegt daran, dass du, *Chérie*, in allen nur das Beste siehst." Er strich ihr mit dem Finger über die Nase. „In Wirklichkeit hat Cecily geschmollt, Jonas exzessiv getrunken und Eleanor das Buch gelesen, das sie unter ihrer Serviette versteckt hatte."

„Toby war gesellig", beharrte sie.

„Und hätte dir fast eine Auster ins Gesicht geschleudert", murmelte Knight.

„Nicht mit Absicht. Er hat sich dafür entschuldigt."

„Der Junge ist eine wandelnde Katastrophe."

„Gib die Hoffnung nicht auf", sagte Fancy ernsthaft. „Sie werden sich schon einkriegen. Wenn ich mich in 'ne Herzogin verwandeln kann, dann können deine Geschwister sicher auch lernen, sich besser zu benehmen."

Und ich werde ihnen helfen, dachte sie entschlossen. *Sie sind jetzt auch meine Familie.*

Eine Familie hielt stets zusammen, im Guten wie im Schlechten.

„Verändere dich nicht zu sehr, Liebling", sagte Knight sanft. „Ich mag dich so, wie du bist."

Seine zärtlichen Worte ließen ihr Herz höherschlagen. „Ich mag dich auch."

„Ich weiß nicht, womit ich eine so wunderbare Frau verdient habe", sagte er heiser. „Was mich daran erinnert ... Ich habe etwas für dich."

Er verließ das Bett und ging zu seinem Morgenmantel hinüber. Sie konnte nicht anders, als seinen perfekt geformten Hintern zu bewundern, die definierten Muskeln seines Rückens. Als er zu ihr zurückkam, raubte sein Anblick ihr den Atem. Selbst im Ruhezustand war sein Gemächt groß und hing schwer zwischen seinen kräftigen Schenkeln.

„Das ist für dich", sagte er. „Es sei denn, du möchtest noch etwas anderes, *Chérie?*"

Sie war so sehr damit beschäftigt gewesen, ihn anzustarren, dass sie die schwarze Samtschachtel mit silberner Schleife in seiner Hand nicht bemerkt hatte. Sein wissender Gesichtsausdruck verriet ihr, dass ihm ihr schamloser Blick nicht entgangen war, und dass es ihm nichts ausmachte.

Mit glühenden Wangen nahm sie die Schachtel entgegen. „Vielen Dank."

Er sah amüsiert aus, als er sich neben ihr auf der Matratze niederließ. „Du hast es noch nicht aufgemacht."

„Muss ich auch nicht, um zu wissen, dass es aufmerksam von dir war, mir ein Geschenk zu machen."

„Würdest du kurz aufhören, so bezaubernd zu sein, und das verdammte Ding endlich aufmachen?"

Die Wärme in seinen Augen verriet ihr, dass er sie necken wollte. Gehorsam löste sie das Band und hob den Deckel an. In der Schachtel befand sich ein weiteres Kästchen, diesmal aus Silber. Sie nahm es heraus, öffnete es ... Und ihr stockte der Atem.

„Gefällt er dir?", fragte Knight.

Sie konnte nicht antworten, brachte kein Wort heraus, während sie den in weißem Satin eingebetteten Ring betrachtete.

In der Mitte prangte ein lupenreiner Rubin von der Größe ihres Daumennagels. Ein Kranz aus Diamanten umgab den blutroten Edelstein. Die Kombination aus Feuer und Eis war einfach atemberaubend.

„Hier, probiere ihn an." Knight nahm den Ring, hob ihre Hand und steckte ihn auf ihren Finger. Er passte perfekt über ihren Ehering. „Sieht schön aus, findest du nicht auch?"

„Mehr als schön." Ihre Stimme war kaum mehr als ein Flüstern. „Knight ... Das ist das wunderbarste Geschenk, das ich je bekommen hab."

„Es ist zwar nicht der Freund eines Flickers, aber ich bin froh, dass er dir gefällt." Lächelnd strich er mit dem Daumen über die beiden Ringe. „Als ich den Rubin sah, hat er mich sofort an dich erinnert."

„Wirklich?" Sie konnte sich nicht vorstellen, was sie mit diesem kostbaren Juwel gemeinsam hatte. „Warum?"

„Zum einen bist du mehr wert als jeder Edelstein."

„Oh, Knight." Ihr Herz machte einen Satz.

„Dann ist da noch die Farbe des Rubins. Zuerst habe ich nach etwas gesucht, das zu deinen Augen passt, aber sie sind unvergleichlich. Kein Juwel kann ihre samtene Wärme einfangen."

Wenn sie die Sorte Frau wäre, die leicht in Verzückung geriet, wäre sie auf der Stelle in Ohnmacht gefallen.

„Also beschloss ich, den Edelstein stattdessen farblich auf etwas anderes abzustimmen", fuhr er fort.

Sie legte den Kopf schief und warf ihm einen verträumten Blick zu. „Worauf denn?"

„Auf deinen sinnlichen Mund." Er strich ihr mit dem Daumen über die Unterlippe. „Und auf deine lieblichen Brustwarzen."

Sie blinzelte. „Du hast mir 'nen Ring gekauft, der zu meinen *Brustwarzen* passt?"

„Es sind die schönsten, die ich je gesehen habe."

Er zerrte die Decke herunter, hob ihre linke Hand an und legte sie auf ihre linke Brust, sodass sich ihre Brustwarze stolz zwischen Ring- und Mittelfinger erhob. Die steife Knospe und der Edelstein waren in der Tat von ähnlichem Farbton.

Mit glühendem Blick sagte er: „Siehst du, er passt perfekt."

„Das ist verrucht", stammelte sie.

„Gewiss."

Er warf sie rückwärts auf die Matratze, und sie keuchte auf, als er mit einem geschmeidigen Stoß in sie hineinglitt. Instinktiv hob sie ihm ihre Hüften entgegen.

Ein teuflisches Lächeln erhellte seine Augen.

„Zum Glück", murmelte er, „habe ich eine bezaubernde, zuvorkommende Frau, die nichts gegen ein bisschen Verruchtheit hat."

Kapitel Vierundzwanzig

Nachdem Fancy ihrem Mann nicht nur einmal, sondern zweimal für seine Großzügigkeit gedankt hatte, begab Knight sich in sein Büro. Er hatte versprochen, zum Abendessen wieder da zu sein, und ihr mit einem unwiderstehlich sündhaften Funkeln in den Augen gesagt, sie solle ihn danach erwarten. Dann ging er seinen Verpflichtungen nach und Fancy ihren.

Als sie ihr Frühstück gegessen hatte, das ihr auf einem Tablett serviert worden war, half ihr Gemma beim Anlegen eines der neuesten Kleidungsstücke, die Madame Rousseau geschickt hatte. Das Besuchskleid aus pfirsichfarbener Seide hatte ein langes Mieder, schmale Ärmel und Röcke, die sich elegant zu einer Kuppel weiteten. Das überkreuzte Oberteil war mit einem Rüschenband in einem helleren Pfirsichton verziert, wobei sich die Rüschen auf den doppelten Lagen der Röcke wiederholten.

Fancy liebte ihr neues Kleid. Es war nicht nur das schickste Teil, das sie je besessen hatte, sondern die Modistin hatte auch ihren Wunsch erfüllt: Es gab versteckte Taschen im Rock. Dort verstaute Fancy den Freund des Flickers und Knights Mantelknopf, den sie als Glücksbringer mit sich herumtrug. Zu guter Letzt steckte sie ihren neuen Rubinring an, straffte die Schultern und begab sich hinunter zu ihrem Unterricht.

Morgens hatte sie Tanzstunden bei Maestro Agostino sowie Lektionen bei ihrem Lehrer für Rhetorik, Mr Stanton. Die Zeit bei Ersterem verging schnell, denn sie tanzte gerne und hatte zur Freude des Maestros keine Schwierigkeiten, die Schritte der formelleren Tänze zu lernen, die sie noch nicht kannte.

Der Unterricht bei Mr Stanton erforderte jedoch mehr Konzentration und Anstrengung.

„Heute beschäftigen wir uns mit Zungenbrechern, bei denen es darum geht, so deutlich wie möglich zu sprechen und keine Silben zu verschlucken.“ Der Lehrer, dessen kahler Schädel von einem dünnen Haarkranz umringt war, stand mit einem Zeigestock in der Hand vor der Kreidetafel. „Ich lese ihn zunächst vor, Euer Gnaden.“

Er las die Zeilen, die er geschrieben hatte, wobei sein Stock den Worten folgte:

Einsame Esel essen nasse Nesseln gern, nasse Nesseln essen einsame Esel gern.

„Euer Gnaden?“, fragte Mr Stanton.

„Also unser Bertrand frisst sowas nicht“, erwiderte Fancy.

Mr Stanton runzelte die Stirn. „Ich meinte, Sie sind dran, Euer Gnaden. Um den Satz zu wiederholen.“

„Oh, jetzt kapier ich's.“ Fancy räusperte sich und folgte der Bewegung des Zeigestocks. „Einsame Esel ess'n ... ess*en* nasse Nesseln gern, nasse Nesseln ess'n ... ess*en* einsame Esel gern.“

Hoffnungsvoll schaute sie ihren Lehrer an.

Er seufzte. „Noch einmal, wenn ich bitten darf.“

Am Ende der Stunde sah der arme Mr Stanton aus, als stünde er kurz davor, sich auch noch die letzten Haare auszureißen, und Fancy wünschte sich, nie wieder etwas über nesselfressende Esel hören zu müssen. Zum Glück war es Zeit für das Mittagessen, sie war ausgehungert und bereit für eine Pause.

Als sie den großen Speisesaal betrat, sah sie Tante Esther bereits an einem Ende des langen Tisches sitzen. Die Gräfin war wie üblich ganz in Schwarz gekleidet und blickte ungeduldig drein. Das einzig andere Gedeck auf dem Tisch befand sich zu ihrer Rechten.

„Wir beide werden ohne die anderen zu Mittag essen, um die Ablenkung so gering wie möglich zu halten", sagte Tante Esther mit fester Stimme. „Heute bringe ich dir die Grundlagen tadelloser Tischmanieren bei. Ich habe Harvey gebeten, alles für ein formelles Abendessen herzurichten. Trödle nicht, Francesca. Komm, setz dich neben mich."

Fancy steuerte gehorsam auf ihren Platz zu, blieb jedoch auf Tante Esthers Befehl hin auf halbem Weg stehen.

„Nein, eile nicht herum wie eine Stallmagd. Du bist eine Herzogin, also bewege dich gefälligst wie eine fort."

„Äh ... Wie bewegt sich 'ne ... *eine* Herzogin?", fragte Fancy.

„Zunächst einmal in ihrem eigenen Tempo. Da du kein Welpe bist, brauchst du dich auf niemandes Befehl hin zu sputen. Hast du das verstanden?"

„Ja, Tante Esther."

Fancy machte einen zaghaften Schritt vorwärts und erstarrte, als Tante Esther ihr erneut Einhalt gebot.

„Nein, *nein*. Trägst du etwas Schweres, Francesca?"

Fancy warf ihr einen verwirrten Blick zu. „Glaub nicht."

„Warum sind deine Schultern dann nach vorne gebeugt? Nach dem Mittagessen wirst du üben, wie man aufrecht geht, indem du ein Buch auf dem Kopf balancierst", sagte die Gräfin entschlossen. „Als ich so alt war wie du, konnte ich mit sämtlichen Tragödien Shakespeares auf dem Kopf die Treppe hinauf- und hinuntergehen."

Fancy versuchte, sich das Szenario bildlich vorzustellen.

„Das ist erstaunlich", sagte sie. „Meine Brüder haben ähnliche Tricks gelernt, um auf den Jahrmärkten Geld zu verdienen. Godfrey kann mit 'nem Dutzend Tellern auf dem Kopf laufen und dabei mit Äpfeln jonglier'n …"

„Ich bin keine Zirkusartistin", erwiderte Tante Esther kühl. „Ich möchte auch nicht, dass dein Debüt auf Prinzessin Adelaides Empfang eine vulgäre Vorführung wird. Jetzt komm her, Francesca. Straffe die Schultern, halte den Rücken gerade, aber nicht zu steif, und richte den Kopf so aus, dass er eine Linie mit deinem Hals und deiner Wirbelsäule bildet."

Unter Anstrengung erreichte Fancy ihren Stuhl. „Autsch … Wie war das?"

„Wie die Vorstellung eines verrückten Puppenspielers", seufzte Tante Esther. „Nun gut. Setz dich, damit wir den Gebrauch der Utensilien besprechen können."

Fancy blickte auf das glänzende Tafelsilber … und schluckte schwer.

Es war kurz vor drei Uhr, als Tante Esther verkündete, dass sie genug hatte. Während sie sich in ihre Gemächer zurückzog, um ein Schläfchen zu halten, beschloss Fancy, ein wenig frische Luft zu schnappen. Schuldgefühle überkamen sie, als ihr bewusst wurde, dass sie Bertrand seit zwei Tagen nicht mehr besucht hatte, also nahm sie sich vor, zwei Fliegen mit einer Klappe zu schlagen und zu den Ställen hinter dem Haus zu gehen.

Auf dem Weg nach draußen erregte ein Geräusch ihre Aufmerksamkeit. Es drang aus der halb geöffneten Tür der Bibliothek. Sie zögerte, doch als sie das Geräusch erneut hörte, ging sie hinein.

Die Bibliothek war ein Raum mit hohen Decken, in dem es angenehm nach Pergament, Holzpolitur und Leder roch. Der Bereich vor dem Kamin war mit grob genoppten Sitzmöbeln ausgestattet, und an den Wänden standen Regale voller Bücher. Fancy folgte den Lauten, die wie das Wimmern eines verletzten Welpen klangen, zu dem ledernen Diwan. Toby saß auf dem Boden dahinter, die Knie an die Brust gezogen, den Kopf in den Armen vergraben.

Ruckartig sah er auf, als Fancy sich ihm näherte, und ihr Herz schmerzte beim Anblick seiner geröteten Augen und der Tränenspuren auf seinen Wangen.

„Was ist los, Toby?", fragte sie.

„Nichts." Er wischte sich mit dem Ärmel über das Gesicht, was nur dazu führte, Rotz auf dem Stoff zu verteilen. „Es geht mir gut."

„Das glaub ich dir nicht." Sie ließ sich neben ihm auf den Boden sinken, was aufgrund ihrer voluminösen Röcke und der engen Schnürung ihres Mieders nicht ganz einfach war. „Du siehst aus wie jemand, der 'ne ... *eine* schwere Zeit durchmacht."

Seine braunen Augen füllten sich erneut mit Tränen.

„Alle hassen mich", presste er stockend hervor. „Ich mache immer alles falsch."

Er vergrub den Kopf wieder in den Armen und schluchzte.

Fancy legte ihm eine Hand auf die bebende Schulter. Als er sich nicht zurückzog, legte sie den Arm um ihn und leistete ihm schweigend Gesellschaft, während er seinen Gefühlen freien Lauf ließ, so wie ihre Ma es früher bei ihr und ihren Geschwistern zu tun pflegte.

Nachdem er sich beruhigt hatte, fragte sie: „Geht's dir jetzt besser?"

„Ja, Euer Gnaden." Mit hochroten Wangen wandte er den Blick ab.

Sie hielt ihn nicht auf, als er sich aus ihrer Umarmung löste. Da sie mit vier Brüdern aufgewachsen war, wusste sie, wie peinlich es Männern sein konnte, wenn sie weinten oder ein Anzeichen von vermeintlicher Schwäche zeigten. Ihre Geschwister würden eher eine blutige Nase riskieren, als sich beim Weinen erwischen zu lassen.

„Du brauchst dich nicht an Förmlichkeiten zu halten, Toby", sagte sie sanft. „Nenn mich Fancy."

Der Junge nickte und wischte sich mit dem Ärmel über die Augen. „Versprichst du mir, niemandem zu erzählen, dass du mich weinen gesehen hast?"

Fancy zögerte kurz. „Ich verspreche es, aber nur unter einer Bedingung."

„Welche denn?", schniefte er.

„Ich will wissen, warum du geweint hast."

Er sah sie an, und seine Unterlippe zitterte. „Das würdest du nicht verstehen."

„Sag's mir doch einfach", schlug sie vor.

„Es ist nur so, dass ich versuche, alles richtig zu machen, aber es läuft immer alles schief", platzte er heraus. „Gestern Abend hätte ich dich fast mit einer Auster beworfen. Heute Morgen wollte ich Jonas fragen, ob er mit mir ausreitet, und dabei habe ich ihn aus Versehen angerempelt und ihm den Whisky, den er in der Hand hielt, über seine Weste geschüttet. Er nannte mich ein Trampeltier und sagte mir, ich solle mich in Z-Zukunft von ihm f-fernhalten."

Toby wandte den Blick ab, sichtlich bemüht, frische Tränen zurückzuhalten.

Fancy fragte sich kurz, warum Jonas bereits am Morgen Whisky trank.

Laut sagte sie: „Unfälle passier'n ... passieren jedem von uns. Das ist ganz normal."

„Haben alle Menschen *jeden Tag* mehrere Unfälle?", fragte Toby verdrossen.

Oje. Da hatte er nicht ganz unrecht.

„Warst du schon immer ein wenig, äh ... tollpatschig?", fragte Fancy.

Toby nickte verzweifelt. „Als meine Eltern noch am Leben waren, ließ Mama mich nur ein paar Minuten zu Papa, wenn er zu Besuch kam. Sie wollte nicht, dass ich sie in Verlegenheit bringe. Eleanor durfte ihn so lange sehen, wie sie wollte, weil sie perfekt ist."

Seine Worte versetzten ihr einen Stich ins Herz. „Niemand ist perfekt, Toby."

„Das verstehst du nicht", sagte er mit einem Seufzer. „Du weißt nicht, wie es ist, wenn man immer alles falsch macht."

„Das versteh ich besser, als du denkst", widersprach sie ihm.

„Wie könntest du? Du bist so hübsch, erwachsen und nett. Jeder mag dich."

Gerührt und ein wenig erstaunt über die Einschätzung des Jungen spürte Fancy, dass sie ehrlich sein musste.

„Das ist schmeichelhaft, Toby, aber es stimmt nicht", sagte sie ernsthaft. „Ich hab den ganzen Vormittag damit verbracht, meine Sprechweise zu verbessern, damit ich keine Schande über die Familie bring. Und mein Unterricht ist nicht gut gelaufen."

Toby blinzelte überrascht. „Warum nicht?"

„Ich verschluck ständig Buchstaben und Silben, egal, wie sehr ich mich bemüh, es nicht zu tun", sagte sie reumütig. „Der arme Mr Stanton hätte beinahe 'nen Schlaganfall bekommen. Und als Tante Esther versucht hat, mir Tischmanieren beizubringen, hab ich ständig die Salatgabel mit der Fischgabel verwechselt. Und ich löffle meine Suppe auf die falsche Weise."

„Es gibt eine falsche Weise?" Toby runzelte die sommersprossige Stirn.

„Nicht in meiner Familie", gab Fancy zu. „Aber laut Tante Esther soll man den Löffel von sich *weg* bewegen."

Toby schürzte die Lippen. „Darüber habe ich noch nie nachgedacht."

„Das liegt wahrscheinlich daran, dass du's richtig machst." Fancy lächelte ihn an. „Siehst du? Du machst viele Dinge gut. Aber es liegt wohl in der Natur des Menschen, sich nur an unsre ... *unsere* Fehler zu erinnern."

„Kann sein", sagte Toby skeptisch. „Aber ich bin nicht gut in wichtigen Dingen."

Fancy fragte sich, ob das mangelnde Selbstvertrauen des Jungen von seiner Tollpatschigkeit herrührte. Wenn er weniger an sich selbst zweifeln würde, wäre er vielleicht zuversichtlicher in den Dingen, die er tat.

„Das glaub ich dir nicht, Toby", sagte sie. „Jeder ist in irgendwas gut."

„Ich nicht."

„Doch, das bist du", sagte sie mit Nachdruck. „Es ist wie mit der Suppe ... Man merkt vielleicht gar nicht, dass man was gut kann, weil es einem so natürlich vorkommt, dass man es für selbstverständlich hält."

Toby nagte an seiner Unterlippe. Dann sagte er zögernd: „Es ist keine echte Fähigkeit. Und auch keine wichtige."

„Erzähl's mir", ermutigte sie ihn.

„Ich mag Tiere." Verlegen zuckte er mit den Schultern. „Und sie scheinen mich zu mögen. Oder zumindest mögen sie mich mehr als andere Menschen es tun."

„Toby, das ist ja ein wunderbares Talent!", rief Fancy aufgeregt.

Ein schwacher Hoffnungsschimmer flackerte in seinen Augen auf. „Meinst du?"

„Ich *weiß* es. Mein Vater ist berühmt für seine Fähigkeit, mit Pferden und Lasttieren umzugeh'n. Jeder will ein Pferd von ihm trainiert haben", sagte Fancy stolz. „Er ist 'n ... *ein* erfolgreicher Kesselflicker, weißt du?"

„Ich wünschte, mein Vater wäre wie deiner gewesen", sagte Toby wehmütig. „Papa hat sich nichts aus Tieren gemacht."

„Mein Pa hat immer gesagt, dass es keinen wahreren Freund als ein Tier gibt. Zu meiner Hochzeit hat er mir 'nen ... *einen* Esel geschenkt ..."

„Einen *Esel*?" Toby richtete sich auf. „Esel sind spitze! Du hast so ein Glück, Fancy."

„Na ja, Bertrand kann etwas mürrisch sein, und er hört nicht so gut auf mich wie auf Pa", sagte Fancy und fügte nach einer Eingebung hinzu: „Tatsächlich war ich gerade auf dem Weg zu den Ställen. Möchtest du mich begleiten und ihn kennenlernen?"

„Das würde mir mehr als alles andere gefallen!", rief Toby und sprang auf die Füße. „Darf ich Bertrand ein paar Karotten mitbringen?"

Lächelnd ergriff Fancy die kleine Hand, die er ihr galant reichte, und erhob sich mit raschelnden Röcken.

„Das ist eine ausgezeichnete Idee", sagte sie. „Da ich ihn zwei Tage lang nicht besucht habe, brauchen wir vielleicht eine Bestechung, um ihn für uns zu gewinnen."

Kapitel Fünfundzwanzig

Zwei Tage später fand sich Severin im Bett seiner Frau wieder, aber es war bereits die zweite Nacht in Folge, in der er nicht mit ihr schlief – und das nicht, weil er es nicht wollte. Am Abend zuvor hatte sie ihm mit geröteten Wangen erzählt, dass ihr monatlicher Besuch gekommen war und sie ihre ehelichen Aktivitäten pausieren mussten. Er hatte sie beide damit überrascht, dass er trotzdem bleiben wollte, wenn ihr die Gesellschaft nichts ausmachte, und ihr Lächeln sowie ihre Worte hatten ihm gezeigt, dass das Gegenteil der Fall war.

Severin zog Fancy an sich und genoss die Ruhe des Augenblicks, das knisternde Feuer im Kamin, den Duft ihrer Haare. War es das, was Männer als häusliches Glück bezeichneten?

„Wie war dein Tag?", fragte seine Frau auf ihre charmante Art.

Es fiel ihm leicht, ihr von seinen geschäftlichen Problemen zu erzählen.

„Hast du dich mit Mr Bodin getroffen, um den neuen Webstuhl zu besprechen?", fragte sie.

„Nein, *Chérie*. Es hat keinen Sinn, mit Männern wie Bodin zu reden.“

Sie runzelte die Stirn. „Warum nicht?“

„Er ist misstrauisch gegenüber allem, was ich sage. Er wird unser Gespräch verdrehen und es benutzen, um die anderen Arbeiter aufzuwiegeln, wie er es in der Vergangenheit getan hat. Er ist ein Hetzer“, sagte Severin abweisend. „Ich werde ihm kein Mitspracherecht einräumen. Wenn er sich gegen den Fortschritt sträubt, schmeiße ich ihn raus.“

„Aber du hast doch gesagt, dass er früher schon Ärger gemacht hat“, gab sie zu bedenken. „Wenn's ... *wenn es* so einfach wäre, ihn loszuwerden, warum hast du ihn dann nicht schon früher gefeuert?“

Hinter dem unschuldigen Gesicht seiner Frau verbarg sich ein kluger Kopf.

„Weil Bodin zu viel Einfluss auf die anderen Arbeiter hat“, gab er zu. „Er könnte sie zu einem Aufstand überreden oder dazu, die Arbeit niederzulegen. So oder so wäre es das reinste Chaos. Ich will ihn nicht entlassen, es sei denn, es ist der letzte Ausweg.“

„Gibt es eine Möglichkeit, an ihn zu appellieren? Ihn davon zu überzeugen, dass du nur das Beste für deine Arbeiter willst? Dass die Weber ohne die neue Technologie vielleicht ganz arbeitslos wären?“

„Er arbeitet für mich“, sagte Severin mit finsterer Miene. „Ich muss ihn von gar nichts überzeugen. Außerdem ist er ein Starrkopf, der sich nichts sagen lässt.“

„Hmm.“

Er hob die Brauen. „Was bedeutet *hmm*?“

„Pa hat immer gesagt, dass zu 'ner ... *einer* Verhandlung zwei gehören. Vielleicht hört Mr Bodin nicht auf dich, weil er denkt, dass du nicht bereit bist, dasselbe zu tun.“

„Es ist nicht meine Aufgabe, auf ihn zu hören", erwiderte Severin missmutig. „Er ist mein Angestellter, nicht andersherum. Glaube mir, als ich mich nach oben gekämpft habe, hat mich keiner meiner Arbeitgeber nach meiner Meinung gefragt. Und ich habe sie niemandem aufgedrängt. Ich habe einfach meinen verdammten Job gemacht und war dankbar, dass ich einen hatte."

„Du weißt sicher, was das Beste ist." Sie lächelte ihn an. „Ich würde gern mal dein Büro sehen."

„Ich zeige es dir bald." Bereit, das Thema zu wechseln, fragte er: „Wie war dein Tag?"

Sofort verfiel Fancy in einen Bericht über ihren Tagesablauf. Er fand es seltsam beruhigend, sich ihre häuslichen Anekdoten anzuhören. Vielleicht lag es an der Art, wie sie ihre Geschichten erzählte: Sie schien die Welt auf eine Weise zu betrachten, dass sie darin fast nur das Gute bemerkte. Sie sah in allem das Beste, sogar in seinen Geschwistern.

„Du glaubst gar nicht, wie gut Toby mit Bertrand zurechtkommt", sagte sie. „Der Esel frisst ihm buchstäblich aus der Hand. Bertrand hat so viele Karotten verdrückt, bis die Köchin keine mehr hatte und neue holen musste."

Ihr Enthusiasmus entlockte ihm ein verstohlenes Lächeln. Fancy hatte es geschafft, etwas zu finden, das Toby tun konnte, ohne sich oder andere zu verletzen.

„Der Junge konnte beim Abendessen von nichts anderem reden", sagte er.

„Er wirkt schon viel selbstbewusster, findest du nicht?", fragte sie. „Ich glaube, darin liegt die Ursache seiner Probleme. Er braucht mehr Selbstvertrauen, dann hat er vielleicht weniger Unfälle."

Als er den eifrigen Gesichtsausdruck seiner Frau bemerkte, wurde ihm ganz warm ums Herz. Wie hatte er nur an Fancys Fähigkeit zweifeln können, mit seinen Geschwistern fertigzuwerden? Mit ihrer freundlichen und liebevollen Art konnte sie jeden für sich gewinnen.

„Vielleicht genießt er auch einfach deine Aufmerksamkeit“, sagte er leise.

Das kann ich dem Burschen kaum verübeln.

„Gut möglich.“ Sie rollte sich halb auf ihn und stützte das Kinn auf ihre verschränkten Arme. „Aber ich glaube, über deine Aufmerksamkeit würde er sich noch mehr freuen.“

Er ließ seine Finger durch ihr Haar gleiten, genoss die seidige Textur und das Privileg, sie berühren zu dürfen.

„Toby will meine Aufmerksamkeit nicht. Er ist ein Nervenbündel, wenn ich in der Nähe bin“, sagte Severin. „Ich bin nicht so zartfühlend wie du.“

„Er ist nur nervös, weil er will, dass du ihn magst. Während der Besuche bei Bertrand hat er mir einige Dinge über sein Leben in Frankreich erzählt. Er muss schrecklich einsam gewesen sein“, sagte Fancy mit besorgter Miene. „Er sehnte sich nach der Anerkennung deines Vaters, aber der Herzog war nie da, um sie ihm zu geben.“

„Er war alles andere als ein beispielhafter Vater“, sagte Severin trocken.

„Ganz genau. Deshalb wär’s ... *wäre es* schön, wenn du mehr Zeit mit Toby und deinen anderen Geschwistern verbringen würdest.“

„Ich?“ Er starrte sie an.

„Ja, du.“

„Ich bin nicht ihr Vater. Wir sind nur zur Hälfte vom selben Blut.“

„Aber du bist ihr Beschützer. Der Einzige, der sich je wirklich für sie interessiert hat.“

„Gezwungenermaßen, nicht weil sie mir wichtig sind“, sagte er unverblümt.

„Warum hast du sie dann nicht einfach in diesem zugigen, alten Schloss gelassen?"

„Wie bitte?"

„Du hättest Toby und Eleanor in der Obhut ihrer Gouvernante und Cecily und Jonas sich selbst überlassen können. Aber du hast sie alle nach London geholt. Warum?"

„Weil unser Vater mich zu ihrem Vormund gemacht hat. Ich habe nur meine Pflicht getan."

„Die hättest du auch von London aus erfüllen und sie in Frankreich lassen können", beharrte sie.

„Auf keinen Fall. Dort führten sie kein respektables Leben ..."

„Was kümmert dich das?"

„Ich wollte nicht, dass sie so leben, wie ich es tat", sagte er. „Ich wollte nicht, dass sie für sich selbst sorgen müssen und sich wie verdammte Heiden verhalten."

Er merkte, wie sich sein Atem beschleunigte. Der sanfte, verständnisvolle Blick in ihren Augen ließ ihn noch schneller atmen und alles in ihm verspannte sich, als wartete sein Körper auf einen Kampf.

„Weil du ein guter Mensch bist", sagte sie. „Du sorgst dich um sie, die für dich praktisch Fremde sind, mehr als dein Vater sich je um eines seiner Kinder gekümmert hat."

Er wusste nicht, was er darauf erwidern sollte, also schwieg er.

„Toby sieht zu dir auf, und ein wenig Ermutigung würde ihm guttun", fuhr sie fort. „Er ist ein charmanter Bursche, viel klüger, als er zu sein vorgibt. Er hat sich bereit erklärt, mich morgen zu Madame Rousseau zu begleiten, damit ich mein Kleid für Beas Hochzeit anprobieren kann, und danach geh'n ... *gehen* wir zu Gunter's. Gemma sagte mir, Kinder lieben das Eiskonfekt, das dort serviert wird. Ich habe auch Eleanor eingeladen."

„Eleanor in einer Boutique?" Er lächelte humorlos. „An deiner Stelle würde ich mich in Acht nehmen. Sie könnte ein Traktat über die Rechte der Arbeiter lesen und die Näherinnen zu einem Aufstand anstiften."

„Das bezweifle ich, denn Madame Rousseau zahlt ihren Näherinnen das Doppelte des üblichen Lohns."

Er legte den Kopf schief. „Woher willst du das wissen?"

„Die Anproben dauern ewig, da muss man über irgendetwas plaudern", sagte seine Herzogin munter. „Ich hatte eines meiner alten Kleider an, und Madame – sie heißt übrigens Amelie – bemerkte, wie gut es gearbeitet ist. Ich erzählte ihr, dass ich es selbst genäht und ab und zu Stückarbeit angenommen habe. Das führte zu einem Gespräch über das Handwerk in London, und Amelie erzählte mir, dass sie, da sie sich als Näherin hochgearbeitet hat, weiß, wie hart die Arbeit ist und wie schlecht sie bezahlt wird. Also bezahlt sie ihre eigenen Lehrlinge besser und ... Warum starrst du mich so an?"

„Weil ich mir sicher bin, dass Madame über den Klatsch und Tratsch der Stadt Bescheid weiß, dies aber zweifellos das erste Mal war, dass eine Herzogin gestand, als Näherin gearbeitet zu haben", sagte er.

„Oh." Fancy biss sich auf die Lippe. „War es falsch von mir, es ihr zu sagen? Sie wirkte so nett ... Und Tante Esther sagt, für ihre Diskretion ist Amelie noch berühmter als für ihre Schneiderkunst."

„Erzähle ihr, was immer du willst, Liebling." Er strich mit den Fingerknöcheln über ihre Wange. „Ich finde deine Offenheit charmant."

Sie runzelte die Stirn. „Ich habe nicht versucht, charmant zu sein."

„Ich weiß. Du bist es von Natur aus."

Fancy musterte ihn gerührt und ihr Blick wanderte zu seinem Mund, bevor sie ihren Kopf an seine Schulter schmiegte.

Sie stieß einen bebenden Seufzer aus, der ihn wie ein Blitz durchfuhr. Obwohl es erst zwei Tage her war, seit sie das letzte Mal miteinander geschlafen hatten, verzehrte er sich nach ihr. Aus irgendeinem Grund erregte es ihn sogar, über alltägliche Dinge mit ihr zu sprechen.

„Was für'n … *ein* Glück, dich als Mann zu haben", flüsterte sie.

„Ich bin derjenige, der sich glücklich schätzen kann, Fancy." Er meinte es ernst, denn er konnte sich keine andere Frau vorstellen, die es schaffte, das Beste aus Toby herauszuholen und sich bemühte, Eleanor aus ihrem Schneckenhaus zu locken. Die sich überhaupt dafür interessierte.

Imogen hatte ihm zwar die Namen von Schneiderinnen, Nachhilfelehrern und dergleichen genannt, von denen sie behauptete, sie könnten seine Geschwister salonfähig machen, aber sie hatte nicht angeboten, sie unter ihre eigene Fittiche zu nehmen. Nicht, dass er ein Recht gehabt hätte, das von ihr zu erwarten, vor allem nicht nach dem einzigen desaströsen Treffen, das zwischen ihnen stattgefunden hatte. Imogen hatte Cecilys vulgäre Lobhudelei über ihre Juwelen, Jonas' unbeholfene Annäherungsversuche und Eleanors völlige Gleichgültigkeit ertragen müssen. Als Krönung hatte Toby ihr eine Tasse Tee auf den Schoß gekippt.

Zu einem weiteren Besuch war es nicht gekommen.

Und doch schaffte es Fancy irgendwie, sich bei seinen Geschwistern durchzusetzen, was er offen gesagt für unmöglich gehalten hatte. Dieser Aufgabe sollte sie sich nicht allein stellen müssen. Schließlich waren sie seine Verwandten und er war für sie verantwortlich.

Er räusperte sich und sagte: „Morgen habe ich etwas Zeit und könnte euch begleiten."

An seiner Brust spürte er, wie sich ihre Lippen zu einem Lächeln verzogen. „Das wäre schön."

Am folgenden Nachmittag begleitete Severin Fancy, Toby und Eleanor zur Modistin. Er war erleichtert, dass Amelie Rousseau so diskret war, wie seine Frau gesagt hatte. Die Schneiderin schien ihre neue Gönnerin wirklich zu mögen, denn während Fancy sich umzog, murmelte sie ihm zu: „Bei der Gestaltung der neuen Garderobe Ihrer Gnaden habe ich mich für Schlichtheit statt Prunk entschieden. Wahre Schönheit, die Art, die von innen leuchtet, braucht keine unnötigen Verzierungen, nicht wahr?"

Severin war ganz ihrer Meinung.

Danach ging er mit seiner Frau und den Kindern zu Gunter's Teeladen am Berkeley Square. Für die Hautevolee war dies der Ort, an dem man sah und gesehen wurde. Die Kutschen der feinen Herrschaften parkten um die kleine Grünanlage herum, und die Kellner brachten ihnen das Speiseeis heraus. Da es der erste Besuch von Fancy und den Zwillingen war, wollten alle drei im Laden essen.

Severin sicherte ihnen einen Tisch, und nach einer hitzigen Debatte über die Eissorten, die einer Abstimmung im Parlament alle Ehre machte, entschied Fancy sich für Schokolade, Toby für Praline und Eleanor für Ananas. Severin bestellte sich eine Auswahl an Teegebäck. Als die Süßspeisen serviert wurden, genoss er die strahlenden Gesichter seiner Frau und seiner Geschwister noch mehr als das köstliche Konfekt. Eleanor, die ihre Nase während der Anprobe in einem Buch vergraben hatte, legte dieses beiseite, um die Geschmacksrichtungen der anderen zu probieren und mit Fancy und Toby darüber zu diskutieren, welche die beste war.

Während Severin beobachtete, wie Fancy mit den Zwillingen umging, kam ihm plötzlich der Gedanke, dass sie dies eines Tages auch mit ihren eigenen Kindern tun würde. Da sie regelmäßig miteinander schliefen, standen die Chancen gut, dass sie bald schwanger wurde. Seine Motivation zu heiraten bestand teilweise darin, einen Erben hervorzubringen, aber als er sah, wie Fancy einen Klecks Sahne von Tobys Nase wischte – überraschenderweise die einzige Sudelei, die er bisher angerichtet hatte –, wurde aus dem Hypothetischen etwas sehr … Greifbares.

Severin stellte sich ihren gewölbten Bauch vor, in dem sein Kind heranwuchs, Fancys Augen im Gesicht ihres Sohnes, ihr liebliches Lächeln auf den Lippen ihrer Tochter, und ein Gefühl, das er nicht genau benennen konnte, schnürte ihm die Brust ab.

Fancy lächelte ihn über das leere Geschirr hinweg an. „Können wir einen Spaziergang über den Platz machen, Knight?"

Obwohl er vorgehabt hatte, ins Büro zurückzufahren, brachte er es nicht übers Herz, ihr den Wunsch auszuschlagen.

Also schlenderten sie die von Bäumen gesäumte und von der Herbstsonne vergoldete Straße entlang. Fancy und Eleanor gingen voraus, Severin und Toby folgten ihnen. Um Eleanor von ihrem Buch fernzuhalten, hatte Fancy das Mädchen an der Hand genommen und zeigte auf interessante Dinge in den Schaufenstern, an denen sie vorbeikamen. Sie steckten die Köpfe zusammen, um sich die Waren anzuschauen, und ihre Hauben erinnerten Severin an zwei miteinander verbundene Blütenblätter.

„Danke für den schönen Ausflug, Euer Gnaden", sagte Toby.

Severin blickte hinab auf das sommersprossige Gesicht seines Halbbruders. „Es ist mir ein Vergnügen, Toby. Und du musst nicht so förmlich sein. Nenn mich ruhig Knighton." In der peinlichen Stille, die darauf folgte, hörte er Fancys Stimme in seinem Kopf: *Ein wenig Ermutigung würde ihm guttun.* Er räusperte sich. „Fancy sagte mir, dass du dich für Tiere interessierst.“

„Ja, vor allem für Bertrand“, erwiderte Toby enthusiastisch. „Esel sind generell klug, aber Bertrand ist der klügste von allen ...“

„In der Tat.“ Um sich weitere Lobeshymnen über das räudige Vieh zu ersparen, fragte Severin: „Was ist mit anderen Tieren? Hattest du je ein Haustier?“

Toby schüttelte den Kopf. „Mein Vater – unser Vater, meine ich – mochte keine Tiere. Er hatte zwar Jagdhunde, aber die wurden im Zwinger gehalten und durften nicht ins Haus. Ich bin manchmal heimlich zu ihnen gegangen, um sie zu streicheln.“

„Hättest du gern eins?“

Toby hielt inne und seine Augen weiteten sich. „Du meinst ... ein eigenes Haustier?“

„Ja. Einen Hund oder eine Katze, was immer du willst. Nur nicht unbedingt einen Esel“, fügte Severin hastig hinzu. „Einer im Stall ist genug.“

Toby starrte ihn an und Severin stellte alarmiert fest, dass sich die Augen des Jungen mit Tränen füllten.

„Oh, Euer Gnaden ... ich meine, Knighton“, sagte er mit bebender Stimme. „Vielen Dank. Das wäre das schönste Geschenk, das ich je bekommen habe.“

„Nicht der Rede wert“, erwiderte Severin schroff. „Wir gehen noch diese Woche in die Tierhandlung.“

„Das muss ich gleich Eleanor und Fancy erzählen!“, rief Toby.

Mit vor Freude strahlenden Augen reckte er den Hals, um nach ihren Begleiterinnen Ausschau zu halten, runzelte dann jedoch die Stirn. „Knighton, was ist das ...?“

Severins Blick wanderte zu Fancy und Eleanor. Die beiden näherten sich einem Gebäude, das mitten in der Renovierung zu sein schien und dessen Fassade von Gerüsten verdeckt wurde. Er sah hinauf zum Dach, wo etwas Großes, Schweres – ein Sack, wie er vermutete – auf der Brüstung schwankte und zu fallen drohte.

Direkt dorthin, wo Fancy vorbeigehen würde.

Eine eisige Hand legte sich um sein Herz. Er sprintete auf sie zu und rief: „Fancy, pass auf!"

Er erreichte sie und Eleanor, die sich überrascht zu ihm umdrehten, und stieß sie aus dem Weg. Sekunden später ertönte ein ohrenbetäubendes Geräusch hinter ihnen und der Boden vibrierte unter seinen Füßen. Er wirbelte herum und sah, wie Staubwolken aus dem Sack aufstiegen, dessen Inhalt aus zertrümmerten Ziegeln dort verteilt lag, wo Fancy und Eleanor noch vor wenigen Augenblicken gestanden hatten.

Schwer atmend starrte er in das entsetzte Gesicht seiner Frau.

Ich hätte sie verlieren können. Kalter Schweiß prickelte auf seiner Haut, und die Narbe neben seinem Herzen brannte.

„Um Himmels willen", sagte Fancy mit zitternder Stimme und legte ihren Arm um Eleanor. „Was war das denn?"

Ihre Stimme riss Severin aus seiner momentanen Benommenheit. Er sperrte seine Dämonen zurück in den Käfig, in den sie gehörten, und richtete seinen Blick auf das Dach. Keine Bewegung, niemand, den er sehen konnte. Wie war ein Sack Ziegelsteine von dort heruntergefallen?

War es ein Unfall gewesen ... oder etwas viel Unheilvolleres?

„Ich weiß es nicht", sagte er knapp. „Aber ich werde es herausfinden."

Kapitel Sechsundzwanzig

Am übernächsten Morgen stand Fancy an Beas Seite, als diese Mr Murray das Jawort gab. Der Salon seines Stadthauses war mit Blumen geschmückt, und Bahnen aus weißem Flor sorgten für ein romantisches Ambiente. Mr Murrays Trauzeuge war sein älterer Bruder, Vicomte Carlisle, ein wortkarger Schotte, der wohlwollend zusah, während der Pfarrer die Zeremonie durchführte, die durch eine Sondergenehmigung des Bischofs bewilligt worden war. Es herrschte feierliche Stille, als die Liebenden die Worte wiederholten, die sie ein Leben lang vereinen sollten.

Fancy kamen die Tränen, als Bea, die in ihrem blassblauen, mit Perlen besetzten Brautkleid einfach bezaubernd aussah, versprach, ihren zukünftigen Gemahl durch alle Mühen und Segnungen eines ganzen Lebens zu begleiten. Die Hingabe und Bewunderung in Mr Murrays haselnussbraunen Augen, als er seine Braut ansah, erfüllte Fancys Herz mit Freude und Sehnsucht.

Sie warf einen flüchtigen Blick auf ihren Mann. Knight saß in einer der hinteren Stuhlreihen, die aufgestellt worden waren, um der Familie und den engsten Freunden des Paares Platz zu bieten. In seinem anthrazitfarbenen Cutaway, der silbernen Brokatweste und dem silbernen Krawattentuch sah er elegant und stattlich aus. Wie immer war sein Gesichtsausdruck teilnahmslos, aber als ihre Blicke sich trafen, ließ die glühende Intensität in den rauchigen Tiefen seiner Augen ihr Herz vor Hoffnung höherschlagen.

Ihre eigene Ehe hatte zwar nicht als Liebesheirat begonnen, aber sie spürte, dass sich die Dinge von Tag zu Tag veränderten. Knight öffnete sich ihr mehr und mehr und zeigte ihr durch seine Taten, dass er sich um sie sorgte. Seit dem Unfall hatte er ihr eine Schar von Wächtern zur Seite gestellt, die sie auf Schritt und Tritt begleiteten. Obwohl sie protestiert hatte, dass der Sack mit den Ziegelsteinen wahrscheinlich aus Versehen heruntergefallen war, war er standhaft geblieben.

„Was deine Sicherheit betrifft, gehe ich kein Risiko ein", hatte er gesagt. „Du bist zu wichtig."

Sämtliche Argumente waren aus ihrem Kopf verschwunden und durch unbändige Freude ersetzt worden. Er schätzte sie nicht nur, nun war sie ihm auch noch *wichtig* geworden. Das war definitiv ein Schritt in die richtige Richtung.

Als sie Bea am Tag zuvor bei den letzten Vorbereitungen für die Zeremonie geholfen hatte, erzählte sie ihrer Freundin begeistert davon. Diese hatte jedoch mehr über den Unfall selbst wissen wollen, und obwohl Fancy die Braut vor ihrem Hochzeitstag nicht beunruhigen wollte, bestand Bea darauf, alle Einzelheiten zu erfahren.

„Es war wahrscheinlich nur 'n ... *ein* Versehen", sagte Fancy beruhigend.

„Ich stimme Knighton zu", erwiderte ihre Freundin mit einem Stirnrunzeln. „Du darfst kein Risiko eingehen, besonders angesichts der Notiz, die dein Vater gefunden hat."

„Der Brief ist zweiundzwanzig Jahre alt. Woher sollte jemand wissen, dass ich dieses Kind war? Oder dass ich überlebt hab? Das mit den Ziegelsteinen waren nur ein unglücklicher Zufall.“

„Ich wünschte, Wick und ich müssten nicht sofort nach Staffordshire zurück“, erwiderte Bea besorgt. „Aber jetzt, da ich mein Anwesen an Wick und seine Partner verkaufe, muss ich eine neue Bleibe für meine Pächter finden ...“

„Natürlich musst du dich um sie kümmern. Knight passt auf mich auf. Nicht, dass ich das nötig hätte“, fügte Fancy hinzu.

Glücklicherweise hatte sie Bea davon überzeugen können, dass es keinen Grund gab, ihre Reisepläne zu ändern. Fancy würde es sich nie verzeihen, wenn ihre Freundin ihre Hochzeitsreise versäumte. Bea hatte so lange darauf gewartet, ihren Prinzen zu finden, und sie hatte es verdient, jeden Moment ihres lang ersehnten Glücks zu genießen.

„Mit diesem Ring heirate ich dich.“ Mr Murrays tiefe Stimme riss Fancy aus ihren Gedanken. „Mit meinem Körper ehre ich dich und mit all meinen irdischen Gütern beschenke ich dich. Im Namen des Vaters, des Sohnes und des Heiligen Geistes. Amen.“

Erfüllten Herzens sah sie zu, wie er Bea einen goldenen Ring an den Finger steckte, und dann wiederholte Bea das Gelübde und die Geste mit leuchtenden Augen. Der Pfarrer erklärte sie zu Mann und Frau und sagte: „Was Gott verbunden hat, soll niemand trennen. Sie dürfen die Braut küssen.“

Mr Murray neigte den Kopf und küsste seine frisch angetraute Gemahlin mit so viel Leidenschaft, dass die Damen kicherten und die Herren im Publikum sich räusperten. Auch Fancys Lippen zuckten, doch gleichzeitig durchbohrte Sehnsucht ihr Herz.

Wird Knight mich eines Tages küssen wollen?

Angesichts ihrer innigen Beziehung in allen anderen Bereichen war es seltsam, dass ein einfacher Kuss verboten blieb.

Mehr und mehr war sie versucht, ihn zu küssen, doch Stolz und Angst hielten sie davon ab. Sie wusste, was ein Kuss für ihn bedeutete, dass er ein Schwur seiner Liebe war, und deshalb musste *er* ihn ihr schenken. Erst dann würde sie wissen, dass Imogens Bann gebrochen war. Erst dann würde ihr Märchen ein glückliches Ende finden. Denn erst dann konnte sie sich sicher sein, dass sie das Herz ihres Mannes besaß.

Als der offizielle Teil der Zeremonie beendet war, schob Fancy ihre Gedanken beiseite und gratulierte ihrer besten Freundin als Erste. Sie gab Bea ihren Strauß aus Rosen und Lilien zurück und flüsterte: „Du wirst so glücklich sein."

„Ich weiß", flüsterte Bea zurück. „Jetzt haben wir beide unser Märchenende."

Nachdem sie sich ein wenig unter die Gäste gemischt hatten, war es Zeit für das Hochzeitsfrühstück. Um alle unterzubringen, waren die Flügeltüren zwischen dem Esszimmer und dem Salon aufgeschoben und überall Tische aufgestellt worden.

„Ich hoffe, es macht dir nichts aus, an einem anderen Tisch zu sitzen", sagte Bea.

„Keineswegs", versicherte Fancy ihr. „Eurer ist schließlich für die Familie."

„Du gehörst für mich zur Familie, meine Liebe. Aber ich musste einen Weg finden, Wicks Verwandtschaft unterzubringen ... und den Rest der Gäste vor seiner Mutter zu bewahren", fügte Bea in gedämpftem Tonfall hinzu. „Die Witwe tut nichts lieber, als sich zu beschweren. Violet und ich werden alle Hände voll zu tun haben."

Fancy hatte Violet, die Frau von Vicomte Carlisle, bereits kennengelernt. Die temperamentvolle Brünette mit dem schelmischen Funkeln in den karamellfarbenen Augen machte einen freundlichen Eindruck, und Fancy war froh, dass Bea eine

Verbündete im Umgang mit ihrer neuen Schwiegermutter hatte.

„Jedenfalls habe ich dich bei den Freunden untergebracht, von denen ich dir erzählt habe, Wicks Geschäftspartner und deren Frauen", fuhr Bea fort. „Du wirst sie mögen. Und du kannst ihnen alles anvertrauen."

Mit dieser etwas rätselhaften Bemerkung musste sie gehen, um die Gäste in den Speisesaal zu führen. Fancy begab sich mit Knight zu dem ihr zugewiesenen Tisch, wo Beas Freunde bereits auf sie warteten.

Sie wurden einander vorgestellt und nahmen Platz. Normalerweise war Fancy eingeschüchtert, wenn sie so viele Fremde traf, insbesondere so atemberaubende Frauen wie die zierliche, schwarzhaarige Tessa Kent und die kurvige, rothaarige Gabriella Garrity sowie ihre gut aussehenden Ehemänner, die Mr Murrays Partner bei der Great London National Railway waren. Bea hatte Fancy erzählt, dass die Kents und die Garritys ihr während ihrer jüngsten Notlage geholfen hatten, was Fancy mit Dankbarkeit erfüllte und ihr ein wenig die Nervosität nahm.

Wie sich herausstellte, kannte Knight ihre Tischnachbarn bereits.

„Guten Tag, Knight", sagte Harry Kent. „Ist schon eine Weile her, nicht wahr?"

Mr Kent hatte widerspenstiges, dunkles Haar und knabenhafte Gesichtszüge. Obwohl er den schlanken Körperbau eines Athleten besaß, verlieh ihm seine Drahtbügelbrille das Aussehen eines Gelehrten, was durchaus Sinn ergab, da er offenbar Wissenschaftler und für die technologischen Entwicklungen der GLNR zuständig war.

„Es heißt jetzt Euer Gnaden", erinnerte Tessa Kent ihren Gemahl.

Bea zufolge war Tessa, die ein blassrotes Musselinkleid mit

einem am Saum eingefassten, rosafarbenen Band trug, eine ernst zu nehmende Größe in der Londoner Unterwelt. So wie Knight wegen seines Einflusses in Spitalfields als „seidener Herzog" bekannt war, wurde Tessa Kent wegen des Gebiets, das sie überwachte, die Herzogin von Covent Garden genannt. Obwohl man es nicht vermuten würde, wenn man die elfenhafte Dame mit den großen, jadegrünen Augen und der zierlichen Figur ansah, wahrte sie den Frieden angeblich mit eiserner Faust. Sie hegte eine besondere Abneigung gegen Rüpel, die versuchten, die Prostituierten und Kinder unter ihrem Schutz zu missbrauchen.

„Stimmt ja, Liebling. Fast hätte ich den neuen Titel vergessen", sagte ihr Mann gutmütig. „Willkommen, Eure Gnaden."

„Nennen Sie mich einfach Knighton, das genügt", murmelte Knight.

„Bea hat uns schon so viel von Ihnen erzählt, Euer Gnaden", sagte Gabriella Garrity, die neben Mrs Kent saß, an Fancy gewandt. Ihr rundliches, offenherziges Gesicht war von feurigen, hochgesteckten Locken umrahmt, und ihre arglosen Augen, die zu ihrem himmelblauen Taftkleid passten, strahlten aufrichtige Freundlichkeit aus. „Ihr Kleid ist hinreißend. Die Farbe erinnert mich an Sonnenschein."

Aus blassgoldener Seide hatte Madame Rousseau ein Meisterwerk mit einer Corsage à la grecque, einem langgezogenen Mieder und vollen, fließenden Röcken geschaffen. Als Fancy es zum ersten Mal anprobiert hatte, hatte sie sich wie eine Prinzessin gefühlt.

„Mir gefällt Ihr Kleid auch", sagte sie wahrheitsgemäß. „Bitte nennen Sie mich Fancy."

„Und ich bin Gabby", sagte Mrs Garrity herzlich. „Da unsere Ehemänner in gewisser Weise Kollegen sind, habe ich das Gefühl, dass wir uns bereits kennen."

Bea hatte erwähnt, dass Adam Garrity, wie Knight, ein

mächtiger Mann mit Wurzeln in der Unterschicht war. Mr Garrity hatte sein Vermögen als Geldverleiher gemacht, bevor er das Ruder bei GLNR übernahm. Er saß neben Gabby und wirkte wie ihr genaues Gegenteil. Seine blassen, markanten Gesichtszüge, sein glattes, dunkles Haar und seine pechschwarzen Augen hatten etwas Unbarmherziges an sich. Bea hatte ihn als einen kalten und gerissenen Mann beschrieben, außer wenn es um seine Gemahlin ging.

„Kollegen." Er warf seiner Frau einen amüsierten Blick zu, bevor er sich an Knight wandte. „Würden Sie es so beschreiben, Knighton?"

„Bei einem Hochzeitsfrühstück und in höflicher Gesellschaft? Vermutlich schon", erwiderte dieser.

„Wie auch immer", sagte Gabby unbekümmert. „Ich bin ja so froh, dass Sie bei uns sitzen, Fancy. Bea erwähnte, dass Sie kürzlich in Gretna Green geheiratet haben. Das klingt unglaublich romantisch, und ich würde gerne alles darüber hören!"

Während das köstliche Essen und der Champagner serviert wurden, kam Fancy leicht mit der Gruppe ins Gespräch. Beas Freunde schienen daran interessiert zu sein, mehr über ihr Leben als Tochter eines fahrenden Kesselflickers zu erfahren. Niemand schien sie deswegen zu verurteilen ... vielleicht, weil auch sie aus unkonventionellen Verhältnissen stammten.

Tessa erzählte stolz, dass sie die Enkelin von Londons berüchtigtstem Halsabschneider war, und beschrieb ihren kleinen Sohn als einen noch größeren Schrecken. Mr Kent wies darauf hin, dass sie darauf bestanden hatte, ihren Jungen nach ihrem Großvater Bartholomew zu benennen und es daher nur zu erwarten war, dass der Kleine seinem Namensvetter alle Ehre machte. Tessa brachte alle zum Lachen mit ihren Geschichten, wie der kleine Bart immer wieder die Speisekammer plünderte, in einer Hand sein Spielschwert, während er mit der anderen seine Stoffwindel festhielt.

Fancy fand nicht nur die Freundlichkeit ihrer Tischnachbarn bemerkenswert, sondern auch die leidenschaftliche Hingabe der Eheleute zueinander. Tessa genoss es offensichtlich, ihren Mann zu necken, der seinerseits gutmütig mit ihr schäkerte. Gabby war Reinheit und Licht, ihre Flamme strahlte umso heller vor dem dunklen Hintergrund ihres Gemahls. Wenn Adam Garrity seine Frau mit einem glühenden, besitzergreifenden Blick aus seinen schwarzen Augen bedachte, jagte ein Kribbeln über Fancys Haut.

Sie konnte nicht umhin, sich zu fragen, wie sie und Knight auf die anderen Paare wirkten. Ihr Mann war kein Mensch, der aus sich herausging, und sie wusste, dass er sie noch nicht so liebte, wie diese Gentlemen ihre Gemahlinnen. Im Moment verbarg er seine Gefühle hinter einer neutralen Miene. Hochzeiten wie diese rückten für gewöhnlich Liebe und Beziehungen in den Vordergrund. Während sie sich nach Knight sehnte ... dachte er da an Imogen?

Schweren Herzens trank sie ihren Champagner aus, und ein hilfsbereiter Diener schenkte ihr nach.

„Ich hoffe, ich bin nicht zu dreist, Fancy", sagte Gabby, „aber Bea hat uns von Ihrem Unfall erzählt. Oder vielmehr befürchtet sie, dass es *kein* Unfall war. Sie hat uns gebeten, auf Sie aufzupassen, während sie und Mr Murray nach Staffordshire zurückkehren, und wir würden natürlich gerne helfen, wo wir nur können."

Gabbys Ehemann murmelte etwas, das sich anhörte wie: „Es geht schon wieder los."

„Das ist sehr freundlich von Ihnen", sagte Fancy. „Aber unnötig, da es wahrscheinlich 'n ... *ein* Versehen war."

„Da wäre ich mir nicht so sicher", erwiderte Tessa in sachlichem Tonfall. „Meiner Erfahrung nach fallen Ziegelsäcke nicht einfach von selbst von Dächern herunter und zerschmettern

Menschen fast in Stücke. Wie schätzen Sie die Situation ein, Knighton?"

„Mir gefällt das alles nicht", sagte Knight ohne Umschweife. „Meine Männer haben den Bauunternehmer ausfindig gemacht, der an dem Haus arbeitet. Er bestätigte zwar, dass er diese Ziegel an der Fassade verwendet, sagte aber auch, es gäbe keinen Grund, warum dieser Sack auf dem Dach war."

„Das hast du mir nicht erzählt", sagte Fancy überrascht.

„Ich habe erst heute Morgen davon erfahren." Knights Blick wurde sanfter, als er sie ansah. „Ich hatte vor, es dir nach der Hochzeit zu sagen, *Chérie*, da ich dir den Tag nicht verderben wollte."

Sie war gerührt von seiner Zuvorkommenheit und ein wenig fasziniert von seiner Offenheit gegenüber dieser Gruppe. Andererseits befand er sich unter Menschen, die in derselben Welt aufgewachsen waren wie er und die wahrscheinlich auch ihren Teil an Mord und Missetaten erlebt hatten.

Mord. Sie schluckte. *Hat es wirklich jemand auf mich abgesehen? Und warum?*

„Haben Sie irgendwelche Feinde, Fancy?", fragte Tessa, als hätte sie ihre Gedanken gelesen.

„Nicht, dass ich wüsste."

Sie warf Knight einen unsicheren Blick zu, den dieser mit einem leichten Nicken erwiderte. Beas Worte hallten in ihrem Kopf wider: *Du kannst ihnen alles anvertrauen.* Wenn Bea Vertrauen in die Kents und Garritys hatte, dann konnte Fancy das sicher auch.

Also holte sie tief Luft und erzählte ihren neuen Freunden von den Enthüllungen ihres Vaters über ihre Vergangenheit.

„Ich hab ... habe keine Ahnung, warum mir jemand schaden woll'n ... wollen würde." Es war schwierig, auf eine korrekte Aussprache zu achten, wenn es um solch beunruhigende Dinge ging. „Ich bin niemand Wichtiges, und ich habe keinem etwas zuleide getan, zumindest nicht wissentlich."

„Wenn man dem Brief, den Ihr Vater gefunden hat, Glauben schenken darf, hat ein Angriff nichts mit Ihren Taten an sich zu tun. Die Gefahr wäre durch Ihre bloße Geburt ins Spiel gebracht worden", gab Mr Kent zu bedenken. „Mit anderen Worten, Sie trifft keinerlei Schuld, Euer Gnaden."

„Hervorragend kombiniert, Liebling", sagte seine Frau mit unverhohlener Bewunderung. „Du bist eben das Gehirn unserer Operation."

Mr Kent hob die Brauen. „Und du hast die Muskeln, nehme ich an?"

„Du hast genug Muskeln, wenn es darauf ankommt", erwiderte Tessa kokett.

Grinsend gab ihr Mann ihrem Kinn einen Knuff. „Netter Versuch, mein Schatz. Wir wissen beide, dass der kleine Bart seine blutrünstige Ader von seiner Mama hat."

„Blutrünstig zu sein, hat seine Vorteile. Nun, Knighton", wandte Tessa sich gebieterisch an Knight, „seit Sie an der Rettung meines Großvaters beteiligt waren, stehe ich in Ihrer Schuld. Es ist an der Zeit, sich zu revanchieren. Wie können Harry und ich Ihnen helfen, Ihre Lady zu beschützen?"

„Wir wollen auch helfen", fügte Gabby hastig hinzu. „Wir können nicht einfach zusehen, wie Fancy von einem Schurken bedroht wird, nicht wahr, Mr Garrity?"

„Ganz recht, meine Teure." In Mr Garritys Stimme schwang ein Hauch von Ironie mit. „Nun, Knighton? Wie lautet Ihr Plan?"

„Ich lasse Fancy rund um die Uhr bewachen. Ohne ihre Leibwächter oder mich geht sie nirgendwo hin", sagte Knight grimmig. „Zudem muss ich ihrer Herkunft nachgehen, um herauszufinden, wer sie ist und warum ihr jemand etwas antun will."

Ein eisiger Schauer jagte Fancy über den Rücken, als ihr der Ernst der Lage langsam bewusst wurde. Sie griff nach ihrem Champagnerglas, das erneut aufgefüllt worden war, und nahm einen stärkenden Schluck.

„Der Brief und das Taufkleid, das Ihre Gnaden erwähnte", sagte Mr Garrity. „Haben Sie diese Gegenstände in Ihrem Besitz?"

Knight nickte knapp. „Sie liefern allerdings keine konkreten Hinweise. Die Notiz ist auf einfachem Pergament geschrieben, in einer undeutlichen Handschrift ... die einer Frau, wenn ich raten müsste. Das Kleid ist aus handgewebter Seide und von höchster Qualität, aber es gibt keinen Hinweis darauf, wo es hergestellt wurde. Es hat eine kleine Stickerei auf der Vorderseite, eine Blume, die womöglich etwas bedeuten könnte, aber das ist auch schon der einzige Anhaltspunkt."

„Ich würde mir die Gegenstände gerne ansehen", sagte Tessa.

„Ich auch", mischte Gabby sich ein. „Dürfen wir Sie morgen besuchen, Fancy? Vielleicht entdecken zwei frische Paar Augen etwas Neues."

„Das wäre schön", sagte Fancy mit zitternder Stimme. „Vielen Dank."

Das Klirren eines Glases signalisierte, dass die Trinksprüche begannen, und zumindest für den Rest der Feier wandten Fancys Gedanken sich angenehmeren Dingen zu.

Kapitel Siebenundzwanzig

Nachdem das Frühstück beendet war und die Gratulanten das Brautpaar auf ihre Hochzeitsreise verabschiedet hatten, luden der Bruder und die Schwägerin des Bräutigams einige der Gäste ein, zum Plaudern zu bleiben. Severin nutzte die Gelegenheit, um sich mit Garrity und Kent zu unterhalten, während die Damen ihre eigene Gruppe bildeten.

Severin kannte Garrity seit Jahren und hatte an der Seite beider Männer gekämpft, um Tessa Kents Großvater zu retten, weshalb er ihr Urteilsvermögen respektierte. Kent und Garrity kannten die dunklen Seiten des Lebens genauso wie er. Die drei mochten territoriale Streitigkeiten und andere kleinere Scharmützel gehabt haben, aber als Ehrenmänner hielten sie sich an einen gemeinsamen, unantastbaren Kodex: Frauen und Kinder mussten beschützt werden.

Wann immer die Gemahlinnen und Familienmitglieder dieser Männer in Gefahr schwebten, hatten sie ihre Differenzen beiseitegelegt, um sich gegenseitig zu helfen. Knight wusste, dass sie dasselbe für ihn tun würden. Vor allem, da ihre Frauen Gefallen an Fancy gefunden hatten.

„Die Herkunft Ihrer Gnaden ist der Schlüssel zu allem", sagte Kent mit nachdenklichem Blick. „Warum sollte jemand einem Kind etwas antun wollen?"

Severin war derselben Meinung. „Vielleicht wurde sie unehelich geboren, und die Eltern mussten sie loswerden, weil sie einen Skandal befürchteten."

„Stimmt", räumte Kent ein, „aber warum sollte man sie so schön anziehen? Warum sollte man sie auf einem Feld aussetzen und nicht in einem Waisen- oder Findelhaus? Und ich sage das nur ungern, aber wenn jemand ein Kind loswerden wollte, hätte er das auch auf eine ... endgültigere Weise tun können."

Severin nickte zustimmend. Darüber hatte auch er sich bereits den Kopf zerbrochen.

„Vergessen Sie Geld und Rache nicht als Motiv." Ein Schatten huschte über Garritys Gesicht. „Meiner Erfahrung nach sind das so gut wie immer die Wurzeln des Bösen."

„Glauben Sie, dass jemand das Kind aus Rache verschleppt hat?", fragte Kent.

„Alles ist möglich", sagte Garrity kühl. „Es könnte sich auch um eine missglückte Entführung handeln. Vielleicht hat jemand die Kleine entführt und nicht das geforderte Lösegeld erhalten. Oder sie haben es bekommen, sich aber nicht die Mühe gemacht, das Kind zurückzugeben."

„Warum haben sie dann den Brief verfasst?", grübelte Kent weiter. „Wenn ein Bastard so herzlos war, einen Säugling zu stehlen, dann würde er sicher keine Anweisung hinterlassen, die Kleine in Sicherheit zu bringen."

„Sie gehen davon aus, dass der Sinn des Briefes darin bestand, das Kind zu schützen. Aber vielleicht wollte man es auf diese Weise aus London fernhalten, damit es nicht gefunden wird. Womit wir wieder bei Rache als möglichem Motiv wären."

Kent starrte seinen Geschäftspartner an. „Teufel noch eins, das ist aber eine pessimistische Sichtweise."

„Ich nenne es realistisch. Einer von uns muss die rosarote Brille ablegen", sagte Garrity trocken.

Garritys Hypothese über die Entführung brachte Severin auf eine Idee. „Wie würde man herausfinden, ob ein Kind, das wahrscheinlich aus einer wohlhabenden Londoner Familie stammt, vor zweiundzwanzig Jahren verschwunden ist?"

„Gute Frage." Kent strich sich über das Kinn. „Damals, vor der Gründung der Gendarmerie, hätte eine wohlhabende Familie vermutlich die Bow Street Runners oder andere Ermittler beauftragt, den Fall zu untersuchen."

„Die Charleys könnten Alarm geschlagen haben, dass ein Kind verschwunden ist", fügte Garrity hinzu.

Charleys waren die Nachtwächter, die, vor der Gründung der Gendarmerie durch Sir Robert Peel, durch die Straßen patrouillierten. Es gab immer noch einige von ihnen, vor allem in wohlhabenderen Gegenden, wo die Hausbesitzer es sich leisten konnten, die Gemeindegebühr für zusätzliche Sicherheit zu zahlen.

„Meine Männer könnten sich auf die Suche nach Charleys machen, die zu jener Zeit gearbeitet haben", sagte Severin. „Das wird nicht einfach sein, da es über zwei Jahrzehnte her ist, aber wenn Fancy tatsächlich aus einer reichen Familie entführt wurde, würde das zumindest die Nachbarschaft eingrenzen."

„Man könnte sich auf die Charleys der wohlhabendsten Gemeinden konzentrieren", stimmte Kent zu. „St. James, St. George, Hanover Square und Piccadilly."

„Trotzdem wird es keine leichte Aufgabe sein, die damaligen Wächter zu finden", merkte Garrity an. „Ich werde Ihnen einige meiner Männer zur Verfügung stellen."

„Mein Bruder Ambrose leitet eine Detektei", sagte Kent. „Und er hat Kontakte, die früher bei den Bow Street Runners waren. Er könnte nachfragen, ob sich einer seiner Kumpane an den Fall eines vermissten Kindes erinnert, der in unseren Zeitrahmen passt."

„Ich stehe in Ihrer Schuld, meine Herren", erwiderte Severin.

Er war kein Mensch, der gern Hilfe annahm – vielleicht, weil sie ihm so selten angeboten worden war. Jedoch würde er alles tun, was nötig war, um Fancys Sicherheit zu gewährleisten.

„Wir sind quitt", sagte Kent. „Immerhin haben Sie Tessa und mir in unserer Zeit der Not geholfen."

„Ich hätte kein Problem damit, Ihren Schuldschein anzunehmen, aber meine Frau will davon nichts hören", sagte Garrity. „Sie hat Gefallen an Ihrer Gnaden gefunden und ist der haarsträubenden Ansicht, dass Gefallen unter Freunden umsonst sein sollten."

Obwohl er wie ein leidgeprüfter Ehemann klang, entging Severin nicht der Stolz in seinen Augen, als er zu seiner rothaarigen Gemahlin hinübersah.

Auf der anderen Seite des Salons saßen Mrs Garrity, Fancy, Mrs Kent und Vicomtesse Carlisle auf Berger-Sesseln beisammen und unterhielten sich angeregt. Mit ihren zusammengesteckten Köpfen und strahlenden Gesichtern sahen sie aus wie vier Nymphen auf einem Ölgemälde. Severin beobachtete, wie die Vicomtesse etwas sagte und alle vier in Gelächter ausbrachen.

„Worüber sie wohl kichern?", überlegte er.

„Das wollen wir gar nicht wissen", sagte Kent reumütig. „Meine Schwester Violet mag zwar Vicomtesse und Mutter von drei Kindern sein, aber sie ist und bleibt ein Wildfang. Carlisle verwöhnt sie ziemlich schamlos. Was auch immer sie gesagt hat, war vermutlich in höchstem Maße ungebührlich."

„Sie wissen schon, dass das kein Tee ist, den sie da trinken?"

Mit zusammengekniffenen Augen studierte Garrity die rosigen Wangen seiner in der Tat beschwipst wirkenden Frau.

Severin betrachtete seine eigene Braut. Fancy war ebenfalls rot im Gesicht, und ihre Augen funkelten, als sie ein Glas Champagner austrank. Er dachte an das Frühstück zurück ... Wie viele Gläser hatte sie bereits intus? Verblüfft sah er zu, wie sie Mrs Garrity etwas ins Ohr flüsterte und beide daraufhin ungehalten losprusteten.

„Meine Herren, ich glaube, es ist an der Zeit, dass wir unsere Gemahlinnen einsammeln", sagte Garrity.

„Gute Idee", murmelte Severin. „Wenn Fancy jetzt nicht aufhört, wird sie morgen furchtbare Kopfschmerzen haben."

„Der Trick, Euer Gnaden, besteht darin, sich heute Abend gut um Ihre Dame zu kümmern", sagte Garrity aalglatt. „Adieu."

Mit diesen Worten steuerte er, einem Raubtier gleich, auf seine Frau zu.

Auch in Kents Blick trat ein wölfisches Funkeln, als er sich Tessa näherte und dabei leise vor sich hin murmelte: „Verdammt, ich liebe Hochzeiten."

„Du musst mich nicht die Treppe hochtragen, Knight", sagte seine Frau kichernd. „Ich kann laufen."

Severin betrachtete das entspannte, rosige Gesicht seiner Herzogin und musste sich ein Lächeln verkneifen.

„Da du fast aus der Kutsche gefallen wärst, gehe ich kein Risiko ein."

„Ich bin gestolpert", sagte sie fröhlich.

„Über deine eigenen Füße."

„Normalerweise ziehe ich Unfälle nicht magisch an", sagte sie, runzelte dann jedoch besorgt die Stirn und er wusste, dass sie an den Vorfall mit den Ziegelsteinen und die unsichtbare Bedrohung dachte.

„Dir wird nichts zustoßen", sagte er nachdrücklich. „Ich passe auf dich auf, Fancy. Das weißt du doch, oder?"

Die Sorgenfalten auf ihrer Stirn verschwanden, da seine Worte – und zweifellos der Champagner – sie zu beruhigen schienen.

„Ich vertraue dir", sagte sie mit einer Überzeugung, die ihn mit Stolz erfüllte.

„Dann denk nicht weiter darüber nach. Wir kümmern uns morgen früh darum."

In ihrem Schlafgemach angekommen, entließ er das wartende Dienstmädchen, bevor er seine Frau auf dem Rand des Bettes absetzte. Sie stützte sich mit den Händen auf der Matratze ab, lehnte sich zurück und gluckste, als er sich hinkniete, um ihr die Schuhe auszuziehen.

„Bist du heute Abend meine Zofe?", fragte sie und zwinkerte ihm anzüglich zu. Sie war zwar beschwipst, aber nicht so betrunken, dass sie keinen Spaß haben konnten. Für den Rest der Nacht wollte er sie von der drohenden Gefahr ablenken, und er wusste auch schon ganz genau, wie. Um die düstere Angelegenheit würde er sich am folgenden Morgen kümmern. Im Moment hatte er seine Frau für sich allein, und sie war in einer verspielten Stimmung, die er auszunutzen gedachte. Es war Tage her, seit sie zuletzt miteinander geschlafen hatten, und er sehnte sich danach, sie zu nehmen.

Er ließ die Hände unter ihren goldenen Rock gleiten und anschließend über ihre von Seidenstrümpfen bedeckten Waden. Ihr Atem beschleunigte sich und ihre Augenlider wurden schwer, als er einen Finger unter ihr Strumpfband schob und es öffnete. Sein Schwanz pulsierte vor Erregung, als sie die Beine für ihn spreizte, eine Einladung, sie weiter oben zu berühren.

Aber so leicht würde sie ihren Willen nicht bekommen. Nach tagelangem Verzicht wollte er seine bezaubernde Braut auskosten.

Er ließ sich dabei Zeit, das andere Strumpfband zu lösen und die Strümpfe herunterzurollen. Dann zog er sie auf die Beine und drehte sie um, damit er die Knöpfe ihres Kleides öffnen konnte. Sie schwankte ein wenig, als er sie aus dem goldenen Stoff befreite. Er nahm ihre Hände und legte sie um einen der Bettpfosten.

„Halt dich daran fest, *Chérie*", murmelte er ihr ins Ohr. „Wir wollen doch nicht, dass du fällst, während ich dir die restlichen Lagen ausziehe, hm?"

Er spürte, wie sie erbebte. „Was immer du sagst, Knight."

„Was für eine gehorsame Ehefrau du bist." Er öffnete die Bänder ihrer Unterröcke, woraufhin diese zu Boden fielen. „Übrigens hast du heute Abend wunderschön ausgesehen."

Ihr Atem stockte, als er an einem Knoten in der Schnürung ihres Korsetts zerrte. Ihre Atmung auf diese Weise zu kontrollieren, schürte seine Erregung. Sie war so herrlich vertrauensvoll in seinen Händen. Er zerrte, dann ließ er los, und ihr sinnlicher Seufzer ließ seinen Schwanz anschwellen.

„Ich bin froh, dass du so denkst." Sie warf ihm einen Blick über die Schulter zu. „Ich wollte dich stolz machen."

Gott, sie machte ihn so verdammt hart.

Er warf das Korsett beiseite und umfasste ihren kurvigen Hintern, der nur noch von einer dünnen Chemise bedeckt war. Sie bebte, als er ihre prallen Gesäßbacken knetete.

„Ich bin stolz auf dich." Mit einer besitzergreifenden Bewegung schob er ihr Unterhemd nach oben und betrachtete genüsslich die Vorzüge seiner Frau: ihre vollen Hüften, ihre zierliche Taille, ihre festen, anbetungswürdigen Brüste.

„Auch wenn meine Aussprache nicht perfekt ist?", keuchte sie.

Severin war dabei gewesen, ihre in der Tat perfekten Titten zu kneten, hielt angesichts ihrer Frage jedoch inne. Er nahm ihre Hände vom Bettpfosten und drehte sie zu sich um. Mit ihrem Haar noch immer zu einer eleganten Frisur hochgesteckt, sah sie in ihrer dünnen Chemise, durch die ihre kirschroten Brustwarzen und ihr dunkles Schamhaar verführerisch hindurchschienen, wie eine verruchte Prinzessin aus. Lust rauschte durch seine Adern, aber noch drängender war die Besorgnis, die er in ihrer Stimme hörte.

„Mit deiner Aussprache ist alles in Ordnung", sagte er.

„Ich habe Fehler gemacht", sagte sie mit verzweifelter Miene. „Auch wenn ich versucht habe, sie zu vermeiden. Ich verschlucke immer noch so viele Buchstaben und Silben."

Ihre Verletzlichkeit löste eine Welle der Zärtlichkeit in ihm aus. Ihre fröhliche Art ließ ihn manchmal vergessen, wie viel sie tat, um eine richtige Herzogin zu werden. Wie sehr sie sich für ihn anstrengte.

Er legte ihr eine Hand an die Wange. „Du machst das ganz wunderbar, Liebling."

„Mr Stanton sieht das nicht so." Sie rümpfte die Nase und fügte unverblümt hinzu: „Er reißt sich das, was von seinem Haar noch übrig ist, aus, weil ich's ... ich es nicht hinkriege."

Severin fiel auf, dass Fancy sich normalerweise nie bei ihm über irgendetwas beschwerte. Wahrscheinlich war es der Champagner, der ihr die Zunge löste. Dabei sollte sie weder in beschwipstem noch in nüchternem Zustand ihre Gefühle vor ihm verbergen müssen.

„Erzähl mir mehr", ermutigte er sie. „Vielleicht kann ich helfen."

„Glaub ich nicht", murmelte sie.

„Versuch es ruhig." Nach einer Pause fügte er hinzu: „Ich musste hart an meiner eigenen Aussprache arbeiten, weißt du?"

„Wirklich?"

Ihr überraschter Blick erinnerte ihn daran, dass er viele Details seiner Vergangenheit beschönigt hatte.

„Ging ja wohl nich anders, was, Schätzchen?", sagte er in dem Cockney-Akzent seiner Jugend. „Ich wollt 'n Adliger sein, also musst ich lernen, wie einer zu geh'n und zu reden."

„Wie hast du das geschafft?"

Severin blickte in ihre großen, neugierigen Augen und zögerte. Er war sich nicht sicher, ob er seiner Frau sagen wollte, dass es Imogen gewesen war, die ihm Nachhilfe gegeben hatte. Damals konnte er sich keinen Unterricht leisten, also lernte er, indem er sie und ihre Familie nachahmte. Tagaus, tagein hatte er den Hammonds zugehört und im Privaten ihren Akzent und ihre Sprechweise geübt. Wenn er mit Imogen übte, kicherte sie, nannte ihn ihren Lehrling und gab ihm Tipps, wie er seinen Akzent noch verbessern konnte.

Aber Imogen hatte in seinem Ehebett nichts verloren, und er wollte nicht, dass Fancy von seiner Vergangenheit abgelenkt wurde. Er selbst hatte kein Problem damit, sich auf die Gegenwart zu konzentrieren, nicht, wenn seine beinahe völlig entblößte Frau ihn mit ihren sanften Rehaugen ansah.

„Ich habe geübt." Er strich ihr über die samtige Wange. „Es braucht Zeit."

Fancy schnaubte und verzog die rosigen Lippen zu einem Schmollmund, dessen Anblick ihm einen elektrisierenden Schock durch den Körper jagte.

„Das ist das Problem", sagte sie. „Ich hab nur noch 'ne ... *eine* Woche bis zur Soiree von Prinzessin Adelaide."

Er ignorierte seinen qualvoll harten Schwanz und murmelte: „Sag mir, wie ich dir helfen kann, *Chérie*."

„Ich weiß nicht, ob du das kannst. I-ich glaube, mit meinem Mund stimmt etwas nicht."

„Mit deinem Mund ist absolut alles in Ordnung", sagte er voller Überzeugung.

In der Tat war er kurz davor zu explodieren, als er sah, wie sie sich mit der Zunge über ihre sinnlich vollen Lippen fuhr.

„Aber *irgendwas* funktioniert nicht. Mr Stanton sagt mir ständig, ich solle meinen Kiefer locker halten und die Buchstaben mit den Lippen formen, aber ich hab keine Ahnung, was er meint", sagte sie betrübt.

Ein wahrer Gentleman würde seine Frau trösten, vielleicht ein paar sanfte Worte der Ermutigung aussprechen. Ganz sicher hätte er nicht die verdorbenen Gedanken, die Severin gegenwärtig durch den Kopf schossen.

Um ehrlich zu sein, hatte er mit der Idee gespielt und auf den richtigen Zeitpunkt gewartet, um seiner Frau diese besondere Variante des Akts vorzustellen. Nun war wahrscheinlich nicht der richtige Zeitpunkt, aber ... Er kämpfte kurz mit sich selbst.

Zum Teufel damit, ein Gentleman zu sein.

„Ich glaube, ich kann dir dabei helfen, Liebling", sagte er.

Sie legte den Kopf schief. „Wie?"

Sein Nacken kribbelte vor freudiger Erwartung, doch er zwang sich, unbeteiligt dreinzublicken.

„Zieh dein Unterhemd aus, dann zeige ich es dir."

Fancy blinzelte verwirrt. „Ich muss für diese Lektion nackt sein?"

Er hob die Brauen. „Willst du meine Hilfe oder nicht?"

Die wollte sie, und die Wahrheit war, dass sie auch nichts gegen etwas anderes hätte. Jetzt, da ihre Monatsblutung vorbei war, wollte sie ihre ehelichen Aktivitäten wieder aufnehmen. Sie hatte noch genug Alkohol intus, um selbstbewusst nach dem Saum ihrer Chemise zu greifen und sie sich über den Kopf zu ziehen.

Dann sah sie ihrem Mann in die Augen, und das glühende Verlangen in seinem Blick war berauschender als selbst der edelste Champagner. Ihr Herz klopfte wie wild.

„Gut gemacht", sagte er.

Seine ruhige, beinahe schon kühle Antwort steigerte ihre Erregung. Er schnappte sich ein Kissen vom Bett und warf es vor sich auf den Boden.

„Jetzt knie nieder, Liebling."

Ihr Puls raste. Meinte er das *ernst?* Seinem Gesichtsausdruck nach zu urteilen schon. Etwas Derartiges hatten sie noch nie getan, und die Vorstellung, nackt zu Füßen ihres vollständig bekleideten Mannes zu knien, erregte eine dunkle Seite ihres Verlangens. Die winzigen Falten um seine Augen und die sinnliche Kurve seiner Lippen verrieten ihr, dass sie ein Spiel spielten. Eine neue, raffinierte Art von Spiel, das ein Herzog offenbar mit seiner Herzogin spielen konnte.

Angesichts der Gefahr, in der sie sich seit Neuestem befand, verspürte Fancy das wilde Bedürfnis, sich in der Fantasie zu verlieren, die Knight ihr bot. Sie wollte ihre Sorgen und Ängste für eine Nacht vergessen und an nichts anderes denken als an das Vergnügen, das sie in seinen Armen erwartete.

Ihre Knie bebten, als sie sich auf das federweiche Kissen niederließ. Sie blickte zu ihm auf, und die lustvolle Anerkennung in seinen grauen Augen ließ sie vor Erregung schwach werden. Gemächlich knöpfte er sein Jackett auf, während ihr Puls raste, als wäre sie kilometerweit gelaufen. Als Nächstes entledigte er sich seiner Weste und machte sich anschließend an seinem Hemd zu schaffen. Unter dem Leinenstoff kamen seine breite, behaarte Brust und die festen Muskeln seines Bauches zum Vorschein. Und darunter ... Sie schluckte schwer.

Eine dicke, senkrechte Wölbung zeichnete sich unter seiner Hose ab.

Glücklicherweise war sie bereits auf dem Boden, denn bei dem Anblick wurden ihre Knie weich.

Er griff nach seinem Hosenbund und begann, die Knopfleiste zu öffnen, wobei sein gemächliches Tempo die sinnliche Spannung steigerte. Ein prickelnder Schock durchfuhr sie, als er seinen Schwanz herausholte. Eigentlich sollte sie sich mittlerweile an seine Größe gewöhnt haben, aber sie hatte seine Männlichkeit noch nie aus diesem Winkel gesehen. Seine Erektion ragte über ihr auf wie ein schwerer Ast, der unter seinem eigenen Gewicht wippte.

Er legte eine Hand um sich und bewegte sie auf und ab, während ihre Handflächen bei der Erinnerung daran kribbelten, wie es sich anfühlte, die samtige Haut seines steifen Schafts zu liebkosen. Sie sehnte sich danach, ihn zu berühren, ahnte aber, dass er etwas anderes im Sinn hatte.

„Wir machen jetzt eine Übung, um deinen Kiefer zu lockern", sagte er beiläufig.

Ein Bild schoss ihr durch den Kopf und verursachte ein heißes Ziehen zwischen ihren Schenkeln.

„Was für 'ne Übung?", flüsterte sie mit kehliger Stimme.

„Du nimmst meinen Schwanz in den Mund." Seine Faust fuhr verführerisch über seine riesige Erektion. „Natürlich nur, wenn du es willst. Willst du das, Liebling? Willst du den Schwanz deines Mannes lutschen?"

„Ja", hauchte sie.

„Was bist du doch für eine gute Ehefrau. Jetzt mach den Mund auf, dann gebe ich dir eine Kostprobe."

Zitternd gehorchte sie, und er führte sein Glied an ihre geöffneten Lippen. Sie sah, wie ein milchiger Tropfen aus dem Schlitz an der Spitze quoll und seine breite Eichel benetzte. Er legte seinen Schwanz auf ihre Zunge, und sein herbes, salziges Aroma breitete sich in ihr aus wie eine Droge. Lust und Verlangen rauschten wie Lava durch ihre Adern.

„Das fühlt sich gut an", knurrte er. „Bist du bereit für mehr?"

Sie gab einen Laut von sich, der durch seinen riesigen Schaft gedämpft wurde, aber er schien ihre Antwort zu kennen. Behutsam stützte er ihren Kopf mit einer Hand und führte mit der anderen seine Erektion tiefer in ihren Mund.

„Halte deinen Kiefer so entspannt wie möglich. Auf diese Weise komme ich leichter hinein." Eifrig folgte sie seinem heiseren Befehl. „Gott, ja. Genau so."

Langsam ließ er die Hüften kreisen, so, wie er es tat, wenn er ihre Pussy nahm. Sie stöhnte um seinen Schwanz herum und vergrub die Finger im Stoff seiner Hose. Die Erinnerung daran, dass er immer noch größtenteils bekleidet war, machte den Akt umso verruchter. Sie presste die Schenkel zusammen und spürte, wie feucht sie vor Verlangen war.

„Lass dich gehen, meine süße Fancy." Sanft berührte er ihren Kiefer und sah ihr fest in die Augen, während er immer tiefer in sie glitt. „Ich werde mich gut um dich kümmern. Das weißt du doch, oder?"

„Ich weiß", versuchte sie zu erwidern, brachte jedoch nichts als unverständliches Gurgeln heraus.

Er schien sie zu verstehen, denn seine Stöße wurden schneller und heftiger. Sie hatte das berauschende Gefühl, dass er ebenso von Sinnen vor Leidenschaft war wie sie selbst. Es gelang ihr, ihren Kiefer noch mehr zu entspannen, und er stöhnte, als er tiefer eindrang als je zuvor. Dann stieß er gegen ihren Rachen, und ihre Augen tränten, ihre Muskeln spannten sich reflexartig an.

Er zog sich zurück und keuchte: „Gott, Fancy, es tut mir leid …"

„Hör nicht auf", flüsterte sie. „Ich will mehr. Gib mir alles von dir, Knight, so wie du alles von mir hattest."

Ungezügeltes Verlangen flackerte in seinen Augen auf.

Dann war er wieder in ihrem Mund, und jeder ruckartige Stoß seines mächtigen Schwanzes ließ ihre Pussy pulsieren. Alles, was sie schmecken, riechen und fühlen konnte, war ihr Mann.

„Ich komme gleich", presste er hervor. „Sag mir, wenn ich ihn herausziehen soll."

Sie legte die Hände um seine Oberschenkel und hielt ihn fest. Seine Muskeln verspannten sich, er umklammerte ihren Hinterkopf und ließ seine Hüften ein letztes Mal nach vorne schnellen. Sie hörte, wie er ihren Namen brüllte, dann füllte sich ihr Mund mit seiner heißen, salzigen Essenz. Seine Fingernägel gruben sich in ihre Kopfhaut, während er ejakulierte und sie jeden Spritzer hingebungsvoll schluckte. Ein Zittern durchlief seinen strammen Körper, und das Wissen, dass sie es verursacht hatte, erfüllte sie mit einem berauschenden Gefühl der Macht.

Keuchend zog er sich aus ihr zurück, und die Welt drehte sich, als er sie hochhob und aufs Bett warf. Sie kicherte, als er sich über ihr positionierte, und stöhnte im nächsten Moment laut auf, als er mit einem kräftigen Stoß in sie hineinglitt und ihre Pussy mit seinem harten, pulsierenden Schwanz füllte.

„Schon wieder?", keuchte sie.

„Für dich bin ich immer bereit, *Chérie*", sagte er mit kehliger Stimme.

Den Rest der Nacht verbrachte er damit, es ihr zu beweisen.

Kapitel Achtundzwanzig

Am nächsten Morgen erwachte Fancy allein. Sie lag zusammengerollt auf der Seite, mit Blick auf Knights leere Hälfte des Bettes, und atmete seinen würzigen Duft ein, der noch immer an seinem Kissen haftete. Erinnerungen an die vergangene Nacht überkamen sie, begleitet von dem schwachen Schmerz ihrer beanspruchten Intimmuskeln und einem dumpfen Pochen in ihren Schläfen. Trotz der unschönen Nachwirkungen der gestrigen Ausschweifungen konnte sie sich ein Lächeln nicht verkneifen.

Gütiger Himmel, war ihr Mann verrucht ... und unersättlich.

Andererseits bin ich das auch.

Als sie sich zufrieden räkelte, wehte ihr ein süßer Duft entgegen, und sie drehte den Kopf in Richtung ihres Nachttisches. Ihr Herz flatterte, als sie den Strauß makelloser roter Rosen sah, der in einer Porzellanvase arrangiert worden war. Daneben befanden sich ein Papierpäckchen und ein Glas Wasser. Sie setzte sich auf, griff nach der Notiz, die an der Vase lehnte, und überflog Knights Nachricht:

Meine süße Fancy,

Bitte nimm diese Rosen als Zeichen meiner Wertschätzung an. Das Päckchen enthält Weidenrinde und hilft gegen Kopfschmerzen. Ich habe zusätzliche Wachen aufgestellt und die Familie darüber informiert, dass ihr heute aus Sicherheitsgründen alle zu Hause bleiben müsst.

Wir sehen uns beim Abendbrot.
  -K

P.S. Ich bin stolz auf Dich. Und wenn Du weitere Hilfe bei Deinen Lektionen benötigst, stehe ich Dir gern zur Verfügung.

Verträumt lächelnd nahm sie eine Rose aus dem Strauß und ließ einen Finger über den dornenlosen Stiel gleiten. Dann vergrub sie die Nase in den samtigen Blütenblättern, atmete den zarten Duft ein und erfreute sich an der liebevollen Geste ihres Mannes. Der Brief und die Blumen waren ein weiterer Beweis seiner aufmerksamen, verspielten und ritterlichen Art.

Dank Knight fühlte sie sich trotz der unbekannten Gefahr, die sie bedrohte, sicher. Denn bei ihm hatte sie ihren Platz gefunden, einen Ort, an den sie gehörte. Sie hatte sich in ihn verliebt, ihren Prinzen, der ihr ein Zuhause gab und ihr das Gefühl vermittelte, etwas Besonderes zu sein. Sie stellte sich ihre gemeinsame Zukunft vor, ihre dunkelhaarigen, gut aussehenden Söhne, die Knight zu Gentlemen und erfolgreichen Geschäftsleuten erziehen konnte, und ihre bezaubernden Töchter, denen sie die Fertigkeiten einer Dame und einer Kesselflickerin beibringen würde.

Zuversicht und Klarheit bestärkten sie in ihrer Entschlossenheit. Ihr Plan, sich in eine Herzogin zu verwandeln, funktionierte, aber es gab noch mehr zu tun. Jetzt, da sie sich die

Wahrheit über ihr eigenes Herz eingestanden hatte, konnte sie sich mit nichts Geringerem zufriedengeben als mit Knights Liebe. Prinzessin Adelaides Soiree fand in ein paar Tagen statt. Wenn Fancy ein glanzvolles Debüt als Herzogin von Knighton gelang, würde Knight sie vielleicht endlich küssen. In diesem magischen Moment würde sie wissen, dass sie sein ganzes Herz besaß.

Von diesem Gedanken beflügelt, wollte Fancy keine einzige Minute des Tages vergeuden. Nachdem sie das Weidenrindenpulver eingenommen hatte, frühstückte sie, zog sich an und stürzte sich in ihre täglichen Aufgaben.

Sie wusste nicht, ob es an ihrer positiven Einstellung oder an Knights nächtlicher „Lektion" lag, aber der Unterricht bei Mr Stanton verlief außergewöhnlich gut. Als ihr Tutor sich über ihre Fortschritte freute und anmerkte, dass sie wohl die von ihm vorgeschriebenen mündlichen Übungen mache, schoss ihr die Hitze in die Wangen.

Nichtsdestotrotz freute sie sich über ihren Erfolg, der sich auch auf die Zeit erstreckte, die sie mit Tante Esther verbrachte. Die Gräfin war erstaunt, als es Fancy gelang, mehrere bedeutende Stammbäume aus Debrett's Taschenbuch des Adels auswendig aufzusagen *und* mit drei Büchern auf dem Kopf durch die Bibliothek zu schreiten.

Die Triumphe hielten bis zum Mittagessen an. Anstelle von angespanntem Schweigen herrschte am Tisch rege Konversation. Angeführt wurde sie von Toby, der sich über Knights Versprechen freute, ihm einen Welpen zu kaufen. Er plauderte auch über die Tricks, die er Bertrand beibrachte. Eleanor, die ihn und Fancy bei ihren Stallbesuchen begleitete, stimmte zu, dass Bertrand ein Geschöpf von einzigartigem Intellekt war. Sie war zu dem Schluss gekommen, dass Esel aufgrund der weitverbreiteten Vorurteile gegenüber Lasttieren stark unterschätzt wurden.

Zu diesem Zweck hatte Eleanor einen Klub gegründet, der sich „Gesellschaft für die Gleichstellung und den Schutz der Rechte von Eseln" nannte, mit Toby als Sekretär und Fancy als Schatzmeisterin. Dem Mädchen war es sogar gelungen, Tante Esther zu überreden, Mitglied zu werden. Allerdings hatte diese der Mitgliedschaft nur unter einer Bedingung zugestimmt: Eleanor durfte keine Bücher mit an den Esstisch bringen.

Eine meisterhafte Leistung, dachte Fancy bewundernd.

Leider erzielte sie bei den beiden anderen Geschwistern weniger Fortschritte. Jonas wirkte während des gesamten Essens gelangweilt und trank zu viel Wein. Um ihn in das Gespräch einzubeziehen, fragte Fancy ihn nach seinen Interessen und möglichen Berufen, die er gerne ausüben würde.

„Ein Gentleman arbeitet nicht", erwiderte er entgeistert. „Es sei denn, es ist eine absolute Notwendigkeit."

„Knight schon", sagte sie.

„Nun, mein lieber Bruder ist nicht gerade ein Gentleman, nicht wahr?", konterte Jonas und nippte an seinem Glas.

„Das nimmst du sofort zurück." Fancy warf ihm einen finsteren Blick zu. „Knight ist der Inbegriff eines Gentlemans."

„Kein Grund, gleich an die Decke zu gehen." Jonas setzte sein Glas ab und musterte sie argwöhnisch. „Ich meinte nur, dass er kein *herkömmlicher* Gentleman ist. Die Söhne von Herzögen wachsen normalerweise nicht im Londoner Elendsviertel auf und besitzen auch keine Fabriken."

„Du solltest stolz darauf sein, dass dein Bruder sich sein Vermögen erarbeitet hat." Fancy ließ nicht zu, dass er – oder irgendjemand – ihren Mann herabwürdigte. „Und wenn du etwas Sinnvolles finden würdest, womit du deine Zeit verbringen kannst, wärst du vielleicht weniger geneigt, sie mit frivolen Beschäftigungen zu vergeuden. Untätigkeit ist des Teufels Werk, sagt mein Vater immer."

„Was erwartest du von mir?", murmelte Jonas und strich sich eine Haarsträhne aus den Augen. „Für einen hochgeborenen Bastard gibt es außer frivolen Beschäftigungen nicht viel zu tun."

Trotz seiner widerspenstigen Haltung, die alle ihre Brüder irgendwann einmal an den Tag gelegt hatten, hörte Fancy den Anflug von Unsicherheit in seiner Stimme. Wie Knight war Jonas der Sohn eines Herzogs, aber er war außerehelich geboren worden. Und das konnte nicht einfach sein.

In sanfterem Tonfall erwiderte sie: „Es kann nicht schaden, sich etwas Nützliches zu suchen." Plötzlich kam ihr eine zündende Idee. „Warum bittest du Knight nicht, dir eine seiner Fabriken zu zeigen? Vielleicht könnte er dir etwas über sein Geschäft beibringen."

„Ich habe kein Interesse daran, Geschäftsmann zu werden." Jonas griff nach seinem Weinglas und fügte höhnisch hinzu: „Außerdem hält Knighton sich für etwas Besseres. Für ihn bin ich nur ein Nichtsnutz und eine unerwünschte Verpflichtung. Er hat keine Zeit für Bastarde wie mich. Für keinen von uns."

„Du hast völlig recht, Jonas", schaltete Cecily sich ein.

Fancy unterdrückte einen Seufzer. Natürlich hatte das Mädchen nur dann etwas zu sagen, wenn es darum ging, eine Rebellion zu unterstützen.

„Knighton will uns nur unter den Teppich kehren", behauptete Cecily mit einer dramatischen Armbewegung. „Für ihn sind wir weniger wert als Dreck."

„Ihr beide tätet gut daran, mehr Dankbarkeit zu zeigen." Tante Esther kniff missbilligend die Augen zusammen. „Ein weniger ehrenhafter Mann als Knighton hätte die Verantwortung, die euer Vater ihm aufgebürdet hat, nicht übernommen."

„Das ist wahr", meldete sich Toby zu Wort. „Wenn Knighton nicht wäre, wären wir immer noch in diesem muffigen, alten Schloss gefangen und müssten die Gesellschaft dieser furchtbaren Gouvernante ertragen."

„Mademoiselle Grigeaux." Eleanor erschauderte. „Ich vermisse ihren Schlagstock nicht, das steht fest."

Ihre Worte lenkten Fancy von der Diskussion mit den älteren Geschwistern ab.

„Deine Gouvernante hat dich geschlagen?", fragte sie schockiert.

Als Toby und Eleanor grimmig nickten, schnürte sich ihr die Kehle zu. Die armen Kinder. Sie brauchten Knight und sie mehr, als sie hätte ahnen können.

„Niemand wird euch jemals wieder wehtun", sagte sie wild entschlossen. „Sollte irgendjemand es wagen oder auch nur versuchen, kommt ihr direkt zu mir. Oder zu Knight. Verstanden?"

„Ja, Fancy", sagten die Zwillinge im Chor.

Jonas runzelte die Stirn. „Ihr habt mir nie erzählt, dass die alte Grigeaux euch geschlagen hat."

„Du warst ja auch nie da", sagte Eleanor in sachlichem Tonfall. „Du hattest deinen eigenen Flügel und warst mit deinen billigen Schnepfen beschäftigt."

„Dieses Wort verwenden junge Damen nicht", tadelte Tante Esther sie.

Eleanor wandte sich ihr zu. „Was ist mit Pfuhlschnepfen? Oder Zwergschnepfen? Oder Uferschnepfen ...?"

„Im ornithologischen Sinne natürlich schon", unterbrach Tante Esther sie mit einem Seufzen.

Sie warf Fancy einen Blick zu, als wollte sie sagen: *Siehst du, womit ich mich herumschlagen muss?"*

Fancy nickte ihr verständnisvoll zu.

„Ich jedenfalls vermisse unser schönes Chateau in Frankreich", fuhr Cecily fort. Wenn es darum ging, sich zu beschweren, war sie gnadenlos. „Wenigstens durfte ich dort Freunde haben. Hier bin ich wegen Fancys Schwierigkeiten eine Gefangene in meinem eigenen Haus!"

„Es ist nur vorübergehend", erklärte diese, darum bemüht, nicht die Geduld zu verlieren. „Bis Knight der Bedrohung ein Ende setzt."

„Das kann ewig dauern." Schwungvoll und mit geröteten Wangen erhob Cecily sich. „Bis ich diesen Kerker verlassen darf, bin ich eine alte Jungfer!"

Sie rauschte auf eine Art und Weise davon, die Fancy zunehmend auf die Nerven ging.

Umso erfreuter war sie, die freundlichen Gesichter von Tessa und Gabby zu sehen, als diese später am Nachmittag zu ihrem versprochenen Besuch eintrafen. Während Tante Esther zunächst wenig begeistert gewesen war, Fancys neue Freundinnen kennenzulernen, die ihrer Meinung nach nicht zum „guten *ton*" gehörten, änderte sich ihre Meinung schlagartig, als sie die brünette Schönheit erblickte, die die beiden mitgebracht hatten.

„Euer Gnaden", grüßte Tante Esther mit einem Knicks.

„Wie schön, Sie wiederzusehen, Lady Brambley", sagte die Herzogin von Ranelagh und Somerville in freundlichem Tonfall. „Ich hoffe, Sie haben nichts dagegen, dass ich uneingeladen mitgekommen bin. Aber Mrs Kent und Mrs Garrity haben so begeistert von der Herzogin von Knighton gesprochen, dass ich es nicht erwarten konnte, sie kennenzulernen."

Ihre Gnaden schenkte Fancy ein warmes Lächeln, das diese erwiderte. Die unkomplizierte, bodenständige Art der jungen Dame hatte etwas Beruhigendes an sich.

„Es ist mir eine Ehre, Sie zu empfangen, Euer Gnaden." Tante Esther bedeutete ihren Gästen, sich zu setzen, und Fancy schenkte den Tee ein. „Und eine willkommene Gelegenheit für Francesca, Gleichgesinnte zu treffen. Da sie neu in London ist, geben wir ihr noch etwas Feinschliff, bevor wir sie offiziell in die Gesellschaft einführen."

„Über Feinschliff weiß ich so einiges." Die katzenartigen, smaragdgrünen Augen der Herzogin von Ranelagh und Somerville funkelten amüsiert. „Seit meiner Vermählung musste ich ebenfalls hart an mir arbeiten."

„Wirklich, Euer Gnaden?", fragte Fancy fasziniert.

Es fiel ihr schwer zu glauben, dass diese anmutige, selbstbewusste Lady einer Verfeinerung bedurft hätte. In ihrem rostroten Kutschenkleid mit Volants und Bischofsärmeln war sie der Inbegriff der Makellosigkeit.

„Nennen Sie mich Maggie. Und ja, es war kein leichtes Unterfangen, die Besitzerin eines Fossilienladens in Dorset in eine Herzogin zu verwandeln." Maggie nippte ein wenig kleinlaut an ihrem Tee. „Aber ich war fest entschlossen, die Herzogin zu werden, die mein Mann verdiente."

Das konnte Fancy von ganzem Herzen nachvollziehen. Die Tatsache, dass Maggie aus bescheidenen Verhältnissen stammte und zu einer gefeierten Stütze der Gesellschaft geworden war, gab ihr Hoffnung.

„Ich weiß nicht, warum du dir Sorgen gemacht hast, Maggie. Dein Mann liebt dich, er hätte dich auch dann geheiratet, wenn du einen Mehlsack getragen und völligen Kauderwelsch gesprochen hättest." Tessa, die ein kastanienbraunes Kleid *à la militaire* trug, steckte sich einen Keks in den Mund, bevor sie sich an den Rest der Gruppe wandte. „Ihr hättet den Antrag sehen sollen, den Ransom – also der Herzog von Ranelagh und Somerville – ihr gemacht hat. Selbst ich bin dahingeschmolzen, obwohl ich kein Freund großer romantischer Gesten bin."

Maggie wurde puterrot.

„Wir haben Maggie nicht nur deshalb gebeten, uns heute zu begleiten, weil wir wollten, dass Sie sie kennenlernen, Fancy", sagte Gabby, „sondern weil wir dachten, dass sie Ihnen helfen kann."

Fancy warf der heiteren Herzogin einen zweifelnden Blick zu. „Das ist sehr nett von Ihnen allen, aber ich möchte weder Maggie noch sonst jemanden von Ihnen in eine Angelegenheit verwickeln, die sich als gefährlich erweisen könnte."

„Gefahr ist mein Geschäft", konterte Tessa. „Aber dazu kommen wir gleich noch."

„Als Sie uns erzählten, dass Sie gerne modischer werden möchten, haben wir sofort an Maggie gedacht", erklärte Gabby. „Sie weiß nicht nur, was Stil ist, sie gibt ihn vor."

„Ich bin mehr als nur ein Modepüppchen", sagte Maggie mit einem Anflug von Ironie. „Wie du vielleicht weißt, habe ich auch das ein oder andere gefährliche Abenteuer erlebt. Aber ja, ich würde Sie gerne bei Ihrem Vorhaben unterstützen, Fancy, auf jede erdenkliche Weise. In drei Tagen veranstalte ich eine kleine Feier, und es wäre mir eine Ehre, wenn Sie und Knighton meine Ehrengäste wären."

„Oh ... Danke." Fancy sah zu Tante Esther hinüber, die eifrig nickte. „Darüber würden wir uns sehr freuen."

„Wunderbar", sagte Maggie mit einem Lächeln. „Lady Brambley, ich hoffe, Sie werden sich uns anschließen. Und wie ich höre, hat Knighton Geschwister, die, äh, kürzlich aus Frankreich eingetroffen sind. Sie sind ebenfalls willkommen."

Fancy bewunderte Maggies Feingefühl. Die Herzogin deutete damit an, dass sie um den unehelichen Status von Knights Geschwistern wusste und sie trotzdem einlud. Maggies Wohlwollen würde Jonas' und Cecilys Einführung in die Gesellschaft zweifellos um einiges leichter machen.

Fancy wusste, dass sie die Situation richtig gedeutet hatte, als Tante Esther mit vor Dankbarkeit rauer Stimme sagte: „Sie sind zu gütig, Euer Gnaden."

Sie plauderten noch ein wenig, bevor Tante Esther sich entschuldigte und Fancy mit ihren Freundinnen allein ließ.

„Jetzt, wo wir das höfliche Geplänkel hinter uns haben, sollten wir uns dringenderen Angelegenheiten zuwenden", sagte Tessa. „Fancy, haben Sie den Brief und das Taufkleid, das Sie auf der Hochzeit erwähnten?"

„Ja." Fancy holte die Gegenstände von einem Tisch in der Nähe, wo sie sie zuvor abgelegt hatte. „Hier sind sie."

Tessa schnappte sich die Nachricht, und sie beugten die Köpfe zusammen.

„Möge Gott über dieses Kind wachen. Zu ihrer eigenen Sicherheit darf sie niemals nach London zurückkehren", las sie laut vor. „Klingt für mich, als wollte Sie jemand beschützen, Fancy. Was denken wir über die Handschrift?"

„Sie ist ziemlich unkultiviert", sagte Maggie. „Ganz ohne die üblichen Schnörkel, die ich mit der Hand einer Dame der Oberschicht verbinde."

„Vielleicht wurde der Brief in Eile geschrieben?", schlug Gabby vor. „Ich lasse die Schnörkel weg, wenn ich schnell eine Notiz kritzeln muss."

„Oder er könnte von einer Frau mit weniger formaler Bildung verfasst worden sein", sagte Maggie. „Einer Dienerin vielleicht."

Beeindruckt von der Beobachtungsgabe ihrer Freundinnen, sagte Fancy: „Das sind alles sehr gute Argumente."

„Und jetzt das Kleid." Tessa hielt das Seidengewand hoch und neigte den Kopf hin und her, während sie die gestickte Blume studierte. „Flora und Fauna sind nicht meine Stärke. Ich kann eine Kornblume nicht von einem Kohlkopf unterscheiden. Was meint ihr, Gabby und Maggie?"

„Ist es vielleicht eine Rose?" Mit zusammengekniffenen Augen begutachtete Gabby die Stickerei. „Ich wünschte, sie wäre nicht so winzig ..."

„Ich habe etwas, das uns hilft." Fancy wühlte in der Tasche ihres Rocks und holte ihren Freund des Flickers heraus. Nach kurzem Suchen fand sie das Vergrößerungsglas unter den zahlreichen Instrumenten.

„Wie clever!", rief Gabby aus.

„Und praktisch", sagte Tessa. „Woher haben Sie dieses Werkzeug?"

„Mein Vater hat es gemacht. Er nennt es den *Freund des Flickers*, und ich gehe nie ohne es aus dem Haus." Fancy zeigte ihren Freundinnen die Erfindung und lächelte über ihre begeisterten Ausrufe. Nachdem alle es ausgiebig bewundert hatten, hielt sie das Vergrößerungsglas über die Stickerei.

„Die glockenförmigen Blütenblätter ähneln einem Rhododendron oder einer Azalee", sagte Maggie. „Was haltet ihr von diesen gelben Flecken?"

Sie deutete auf die winzigen Stiche in der Mitte der Blume.

„Staubgefäße?", mutmaßte Gabby. „Es sind zehn insgesamt."

„Soll ich eine Zeichnung davon anfertigen?", schlug Maggie vor. „Ich kann sie meinem Gärtner zeigen, er kennt sich mit solchen Dingen gut aus."

„Das ist eine wunderbare Idee", sagte Gabby strahlend. „Wir könnten auch die Botanische Gesellschaft für Damen zurate ziehen. Ich bin Mitglied."

Als Fancy in die entschlossenen Gesichter ihrer neuen Freundinnen blickte, wurde sie von einer Welle der Dankbarkeit durchflutet.

„Vielen Dank", sagte sie aufrichtig. „Ich weiß nicht, wie ich ohne Sie zurechtkommen würde."

„Dafür sind Freunde doch da, oder nicht?", erwiderte Tessa mit einem schelmischen, herzerwärmenden Zwinkern. „Keine von uns muss allein zurechtkommen."

Kapitel Neunundzwanzig

Als seine Kutsche am nächsten Tag durch die Straßen Spitalfields fuhr, war Severin sich nicht sicher, wie Fancy ihn zu diesem Unterfangen überredet hatte. Na schön, das war eine Lüge. Schuld war das Gespräch, das er und seine Herzogin in der Nacht zuvor im Bett geführt hatten.

Fancy hatte ihm von ihrem Tag und dem Besuch ihrer neuen Freundinnen erzählt, während sie gleichzeitig Küsse auf seinem Körper verteilte, die immer tiefer wanderten. Offenbar hatte ihr die Lektion vom Vorabend gefallen und sie wollte es noch einmal versuchen. In jenem Moment wusste er ohne Zweifel, dass er der größte Glückspilz auf Erden war. Während sie mit ihrer Zunge etwas angestellt hatte, das ihn mit den Hüften zucken und die Finger im Laken vergraben ließ, hatte sie ihn um einen Gefallen gebeten.

„Alles, was du willst", lautete seine heisere Antwort.

Hätte sie ihn gebeten, ihr den Mond und die Sterne vom Himmel zu holen, hätte er sein Bestes gegeben, nur um weiter ihre Liebkosungen genießen zu dürfen.

Nachdem er sich von der unsäglichen Wonne, im Mund seiner Frau zu kommen, erholt und den Gefallen erwidert hatte, zog er sie in seine Arme und fragte sie, was sie wollte. Sie bat ihn darum, ihr und Jonas sein Büro zu zeigen. Sein erster Impuls war gewesen, ihr den Wunsch auszuschlagen, um ihrer Sicherheit und seines eigenen Verstandes willen. Das Letzte, was er gebrauchen konnte, war, dass Jonas in seiner Fabrik Randale machte.

„Du hast gesagt, ich kann alles haben, was ich will", gab sie zu bedenken. „Mit dir und den Dutzend Wachmännern an meiner Seite kann mir nichts passieren. Ich glaube, es würde Jonas guttun, dich bei der Arbeit zu sehen. Vielleicht wird er weniger Unruhe stiften, wenn du ihm etwas Produktives zu tun gibst."

Knight zweifelte aufrichtig daran, dass Jonas in der Lage war, etwas anderes als Ärger zu verursachen. Doch beim Anblick ihres entschlossenen Gesichtsausdrucks – und des Tropfens seiner Essenz, der in ihrem Mundwinkel glänzte – hatte er sich erweichen lassen. Ein anderer Teil seiner Anatomie war allerdings umgehend wieder hart geworden. Da er keine Zeit damit verschwenden wollte, sich über seinen Bruder zu streiten, hatte er nachgegeben und sich der wichtigen Aufgabe gewidmet, seine Frau bis zum Morgengrauen zu befriedigen.

Deswegen führte er Fancy und Jonas nun durch seine Büroräume. Da er im Hinblick auf Fancys Sicherheit kein Risiko eingehen wollte, hatte er zehn Wachmänner als Begleitung mitgenommen. Niemand kam auch nur einen Zentimeter an seine Frau heran.

Auf dem Weg zur Weberei im oberen Stockwerk gab er ihnen einen kurzen Überblick über die Geschichte des Unternehmens. Fancy stellte unzählige Fragen, und zu Severins Überraschung zeigte auch Jonas Interesse.

„Warum sind die Webstühle ganz oben?" Sein Bruder wischte sich über die Stirn, während sie die Stufen erklommen.

„Wäre es nicht einfacher, wenn man nicht ständig alles die Treppe hinauf- und hinunterschleppen müsste?"

„Ein gutes Argument", räumte Severin ein. „Das Weben hängt jedoch vom Licht ab, das umso besser ist, je höher man kommt."

Er führte sie in die oberste Etage und musste ein Schmunzeln unterdrücken, als Fancy vor Ehrfurcht nach Luft schnappte.

„Es ist wunderschön hier", sagte sie. „Seht euch diese *Aussicht* an ... und all diese Webstühle!"

Sein Stolz wuchs, als er ihr einige seiner erfahrensten Weber vorstellte und sah, wie sie einen nach dem anderen für sich gewann. In ihrem marineblau-weiß gestreiften Kleid mit den passenden Federn an der Haube sah sie wahrlich aus wie eine Herzogin. Ein marineblauer Gürtel mit einer quadratischen, goldenen Schnalle umschloss ihre schmale Taille. Sie trug weiße Handschuhe, und an ihrem Handgelenk hing ein gestreifter Pompadour, der farblich auf ihr Kleid abgestimmt war.

So schön sie auch war, wusste er, dass seine Männer nicht nur auf ihre körperlichen Reize reagierten. Fancy strahlte eine natürliche Wärme aus, während sie den Webern Fragen über ihr Handwerk stellte. Die Arbeiter zeigten ihr eifrig die grundlegenden Vorgänge: das Auslegen der Kettfäden, die Aufgabe des Webergehilfen, der diese Fäden für ein bestimmtes Muster anordnete, und die Verwendung des Schiffchens zum Verflechten der Schuss- und Kettfäden. Zur Freude der Weberinnen und Weber versuchte Fancy sogar, das Schiffchen zu führen. Die Freundlichkeit in ihren braunen Augen vermochte selbst die härtesten Männer zu entwaffnen. Dies kam auf unerwartete Weise zum Tragen, als Severin seine Frau und Jonas in sein Büro führte.

Gerade, als er mit ihnen am Fenster stand und ihnen die

übrigen Gebäude erklärte, hörte er die Stimme seines Sekretärs vor der Tür. „Sie können hier nicht einfach hereinplatzen, Mr Bodin. Seine Gnaden ist in einer Besprechung ...“

„Es ist mir scheißegal, mit wem Knighton sich trifft“, kam die mürrische Antwort. „Geh’n Sie mir aus dem Weg.“

Die Tür schwang auf und Potts, sein Sekretär, klammerte sich verzweifelt daran fest.

„Ich bitte um Verzeihung, Euer Gnaden“, stotterte er. „Ich habe versucht, ihn aufzuhalten, aber ...“

„Ich kümmere mich darum“, sagte Severin. „Sie können gehen.“

Bodin stürmte herein. Er war ein stämmiger, dunkelhaariger Kerl, der Severin an eine Bulldogge erinnerte. Bodin hatte die Brust herausgestreckt und sah sich kampfeslustig im Raum um. Sein Blick wanderte zu Fancy und Jonas, die wie erstarrt am Fenster standen. Schützend trat Severin vor seine Frau und seinen Bruder und fixierte seinen Angestellten.

„Nennen Sie Ihr Anliegen, Bodin“, sagte er in eisigem Ton.

„Ich bin hier, um über die Maschinen zu sprechen, die Sie als Ersatz für Ihre Weber gekauft haben“, bellte Bodin.

„Sehen Sie sich vor“, sagte Severin. „Sonst können Sie sich woanders Arbeit suchen.“

„Ich hab keine Angst vor Ihnen“, spottete Bodin. „Ich hatte schon vor Ihnen Dienstherren und werde auch nach Ihnen welche haben. Was ich jedoch nicht dulde, ist, dass Sie mit verdammten Maschinen den Lebensunterhalt anständiger Arbeiter zerstör’n.“

„Meine Güte“, hörte Severin Jonas murmeln. „Der Bursche klingt wie Eleanor.“

Severin presste die Zähne zusammen. „Wenn es Ihnen nicht gefällt, wie ich mein Geschäft führe, steht es Ihnen frei zu gehen.“

„Oh, so leicht mach ich’s Ihnen nicht, Euer Gnaden“,

schwor Bodin. „Wenn ich geh, nehm ich den Rest der Weber mit. Ich mach Ihnen den Laden dicht! Nicht mal Ihre verfluchten Maschinen können ohne den Einsatz von Arbeitskräften laufen, und wenn ich mit Ihnen fertig bin, werde ich dafür sorgen, dass niemand mehr für Sie arbeitet."

Ein eisiger Schauer jagte Severin den Rücken hinunter. Bodin war nicht der Typ, der leere Drohungen aussprach. Er würde nicht grundlos behaupten, dass er die anderen Weber zur Niederlegung ihrer Arbeit überreden konnte.

Der verdammte Mistkerl hat hinter meinem Rücken gegen mich gehetzt. Severin ballte die Hände zu Fäusten. *Ich sollte ihn zum Abschied verprügeln.*

„Ich bin mir sicher, dass es eine bessere Lösung für dieses Problem gibt", ertönte Fancys klare Stimme.

Bevor Severin sie aufhalten konnte, trat sie um ihn herum und baute sich vor dem wütenden Weber auf.

„Wer zum Teufel sind Sie denn?", verlangte Bodin zu wissen.

„Ich bin Fancy Sheridan Knight", sagte sie. „Die, äh, Herzogin von Knighton."

„Das hier ist 'ne Männersache, *Euer Gnaden*", sagte Bodin in einem anmaßenden Tonfall, der Severin um Beherrschung ringen ließ. „Überlassen Sie das Reden also besser mir und Ihrem Ehemann."

„Das würde ich, wenn Sie *tatsächlich* mit'nander reden würden", erwiderte Fancy unbekümmert. „Aber wie mein Pa immer sagt: Zum Verhandeln gehört mehr als nur Geschwätz. Man muss auch zuhören."

Bodin verengte die Augen zu Schlitzen. „Woher weiß Ihr werter Vater so viel übers Feilschen, hm?"

„Er ist Kesselflicker", erklärte Fancy. „Der Tauschhandel ist sein Lebensunterhalt."

„Soll das 'n Scherz sein?" Bodin warf Severin einen ungläubigen Blick zu. „Ich soll Ihnen ernsthaft abkaufen, dass Sie die Tochter eines Kesselflickers geheiratet haben?"

„Sie werden Ihrer Gnaden den nötigen Respekt erweisen", schnauzte Severin zurück.

„Ich bin sicher, Mr Bodin wollte nicht respektlos sein." Er traute seinen Augen kaum, als er sah, wie seine Frau den Mistkerl *anlächelte.* „Schließlich nennt er mich ja nur, was ich bin. Ich schäme mich nicht für den Beruf meines Vaters."

„Das sollten Sie auch nicht", sagte Bodin streng und verschränkte die Arme vor der Brust. „Arbeiter haben keinen Grund, sich für ihren hart verdienten Lebensunterhalt zu schämen."

„Dem kann ich nur zustimmen", sagte Fancy ernsthaft. „Ich wurde dazu erzogen, ehrliche Arbeit zu schätzen. Mein Pa hat mir das Handwerk beigebracht."

„Gut für Sie, Fräulein ... ich meine, Euer Gnaden", verbesserte Bodin sich stirnrunzelnd.

„Schon in Ordnung. Ich bin's immer noch nicht gewohnt, mit meinem Titel angesprochen zu werden", gab Fancy zu. „Die meiste Zeit meines Lebens haben mich die Leute nur mit meinem Vornamen angesprochen."

„Fancy ...", begann Severin in warnendem Tonfall.

„Seh'n Sie?", sagte sie fröhlich zu Bodin.

„Fancy ist 'n schöner Name", erwiderte der Weber. „Und es ist erfrischend, mal 'ne Dame zu treffen, die nicht einen auf vornehm macht."

„Sich vornehm zu verhalten, ist schwieriger, als man denkt", sagte Fancy. „Ich versuch's zu lernen."

„Ehrlichkeit ist besser als dieses hochnäsige Getue. Meine Frau Meg ist so ungehobelt wie sonst noch was, und das gefällt mir." Nach einer Pause fügte er hinzu: „Übrigens ist Megs Vater auch Kesselflicker."

„Nein! Wirklich?", rief Fancy aus. „Reist auch durchs Land? Vielleicht kennt er meinen Vater, Milton Sheridan?"

„Nein, er lebt in London. Ich kann nicht sagen, ob er Ihre Familie kennt, Ma'am." Bodin räusperte sich. „So, hat mich wirklich gefreut, aber ich hab noch was mit Ihrem Mann zu klären ..."

„'Ne wichtige Angelegenheit, ich weiß", sagte Fancy und nickte. „Knight hat mir alles darüber erzählt."

„Ach, wirklich?" Bodin hob die schweren Brauen. „Und was hat seine Lordschaft dazu zu sagen?"

Die Sache war weit genug gegangen. Zu weit für Severins Geschmack. Doch als er Fancy ansah, bemerkte er den flehenden Blick in ihren Augen.

Vertrau mir, schien sie zu sagen. *Du wolltest doch, dass wir zusammenarbeiten, erinnerst du dich?*

Er konnte sich nicht dazu durchringen, sie zu unterbrechen. Außerdem wollte er sehen, was sie vorhatte, und war bereit, die Fäuste einzusetzen, wenn Bodin sie auch nur im Geringsten beleidigte. Doch ausnahmsweise schien die Streitlust des Webers durch etwas gemildert worden zu sein, das Severin als ... *Respekt* zu erkennen begann.

„Knight sagte, Sie seien ein Mann mit Prinzipien", erklärte Fancy.

Bodin schnaubte. „Das können Sie jemand anderem weismachen, Ma'am."

„Es ist wahr. Mein Mann sagte, Sie wären wirklich davon überzeugt, das Richtige für Ihre Kollegen zu tun, und ich glaube, er bewundert Sie dafür. Denn er will das Gleiche."

„Ach, ja? Dann hat er aber 'ne seltsame Art, das zu zeigen. Er baut heimlich Maschinen in einem seiner Lagerhäuser, die uns Weber ersetzen soll'n", behauptete Bodin anklagend.

„Ich *teste* die Maschinen", korrigierte Severin ihn. „Solange ich nicht mit Sicherheit weiß, dass sie die Produktivität steigern, sehe ich keine Notwendigkeit, mein Vorhaben der Konkurrenz mitzuteilen."

„Seh'n Sie? Er hat keine Geheimnisse vor Ihnen, er versucht nur, sich 'nen Vorteil gegenüber der Konkurrenz zu verschaffen", sagte Fancy in beschwichtigendem Tonfall. „Ein Vorteil, der helfen wird, die Arbeitsplätze seiner Angestellten zu sichern."

„Angestellte, die er durch Maschinen ersetzen will", konterte Bodin.

„Maschinen können sich nicht selbst steuern, oder?", gab sie zu bedenken. „Dazu braucht er nach wie vor Arbeitskräfte. Ihre Aufgaben werden sich vielleicht ändern, aber es ist trotzdem ehrliche Arbeit. Mein Pa sagt immer, beim Flicken geht's nicht um Fertigkeiten, sondern um die Fähigkeit, diese Fertigkeiten an jede Situation *anzupassen*."

„Wie sollen sich die Weber an diese verdammten modernen Geräte anpassen?"

Bodin wirkte noch immer misstrauisch, aber auch weniger feindselig. Konnte es sein, dass der Weber ausnahmsweise tatsächlich *zuhörte*? Dann stellte Severin verblüfft fest, dass er selbst etwas Neues wahrnahm: Besorgnis schwang im Tonfall seines Angestellten mit. Vielleicht war sie schon immer da gewesen, verborgen hinter dessen angriffslustiger Fassade.

Severins Wut verflog, als er merkte, dass Bodin auf eine Antwort wartete.

„Ich werde Schulungen anbieten", sagte er knapp. „Sobald ich mich vergewissert habe, dass die Maschinen tatsächlich nützlich sind."

Bodin straffte die Schultern. „Sie garantier'n also, dass kein Weber seinen Lebensunterhalt verliert?"

„Ich garantiere für gar nichts. Aber jeder, der bereit ist, die neue Technologie zu erlernen, hat die Chance, weiterhin für mich zu arbeiten. Der Wandel wird kommen, ob es Ihnen oder mir nun gefällt oder nicht“, sagte Severin. „Fabriken in anderen Ländern modernisieren sich, produzieren Seide und andere Stoffe in größeren Mengen und zu niedrigeren Preisen. Wenn wir uns nicht anpassen und uns die neue Technologie zu eigen machen, wird unsere gesamte Industrie aussterben und es wird keine Arbeitsplätze mehr für Weber geben, *das* kann ich Ihnen garantieren.“

Bodin mahlte mit den Zähnen, erwiderte aber nichts.

„Sie seh'n also, Sir, Sie und Knight kämpfen auf derselben Seite.“ Fancys Tonfall war sanft und überzeugend, wie Severin amüsiert feststellte, selbst als sie zum Angriff überging. „Die Zukunft der Weber hängt davon ab, dass diese neue Technologie funktioniert. Und das würde viel leichter geh'n, wenn Sie und Knight sich zusammentun und die anderen Männer davon überzeugen, dass Fortschritt der Weg in die Zukunft ist.“

Sie warf Severin einen vielsagenden Blick zu. Auf ihr Zeichen hin streckte er seine Hand aus.

„Was sagen Sie, Bodin? Arbeiten wir zusammen?“, fragte er.

Der Weber starrte auf die ihm angebotene Hand, machte jedoch keine Anstalten, sie zu ergreifen. Etwas anderes hatte Severin auch nicht erwartet. Nichts im Leben war einfach, und wenn Bodin ein Blutbad wollte, dann würde er es auch bekommen.

Gerade, als er seine Hand zurückziehen wollte, packte sein Angestellter sie mit festem Griff.

„In Ordnung, Euer Gnaden“, sagte Bodin. „Wir werden der Maschine 'ne Chance geben.“

Severin verbarg seine Überraschung und erwiderte den eisernen Händedruck. „Das freut mich zu hören.“

Fancy strahlte die beiden an. „Mich auch.“

„War mir 'n Vergnügen, Sie kennenzulernen, Euer Gnaden“, sagte Bodin. „Meine Meg wird sich freuen, wenn ich ihr erzähl, dass ich noch 'ne Kesselflicker-Tochter getroffen hab."

„Ich würde Mrs Bodin gern mal kennenlernen", sagte Fancy herzlich. „Vielleicht hat sie Lust, eines Nachmittags zum Tee vorbeizukommen?"

„Das würde ihr sicher gefallen." Mit schroffer Bewunderung fügte der Weber hinzu: „Es kommt nicht oft vor, dass sie von 'ner waschechten Dame zum Tee eingeladen wird."

Kapitel Dreißig

Am nächsten Abend wartete Fancy gespannt darauf, auf Maggies Ball vorgestellt zu werden. Sie und Knight standen in der Schlange der eintreffenden Gäste, die in den Ballsaal führte. Esther, Jonas und Cecily befanden sich gleich hinter ihnen. Mit wild klopfendem Herzen ließ sie den Blick über die schillernde Menge schweifen und fuhr nervös mit den Händen über die Röcke ihres neuen, weinroten Abendkleids.

„Hör auf zu zappeln", sagte Knight leise. „Du kriegst das schon hin."

„Ich zappele nicht", flüsterte Fancy zurück. „Ich habe mein Kleid glatt gestrichen."

„Ich kann von hier aus sehen, wie du mit dem Fuß wippst", merkte Cecily an, allerdings ohne jegliche Spur von Bissigkeit. Als Fancy sich zu ihr umdrehte, sah sie, dass das Mädchen zur Abwechslung nicht schmollte, sondern dass ihr ungeschminktes Gesicht vor Aufregung strahlte, während sie das rege Treiben um sich herum beobachtete. Fancy hatte sich einiges von Tante Esther abgeschaut und Cecilys Einladung zu Maggies Ball an zwei Bedingungen geknüpft: Das Mädchen musste auf

Kosmetik verzichten und Fancy das letzte Wort bei der Wahl ihres Kleides überlassen.

Obwohl Cecily alles andere als begeistert gewesen war, hatte sie den Bedingungen zugestimmt. Mit ihrem goldbraunen, zu winzigen Löckchen frisiertem Haar und ihren grünen Augen strahlte sie eine natürliche Schönheit aus. Sie trug ein lilafarbenes Satin-Ballkleid, das ihre schlanke Figur zur Geltung brachte und dank der dezenten Rüschen, die Fancy an den Ausschnitt genäht hatte, den Ansprüchen der Sittsamkeit gerecht wurde. Cecily war überglücklich gewesen zu erfahren, dass Fancy ihr einen Termin bei Madame Rousseau verschafft hatte, um neue Kleider für sie anfertigen zu lassen.

„Du hast keinen Grund, nervös zu sein, Fancy", sagte Jonas.

Er führte Cecily an einem Arm und Tante Esther am anderen und sah in seiner Abendgarderobe recht schneidig aus. Fancy hatte ihn überredet, sich die Haare schneiden zu lassen, und er war rot geworden, als sie ihm sagte, dass die Damen der Gesellschaft ihn nun, da man seine Augen sehen konnte, noch unwiderstehlicher finden würden.

„Wenn du Knighton gegen einen wütenden Weber verteidigen kannst", fügte er hinzu, „dann kannst du es sicher auch mit der Hautevolee aufnehmen."

Fancy warf Knight einen Blick zu und stellte erleichtert fest, dass er belustigt wirkte. Sie hatte sich Sorgen gemacht, dass sie bei der Begegnung mit Mr Bodin am Tag zuvor zu weit gegangen war. Als sie sich abends Vorwürfe deswegen machte, hatte Knight ihr versichert, dass er ihre Hilfe zu schätzen wusste. Dann hatte er seine Wertschätzung auf andere Weise zum Ausdruck gebracht, und die Erinnerung daran jagte ihr auch jetzt noch einen wohligen Schauer über den Rücken.

Als hätte er ihre Gedanken erraten, bedachte Knight sie mit einem glühenden Blick.

„Was für ein Glückspilz ich bin", sagte er leise. „Eine

Herzogin zu haben, die nicht nur schön ist, sondern auch eine unschätzbare Gefährtin. Jetzt entspann dich, Liebling." Er führte ihre Hand an seine Lippen, und sie spürte die Wärme seines Kusses durch den Stoff ihrer Handschuhe. „Heute Abend werden wir Knightons den *ton* im Sturm erobern."

Sie nickte und schenkte ihm ein zaghaftes Lächeln.

„Nicht die Art von Sturm, die eine Schneise der Zerstörung hinterlässt, möchte man hoffen", sagte Tante Esther.

Die pfiffige Bemerkung nahm Fancy etwas von ihrer Anspannung.

Sie kicherte, und auch Knights Augen funkelten amüsiert, als der Butler verkündete: „Der Herzog und die Herzogin von Knighton!"

Stolz beobachtete Severin, wie seine Frau mit ihrem Gastgeber, dem Herzog von Ranelagh und Somerville, über die Tanzfläche glitt.

Fancys gesellschaftliches Debüt war ein voller Erfolg. Er wusste nicht, wie er an ihr hatte zweifeln können. Durch ihre harte Arbeit und ihren Einfallsreichtum hatte sie sich von der Tochter eines Kesselflickers in eine Ballkönigin verwandelt.

Sie sah atemberaubend aus in einem Kleid aus bordeauxrotem Samt, das perfekt zu ihren Lippen und dem Rubinring, den er ihr geschenkt hatte, passte. Der satte Farbton schmeichelte ihrem Teint, und Madame Rousseau hatte sich mit diesem Meisterwerk wahrlich jeden Penny ihrer hohen Rechnung verdient. Das schulterfreie Mieder brachte Fancys eleganten Hals zur Geltung und betonte die Fülle ihrer Brüste und ihre zierliche Taille. Die Ärmel und der Saum des gewölbten Rocks waren kunstvoll mit leuchtenden Seidenblumen verziert worden.

Versonnen dachte Severin, dass seine Frau aussah wie eine märchenhafte Feenkönigin, die ihrem Reich entstiegen war, um sich für einen Abend mit den Sterblichen zu vergnügen. Als sie über eine Bemerkung ihres Tanzpartners lachte, spürte er einen Anflug von Eifersucht. Nicht etwa, weil er an Fancys Treue zweifelte oder an der des Herzogs von Ranelagh und Somerville, der seiner Herzogin mit Leib und Seele ergeben war, wie jeder wusste. Nein, Severin war einfach eifersüchtig, weil er seine Frau – alles an ihr, sogar ihr Lachen – für sich allein haben wollte.

Bei der Erkenntnis regte sich etwas Dunkles in ihm. Er erinnerte sich an den Sack Ziegelsteine, die gefallenen Trümmer, wie zerbrechlich und erschüttert Fancy ausgesehen hatte. Er sah seine eigene Mutter vor sich, das Messer in der Hand, ihre Augen getrübt von Wahnsinn. Und er spürte das eisige Brennen der Narbe, eine Erinnerung daran, dass er alles, was ihm wichtig war, in einem einzigen Augenblick verlieren konnte.

„Knighton, ich hatte nicht erwartet, Sie hier zu sehen", ertönte eine vertraute, glockenhelle Stimme.

Als er Imogen auf sich zukommen sah, atmete er tief durch und verdrängte das dunkle Chaos.

„Guten Abend, Lady Cardiff." Er beugte sich höflich über ihre Hand.

Imogen bewegte sich mit dem Selbstbewusstsein einer Frau, die wusste, dass sie jeden Raum beherrschte, den sie betrat. Sie war so perfekt wie ein Ölgemälde. Ihr rotgoldenes Haar war zu einer kunstvollen Frisur hochgesteckt, ihre zierliche Figur in eisblaue Seide gehüllt. Das Collier aus Saphiren, das ihren schlanken Hals schmückte, stand in keinem Vergleich zu ihren funkelnden Augen.

Sie lächelte ihn an. „Ihre Geschwister machen sich heute Abend sehr gut."

„Das tun sie, nicht wahr?" Er blickte hinaus in den Ballsaal. „Das Lob gebührt meiner Frau."

Cecily, so sah er, drehte eine Runde auf der Tanzfläche mit einem angesehenen Lord, während Tante Esther die beiden mit Argusaugen beobachtete. Jonas holte gerade Limonade für eine Debütantin. Und Fancy ... Er runzelte die Stirn. Sie war wieder zum Tanz aufgefordert worden, diesmal von einem gut aussehenden Burschen, den er nicht kannte.

„Ihre Herzogin sorgt ganz schön für Aufruhr. Der Gentleman, der gerade mit ihr tanzt, ist Lord Egerton", sagte Imogen. „Er ist kürzlich aus Italien zurückgekehrt, wo er, wie ich hörte, die Kunst des Bildhauens erlernte."

Er will also Bildhauer werden? Severin kniff die Augen zusammen, als Egerton Fancy während einer Drehung näher als nötig an sich heranzog. *Wenn der Bastard seine Hände behalten will, dann sollte er sie besser von meiner Frau lassen.*

„Er hat zwar den Ruf, ein Wüstling zu sein, aber ich an Ihrer Stelle würde mir keine Sorgen machen. Lady Knighton scheint mir eine Dame zu sein, die auf sich selbst aufpassen kann."

Sein Nacken glühte vor Verlegenheit, als er in Imogens Tonfall eine leichte Zurechtweisung vernahm. War seine Eifersucht so offensichtlich? Sah er wie ein Narr aus?

„Ich mache mir keine Sorgen", sagte er schroff.

„Natürlich nicht. Bitte verzeihen Sie mir, ich wollte nichts Falsches sagen."

Das Zittern in ihrer Stimme war nicht zu überhören. Er verfluchte sich innerlich, als er an die Stunden dachte, die sie damit verbracht hatte, ihm beizubringen, wie man ein Gentleman wurde. Daran, was für ein guter Freund sie ihm gewesen war, als er keine anderen hatte. Es war nicht ihre Schuld, dass er abgelenkt war, dass er sich wie ein besitzergreifender Narr benahm, der jeden Mann verprügeln wollte, der mit seiner Frau tanzte.

„Sie haben nichts Falsches gesagt", erwiderte er sanft. „Habe ich schon erwähnt, wie bezaubernd Sie heute Abend aussehen?"

„Finden Sie?" Ihre Augen leuchteten. „Cardiff gefällt mein Kleid nicht. Er bevorzugt dunklere Farben, aber Sie haben mich immer in helleren Tönen gemocht. Erinnern Sie sich an das Kleid, das ich bei meinem Debüt trug? Sie sagten mir damals, ich sähe aus wie ein Engel."

Ein unbehagliches Gefühl beschlich ihn. „Das ist schon lange her."

„Eine Ewigkeit", stimmte sie schwermütig zu. „Und doch scheint es erst gestern gewesen zu sein ... zumindest für mich."

Schuldgefühle schnürten ihm die Brust ab. Plötzlich kam es ihm so vor, als hätte sich ein Abgrund zwischen der Vergangenheit und der Gegenwart aufgetan, und er stand mit einem Fuß auf jeder Seite. Er kämpfte darum, das Gleichgewicht zu halten, um nicht in die klaffende Dunkelheit zu stürzen. Hier mit Imogen zu stehen und sich mit ihr zu unterhalten, fühlte sich mit einem Mal ... nicht mehr richtig an.

Er suchte den Saal nach Fancy ab. Sie hatte die Tanzfläche verlassen und sich einer Gruppe von Damen angeschlossen ... der Gastgeberin und den Ehefrauen von Kent und Garrity. Seine Gemahlin lachte, leuchtend wie eine Flamme in ihrem roten Kleid, und er hatte das Bedürfnis, sich an ihrem Feuer zu wärmen.

Er wandte sich an Imogen. „Ich muss ein paar Freunde begrüßen. Soll ich Sie zu Ihrem Mann zurückbringen?"

„Cardiff ist nicht hier", sagte sie. „Das ist auch besser so."

Der Ausdruck, der in ihren Augen aufblitzte, ließ ihn die Stirn runzeln. Bevor er sie fragen konnte, was sie damit meinte, straffte sie die Schultern und erwiderte steif: „Dann will ich Sie nicht länger von Ihren Freunden fernhalten, Knighton. Guten Abend."

Mit diesen Worten rauschte sie davon.

~

Fancy lachte mit ihren Freundinnen, obwohl sie nicht wirklich wusste, worüber.

Der Abend hatte mit einem solchen Triumph begonnen. Sie hatte es geschafft, den Ballsaal mit Würde und Anmut zu betreten ... zumindest war sie nicht wie befürchtet der Länge nach hingefallen. Jonas und Cecily benahmen sich anständig. Knight hatte einen Walzer mit ihr getanzt, das erste Mal, das sie gemeinsam auf der Tanzfläche standen. Er führte meisterhaft, und sie war durch den Saal geschwebt und hatte jeden Augenblick genossen.

Obwohl sie nichts lieber getan hätte, als die Nacht in den Armen ihres Mannes durchzutanzen, wusste sie dank Tante Esthers unermüdlicher Lektionen, dass es sich für ein vornehmes Paar nicht schickte, wie Kletten aneinanderzuhängen. Ihre Tanzkarte hatte sich erstaunlich schnell gefüllt, und sie wirbelte bereitwillig mit einer Reihe von Partnern über die Tanzfläche.

Nach der letzten Runde wurde sie von Tessa, Gabby und Maggie in Anspruch genommen. Die Damen waren wie immer wunderbare Gesellschaft, und während sie mit ihnen plauderte und an ihrem Champagner nippte, sah sie sich im Saal nach Knight um. Es dauerte eine Weile, bis sie ihn fand, denn er stand, halb versteckt, zwischen einigen Topfpalmen ... mit Imogen.

Fancys Freude über den erfolgreichen Abend verblasste jäh, als sie sah, wie ihr Mann den Kopf senkte, um etwas zu hören, das Imogen sagte. Mit einem Anflug von Eifersucht musste sie feststellen, was für ein perfektes Bild sie abgaben. Imogen sah atemberaubend aus in einem eisblauen Kleid, das ihre gertenschlanke Figur zur Geltung brachte. Knight, groß und stattlich in seiner eleganten Abendgarderobe, war ihr natürlicher Gegenpol.

Mit hämmerndem Herzen hatte Fancy sich gezwungen wegzusehen. Sie machte sich Vorwürfe, weil sie sich wie ein törichtes, eifersüchtiges Weibsstück verhielt. Knight hatte nie über seine Vergangenheit mit Imogen gelogen. Ihre Situation war kompliziert. Und wenn die beiden sich in der Öffentlichkeit trafen, war es nur natürlich, dass er sie nicht ignorierte. Es ergab Sinn, dass sie sich als alte Freunde unterhielten.

„Fancy, stimmt etwas nicht?"

Ihr Blick flog zu Maggie, die sie besorgt musterte.

„N-nein", stammelte sie. „Ich habe nur, äh, vor mich hingeträumt."

„Ihre Wangen sind ganz rot." Maggie runzelte die Stirn. „Ist es zu stickig hier drin? Ich könnte die Fenster öffnen lassen."

„Nein, mir geht es gut", sagte sie schnell.

„Ich glaube nicht, dass es die Raumtemperatur ist, die ihr Blut in Wallung bringt", mischte Tessa sich ein.

Bei der wissenden Bemerkung glühte ihr Gesicht noch mehr. Tessa war aus gutem Grund die Herzogin von Covent Garden. Neben ihrem großzügigen Herzen besaß sie einen scharfen Verstand und eine noch schärfere Zunge.

„Was ist es dann?", fragte Gabby verwirrt.

„Drüben bei den Topfpalmen", murmelte Tessa. „Jetzt schaut nicht alle auf einmal hin. Sonst merkt er, dass wir über ihn reden, und das will Fancy sicher nicht."

Abwechselnd schauten Gabby und Maggie zu Knight und Imogen hinüber, bevor sie sich schnell wieder der Gruppe zuwandten.

„Wer ist sie?", fragte Gabby mit gedämpfter Stimme.

„Lady Imogen Cardiff“, sagte Maggie. „Ich kenne sie nicht gut. Ihr Mann ist ein Bekannter von Ransom.“

„Sie und Knight kannten sich schon als Kinder.“ Fancy meldete sich zu Wort, bevor ihre Freundinnen noch weiter spekulieren konnten. „Sie sind nur alte Freunde.“

„Warum sehen Sie dann aus wie ein Welpe, der gerade getreten wurde?“, fragte Tessa.

„Fancy sieht nicht wie ein Welpe aus.“ Gabby hielt inne und runzelte die Stirn. „Nun ja, bis auf die Augenpartie, aber das meine ich als Kompliment. Ihre Augen sind äußerst warm und gefühlvoll, Fancy.“

„Äh, danke.“ Fancy schluckte schwer. „Ich wünschte nur, ich wäre so elegant wie Lady Cardiff.“

„*So* elegant ist sie gar nicht“, erwiderte Tessa als pflichtbewusste, treue Freundin. „Und Sie sind hübscher.“

„Manchmal geht es aber nicht nur darum, hübsch zu *sein*, nicht wahr?“ Mitgefühl flutete Gabbys große, blaue Augen. „Es geht darum, sich so zu *fühlen*. Ich habe lange gebraucht, bis ich Selbstvertrauen in mein Aussehen hatte ... und in mich selbst.“

Fancy starrte ihre rothaarige Freundin an, die in einem violetten Taftkleid, das ihre üppigen Kurven zur Geltung brachte, hinreißend aussah. „Aber Sie sind so wunderschön.“

„Das sind Sie auch“, erwiderte Gabby. „Nur bedeutet das nichts, wenn man seinen eigenen Wert nicht *spürt*.“

„Wenn eine Frau sich nicht schön fühlt“, sagte Tessa, „dann gebe ich dem Mann die Schuld.“

„Knight ist der rücksichtsvollste aller Ehemänner“, protestierte Fancy.

„In Gesellschaft?“ Tessa hob die Brauen. „Oder im Schlafgemach?“

„Tessa“, sagte Gabby und kicherte. „Das ist verrucht. Du jagst der armen Fancy noch einen Schock ein.“

„Ich bin nicht schockiert", sagte Fancy, obwohl ihre Wangen glühten. „Er ist, äh ... überall rücksichtsvoll."

„Dann brauchen Sie sich keine Sorgen zu machen", behauptete Tessa.

„Dem schließe ich mich an, und das, ohne mich nach den Details Ihrer Ehe zu erkundigen." Maggie beugte sich mit einem verschwörerischen Lächeln vor. „Knighton unterhält sich zwar mit Lady Cardiff, aber er hat die ganze Zeit heimlich in Ihre Richtung geschaut."

„Wirklich?", flüsterte Fancy.

„Nicht nur das, jetzt ist er auch noch auf dem Weg hierher", sagte Tessa. „Er darf nicht erfahren, dass wir über ihn gesprochen haben. Schnell, meine Damen, *lacht*."

So kam es, dass Fancy mitlachte, ohne zu wissen, worüber sie lachen sollte.

„Guten Abend, meine Damen", ertönte Knights tiefe Stimme. „Darf ich mich der schönsten und fröhlichsten Gruppe auf dem Ball anschließen?"

„Natürlich, Euer Gnaden", sagte Maggie mit einem Lächeln.

Knight ergriff Fancys Hand und küsste beiläufig ihre behandschuhten Knöchel. „Darf ich den Grund eurer Heiterkeit erfahren, Liebling?"

„W-wir haben, äh, nur gelacht über ... über ..."

Ihr Gehirn war wie eingefroren. Sie war eine schreckliche Lügnerin.

„Welpen", platzte Gabby heraus.

Knight legte den Kopf schief. „Was ist so amüsant an Welpen, Mrs Garrity?"

„Oh, äh, sie sind rund, wissen Sie, und, äh, immer so weich ... und haben so große, gefühlvolle Augen. Manche haben auch ganz niedliche Flecken", murmelte Gabby, deren Gesicht so rot angelaufen war wie ihr Haar.

Offensichtlich war sie nicht besser im Lügen als Fancy.

„Ich ... verstehe", sagte Knight und warf ihr einen seltsamen Blick zu.

Glücklicherweise tauchten die anderen Ehemänner an der Seite ihrer Frauen auf und boten eine willkommene Ablenkung. Ransom, ein schneidiger Kerl mit kurzem Bart und Schnurrbart, entschuldigte sich bei der Gruppe mit den Worten, er habe einen Tanznotfall ... und führte seine Herzogin auf die Tanzfläche.

„Ich habe mitbekommen, wie ihr Damen schallend gelacht habt", sagte Mr Kent zu Tessa. „Worum ging es denn, mein Herz?"

„Wir haben nur getratscht, das ist alles", erwiderte diese ungeniert.

„Ich dachte, Sie hätten über Welpen geredet?" Knight hob die Brauen.

„Neben anderen Themen, die nicht von Belang waren", wich Tessa geschickt aus. „Meine Herren, jetzt, wo Sie hier sind, können Sie uns doch sicher sagen, wie es mit den Nachforschungen über Fancys Herkunft läuft?"

Eines musste man Tessa lassen: Sie wusste, wie man eine Situation in den Griff bekam.

Mr Garrity meldete sich zu Wort. „Meine Männer haben drei Charleys ausfindig gemacht, die früher in den Straßen von St. James patrouillierten. Einer von ihnen erinnerte sich, dass um die fragliche Zeit das Kind eines wohlhabenden Kaufmanns vermisst wurde, aber dabei ging es um einen Jungen."

„Am St. George Hanover Square läuft es nicht viel besser", sagte Mr Kent mit düsterem Blick. „Diese Charleys zu finden, erfordert Laufarbeit. Wenn wir welche aufspüren, kann ich nicht sagen, ob ihre Berichte zuverlässig sind oder ob sie sich eine Geschichte ausdenken, um etwas Geld zu bekommen."

„Das liegt daran, dass du ehrlich bist, Liebling", sagte seine Frau. „Ich merke immer, wenn jemand lügt."

„Ein Esel schilt den anderen Langohr, hm?", erwiderte Mr Kent trocken. „Muss ich mir Sorgen machen?"

Sie zwinkerte ihm kokett zu. „Dich würde ich natürlich nie anlügen."

Fancy musste über Mr Kents leidgeprüften Blick kichern.

Ebenfalls sichtlich amüsiert, sagte Knight: „Die Charleys, die wir in Piccadilly ausfindig gemacht haben, konnten sich ebenfalls an nichts Nützliches erinnern. Positiv ist, dass meine Wachen in den letzten Tagen nichts Verdächtiges und keine Anzeichen einer Bedrohung für Fancy bemerkt haben."

„Das sind gute Neuigkeiten", sagte Mr Kent. „Und ich habe mit meinem Bruder Ambrose gesprochen. Er berät sich mit seinen Kontakten bei den Bow Street Runners. Ich sollte bald von ihm hören."

„Maggie hat uns erzählt, dass ihr Gärtner die Blume auf Fancys Taufkleid identifiziert hat", fügte Tessa hinzu. „Er glaubt, dass es sich um eine Rhododendron-Art handelt, wegen der Form der Blütenblätter und der Anzahl der Staubgefäße."

„Interessant, aber nicht genug, um uns voranzubringen", sagte Mr Garrity. „Wir werden weiter die Charleys befragen. Aber nun werde ich meine Frau für diesen Walzer in Anspruch nehmen."

Er hielt Gabby den Arm hin, die sich mit einem verträumten Lächeln zur Tanzfläche führen ließ.

„*Chérie?*" Knights warmer Blick ruhte auf Fancy, und er war so atemberaubend attraktiv, dass ihr das Herz wehtat. „Darf ich dich um einen zweiten Walzer bitten?"

Sie nickte stumm und nahm seinen Arm.

Hinter sich hörte sie Mr Kent sagen: „Nun, meine Liebe, wenn du sie nicht schlagen kannst ..."

„Schließe dich ihnen an", fügte seine Frau lachend hinzu.

Kapitel Einunddreißig

Als Fancy einige Stunden später den Ball von Maggie und Ransom verließ, hatte sie das Gefühl, auf Wolken zu schweben. Die Melodie des Walzers hallte in ihrem Kopf nach, und sie summte leise vor sich hin, als sie mit Jonas, Cecily und Tante Esther aus dem herrschaftlichen Stadthaus traten.

„Hat dir der Abend gefallen, Liebling?", fragte Knight.

„O ja", erwiderte sie. „Besonders, mit dir zu tanzen."

„Das Vergnügen war ganz meinerseits." Er bedachte sie mit einem glühenden Blick, dann sagte er, an die Gruppe gewandt: „Wartet hier. Ich sehe nach, wo unsere Kutsche steht."

Er ließ sie und seine Familie in der Obhut der Leibwächter zurück und machte sich auf den Weg die neblige, mit Fahrzeugen überfüllte Straße hinunter.

„Das lief doch recht gut", bemerkte Tante Esther.

Aus ihrem Mund war das ein hohes Lob.

„Ja, es war ..."

Bevor Fancy den Satz beenden konnte, fiel ihr jemand in dringlichem Tonfall ins Wort. „Eure Hoheit! Ich muss mit Ihnen sprechen."

Verwirrt wandte Fancy sich in die Richtung, aus der die raue Stimme kam. Eine Frau stand einige Meter entfernt unter einer Straßenlaterne. Das gelbe Licht beleuchtete ihre verhüllte Gestalt, ihr loses, struppiges Haar und die tiefen Furchen, die ihr altes Gesicht durchzogen. Ihre tief liegenden Augen funkelten wild.

Bevor Fancy reagieren konnte, hatten die Wachen sie schützend umringt.

„Bleiben Sie zurück, Euer Gnaden. Wir kümmern uns darum", sagte einer von ihnen.

Ein anderer wandte sich an die Frau. „Halten Sie Abstand, altes Weib."

„Sie müssen mir zuhören, Eure Hoheit ..." Die Frau trat vor.

„Bleiben Sie zurück", warnte einer der Wachmänner und zog seine Pistole.

„Ich führe nichts Böses im Schilde ..."

Weiter kam die Unbekannte nicht, denn neben ihr hielt eine Kutsche, aus der eine Gruppe von Männern in dunklen Mänteln ausstieg und sich wie ein Schwarm Geier auf sie stürzte. Sie umkreisten sie und versperrten Fancy die Sicht. Die Frau schrie auf und dann ... nichts.

„Fancy!" Knight tauchte schwer atmend neben ihr auf. „Geht es dir gut?"

„A-alles in Ordnung." Wie betäubt stellte sie fest, dass ihre Zähne klapperten. „Eine F-Frau kam aus dem Nichts. Die W-Wachen haben mich beschützt."

„Bleibt bei Ihrer Gnaden", wies er seine Wachleute grimmig an. „Ich sehe nach, was es damit auf sich hat."

Sie packte ihn am Arm. „Sei vorsichtig ..."

„Ich bin gleich wieder da, Liebling. Bleib, wo du bist."

Er schritt auf die Männer in den dunklen Mänteln zu. Fancy beobachtete mit rasendem Puls, wie er mit dem Anführer der Gruppe sprach, einem kleinen, dünnen Mann, der einen dunklen Hut trug. Nach einigen Augenblicken traten die Männer zur Seite, damit Knight einen Blick auf die Frau werfen konnte. Fancys Brust krampfte sich zusammen, als sie die jämmerliche Gestalt erblickte, die wie eine zusammengesackte Stoffpuppe am Laternenpfahl lehnte.

Warum sollte diese Frau mir etwas antun wollen? Was geht hier eigentlich vor?

Ein Wagen hielt neben Knight und der versammelten Gruppe an. Die Kabine war geschlossen und hatte Gitter vor den Fenstern. Es war die Art von Gefährt, die für den Transport von Kriminellen und Verrückten verwendet wurde. Eine Tür an der Rückseite der Kutsche öffnete sich, und weitere Männer in schwarzen Mänteln stiegen heraus. Sie hievten die bewusstlose Frau in den Wagen, als wäre sie ein Sack Kohle, und schlossen die Tür.

Knight wechselte ein paar Worte mit dem Anführer, bevor dieser sich zum Fahrer auf den Kutschbock gesellte und das Gefährt in die Nacht ratterte.

„Was sollte das denn?", platzte Fancy heraus, kaum, dass Knight wieder bei ihr war.

„Das besprechen wir in der Kutsche", sagte er.

Sie stiegen in ihr Gefährt, die Damen ließen sich auf der einen Seite nieder, die Herren auf der anderen, und Knight berichtete, was er erfahren hatte. Der Mann mit dem Hut war Dr. Karl Erlenmeyer, ein österreichischer Arzt, der auf Geisteskrankheiten spezialisiert war. Dr. Erlenmeyer leitete das Brookfield Asylum, eine private Anstalt für Geisteskranke in Highgate. Die Frau, die Fancy belästigt hatte, war eine seiner Patientinnen.

„Ihr Name ist Anna Smith", fuhr Knight mit kalter, distanzierter Stimme fort. „Laut Dr. Erlenmeyer wurde sie in die Irrenanstalt eingewiesen, weil sie schon seit Langem an Wahnvorstellungen leidet. Offensichtlich glaubt sie, dass sie eine

Spionin ist, und greift immer wieder Fremde an, in dem Glauben, dass es ihr Auftrag ist, sie auszuschalten."

„Gütiger Himmel", sagte Tante Esther mit schwacher Stimme.

Schaudernd erinnerte sich Fancy an die Art, wie die Frau sie angesprochen hatte. „Sie nannte mich *Eure Hoheit*."

„Wahrscheinlich hält Miss Smith dich für eine Person von königlichem Blut, die sie ermorden soll." Vorbeiziehende Lichter und Schatten huschten über Knights markante Züge. „Dr. Erlenmeyer sagte, dass Miss Smith das letzte Mal, als das passierte, eine Spaziergängerin mit einer Axt angegriffen hat."

„Teufel noch eins", sagte Jonas mit großen Augen.

„Miss Smith ist vor einer Woche aus dem Irrenhaus geflohen, und Dr. Erlenmeyer und seine Leute haben nach ihr gesucht. Vor fünf Tagen entdeckten sie sie in der Nähe des Berkeley Square, verloren jedoch ihre Spur."

„Das war der Tag, an dem der Sack Ziegel heruntergefallen ist." Fancy schnürte es die Kehle zu. „Miss Smith war in der Gegend?"

Mit angespanntem Kiefer nickte Knight. „Sie ist wahrscheinlich diejenige, die hinter dem ‚Unfall' steckt."

„Aber warum sollte sie es auf mich abgesehen haben?"

„Dr. Erlenmeyer sagt, es gäbe keinen Grund dafür. Das letzte Mal, als Miss Smith entkam, verfolgte sie eine Dame, die sie bei einem Hutmacher gesehen hatte. Wahrscheinlich bist du ihr beim Einkaufen aufgefallen. Der Doktor und seine Leute sagten, dass sie bevorzugt die Bond Street aufsucht. Vermutlich haben die Stimmen in ihrem Kopf ihr weisgemacht, dass du ihr nächstes Opfer bist."

„Wenn ich nur daran denke, dass diese erbärmliche Frau uns vielleicht ausspioniert hat, als wir bei Madame Rousseau waren." Schaudernd tätschelte Tante Esther Fancy die Hand.

„Wenigstens ist diese furchtbare Sache nun vorbei. Das ist sie doch, nicht wahr, Knighton?"

„Ich glaube schon", sagte er leise.

Die Wahrheit traf Fancy wie ein Blitz. „Dann war ich nicht wegen meiner Vergangenheit in Gefahr?"

„Nein, anscheinend hatten die Angriffe nichts mit deiner Herkunft zu tun", bestätigte Knight. „Du hattest einfach das Pech, die Aufmerksamkeit einer Verrückten auf dich zu ziehen."

Sie atmete scharf aus. „Ich weiß nicht, ob ich erleichtert sein soll oder nicht."

„Ich für meinen Teil bin überglücklich, dass die Gefahr vorüber ist", verkündete Tante Esther. „Wir werden uns wieder in der Öffentlichkeit blicken lassen können, ohne dass Mord und Totschlag über unseren Köpfen hängen."

„Heißt das, wir stehen nicht länger unter Hausarrest?", fragte Cecily strahlend.

„Doch, zumindest noch so lange, bis ich Dr. Erlenmeyer morgen einen Besuch abgestattet habe", erwiderte Knight. „Ich werde nicht eher ruhen, bis ich weiß, dass Anna Smith sicher hinter Schloss und Riegel ist und keine Gefahr mehr für meine Frau oder meine Familie darstellt."

Am nächsten Morgen fuhr Severin zum Brookfield Asylum. Fancy wollte ihn begleiten, doch er war entschieden dagegen gewesen, sie die Frau besuchen zu lassen, die sie zu töten versuchte. Er weigerte sich, Fancy einer solchen Dunkelheit auszusetzen ... und außerdem wollte er sie nicht dabeihaben, wenn er sich seinen Dämonen stellen musste.

Denn Irrenhäuser waren ihm nicht fremd. Zwischen seinem vierzehnten und zwanzigsten Lebensjahr hatte er seine

Maman regelmäßig in einem besucht. Er wusste, was ihn erwartete, und war dagegen gewappnet.

In mancher Hinsicht war Brookfield der Bedlam-Klinik überlegen. Die Anstalt, die am Stadtrand von Highgate, einem idyllischen Dorf nördlich von London, lag, war kleiner und sauberer, und das gepflegte Gelände war von einer hohen Steinmauer umgeben, die dekorativ wirkte, obwohl sie die Insassen einsperrte. Das Hauptgebäude wurde von zwei kleineren Flügeln flankiert, wobei die elegante Architektur durch die vergitterten Fenster und die mit Vorhängeschlössern versehenen Türen verunziert wurde. Als Severin die Eingangshalle betrat, hörte er ein klägliches Wimmern, bei dem sich sein Magen verkrampfte.

Dr. Erlenmeyer erwartete ihn bereits. Im Tageslicht waren die dunkelblauen Venen unter der milchig-blassen Haut des Arztes deutlich zu sehen. Sein sandfarbenes Haar war in dünnen Strähnen über seinen kahlen Scheitel gekämmt, und seine blassblauen Augen, die sein schmales Gesicht beherrschten, waren blutunterlaufen. Die Hand, die er Severin zum Gruß entgegenstreckte, war haarlos und glatt.

„Willkommen in Brookfield, Euer Gnaden", sagte Erlenmeyer. „Sie hätten sich nicht die Mühe machen müssen, uns zu besuchen. Ich versichere Ihnen, dass ich Miss Smith gut im Griff habe."

„Trotzdem würde ich mich gerne selbst davon überzeugen", sagte Severin.

„Dann folgen Sie mir bitte."

Erlenmeyer führte ihn durch diverse Türen, die er mit einem Schlüssel aufschloss. Im Innern der Station gingen von einem Hauptgang Zimmer ab, die jeweils zwei Feldbetten enthielten und nicht die zehn oder mehr, die in dem Verlies, das Severins *Maman* in Bedlam bewohnt hatte, zusammengepfercht waren. Doch beide Irrenhäuser hatten einen bestimmten

Geruch gemeinsam: weich gekochtes Essen, vermischt mit ätzender Lauge und Urin. Der Gestank des Elends sickerte aus den Ziegeln und dem Mörtel, dem Gebein eines Gefängnisses für Verrückte.

Sie erreichten eine kleine, spartanisch eingerichtete Zelle. Severin betrachtete die Frau, die auf der einzelnen Pritsche lag und mit einer Fußfessel an das Bett gebunden war. Sie trug eine weiße Jacke mit Bändern, die ihre Arme über der Brust verschränkt fixierten und an die Mumien erinnerten, die im Britischen Museum ausgestellt waren. Ihre Augen waren leblos, die Zunge hing ihr aus dem Mund und sie sabberte.

Severin wurde von Erinnerungen an seine eigene Mutter übermannt, die auf ähnliche Weise gefesselt gewesen war: an ihre glasigen Augen, ihre wirren Worte und wüsten Beschimpfungen. Noch schlimmer waren ihre Momente der Klarheit gewesen, in denen Kummer ihre ausgemergelten Züge zeichnete.

Severin, verzeih mir. Ich wollte dir nicht wehtun, hatte sie in jenen Augenblicken geschluchzt.

Schmerz durchzuckte ihn. Er hatte ihr immer wieder beteuert, dass er ihr verzieh, weil er wusste, dass sie ihn nicht hatte angreifen wollen. Blutend hatte er die Gendarmen draußen auf der Straße angefleht, sie nicht mitzunehmen. Am Ende war er derjenige, der sie im Stich gelassen hatte. Er war nicht in der Lage gewesen, ihre Qualen zu lindern oder sie aus Bedlam herauszuholen ... bis es zu spät war.

Sie war in diesem Höllenloch gestorben, allein und voller Angst.

„Wie Sie sehen können, stellt Miss Smith kein Risiko dar", sagte Erlenmeyer schroff.

Konzentriere dich.

Bemüht, das Chaos, das in ihm wütete, zu unterdrücken, fragte er: „Wie ist sie in Ihre Obhut gekommen?"

„Nach ihrem ersten Angriff auf ein ahnungsloses Opfer wurde sie festgenommen und für unzurechnungsfähig befunden", erklärte Erlenmeyer in seinem fehlerfreien Akzent. „Da ich Erfahrung im Umgang mit gewalttätigen Patienten habe, war man der Meinung, dass sie von meiner Betreuung profitieren würde. Meine Klinik wird von großzügigen Wohltätern finanziert, damit sie auch mittellosen Geisteskranken wie Miss Smith eine gute Versorgung bieten kann."

„Mit guter Versorgung meinen Sie, dass Sie sie anketten und betäuben", sagte Severin.

„Wir müssen Miss Smith sediert halten." Erlenmeyer richtete sich zu seiner vollen Größe auf. Er klang, als wollte er sich verteidigen. „Sie ist sonst eine Gefahr für sich und andere. Das ist der einzige Weg, Euer Gnaden."

Severin konnte seine Abneigung gegen den Arzt nicht unterdrücken, obwohl er wusste, dass es nicht fair war. Der Mann machte nur seine Arbeit. Erlenmeyer hatte nichts mit der Art und Weise zu tun, wie seine *Maman* in Bedlam behandelt worden war, mit den blauen Flecken und den Zigarrenverbrennungen, die Severin an ihr gefunden hatte ... dem getrockneten Blut an ihren Oberschenkeln.

Dunkelheit machte sich in ihm breit. Jahre der Selbstdisziplin erlaubten es ihm, das Gefühl verzweifelter Hilflosigkeit zurückzudrängen, bevor es ihn übermannte. Er wandte sich an den Nervenarzt mit der geschliffenen Kontrolle eines Gentlemans – eines Herzogs. Obwohl er wusste, dass seine Wahrnehmung von Erlenmeyer durch seine Vergangenheit getrübt war, sagte ihm sein Instinkt, dass mit diesem blassen Kerl etwas nicht stimmte.

„Um die Sicherheit meiner Frau zu gewährleisten, muss Miss Smith hier in der Anstalt festgehalten werden", sagte Severin. „Aber ich möchte nicht, dass das auf unmenschliche Weise geschieht. Sorgen Sie dafür, dass sie regelmäßige Mahlzeiten erhält und täglich im Garten an die frische Luft gehen kann. Eine Betreuerin soll sie stets begleiten. Wenn Sie keine weibliche Arbeitskraft verfügbar haben, stellen Sie eine ein und schicken Sie mir die Rechnung."

„Sehr wohl, Euer Gnaden", sagte Erlenmeyer. „Gibt es sonst noch etwas?"

Trotz der vermeintlichen Fügsamkeit des Arztes entging Severin das verärgerte Funkeln in dessen Augen nicht. Er schien es nicht zu mögen, wenn man seine Autorität infrage stellte. *Pech für ihn.* Severin wurde das Gefühl des Misstrauens nicht los. Er erinnerte sich daran, dass Harry Kents älterer Bruder, Ambrose, ein renommierter Ermittler war, und beschloss, die Dienste des Detektivs unverzüglich in Anspruch zu nehmen, um Nachforschungen über Erlenmeyers Vergangenheit anzustellen.

„Ich erwarte wöchentliche Berichte über die Behandlung von Miss Smith", sagte Severin kühl. „Wenn etwas passiert, will ich es als Erster erfahren. Und sollte es ihr gelingen, erneut zu entkommen, werden Sie sich vor mir verantworten müssen."

Kapitel Zweiunddreißig

Obwohl sie nicht länger in Gefahr schwebte, machte sich Fancy mehr Sorgen denn je. Diesmal galten ihre Gedanken dem Zustand ihrer Ehe. Knight verhielt sich seltsam, und sie befürchtete, den Grund dafür zu kennen. Seit dem Angriff von Anna Smith vor zwei Nächten hatte ihr Mann sich in sich selbst zurückgezogen. Er war höflich, antwortete, wenn man ihn ansprach, doch sein Blick war kühl und distanziert. Fancy hatte den Eindruck, dass er nur noch so tat, als ginge es ihm gut, also hatte sie ihn ganz direkt nach seinem Befinden gefragt.

„Alles bestens", lautete die vorhersehbare Antwort.

Warum ging er ihr dann aus dem Weg?

In der Nacht des Anschlags war Knight zu ihr ins Bett gekommen, und sie waren beide in einen erschöpften Schlaf gefallen. Als sie aufwachte, war er weg, ohne eine liebevolle Nachricht zu hinterlassen, in der er ihr mitteilte, wohin er gegangen war. Natürlich hatte sie gewusst, dass er Anna Smith in der Anstalt besuchte. Vielleicht wollte er Fancy nicht erneut beunruhigen, indem er sie an die traurige und schreckliche Angelegenheit erinnerte. Am nächsten Abend war er lange im

Büro geblieben. Sie war eingeschlafen, bevor er zurückkam, und als sie am Morgen an seine Tür klopfte, hatte er das Haus bereits verlassen.

Das Muster war nicht mehr zu leugnen.

Bis vor zwei Nächten war ihre Vertrautheit von Tag zu Tag gewachsen. Fancy hatte nur eine logische Erklärung für die grüblerische Stimmung ihres Mannes ... dieselbe Erklärung wie beim letzten Mal: Imogen.

Fancy versuchte, gegen ihre Unsicherheit anzukämpfen und rief sich ins Gedächtnis, was Maggie auf dem Ball gesagt hatte: dass Knight *sie* beobachtete, während er mit seiner Jugendliebe sprach. Dennoch wuchsen ihre Zweifel wie Unkraut. Konnte sie jemals die engelsgleiche Imogen in seinen Augen ersetzen? Konnte sie das Herz ihres Mannes gewinnen? Würde er sie jemals küssen wollen, sie allein?

Fancy kannte die Antworten nicht. Sie wusste nur, dass sie ihren Mann liebte und nicht zulassen wollte, dass er eine Mauer zwischen ihnen errichtete – oder die Tür zwischen ihnen schloss –, wo sie doch so gute Fortschritte gemacht hatten. Also saß sie an diesem Abend mit einer Kanne Tee da und wartete auf Knight.

Um halb ein Uhr nachts hörte sie, wie er sein Zimmer betrat. Er unterhielt sich leise mit Verney, dann half der Kammerdiener ihm, den Geräuschen nach zu urteilen, sich bettfertig zu machen. Nachdem Verney gegangen war, ergriff Fancy die Gelegenheit und klopfte an die Tür. Ihr Puls raste, als auf der anderen Seite Schritte zu hören waren.

Die Tür öffnete sich und gab den Blick auf Knight frei. Der Ausschnitt seines Morgenmantels zeigte die harten Konturen seiner behaarten Brust, seine muskulösen Waden wölbten sich unter dem Saum. Die Tatsache, dass er unter dem Stoff offensichtlich nackt war, verursachte ein Flattern zwischen ihren Beinen, das dem ihres Herzens gleichkam.

„Ja, Liebling?" Er warf ihr einen fragenden Blick zu. „Brauchst du etwas?"

Dich, dachte sie frustriert. *Warum verhältst du dich anders? Hat ein einziger Blick von Imogen alle Fortschritte zerstört, die wir gemacht haben?*

Sein höflicher Ton und der verschleierte Ausdruck in seinen Augen machten ihr Angst vor den Antworten. Sie dachte daran, was für ein perfektes Paar Knight und Imogen zwischen den Topfpalmen abgegeben hatten. Lady Cardiff, schlank, schön und atemberaubend zerbrechlich, blickte mit ihren himmelblauen Augen zu Knight auf. Der Herzog, groß, dunkel und gut aussehend, beugte sich vor, um ihr eine Antwort ins Ohr zu murmeln. Es war eine Szene wie aus einem Märchen ... Nur dass der Prinz mit der falschen Prinzessin zusammen war.

Knight gehört mir, dachte Fancy mit einem Anflug von Eifersucht. *Er lebt mit mir zusammen, schläft mit mir, und er wird verdammt noch mal* mich *lieben.*

„Fancy? Geht es dir gut?"

Als sie seinen besorgten Blick sah, nahm sie ihren Mut zusammen.

„Ich habe mich gefragt, ob du heute Abend Gesellschaft möchtest", sagte sie.

Ihr Atem stockte, als er die Brauen zusammenzog. Hatte er nicht gesagt, dass er sie immer in seinem Schlafgemach willkommen heißen würde? War das eine Lüge gewesen? Begehrte er sie nicht länger, nachdem er Imogen gesehen hatte?

Er räusperte sich und trat zur Seite. „Ja, natürlich. Komm herein."

Erleichtert betrat sie sein Schlafgemach. Der glühende Blick, mit dem er sie musterte, bestärkte sie in ihrem Selbstvertrauen. Sie trug eine weitere Kreation von Madame Rousseau, die gewagteste von allen. Der Peignoir und das Negligé aus kirschrotem Satin schmiegten sich verführerisch an ihre

Kurven. Das Dekolleté war tief ausgeschnitten und mit schwarzer Spitze besetzt, die einen neckischen Blick auf ihre Brüste freigab.

Sie besaß vielleicht nicht die kühle, anmutige Schönheit von Lady Cardiff, aber sie hatte ihre eigenen Reize. Sie wusste, dass Knight ihre Brüste mochte, denn er hatte es ihr wiederholt gesagt und auch gezeigt. In ihr wuchs die Entschlossenheit, ihren Anspruch auf ihren Mann geltend zu machen ... und sie wusste genau, wie sie das anstellen würde.

Um einen sinnlichen, raffinierten Gang bemüht, schlenderte sie zu seinem Bett hinüber, wobei sie ihre Hüften aufreizend hin- und herwiegte. Ihr Versuch, ihn zu verführen, wurde durch die Tatsache getrübt, dass sie nicht groß genug war, um geschmeidig auf das Bett zu gleiten. Sie musste einen kleinen, uneleganten Hüpfer machen, um sich auf die Matratze zu hieven.

Doch davon ließ sie sich nicht entmutigen, sondern lehnte sich in einer, wie sie hoffte, lässigen Pose zurück und warf Knight einen einladenden Blick zu. Ein Gefühl von Macht überkam sie, als er sich auf sie zubewegte. Vor dem Fußende blieb er stehen wie ein strenger und doch sinnlicher Gott, dessen Augen silberne Funken sprühten. Seine glühende Intensität nährte ihr waghalsiges Verlangen, ebenso wie die auffällige Wölbung unter seiner Robe.

„Was hast du vor, *Chérie?*", fragte er.

„Ich wollte dir mein neues Negligé zeigen." Sie zwinkerte ihm zu. „Gefällt es dir?"

Sie ließ den Peignoir von ihren Schultern gleiten, sodass die schwarzen Träger ihres Negligés darunter zum Vorschein kamen.

Seine Nasenflügel bebten wie die Nüstern eines Hengstes, der seine Gefährtin witterte. „Zieh den Peignoir aus, damit ich es besser beurteilen kann."

Sie griff nach dem Band ihres Morgenmantels, während er jede ihrer Bewegungen aufmerksam verfolgte. Betont langsam löste sie den Knoten und wackelte mit den Schultern, damit der Satinstoff an ihren Armen hinunterglitt, wohl wissend, dass sie dadurch auch ihr Dekolleté zum Wackeln brachte.

Der Blick ihres Mannes fiel auf ihre Brüste, die sich gegen das Netz aus schwarzer Spitze abzeichneten, bevor er nach oben wanderte, zu den schwarzen Satinträgern ihres Negligés, die auf jeder Schulter zu einer Schleife gebunden waren.

„Was meinst du?", säuselte sie im sinnlichsten Tonfall, den sie aufbringen konnte.

Er trat auf sie zu und berührte die Schleife auf ihrer linken Schulter. Die flüchtige Liebkosung jagte ihr ein Kribbeln über die Haut.

„Du siehst aus wie ein Geschenk, das darauf wartet, ausgepackt zu werden", murmelte er.

Durch seine Worte beflügelt, erwiderte sie: „Ich bin *dein* Geschenk."

Und du gehörst mir. Du bist mein Mann, mein Prinz.

„Ich Glückspilz."

Er zerrte an der Schleife. Sie löste sich ohne Widerstand und die Seite ihres Oberteils, die nicht mehr festgebunden war, rutschte nach unten zu ihrer Taille. Seine Pupillen weiteten sich, und er wiederholte den Vorgang auf der anderen Seite. Es kostete sie allen Mut, so zu bleiben, wie sie war, die Hände auf die Matratze gepresst, damit er sich an ihren entblößten, wogenden Brüsten sattsehen konnte, deren rosige Spitzen sich unter seinem glühenden Blick aufrichteten.

Ihr Herz pochte wie wild, als er mit einem Finger von ihrem Kinn zu ihrem Hals fuhr, hinunter zu ihrem Schlüsselbein und der Fülle ihrer rechten Brust. Er umkreiste ihre Brustwarze, nahm sie zwischen Finger und Daumen. Als er sanft hineinkniff, spürte sie ein heißes Pulsieren zwischen ihren Schenkeln.

„So schöne Titten", sagte er in einem lässigen Tonfall, der sie noch feuchter machte. „Ich kann es kaum erwarten, sie zu lecken, während du meinen Schwanz reitest."

O Gott, ja!

Triumph erfüllte sie, als sie sah, wie die Lust seine Selbstbeherrschung zerschlug. Sein Blick war nicht länger kühl oder distanziert, sondern glühte wie geschmolzenes Eisen. Er streifte seinen Morgenmantel ab, und das Ausmaß seiner Erregung ließ ihr den Atem stocken.

Sie hatte die Bestie geweckt, daran bestand kein Zweifel.

Sein langer, dicker Schwanz ragte stolz zwischen seinen kräftigen Schenkeln hervor, bereit für die Vereinigung ihrer Körper. Bei dem Anblick zogen sich ihre Scheidenmuskeln instinktiv zusammen und ein elektrisierender Schock durchfuhr sie.

Er stieg auf das Bett und lehnte sich gegen das Kopfteil. Mit der angeborenen Arroganz eines Adligen winkelte er die Knie an, während er mit einer Hand seinen majestätischen Schaft pumpte und sie mit der anderen zu sich befehligte. Bebend vor Erwartung krabbelte sie auf ihn zu.

„Setz dich auf mich, *Chérie*", sagte er.

Sie gehorchte ihm mit unverhohlenem Eifer, positionierte ihre Knie zuseiten seiner Oberschenkel und legte die Hände auf seine Schultern, deren harte Muskeln unter ihrer Berührung zuckten. Als er seine breite Eichel an ihren samtigen Schamlippen rieb, entwich ihr ein ungeduldiges Wimmern.

„Du bist schon ganz feucht und bereit für meinen Schwanz", murmelte er. „Das ist es, was du wolltest, nicht wahr?"

Sie biss sich auf die Lippe, als die Spitze seines Schafts in ihre feuchte Hitze glitt. Ja, sie wollte es, dieses ungehemmte Vergnügen ... aber das war noch längst nicht alles. Angst hielt sie davon ab, das auszusprechen, wonach ihr Herz sich sehnte.

Seine grüblerische Zurückhaltung hatte ihr Selbstvertrauen erschüttert, und sie würde sich erst dazu durchringen müssen, ihre Seele zu offenbaren.

Also begnügte sie sich mit: „Ich will dich, Knight."

Genugtuung blitzte in seinen Augen auf. „Dann nimm mich."

Er packte ihre satinbedeckten Hüften und drückte sie auf seinen Schwanz, während er gleichzeitig nach oben stieß. Die harte Bewegung raubte ihr den Atem, vernebelte ihr die Sinne, alles in ihr konzentrierte sich auf seinen massiven Schaft, der tiefer als je zuvor in sie eindrang. Sie warf den Kopf zurück, wölbte den Rücken, aber er ließ ihr keine Zeit, sich an seine Größe zu gewöhnen. Grunzend presste er sie auf sich, zwang sie, ihn tiefer und tiefer zu nehmen, bis er sie so vollkommen ausfüllte, dass sie seine Präsenz in ihrem ganzen Körper spürte.

„Reite mich, bis du kommst", keuchte er. „Ich will spüren, wie deine Pussy meinen Schwanz umklammert."

Zügelloses Verlangen nahm ihr jegliche Hemmungen. Sie gab sich der glühenden Leidenschaft hin, ritt ihren Liebhaber mit solchem Enthusiasmus, dass ihr Hintern bei jeder Bewegung laut gegen seine Schenkel klatschte. Mit einem anerkennenden Knurren umfasste er ihre Brüste und liebkoste sie mit seinen Lippen und Fingern. Als er eine Brustwarze in den Mund nahm, zuckten ihre Scheidenmuskeln. Er saugte härter, und sie stöhnte, presste sich an ihn und rieb sich an seinem stahlharten Schaft.

„O Gott, ja", stieß er hervor. „Du bist fast so weit. Komm auf meinem Schwanz."

Sie sah ihm ins Gesicht, und in diesem Moment ungehemmter Lust war er ein offenes Buch für sie. In seinen Augen lag brennendes Verlangen ... und *Liebe*. Die Kraft der Verbindung zwischen ihnen durchströmte sie. Sehnsucht durchflutete ihr Herz und ließ den Damm ihrer Kontrolle brechen.

„Ich liebe dich", keuchte sie und beugte sich vor, um ihn zu küssen.

Im nächsten Moment saß sie nicht mehr auf seinem Schoß, sondern befand sich auf Händen und Knien, mit dem Gesicht in die andere Richtung. Bevor sie begreifen konnte, was geschehen war, stieß er von hinten in sie hinein, mit einer Kraft, die ihr einen überraschten Schrei entlockte.

Sie versuchte, ihn anzusehen, aber er legte eine Hand auf ihren Rücken und drückte sie hinunter auf die Matratze. Mit der anderen hob er ihren Hintern an, um besser in sie gleiten zu können. Sie spürte seine Dringlichkeit und sein dunkles Verlangen, während er seine Lust an ihr stillte, ohne einen Laut von sich zu geben.

Ohne ihre Liebeserklärung zu erwidern.

Schmerz und Erregung durchfuhren sie wie eine Klinge. Mit brennenden Augen kämpfte sie gegen ihren aufsteigenden Orgasmus an, aber er schob eine Hand zwischen ihre Beine und fand zielsicher das Zentrum ihrer Lust. Er rieb ihre pulsierende Perle, bis sie trotz ihrer Demütigung zum Höhepunkt kam. Die Wellen der Ekstase nahmen kein Ende, während er immer härter und schneller in sie stieß. Schließlich vergrub er die Finger in ihren Hüften, als er von seiner eigenen Erlösung übermannt wurde und sie mit seinem heißen Samen füllte.

Lange Zeit bewegte sich keiner von ihnen. Seine rauen Atemzüge waren das einzige Geräusch, das durch das Rauschen in ihren Ohren drang. Irgendwann zog er sich aus ihr zurück, und die nasse Spur, die ihr Bein hinunterlief, rüttelte sie aus ihrer Lähmung. Sie rutschte vom Bett und richtete das Negligé, von dem er sich nicht einmal die Mühe gemacht hatte, es ihr auszuziehen. Knight saß auf dem Rand der Matratze, sein schweißüberströmter Brustkorb hob und senkte sich heftig, sein Schwanz war immer noch hart und glänzte feucht. Er musterte sie und die unverkennbare Ablehnung in seinen Augen jagte ihr einen eisigen Schauer über den Rücken.

„I-ich denke, ich schlafe besser in meinem eigenen Zimmer", presste sie hervor.

Er hatte noch nie so bedrohlich gewirkt, sein Gesicht war ausdrucksloser denn je.

„Das wäre wohl keine schlechte Idee", erwiderte er leise.

Sie verließ sein Zimmer so schnell wie möglich, ohne zu rennen. Als sie die Sicherheit ihres eigenen Schlafgemachs erreicht hatte, schloss sie die Tür und verriegelte sie. Erst dann ließ sie ihren Tränen freien Lauf.

Kapitel Dreiunddreißig

„Francesca macht sich recht gut", sagte Tante Esther. „Besser, als zu erwarten war."

Severins Tante war eine Meisterin der Untertreibung. Es war der nächste Abend, und sie befanden sich auf Prinzessin Adelaides prunkvoller Soiree. Severin beobachtete, wie Fancy sich lächelnd mit einer Reihe von Bewunderern unterhielt. Die Herzogin von Knighton war ein durchschlagender Erfolg, und der Grund dafür war leicht zu erkennen.

Sie sah bezaubernd aus in einem elfenbeinfarbenen Seidenkleid, das ihre Schultern entblößte und ihre schmale Taille zur Geltung brachte. Der Tüllrock ihres Kleides und die winzigen Puffärmel waren mit gestickten Blumen übersät. Um ihre Verwandlung in eine Feenkönigin zu vervollständigen, war ihr Haar zu einem glänzenden Kranz mit goldenen Haarnadeln in Form von Hummeln frisiert worden.

Doch es waren nicht nur Fancys körperliche Reize, die ihre Bewunderer anzogen. Sie strahlte eine natürliche Wärme aus, der offenbar selbst der zynische *ton* nicht widerstehen konnte. Ihre Schönheit wurde durch die Verletzlichkeit in ihren rehbraunen Augen gemildert. Wenn sie eine Einladung zum Tanzen erhielt, wirkte sie immer überrascht, als ob sie ihre Beliebtheit weder erwartete noch für selbstverständlich hielt.

Severin beobachtete sie voller Stolz, auch wenn ihn Schuldgefühle plagten. Letzte Nacht hatte er sich ihr gegenüber abscheulich verhalten. Seit der Angelegenheit mit Anna Smith war er in einer gefährlichen Stimmung, weshalb er Fancy aus dem Weg gegangen war. Er wollte nicht in ihrer Nähe sein, wenn er sich nicht völlig unter Kontrolle hatte.

Doch als sie am Abend zuvor an seine Tür geklopft hatte, hatte er seine guten Vorsätze über den Haufen geworfen. Ihrer mutigen Initiative und der lieblichen Sehnsucht in ihren Augen konnte er einfach nicht widerstehen. Keine Frau hatte sich ihm je so freizügig hingegeben. Er hatte ihre Großzügigkeit ausgenutzt und sich in ihrer Zärtlichkeit verloren, in der ehelichen Leidenschaft, die sein Blut in Wallung brachte.

Dann hatte sie ihm ihre Liebe gestanden und er war ... in Panik geraten. Anders konnte er seine Reaktion nicht beschreiben. Der Käfig in seinem Inneren zerbarst: Schmerz, Angst und Verlangen entluden sich in einer dunklen Wolke. In dem Chaos gefangen, hatte er sich wie ein verdammtes Tier verhalten.

Er hatte Fancy gefickt. Es gab kein anderes Wort dafür, keine Entschuldigung.

Obwohl er wusste, dass er sie nicht körperlich verletzt hatte, hatte er ihr auf andere Weise geschadet. Er merkte es an der Art, wie sie seitdem seinen Blicken auswich. Selbst jetzt sah sie ihn nicht an.

Scham und wortloses Entsetzen drehten ihm den Magen um.

„Knighton, was ist denn los?", fragte seine Tante. „Du scheinst nicht du selbst zu sein."

Er *war* nicht er selbst, wusste nicht mehr, wer zum Teufel er war ... und das war das Problem. Fancy wühlte das Chaos in ihm auf, und er wurde von Hilflosigkeit übermannt, ein Gefühl, das er seit seiner Kindheit hasste.

Als er merkte, dass seine Tante auf eine Antwort wartete, sagte er kurz angebunden: „Es geht mir gut."

„Gut?" Sie hob die Brauen. „Man sollte meinen, du würdest dich mehr über Francescas Erfolg freuen. Sie hat keine Mühen gescheut, und das alles nur, um dir zu gefallen."

„Ich weiß", presste er hervor.

Ich weiß, dass ich ein verdammter Mistkerl bin. Dass sie etwas Besseres verdient hat als mich.

„Um Himmels willen, habt ihr beide euch etwa gestritten?"

Er warf seiner Tante einen überraschten Blick zu. Sie war nicht die Art von Frau, die sich in private Angelegenheiten einmischte. Eine Eigenschaft, die sie gemeinsam hatten.

„Warum fragst du?", wollte er wissen und versuchte so ruhig wie möglich zu klingen.

„Du benimmst dich seltsam, und Francesca zeigt dir die kalte Schulter, wie man unter uns Damen sagt." Tante Esther musterte ihn streng. „Schau nicht so überrascht, Knighton. Als Brambley noch am Leben war, hat er auch seinen Teil abbekommen."

Severin wusste nicht, was er sagen sollte, also hielt er den Mund.

„Hoffentlich hilft dein Geschenk, die Wogen zu glätten", sagte Tante Esther vorwurfsvoll. „Die Zeit mag Wunden heilen, aber mit Schmuck geht es schneller."

Severin wünschte sich, er hätte die Zuversicht seiner Tante. Die Halskette, die er Fancy geschenkt hatte, war ein wunderschönes Schmuckstück aus Rubinen und Diamanten, das zu ihrem Ring passte. Aber er wusste, dass Fancy nicht die Art von Frau war, die sich von Geschenken beeindrucken ließ. Sie würde eine Entschuldigung von ihm verlangen, die sie zweifellos verdiente ... Nur wusste er nicht, was er sagen sollte. Er verstand selbst nicht, warum er sie so schäbig behandelt hatte.

Außerdem verdiente eine Frau wie sie, die von ganzem Herzen liebte, dieselbe Hingabe statt eines teuren Spielzeugs, das ihr feiger Narr von einem Ehemann auf ihrem Schminktisch zurückgelassen hatte.

„Guten Abend, Lady Brambley. Knighton."

Imogens Stimme riss ihn aus seinen Gedanken. Er drehte sich um, und da stand sie, in einem blassroten Kleid, das ihre zerbrechliche Anmut betonte.

„Sie sehen heute Abend wundervoll aus, Lady Brambley", sagte Imogen höflich.

„Genau wie Sie, Lady Cardiff." Tante Esther schwenkte ihren dunklen Fächer durch die Luft. „Sind Sie nicht in Begleitung Ihres Gemahls?"

Imogens Lächeln wirkte angespannt. „Leider hatte Cardiff andere Pläne. Er ist sehr gefragt."

„Ich verstehe." Tante Esther warf Severin erneut einen strengen Blick zu. „Ein kultivierter Mann hängt zwar nicht unentwegt an seiner Frau, aber ich wage zu behaupten, dass ein kluger Mann das Schicksal nicht herausfordert, indem er sie zu lange sich selbst überlässt."

Er verstand den Wink mit dem Zaunpfahl: *Entschuldige dich bei deiner Frau, du Narr.*

„Knighton, könnte ich kurz mit Ihnen sprechen?", fragte Imogen.

Angesichts der Dringlichkeit in ihrer Stimme runzelte er die Stirn. „Worüber?"

„Über eine ... private Angelegenheit. Es wird nicht lange dauern."

Es war nicht Imogens Art, aufdringlich zu sein. Oder indiskret. Die Angst in ihren Augen beunruhigte ihn zutiefst.

Er wandte sich an Tante Esther. „Würdest du uns entschuldigen?"

Energisch klappte diese ihren Fächer zu. „Wie du willst."

Als er Imogen wegbegleitete, hörte er seine Tante murmeln: „Aber um mich brauchst du dir keine Sorgen zu machen."

Fancys Unterricht und ihre unermüdliche Arbeit hatten sich ausgezahlt. Sie war erfolgreich und machte dem Namen Knighton alle Ehre, wie mehr als einer der geladenen Gäste bemerkte. Sie hatte ihr Ziel erreicht und sollte sich darüber freuen.

Doch sie konnte es kaum erwarten, dass der Albtraum endlich vorbei war.

Zum ersten Mal an diesem Abend war sie allein, eine willkommene Abwechslung, denn sie hatte das Gefühl, dass ihr Gesicht vor lauter Lächeln zersprang. Sie saß auf einer Bank in einer Nische, die teilweise von einem Paravent verdeckt war, nippte an ihrem lauwarmen Punsch und versuchte, sich nicht nach Knight umzusehen.

Nachdem er sie letzte Nacht so kaltherzig behandelt hatte, war sie hin- und hergerissen zwischen Wut und Verzweiflung. Langsam verlor sie die Hoffnung, dass sich die Dinge zwischen ihnen jemals ändern würden. Töricht, wie sie war, hatte sie gedacht, dass ihr Liebesspiel etwas bedeutete ... Dass die körperlichen Freuden, die sie teilten, auch ein Ausdruck emotionalen Verlangens waren.

Aber das traf anscheinend nur auf sie zu.

Ihre Wangen glühten vor Scham. Seine Reaktion auf ihre Liebeserklärung drückte mehr als deutlich aus, was er für sie empfand. Er hatte sie benutzt, und was noch schlimmer war, sie hatte trotzdem Gefallen daran gefunden, weil sie ihn liebte. Sie war gezwungen, sich der Wahrheit zu stellen: Sein Herz könnte für immer unerreichbar für sie sein.

Und doch ... Sanft berührte sie die Rubinkette um ihren Hals. Als sie sie auf ihrem Schminktisch fand, war sie sich erst nicht sicher gewesen, ob sie sie tragen sollte. Es hatte sie geärgert, dass Knight dachte, ein Schmuckstück könne eine Entschuldigung oder eine Erklärung dafür ersetzen, warum er sie so schäbig behandelt hatte.

Allerdings war dem Schmuckstück eine Notiz beigefügt gewesen:

Ein kleines Zeichen meiner Wertschätzung. Ich weiß, dass Du diese Juwelen heute Abend in den Schatten stellen wirst.

Dein stolzer Gemahl,
-K.

Sie kannte Knight: Er war nicht gut darin, über seine Gefühle zu sprechen, schon gar nicht über solche privater Natur. Die Notiz drückte seine Zuneigung aus, und die Tatsache, dass er sie für würdig befand, die prächtige Halskette zu tragen, bedeutete etwas. Früher hätte seine Wertschätzung und Anerkennung ausgereicht.

Aber jetzt nicht mehr. Nicht nach den Wochen der Gespräche, der Neckereien und der gemeinsamen Arbeit, der Aussicht darauf, was ihre Beziehung sein könnte. Fancy wusste, dass sie mit Knight reden musste, um ihm zu sagen, dass sie die ursprünglichen Bedingungen ihrer Ehe nicht mehr akzeptieren konnte, und um ihn ganz offen zu fragen, ob er sie jemals lieben würde.

Aber was, wenn er nein sagt? Was, wenn Imogen die Einzige ist, die er je lieben wird?

„Warum verstecken Sie sich hier hinten?", fragte eine herrische Stimme.

Fancy sprang auf, als Prinzessin Adelaide die Nische betrat. Sie trug ein prachtvolles, blaues Kleid und farblich dazu passende Straußenfedern im Haar, die ihr Größe verliehen.

Mit einem Knicks sagte Fancy: „Ich habe nur etwas Punsch genossen, Eure Hoheit."

Prinzessin Adelaide bedeutete ihr, sich zu setzen, und ließ sich neben ihr nieder. „Nun, was halten Sie von meinem Empfang?"

„Er ist wunderbar." Fancy zwang sich zu einem Lächeln. „Die Opernsängerin hat mir sehr gut gefallen."

„Das will ich hoffen, immerhin hat es ein Vermögen gekostet, sie aus Venedig einfliegen zu lassen", schnaubte die Fürstin. „Ich freue mich, dass Sie sich amüsieren. Ich kann sehen, dass Sie sich seit unserem letzten Treffen verändert haben." Sie musterte Fancy von Kopf bis Fuß. „Und es sind durchweg positive Veränderungen. Wie ich vermutet habe, besitzen Sie Rückgrat, und das wird Sie in der Gesellschaft weit bringen."

Vor nicht allzu langer Zeit wäre Fancy über die Anerkennung der Prinzessin überglücklich gewesen. Jetzt war sie sich nicht mehr sicher, ob es überhaupt noch eine Rolle spielte. Sie hatte nur deswegen eine echte Dame werden wollen, um Knights Liebe zu gewinnen. Die Ironie dessen, dass sie die Schlacht gewonnen, aber den Krieg verloren hatte, war kaum zu ertragen.

Sie brachte ein schwaches Lächeln zustande. „Danke, Eure Hoheit."

„Sie haben gerade das königliche Gütesiegel erhalten." Die Prinzessin hob die Brauen. „Man sollte meinen, da wäre ein Ausdruck der Freude angebracht."

„Ich freue mich ja ..." Zu Fancys Entsetzen zitterte ihre Stimme.

„Meine Güte, Teuerste. Was ist denn los?"

Sie biss sich auf die Lippe und versuchte, nicht in Tränen auszubrechen.

„Hier, bitte." Prinzessin Adelaide reichte ihr ein Taschentuch. „Wenn jemand fragt, behaupten wir, Sie hätten etwas im Auge."

Fancy tupfte sich diskret die Tränen weg.

„Lassen Sie mich raten", sagte die Fürstin. „Probleme mit dem werten Herrn Gemahl?"

„Woher wussten Sie das?"

„Weil Männer die Ursache der meisten Probleme sind, meine Teure. Und Ehemänner sind die schlimmsten von allen." Die Prinzessin faltete die aderigen Hände in ihrem Schoß. „Ich mag alt sein, aber ich erinnere mich noch gut an meine Zeit als Frischvermählte. Damals haben mein Mann Franz und ich uns gestritten wie Hund und Katz."

„Aber mit der Zeit wurde es besser?", fragte Fancy hoffnungsvoll.

„Nur weil Franz den Anstand hatte, nach fünf Jahren Ehe das Zeitliche zu segnen."

„Oh. Das, äh, tut mir leid."

„Da er in den Armen seiner Mätresse starb, sah ich keinen Grund, um ihn zu trauern", sagte Prinzessin Adelaide unverblümt. „Die Ehe war jedoch nicht ohne Vorzüge. Franz schenkte mir Ruprecht, meinen Sohn und Thronfolger von Hessenstein."

„Sie müssen sehr stolz sein", sagte Fancy unsicher.

„Auf Ruprecht, ja. Auf meine Ehe ..." Die Fürstin zuckte mit den Schultern. „Ich erzähle Ihnen das, weil das Leben seine Höhen und Tiefen hat, und ich spüre, dass Sie, Euer Gnaden, sich in einer dieser Tiefen befinden. Wegen Knighton, nehme ich an?"

„Er und ich hatten einen Streit", gab Fancy zu.

„Das ist nicht überraschend. Männer sind oft übellaunig und auf Streit aus."

„Knight ist nicht so." Fancy nagte an ihrer Unterlippe, um nicht zu viel zu verraten. „Wir sind nur, äh, in einer bestimmten Sache nicht einer Meinung."

„Haben Sie ihm Ihre Gefühle in dieser Angelegenheit mitgeteilt?"

Fancy wich dem eindringlichen Blick der Fürstin aus. „Nicht so richtig."

„Warum sitzen Sie dann in einer Nische und reden mit mir?", fragte Prinzessin Adelaide in tadelndem Tonfall. „Finden Sie Ihren Mann und stellen Sie ihn zur Rede."

„Was, wenn ... Was, wenn ich nicht wissen will, was er fühlt?", flüsterte Fancy.

„Ich habe Sie nicht für ein so zartes Pflänzchen gehalten", sagte die Prinzessin. „In meinem Land schätzt man Widerstandsfähigkeit und Willensstärke. Die königliche Blume von Hessenstein ist die Alpenrose. Sie ist kein edles Gewächs, sondern eines, das Jahr für Jahr blüht, selbst unter härtesten Bedingungen. Ihre Wurzeln mögen gewöhnlich sein, meine Teure, aber Ihr Rückgrat ist es sicher nicht."

Die Worte der Fürstin bestärkten Fancy in ihrer Entschlossenheit. Sie hatte sich vor der Wahrheit versteckt, und das hatte sie nicht weitergebracht. Auf die eine oder andere Weise musste sie herausfinden, wie es um Knights Herz bestellt war ... und ob es überhaupt noch Hoffnung für ihre Zukunft gab.

Sie holte tief Luft. „Vielen Dank, Eure Hoheit."

„Gehen Sie zu Ihrem Mann", sagte Prinzessin Adelaide und scheuchte sie mit einer Handbewegung fort. „Als ich ihn zuletzt gesehen habe, war er auf dem Weg zum Südbalkon."

∾

Fancy steuerte auf den Balkon zu, bevor sie die Nerven verlor. Er lag abseits eines ruhigen Bereichs des Ballsaals, und sie war froh über die Privatsphäre angesichts des Gesprächs, das sie mit ihrem Mann führen musste. Die Flügeltüren waren geöffnet, schwere, rote Samtvorhänge verdeckten den Durchgang. Als sie sich ihm näherte, hörte sie Knights Stimme ... und er war nicht allein. Die Haare in ihrem Nacken sträubten sich, als sie den glockenhellen Tonfall erkannte.

Mit hämmerndem Herzen spähte sie durch den Schlitz zwischen den Vorhängen.

Knight stand am anderen Ende des Balkons, und Imogen war bei ihm. Sie unterhielten sich, jedoch zu leise, als dass Fancy hätte hören können, was sie sagten. Knight lehnte sich näher heran, und der Rest schien in Zeitlupe zu geschehen: Imogen schlang ihre Arme um seinen Hals und presste ihre Lippen stürmisch auf die seinen.

Knight erstarrte ... Doch er stieß sie nicht von sich.

Verzweifelt nach Luft schnappend, stolperte Fancy einige Schritte zurück. Die Zerstörung ihrer Träume fühlte sich wie etwas Körperliches an: Die Scherben bohrten sich in ihr zartes Herz, Schmerz strömte durch ihre Adern. Sie wäre zusammengebrochen, wenn nicht ihr Überlebensinstinkt eingesetzt hätte. Der Mut und die Tapferkeit der Tochter eines Kesselflickers kamen ihr zu Hilfe.

Ich habe meine Antwort, dachte sie wie betäubt. *Jetzt weiß ich, was ich tun muss.*

Kapitel Vierunddreißig

Es war fast elf Uhr morgens, als Severin sich seinem Stadthaus näherte. Obwohl er nicht geschlafen hatte, war er nicht müde. Er fühlte sich, als ob er aus einem Zustand tiefer Benommenheit erwachte. Die Ereignisse der letzten Nacht hatten ihm endlich Klarheit verschafft, und der wolkenlose Himmel schien ein Spiegelbild seines Gemütszustandes zu sein. Die Wahrheit war unumstößlich: Er war in seine Frau verliebt.

Seine Fancy, seine Geliebte, seine Herzogin.

Erst Imogens stürmischer Kuss hatte ihm vor Augen geführt, dass Fancy die einzige Frau war, die sein Herz begehrte. Imogens Lippen auf den seinen zu spüren – etwas, das er seit so langer Zeit zu wollen glaubte –, hatte sich falsch angefühlt. Er war überrumpelt gewesen, nichts weiter.

Als er aus seiner Schockstarre erwachte, hatte er Imogen weggestoßen, doch er wusste, dass der Schaden bereits angerichtet war. Er würde sich auch dafür entschuldigen müssen und konnte nur hoffen, dass Fancy großzügig genug war, ihm diesen weiteren Fehltritt zu verzeihen. Er würde den Rest seines Lebens damit verbringen, Buße zu tun und sie ebenso glücklich zu machen wie sie ihn.

Denn er *war* glücklich, wenn er mit Fancy zusammen war ... oder wenn er nur an sie dachte und die Erinnerung an ihr Lächeln ihn innerlich wärmte. Da er nie zuvor ein solches Glück empfunden hatte, war ihm nicht klar gewesen, was es bedeutete.

Es hatte ihm widerstrebt, sie am Vorabend auf der Soiree zurückzulassen, aber nachdem er Imogens Annäherungsversuche zurückgewiesen hatte, war sie in Tränen ausgebrochen, und die schreckliche Wahrheit sprudelte aus ihr heraus. Ihre Ehe mit Cardiff war nicht nur unglücklich, er misshandelte sie körperlich. Sie hatte ihr Saphir-Collier hochgehalten, Severin die blauen Flecken gezeigt, die ihr brutaler Ehemann an ihrem Hals hinterlassen hatte, und ihn unter Tränen um Hilfe gebeten.

Als Gentleman und Freund konnte er ihre Notlage nicht ignorieren. Also suchte er Fancy auf, die gerade mit Tante Esther aufbrechen wollte. Seine Tante hatte ihm mitgeteilt, dass Fancy an Kopfschmerzen litt, aber als er seine Frau darauf ansprechen wollte, hatte sie ihm die berüchtigte kalte Schulter gezeigt (ein damenhaftes Verhalten, von dem er sich wünschte, sie würde es nicht so gut beherrschen). Da er Imogens heikle Situation nicht in der Öffentlichkeit besprechen konnte, hatte er seiner Frau und seiner Tante gesagt, dass er sich um eine dringende Angelegenheit kümmern müsse und sie sich später zu Hause sähen.

Dann war er zu Imogen zurückgekehrt.

Diese wünschte sich zwar, dass er sich für sie verwandte, aber ihm war klar geworden, dass er nicht dafür bestimmt war und es, offen gesagt, auch nicht wollte. Sein Herz und sein Schutz waren Fancy versprochen – auch wenn er so töricht gewesen war, es nicht gleich zu erkennen – und er würde seine Frau nicht hintergehen.

Er konnte Imogen jedoch nicht in ihrer misslichen Lage zurücklassen, also hatte er sie zum Haus ihres Vaters gebracht. Hammond war nicht erfreut gewesen, ihn zu sehen, aber das war ihm egal. Als Freund war er bei ihr geblieben, während sie zögernd die Wahrheit über Cardiffs Grausamkeiten enthüllte. Was sich dann abspielte, zerstörte auch den Rest seiner Illusionen.

Zum ersten Mal sah er, was sich hinter der kultivierten Fassade der Hammonds verbarg. Mrs Hammond hatte ihrem Mann vorgeworfen, Imogen mit einem Schuft verheiratet zu haben, weil er zu sehr mit seinen Flittchen beschäftigt war, um sich angemessen um ihre Tochter zu kümmern. Mr Hammond hatte erwidert, dass er es nicht nötig hätte, sich anderweitig zu vergnügen, wenn seine Frau nicht solch ein Eiszapfen im Bett wäre. Daraufhin behauptete sie, er sei ein Mitgiftjäger, der sie nur wegen ihrer Aussteuer geheiratet habe.

Und so ging es weiter. Voller Schadenfreude zerrissen die beiden das Bild ihrer Perfektion und schleuderten einander die Fetzen ihrer Unzufriedenheit entgegen. Irgendwann mischte Severin sich ein und fragte, ob jemand Imogen helfen wolle, die still und resigniert dasaß. Glücklicherweise war ihr älterer Bruder Roger aufgetaucht und hatte gesagt, dass er mit Cardiff reden würde – und notfalls die Fäuste sprechen ließe –, um seine Schwester in Sicherheit zu bringen. Als Severin die Entschlossenheit in Rogers Blick sah, wusste er, dass seine Zeit bei den Hammonds vorbei war.

Imogen hatte ihn zur Tür begleitet und sich entschuldigt.

„Ich weiß nicht, was über mich gekommen ist", flüsterte sie. „Ich hoffe, dieser Vorfall wird nicht alles zwischen uns ruinieren."

Doch das war es längst, und zwar seit dem Moment, in dem

er ihre Beziehung als das erkannt hatte, was sie war: eine Illusion. Er hatte seine jungenhafte Schwärmerei mit Liebe verwechselt. Was er als erwachsener Mann für sie empfand, war Dankbarkeit für die Jahre der Freundschaft, für die Güte, die sie ihm entgegenbrachte, als er niemanden sonst hatte.

„Du warst mir stets eine treue Freundin", sagte er. „Ich wünsche dir alles Gute."

Und Imogen hatte ihm dieses traurige, wunderschöne Lächeln geschenkt, das er als Knabe so geliebt hatte.

„Du liebst sie, nicht wahr?", fragte sie.

„Von ganzem Herzen."

„Aber wir werden doch Freunde bleiben, oder?" Sie legte eine Hand auf seinen Arm. „Du wirst auch weiterhin mein Ritter sein?"

Als Severin die Verzweiflung in ihren Augen sah, empfand er einen Anflug von Mitleid und Zuneigung. Die Art von Sorge, die man für einen Freund hegte. Doch er glaubte nicht, dass sie sich mit dieser Fantasie einen Gefallen tat … und aus Respekt vor Fancy konnte er es nicht dabei belassen.

„Mein Schutz gehört meiner Frau." Sanft, aber bestimmt löste er sich aus ihrem Griff. „Sie wird immer an erster Stelle stehen. Wenn du willst, dass wir Freunde bleiben, dann musst du das respektieren."

Tränen schimmerten in ihren Augen. „Dann bedeutet das … Lebewohl?"

Er nickte. „Wenn dein Bruder Hilfe mit Cardiff braucht, weiß er, wie er mich erreichen kann. Pass auf dich auf, Imogen."

Damit war er gegangen und hatte die frühen Morgenstunden damit verbracht, durch das Elendsviertel zu streifen. Er kam an dem Mietshaus vorbei, in dem er und seine Mutter gelebt hatten, an den Gassen, in denen sie sich für ihr Überleben verkauft, an den Spelunken, in denen sie ihre Sorgen verdrängt und sich im Alkohol verloren hatte. Er ging durch die

Straßen, in denen er geboren worden war, in denen er geblutet hatte, während man seine Mutter fortzerrte, in denen er Einsamkeit, Hunger und Verzweiflung durchlitten hatte. Als er Stunden später sein Stadthaus erreichte, ließ er all das endlich hinter sich.

Oder besser gesagt, die Vergangenheit war ein Teil von ihm, aber sie trieb ihn nicht länger an. Er rannte nicht mehr davon wie ein verängstigter, machtloser Gassenjunge, denn als Mann hatte er gefunden, was er brauchte. Das Schicksal hatte ihm das größte Geschenk von allen gemacht: die Liebe seines Lebens.

Er trat ein und ging an seinem überraschten Butler vorbei.

„Ist die Herzogin schon auf, Harvey?", fragte er.

„Nein, Euer Gnaden." Der Blick des Butlers fiel auf den hübschen Strauß, den Severin einem Blumenmädchen abgekauft hatte. „Als Ihre Gnaden gestern Abend zurückkehrte, bat sie darum, nicht gestört zu werden."

Severin stieg die Treppe hinauf. Es war eine lange Nacht gewesen, und Fancy hatte müde ausgesehen, als sie die Soiree verließ. Stolz und Zärtlichkeit erfüllten ihn, als er daran dachte, wie bezaubernd sie am Vorabend gewesen war, dass sie sogar eine Pedantin wie Prinzessin Adelaide für sich gewonnen hatte. Er bedauerte nur, dass er ihr kein würdiger Ehemann gewesen war ... aber das sollte sich ab sofort ändern.

Nun, da er sein eigenes Herz verstand, würde er Fancy alles erzählen, ihr seine Vergangenheit und seine Seele offenbaren. Er würde sie um Vergebung bitten. Er würde ihr alles geben, was sie wollte, wenn sie ihn nur ließe.

Als er das nächste Stockwerk erreichte, traf er auf Eleanor, Toby und Tante Esther.

Letztere musterte ihn missbilligend. „Kommst du gerade erst nach Hause, Knighton?"

„Ich hatte noch etwas zu erledigen. Hast du Fancy gesehen?" Er versuchte vergeblich, den Eifer in seiner Stimme zu unterdrücken.

„Francesca ist noch im Bett. Sie hat sich nach der Soiree nicht wohlgefühlt", erklärte Tante Esther spitz. „Wahrscheinlich hat sie sich bei der Erfüllung ihrer Pflicht gegenüber dieser Familie überanstrengt."

Schuldgefühle übermannten ihn. „Ich werde nach ihr sehen."

„Sind die Blumen für Fancy?", fragte Toby mit einem strahlenden Lächeln.

„Ja." Und weil seine Frau ihm geholfen hatte, seiner Familie näherzukommen, fügte er hinzu: „Glaubt ihr, dass ihr die Veilchen gefallen werden?"

„Bestimmt." Obwohl Eleanors Tonfall wie immer ernst war, sah sie in ihrem neuen, weißen Kleid mit den rosafarbenen Schleifen mehr ihrem Alter entsprechend aus. „Alle Damen mögen Blumen ... außer mir."

„Warum magst du sie nicht?", fragte er.

„Ich bevorzuge Bücher. Blumen halten einen Moment, Bücher ewig."

„Ich werde deinen Rat beherzigen, wenn ich das nächste Mal ein Geschenk für Fancy kaufe", sagte er amüsiert.

„Du brauchst dir keine Sorgen zu machen", beruhigte Toby ihn. „Fancy freut sich über alles. Sie mochte sogar das Bild, das ich von Bertrand gemalt habe, und ich bin kein sehr guter Künstler. Ich konnte nur drei seiner vier Beine auf das Papier bringen."

Während er über seine Frau sprach und die Veränderungen sah, die sie mit ihrer Wärme und Liebe bewirkt hatte, wurde Severin noch ungeduldiger, sie zu sehen.

„Kommt, Kinder", sagte seine Tante forsch. „Euer Bruder hat etwas zu erledigen."

„Danke, Tante Esther." Severin hielt inne. „Für alles, was du für diese Familie getan hast."

Emotionen blitzten in ihren Augen auf, die sie schnell überspielte, indem sie seine Geschwister vor sich hertrieb.

Schnellen Schrittes eilte er zu Fancys Schlafgemach. Vor ihrer Tür blieb er stehen und atmete tief durch. Mit einem Mal fühlte er sich wie ein nervöser Bräutigam. Die Blumen in einer Hand haltend, klopfte er leise an. Als er keine Antwort erhielt, klopfte er erneut, diesmal lauter.

Wieder blieb alles still. Er überlegte, ob er sie schlafen lassen sollte. Wahrscheinlich wäre das vernünftig, denn seiner Tante zufolge hatte Fancy sich letzte Nacht ziemlich verausgabt ... Aber verdammt, er konnte nicht warten.

Da die Tür verschlossen war, ging er in sein eigenes Zimmer und rüttelte am Knauf der Verbindungstür, die zu ihren Gemächern führte. Sie ließ sich öffnen, und mit hämmerndem Herzen betrat er das Zimmer seiner Frau, das von den noch zugezogenen Vorhängen verdunkelt war. Langsam ging er auf ihr Bett zu.

„*Chérie?*", fragte er leise, um sie nicht zu erschrecken. „Bist du wach?"

Keine Antwort. Als er das Bett erreichte, sah er, dass es leer war.

„Fancy?", rief er und ging in Richtung ihres Wohnzimmers. Auch dort befand sich niemand.

Stirnrunzelnd ließ er den Blick durch den Raum schweifen ... und dann sah er es. Auf ihrem Schreibtisch lagen der Rubinring und die Halskette, die er ihr geschenkt hatte, auf einem gefalteten Stück Papier. Er ließ die Blumen fallen, schob die teuren Briefbeschwerer beiseite und griff nach dem Zettel. Eine eisige Hand umschloss sein Herz, als er sah, dass er in Fancys sorgfältiger Handschrift verfasst und mit Flecken übersät war ... Spuren ihrer Tränen.

Knight,

Dich mit Imogen zu sehen, hat mir endlich klargemacht, dass Du mir nicht die Ehe geben kannst, die ich will, ebenso wenig wie die Liebe und den Respekt, den ich verdiene. Egal, wie sehr ich mich anstrenge, ich werde nie wie sie sein – und das sollte auch nicht von mir verlangt werden. Es gibt nur eine Lösung, und es tut mir leid, dass die Kinder darunter leiden müssen. Ich werde sie vermissen. Bitte suche nicht nach mir.

Gib auf dich acht,
  Fancy

P.S. Bitte richte Toby aus, dass er sich gut um Bertrand kümmern soll.

Schmerz durchfuhr ihn wie eine Klinge und seine Narbe brannte. Wieder einmal war seine Welt aus den Fugen geraten, doch dieses Mal hatte *er* den Schaden verursacht. Fancy hatte ihm alles gegeben, während er im Gegenzug ihre Gefühle mit Füßen trat.

„Verlass mich nicht, Fancy", flüsterte er gequält.

Aber sie *hatte* ihn verlassen ... Weil er es verdiente, verlassen zu werden.

Heiße Tränen stiegen ihm in die Augen, und er schloss sie für einen Moment, um sich dem Kummer und der Hilflosigkeit hinzugeben, zuzulassen, dass der Verlust seiner Geliebten jede Faser seines Wesens durchdrang. Alles, was er jetzt fühlte, und die Trauer seiner Vergangenheit verschmolzen zu einer Einheit, doch als er die Augen öffnete, wusste er, was zu tun war.

Er hatte keine Ahnung, wohin seine Frau gegangen war.

Keine Ahnung, wo er mit der Suche beginnen sollte.

Aber er würde Himmel und Erde in Bewegung setzen, um sie zu finden und zurückzugewinnen.

Kapitel Fünfunddreißig

„Fancy, ich muss mit dir reden."

„Was gibt's, Pa?"

Fancy, die in der Küche des Wohnwagens dabei war, Teig auszurollen, hielt in der Bewegung inne. Ihre Brüder hatten ein Paar fette Fasane mitgebracht, die vom Landgut eines benachbarten Lords „ausgebüxt" waren, und sie hatte vor, die Beweise zu vernichten, indem sie eine große Pastete zum Abendessen zubereitete.

Ihr Vater setzte sich an den Tisch, an dem sie arbeitete.

„Wie lange willst du dich noch vor deinem Mann verstecken, Kleines?", fragte er.

Auf Knight angesprochen zu werden, versetzte ihr einen Stich ins Herz. Seit sie vor einer Woche nach Derbyshire gekommen war, wo ihre Familie um diese Jahreszeit immer ihr Lager aufschlug, hatte sie versucht, überhaupt nicht an ihren Mann zu denken und ihren Kummer in diversen Aufgaben zu begraben. Ihre Familie wusste natürlich, warum sie zurückgekehrt war. An dem Nachmittag, an dem sie aufgetaucht war, hatte ihr Vater einen Blick auf sie geworfen ... und sie mit offenen Armen empfangen. Sie hatte sich in seine Umarmung geflüchtet, in diesen sicheren Hafen, der sie ihr ganzes Leben lang beschützt hatte, und ihren Tränen freien Lauf gelassen.

Anschließend erzählte sie ihrem Vater die wichtigsten Details darüber, warum sie Knight verlassen hatte. Er fragte nicht weiter nach, sondern ließ sie einfach reden und schluchzen und noch mehr reden. Als sie fertig war, tätschelte er ihr die Hand und sagte ihr, sie könne selbstverständlich ihre alte Koje zurückhaben. Seitdem hatte er Knight mit keinem Wort mehr erwähnt.

Bis jetzt.

„Ich verstecke mich nicht vor ihm, Pa." Energisch bearbeitete sie den Teig mit dem Nudelholz.

„Du hast ihm nicht gesagt, wohin du gegangen bist." Ihr Vater hob die Brauen. „Wie soll er dich denn in der Wildnis von Derbyshire finden?"

„Er soll mich nicht finden." Grimmig knetete sie den Teig. „Außerdem nimmst du an, dass er sich die Mühe machen wird, mich zu suchen."

„Das wird er."

„Woher willst du das wissen?"

„Na, immerhin war ich auf eurer Hochzeit", schnaubte Pa. „Ich hab gesehen, wie der Kerl mit dir umgegangen ist. Er wirkte nicht wie einer, der seine Braut einfach so geh'n lässt."

Der Gedanke an ihre Hochzeit schnürte ihr die Brust ab. Wie sehr sich die Dinge doch verändert hatten. Damals war sie voller Hoffnung für ihre Zukunft gewesen, obwohl sie von Imogen wusste. Sie konnte ihm nicht einmal die Schuld in die Schuhe schieben, dachte sie mit wütender Verzweiflung. Er hatte sie nie belogen. Sie war einfach eine törichte Närrin gewesen, die ernsthaft glaubte, sie könne seine Liebe gewinnen.

„Vorsicht, Kleines, sonst ist der Teig hin."

Verärgert stellte sie fest, dass ihr Vater recht hatte. Beinahe hätte sie ihn überknetet.

Verdammt noch mal, ich hätte lieber Brot backen sollen.

Sie atmete tief durch, rollte den Teig aus und legte ihn über die mit Fasan und Gemüse gefüllte Pastetenform.

„Warum setzt du dich plötzlich für Knight ein?", murmelte sie. „Ich dachte, du magst ihn nicht."

„An sich kann ich den Burschen gut leiden. Ich war mir nur nicht sicher, ob er der richtige Mann für dich ist." Pa warf ihr einen schiefen Blick zu. „Aber du hast ihn geheiratet, und jetzt bist du 'ne Herzogin mit 'nem Haushalt, der sich auf dich verlässt."

Es schmerzte sie, an Toby, Eleanor, Jonas und Cecily zu denken. Sie hatte ihrer Familie von Knights Geschwistern und sogar von seiner Tante erzählt, von ihren unglaublichen Fortschritten ... davon, wie lieb sie sie gewonnen hatte.

Betrübt stach sie Löcher in die Kruste. „Sie werden mich mit der Zeit vergessen."

„Es sieht dir nicht ähnlich, zu schmollen, Kleines."

Stirnrunzelnd sah sie ihren Vater an. „Ich schmolle nicht."

„Doch, tust du, und ich versteh auch, warum. Man hat dir das Herz gebrochen, und du musst deine Wunden lecken. Deshalb hab ich auch bis jetzt gewartet, um mit dir zu reden. Aber du kannst dich nicht ewig verstecken."

Ihr schnürte sich die Kehle zu. „Willst du damit sagen ... ich kann nicht bleiben?"

„Ich will, dass du glücklich bist. Wenn's dich glücklich machen würde, hier zu sein, dann würd ich dir sagen, du kannst so lange bleiben, wie du willst." Ihr Vater lächelte traurig. „Aber es ist offensichtlich, dass du nicht glücklich bist, Kleines."

Zu ihrem Entsetzen spürte sie, wie ihr Tränen in die Augen stiegen. Ihr Vater hatte recht, sie war nicht glücklich. Sie war wütend auf Knight und sehnte sich gleichzeitig nach ihm. Als sie ihn verließ, hatte sie nur zwei Erinnerungsstücke mitgenommen: ihren Ehering und seinen Knopf, die sie beide an einer

Schnur um den Hals trug, und deren beruhigendes Gewicht sie unter ihrem Mieder spürte.

„Was soll ich denn tun, Pa?" Sie ließ sich auf den Stuhl neben ihm fallen. „Knight liebt eine andere Frau. Eine wunderschöne Dame, mit der ich nicht mithalten kann. Ich werde nie so sein wie sie."

„Natürlich kannst du nicht sie sein, und warum solltest du's auch woll'n? Du bist *du selbst*, Fancy, und wenn das nicht gut genug für deinen Herzog ist, dann ist er 'n Hornochse. Aber ich halte den Kerl nicht für dumm." Ihr Vater warf ihr einen scharfen Blick zu. „Nach allem, was du mir erzählt hast, seid ihr beide doch gut miteinander ausgekommen, bis du ihn mit der anderen Dame auf dem Ball geseh'n hast."

Sie nickte missmutig.

„Aber du hast nicht wirklich mit ihm darüber gesprochen, oder?"

„Was hätte ich denn sagen sollen, Pa?" Sie rang die Hände auf dem Tisch. „Ich habe gesehen, wie sie sich ... umarmt haben."

„Aus Erfahrung weiß ich, dass man seinen Augen nicht immer trau'n kann", sagte ihr Vater weise. „Selbst wenn es ein Rendezvous war, bringt es nichts, davor wegzulaufen."

Seine Worte riefen ihr in Erinnerung, was Prinzessin Adelaide über ihr Rückgrat gesagt hatte. Warum hatte Fancy nach allem, was sie im Leben durchmachen musste, die Konfrontation mit Knight gescheut? Warum war sie geflohen, anstatt mit ihm zu sprechen?

„Du erinnerst mich an deine Ma. Meine Annie war 'ne Träumerin und die fähigste Frau, die ich je kannte. Es gab nichts, was sie nicht tun konnte, wenn sie's sich in den Kopf gesetzt hatte, und als Ehefrau und Mutter kümmerte sie sich aufopferungsvoll um uns. Aber trotz alledem hatte sie 'ne Schwäche."

„Wirklich?" In Fancys Augen war ihre Mutter perfekt gewesen.

„Sie hatte kein Selbstvertrauen. Sie verlangte nie, was sie wollte, begnügte sich immer mit dem, was wir hatten, und beschwerte sich nicht 'n einziges Mal", sagte Pa mit rauer Stimme. „Das machte natürlich ihren Charme aus, aber es hielt sie auch von ihren Herzenswünschen ab."

„Du warst, was ihr Herz begehrte, Pa", sagte Fancy leise. „Sie hat dich geliebt."

„Ja, und was hätt ich nicht alles getan, um ihr mehr zu bieten." Plötzlich schimmerten Tränen in seinen Augen. „Wusstest du, dass deine Mutter das Eisensteingeschirr, das ich ihr gekauft hab, gehasst hat?"

Fancy blinzelte. „Nein, hat sie nicht. Sie hat es immer wieder repariert, so gut, dass die Risse nicht zu sehen waren. Wir haben dieses Geschirr jahrelang benutzt."

„Sie hat's repariert, weil sie wusste, dass ich's mir nicht leisten konnte, neues zu kaufen", sagte Pa schwermütig. „Aber bevor sie ihren letzten Atemzug tat, fragte ich sie, ob sie mir irgendwas sagen will, irgendwas, das sie bereuen würde, wenn sie's für sich behält. Und sie sagte: *„Milton, ich hab diese hässlichen Teller immer gehasst."*

Fancy schnürte es die Kehle zu.

„Wir haben beide gelacht und dann geweint, weil unser gemeinsames Leben so gesegnet war, dass das Schlimmste daran dieses verdammte Geschirr war." Pa nahm die Brille ab, um sich über die Augen zu wischen. „Aber weißt du, Kleines, wenn ich gewusst hätt, wie sehr sich meine Annie gescheites Porzellan wünscht, hätt ich alles getan, um ihr welches zu besorgen. Sie hätt nur fragen müssen."

„Oh, Pa." Fancy ergriff seine Hand und drückte sie.

„Ich will damit sagen, dass du dich nicht unter Wert verkaufen sollst. Hab keine Angst, Forderungen an deinen

Mann zu stellen, vor allem, wenn das, was du willst, wichtiger ist als Geschirr, wichtiger als alles andere. Ich weiß, dass du dachtest, du könntest sein Herz erobern, wenn du zu 'ner richtigen Herzogin wirst, aber das ist nicht das, was du tun musst."

„Was dann?", fragte sie gequält. „Was soll ich tun?"

„Du musst an dich glauben, mein Kind. Vertrau darauf, dass du die Frau bist, die dein Mann braucht. Die Wahrheit ist, dass du hier drin schon immer 'ne Dame warst", sagte er und legte eine Hand auf sein Herz. „Da, wo's drauf ankommt. Wenn dein Herzog das nicht sieht, dann ist er derjenige, der dich nicht verdient hat."

Später am Nachmittag, als Fancy ihren Brüdern beim Pflücken von Äpfeln in einem nahe gelegenen Obstgarten half, dachte sie noch immer über die Worte ihres Vaters nach. Pa hatte die Töpfe und Pfannen des Besitzers repariert, und als Gegenleistung hatte der Bauer ihnen gestattet, so viele Früchte der letzten Ernte einzusammeln, wie sie tragen konnten.

Sam Taylor, dessen Familie in der Nähe kampierte, beschloss, sie zu begleiten.

Fancy war froh, Sam wiederzusehen, und besonders froh, dass ihr Verhältnis nicht angespannt war. Sie hatte ihn immer als einen Bruder betrachtet und war erleichtert, dass er sich nun wieder wie einer verhielt. Kaum hatten sie den Obstgarten erreicht, begannen Sam und ihre Brüder, sich gegenseitig mit Fallobst zu bewerfen. Als sie ihnen sagte, sie hätten zu arbeiten, zielten die Unholde auf *sie*. Um sich zu verteidigen, machte sie mit, und am Ende waren sie alle verklebt und lachten wie die Verrückten.

Es tat gut zu lachen und in der Sonne an der frischen Luft

zu spielen. Mit einem Anflug von Wehmut dachte sie, dass Toby und Eleanor das Apfelpflücken lieben würden.

„He, Fancy“, rief Sam. „Hilfst du mir mit dem hier?“

Er stand am Ende der Reihe und deutete auf den höchsten Baum.

„Der hat die größten Äpfel, aber sie hängen zu weit oben, und wir haben keine Leiter“, sagte er. „Ich helf dir hoch, und du schnappst sie dir.“

Sie ging hinüber und reckte den Hals, um in die belaubten Äste zu schauen, wo die verführerisch roten, prallen Früchte hingen. Sam hatte recht, diese Äpfel sahen wirklich am besten aus.

„Kannst du mich so hoch heben?“, fragte sie zweifelnd.

Sam grinste und spannte einen Arm an. „Ich bin stark wie 'n Ochse.“

„Und genauso dämlich“, kicherte Liam.

Bevor die Jungs ihr Gefecht fortsetzten, sagte Fancy hastig: „Also gut. Ich klettere auf deine Schultern, aber dass du mich ja gut festhältst, Sam Taylor.“

„Ich hüte dich wie das beste Porzellan meiner Mutter.“

„Deine Mutter hat kein Porzellan“, konterte Fancy.

Sam kniete sich hin und gestikulierte ihr zu. „Hör auf zu diskutier'n und steig auf.“

Sie zog ihre Schuhe aus und setzte sich auf seine Schultern. Getreu seinem Wort hielt er sie fest und erhob sich. Indem sie sich so weit wie möglich nach oben streckte, konnte sie mehrere reife Äpfel erreichen und sie in den Sack fallen lassen, den er in der Hand hielt.

„An die größten komme ich nicht heran.“ Sie blickte hinauf zu den höher hängenden Früchten, die röter und größer als die anderen zu sein schienen. „Ich muss mich auf deine Schultern stellen.“

„Das halt ich für keine gute Idee ...“

Sie schaffte es, auf ihren Knien zu balancieren. „Hör auf zu jammern und halt still.“

„Pass auf!“, keuchte Sam.

„Warte, ich hab's gleich.“

Konzentriert richtete sie sich auf und vergrub die Zehen in Sams Schultern. Er ließ den Sack fallen und umfasste ihre Knöchel, um ihr zusätzlichen Halt zu geben.

„Fast geschafft“, sagte sie.

Ein triumphierendes Gefühl überkam sie, als ihre Fingerspitzen die Frucht berührten ... Doch dann verlor Sam das Gleichgewicht und kippte nach vorn. Mit einem Schrei flog sie durch die Luft und machte sich auf den schmerzhaften Aufprall gefasst, aber starke Arme fingen sie auf und drückten sie gegen eine breite, muskulöse, allzu vertraute Brust.

Schwer atmend und fassungslos starrte sie in die Augen ihres Mannes.

Kapitel Sechsunddreißig

Als Severin in das Gesicht seiner Geliebten blickte, überkam ihn eine Welle der Erleichterung und Sehnsucht. Nach einer Woche verzweifelten Suchens hatte er sie gefunden. Endlich war alles, was er sich je gewünscht hatte, wieder wohlbehalten in seinen Armen.

„Fancy", flüsterte er heiser. Liebe und Verlangen raubten ihm den Verstand, drängten ihn, seine Lippen auf die ihren zu pressen ...

Sie stieß ihn so heftig in die Brust, dass er sie um ein Haar hätte fallen lassen. Es gelang ihm gerade noch, sie festzuhalten und sicher auf die Füße zu stellen. Kaum hatte sie das Gleichgewicht wiedergefunden, versuchte sie, sich aus seiner Umarmung zu befreien, und er ließ sie los. Nicht, weil er es wollte, sondern weil er wusste, dass sie jedes Recht hatte, ihn wegzustoßen.

„Was machst du hier?", fragte sie.

Nie hatte sie schöner ausgesehen als in diesem Moment, mit ihren zerzausten Zöpfen und ihren vor Wut blitzenden Augen. Liebe und Reue zerrten an ihm, ebenso wie das Bedürfnis, sie in die Arme zu nehmen und nie wieder loszulassen.

„Ich bin deinetwegen gekommen", sagte er.

Ihre Brüder und Sam Taylor umringten sie schützend.

Taylor starrte ihn finster an. „Sollen wir uns um diesen Mistkerl kümmern, Fancy?"

Severin ballte die Hände zu Fäusten. Wie konnte der Bastard es wagen, sich als ihr Beschützer aufzuspielen? Fancy gehörte zu *ihm*. Er war derjenige, der auf sie aufpasste, selbst wenn er für dieses Privileg auf die Knie fallen und vor ihr zu Kreuze kriechen musste. Da er jedoch wusste, dass seine Frau es nicht gutheißen würde, wenn er Taylor verprügelte, zügelte Severin seine Eifersucht.

„Fancy, kann ich dich unter vier Augen sprechen?", fragte er mit fester Stimme.

Ihr Bruder Liam verschränkte die Arme vor der Brust. „Wir lassen sie ganz bestimmt nicht mit Ihnen allein."

„Unsere Schwester war 'ne Woche lang allein unterwegs, um von Ihnen wegzukommen", knurrte Oliver. „Was für 'n Ehemann lässt zu, dass seine Frau sowas tut?"

„Oder dass sie sich wegen ihm in den Schlaf weint?", fügte Tommy hinzu.

„Haltet den Mund", sagte Fancy mit hochroten Wangen.

Mit leiser Stimme sagte Severin, der sich vor Selbstvorwürfen kaum retten konnte: „Ich weiß, ich war ein Mistkerl, Fancy, und es gibt keine Entschuldigung für das, was ich dir angetan habe. Aber es gibt Dinge, die ich dir gerne sagen würde ... Dinge, die mir erst jetzt klar geworden sind. Gibst du mir die Chance, mich zu erklären?"

Der Argwohn in ihrem Blick traf ihn wie ein Schlag in die Magengrube, und dafür konnte er niemandem die Schuld geben außer sich selbst.

Was, wenn es zu spät ist? Wenn sie mir nicht verzeihen kann, dass ich nicht wusste, wie es um mein Herz bestellt ist?

Mit angehaltenem Atem wartete er auf ihre Antwort. Mehrere qualvolle Momente verstrichen.

„In Ordnung", sagte sie schließlich. „Komm mit."

Fancy führte Knight in den hinteren Teil des Obstgartens. Ihre Emotionen waren verworren wie loses Garn in einem Korb. Sie wusste nicht, wo ein Gefühl begann und das nächste endete, ob sie wütend, gereizt oder hoffnungsvoll war. Sie spürte Knights Präsenz hinter sich, seine pulsierende, beständige Energie.

Warum ist er gekommen? Aus Pflichtgefühl ... oder aus einem anderen Grund?

Als sie den Zaun erreichte, der das Grundstück eingrenzte, drehte sie sich zu ihrem Mann um. Die Sonne drang durch das Blätterdach und tauchte sein markantes Gesicht in ein faszinierendes Spiel aus Licht und Schatten. Sein intensiver Blick schien sie zu durchbohren.

„Wie hast du mich gefunden?", brachte sie hervor.

„Durch Bertrand."

Sie blinzelte verwirrt.

„Das störrische Vieh hat mich zum Lager deiner Familie geführt", erklärte Knight. „Es war Tobys Idee. Er sagte, Esel hätten ein ausgezeichnetes Gedächtnis und einen guten Orientierungssinn, und wie sich herausstellt, hatte er recht."

Sie holte tief Luft und fragte: „Warum bist du hergekommen?"

„Weil du meine Frau bist und ich dich liebe", sagte er mit fester Stimme.

Ein Schock durchfuhr sie. Wie sehr hatte sie sich danach gesehnt, diese Worte von ihm zu hören ... Doch nun konnte sie sie nicht glauben. Nicht nach dem, was sie gesehen hatte.

Sie hob ihr Kinn. „Du hast mich nie belogen. Es gibt keinen Grund, jetzt damit anzufangen."

„Ich lüge nicht." Er straffte die Schultern und sagte: „Ich verstehe, warum du das denken könntest ..."

„Ich habe dich mit Imogen gesehen", erwiderte sie scharf. „Auf Prinzessin Adelaides Soiree."

Er zuckte nicht einmal mit der Wimper. „Was glaubst du, gesehen zu haben?"

„Ich *weiß*, was ich gesehen habe. Draußen auf dem Balkon, da hast du ... sie geküsst", sagte sie stockend.

Die Tatsache, dass er es nicht leugnete, brachte ihre Wut zum Überkochen.

„Weißt du, was mir endlich klar geworden ist?" Ohne auf eine Antwort zu warten, fuhr sie fort: „Ich bin weder eine Dame noch eine richtige Herzogin, und das ist mir völlig egal. Ich bin die Tochter eines Kesselflickers, und darauf bin ich stolz. Als ich dich geheiratet habe, habe ich versucht, mich zu ändern. Ich wollte die Herzogin sein, die du dir wünschst, aber es hat nicht geklappt. Ich bin immer noch Fancy Sheridan, eine Frau, die so gut wie alles flicken kann ... außer dein Herz. Ich bin es leid, es zu versuchen, und außerdem ist es nicht meine Aufgabe. Ich verdiene etwas Besseres, als die Zweitbeste zu sein, die Frau, mit der du dich abgefunden hast. Ich verdiene etwas Besseres als eine lieblose Ehe und das abgetragene Herz meines Mannes. Ich will ein glückliches Märchenende, und mit weniger gebe ich mich nicht zufrieden!"

Sie hatte nicht schreien wollen. Aber einmal entfesselt, brachen ihre aufgestauten Emotionen aus ihr heraus.

„Ich weiß." Im Gegensatz dazu war Knights Stimme sanft und leise. „Alles, was du sagst, ist wahr. Du verdienst etwas Besseres als mich, Liebling, das habe ich immer gewusst. Aber glaube bloß nicht, dass ich dich gehen lasse."

„Wegen des Skandals?", fragte sie verbittert. „Das wird

niemanden interessieren. Man wird uns sogar für richtige Aristokraten halten, wenn wir getrennt leben. Du und Imogen könnt tun und lassen, was ihr wollt, und ich ebenso ..."

„Von wegen. Und Imogen kann mir gestohlen bleiben." Er trat einen Schritt vor, packte ihre Arme und sah ihr tief in die Augen. „Du gehörst zu mir, Fancy."

„Lass mich los!"

„Niemals. Du bist das Beste, was mir je passiert ist, und ich werde dich nie wieder gehen lassen."

Angesichts seiner inbrünstigen Worte verschlug es ihr kurzzeitig die Sprache.

„Ich habe so viele Fehler mit dir gemacht", presste er hervor. „Zu viele, um sie zu zählen. Aber den einen, den ich nicht machen werde, ist, dich zu verlieren. Die Frau, die ich liebe, die mich gelehrt hat, was Liebe ist."

Ihr Herz setzte einen Schlag aus.

„Du liebst mich nicht." Sie zwang die Worte durch ihre zugeschnürte Kehle. „Du liebst Imogen. Das hast du immer und das wirst du immer tun."

„Nein." Er schüttelte vehement den Kopf. „Ich liebe sie nicht."

„Lüg mich nicht an!", rief sie. „Ich habe *gesehen,* wie du sie geküsst hast."

„Was du gesehen hast, war, wie Imogen mich überrumpelte. Es stimmt, sie hat mich an diesem Abend auf der Soiree aufgesucht. Sie sagte, sie hätte etwas Dringendes zu besprechen. Ich hätte nicht mit ihr auf den Balkon gehen sollen, aber sie wirkte verzweifelt, als ob sie meine Hilfe bräuchte." Knight fuhr sich mit der Hand durchs Haar. „Als wir dann draußen waren, hat sie sich mir an den Hals geworfen."

Schmerz durchfuhr sie wie ein Dolch. „Also *hast* du sie geküsst."

„Nicht mit Absicht. Mir war nicht klar, was sie vorhatte." Er bedachte sie mit einem flehenden Blick. „Als sie mich geküsst hat, bin ich erstarrt, weil ich es nicht erwartet hatte ... und weil ich nichts fühlte. Ich beendete den Kuss nur einen Augenblick später."

„Warum das, wo du dir deine Küsse doch so lange für sie aufgespart hast?"

„Weil ich mich in *dich* verliebt habe", sagte er heiser.

„Ach, wirklich?" Sie verschränkte die Arme vor der Brust, nicht gewillt, sich noch größerem Schmerz auszusetzen. „Und wann ist dieser magische Moment passiert?"

„Wahrscheinlich in dem Augenblick, als ich dich mit diesem verdammten Esel streiten sah." Als sie ihn ungläubig anstarrte, fügte er hinzu: „Da wusste ich, dass ich dich wollte. Dass ich noch nie zuvor eine so starke körperliche Anziehung zu einer Frau verspürt hatte."

Sie schnaubte verächtlich. „Lust ist nicht dasselbe wie Liebe."

„Es war nicht nur Lust, die ich für dich empfand, aber natürlich begehrte ich dich auch. So sehr, dass es mich für alles andere, was ich fühlte, blind gemacht hat." Er atmete tief durch. „Ich glaube, das war der Grund, warum ich so verwirrt war."

„Die Bedingungen deines Antrags waren unmissverständlich. Du sagtest, du liebst Imogen. Du warst bereit, dich mit mir zu begnügen, weil du mich kompromittiert hattest", sagte sie tonlos. „Und weil wir auf intimer Ebene gut zueinanderpassen."

„Ich war ein Narr", erwiderte er reumütig. „Fancy, ich hatte keine Ahnung, was Liebe ist, bevor ich dich traf. Als ich Imogen kennenlernte, war ich fünfzehn. Ich dachte, ich liebe sie, aber es war die alberne Schwärmerei eines Jungen, der nur ihre Schönheit und das privilegierte Leben, das sie führte, sah und es für sich selbst wollte. Inzwischen sind mir einige Dinge klar geworden. Wahrheiten, die ich vergraben hatte, weil sie hässlich waren. Ich habe nie mit jemandem darüber geredet, aber dir möchte ich sie anvertrauen, wenn du mir die Chance dazu gibst."

Sein rauer Tonfall verriet ihr, wie aufgewühlt er war. Es war nicht leicht für ihn, über diese Dinge zu sprechen, das wusste sie. Trotz ihres Schmerzes spürte sie, wie ihre Wut sich legte.

„Also gut, ich höre dir zu."

„Danke." Er räusperte sich. „Ich verstehe jetzt, dass ich Imogen auf ein Podest gestellt, sie als Motivation benutzt habe, um mich aus der Armut, den miserablen Bedingungen meines Lebens zu befreien. Alles um mich herum war dunkel, schmutzig und brutal. Du weißt, dass meine Mutter Näherin war, aber das ist nicht die ganze Wahrheit. Sie war auch ... eine Dirne."

Als sie den Kummer in seinen Augen sah, wurde ihr Herz weicher. Er stand da, als machte er sich auf den Angriff einer Armee von Dämonen gefasst, und sie konnte ihn nicht allein in den Kampf ziehen lassen. Langsam streckte sie eine Hand nach ihm aus, und er ergriff sie, als wäre sie eine Rettungsleine.

„Ich war acht Jahre alt, als mir klar wurde, auf welche Weise sie unseren Lebensunterhalt verdiente. Ich dachte stets, wir würden von der Stückarbeit leben, die sie annahm. Nie habe ich hinterfragt, warum sie nachts geschminkt und in frei-zügigen Kleidern aus dem Haus ging." Seine Stimme klang gequält. „Es gab Zeiten, da kam sie mit blauen Flecken im Gesicht zurück, mit diesem schrecklichen, ausdruckslosen Blick, und ich fragte sie, was passiert sei. Doch sie sagte jedes Mal nur, sie hätte einen Unfall gehabt."

„Oh, Knight." Fancy wusste nicht, was sie sonst sagen sollte.

„Als einer meiner Freunde mich über den wahren Beruf meiner Mutter aufklärte, habe ich ihm die Nase blutig geschlagen und sie dann törichterweise zur Rede gestellt. Weißt du, was sie sagte?"

„Was?", fragte Fancy leise.

„Mach nicht denselben Fehler wie ich. Lass dich nicht von der Begierde blenden. Wenn du eine Frau gefunden hast, behandle sie wie ein wahrer Gentleman, wie ein Ritter, der seine Dame nie im Stich lässt." Er schluckte schwer. „Damals verstand ich nicht, dass sie von meinem Vater sprach, der sie im Stich gelassen und ihr nach und nach alles genommen hatte. Erst ihre jugendlichen Träume, dann ihre Hoffnung und schließlich sogar ihre Würde."

„Und doch hat sie nie ihre Stärke verloren", flüsterte Fancy.

„Wie bitte?"

„Deine Mutter hat so viel durchgemacht, aber sie hat weiter gekämpft, um zu überleben. Und sie hat nie die Hoffnung in dich verloren, Knight. Sie hat daran geglaubt, dass du der Gentleman sein kannst, der dein Vater nie war."

„So habe ich das noch nie gesehen", sagte er schroff. „Ich wusste nur, dass ich sie im Stich gelassen hatte. Ich habe es versäumt, sie zu beschützen, für uns zu sorgen, damit sie keine Erniedrigungen mehr erleiden muss. Ich habe versucht zu helfen, indem ich tat, was die meisten Jungen meines Alters im Elendsviertel tun: Ich wurde zum Dieb. Aber jedes Mal, wenn es mir gelang, einen Laib Brot oder einen gestohlenen Geldbeutel nach Hause zu bringen, sah ich die Enttäuschung in den Augen meiner Mutter." Er schluckte schwer. „Und ich wusste, was sie dachte. Ich wusste, dass sie sich wünschte, ich könnte mehr aus mir machen. Dann habe ich Imogen gerettet, und zum ersten Mal in meinem Leben fühlte ich mich wie ..."

„Ein Held?", fragte Fancy verständnisvoll.

Er nickte knapp. „Es war ein erhebendes Gefühl zu wissen, dass ich mehr sein konnte als ein diebischer Gassenjunge. Dass ich in der Lage war, über meine Herkunft hinauszuwachsen. Ich wollte unbedingt ein Gentleman sein, der *Maman* stolz machen und das Herz einer edlen Dame erobern würde."

„Du bist ein Gentleman." Sosehr sie die nächsten Worte

auch schmerzten, fügte sie hinzu: „Und du hast Imogens Herz gewonnen."

„Imogen liebt mich nicht, und ich liebe sie nicht." Er ergriff ihre Hände und hielt sie fest in den seinen. „Ich war in Imogen vernarrt, habe sie idealisiert, aber ich habe sie nie *gekannt*. Und sie mich auch nicht."

Fancy runzelte die Stirn. „Wie könnt ihr euch nach all den Jahren nicht kennen?"

„Sie wollte einen Helden, ich wollte einer für sie sein, und das war alles, was wir wirklich gemeinsam hatten. Wir haben nie über etwas Wesentliches gesprochen", sagte er mit ernster Miene. „Imogen ist sehr feinfühlig, und da ich sie nicht aufregen wollte, habe ich ihr nie von meinen Problemen oder der Dunkelheit in meinem Leben erzählt. Und sie war stets eine anständige Dame, die nie etwas Unhöfliches sagte oder tat."

Fancys Wangen glühten, als sie an die Dinge dachte, über die sie und Knight gesprochen hatten. Die verruchten Dinge, die sie im Affekt der Leidenschaft gesagt *und* getan hatten. Peinlich berührt versuchte sie, sich zurückzuziehen, aber Knight hielt sie fest.

„Aber du ... du bist *echt*, Fancy", sagte er eindringlich. „Eine Frau aus Fleisch und Blut, die keine Angst vor Gefühlen oder Unannehmlichkeiten hat. Die keine Abscheu für den Mann empfindet, der ich unter dem Glanz und dem Reichtum bin."

„Warum sollte ich dich verabscheuen?", fragte sie mit erstickter Stimme. „Du bist ein Mann von Ehre, einer, der aufgrund seiner eigenen Verdienste überlebt hat. Du hast etwas aus dir gemacht, hast dich über die Dunkelheit erhoben, die dich hätte verschlingen können, und das ist nichts, wofür man sich schämen muss."

„Mir gefällt, dass du in jedem das Beste siehst, Liebling ... Sogar in mir, obwohl ich es nicht verdiene." Verzweiflung blitzte in seinen Augen auf. „Deine Wärme und Großzügigkeit sind anders als alles, was ich bisher kannte. So lange habe ich mir vorgemacht, dass Liebe etwas Reines und Unerreichbares ist. Deshalb habe ich das Geschenk, das du mir gemacht hast, nicht erkannt: Liebe, echte Liebe, die die Dunkelheit nicht nur überlebt, sondern durch sie noch stärker wird. Liebe, die ewig währt. Das ist es, was ich für dich empfinde, Fancy – meine Herzogin, meine Gemahlin, die einzige Frau, die ich je wirklich geliebt habe."

Emotionen schnürten ihr die Kehle zu. Er sagte alles, wovon sie immer geträumt hatte. Sie *wollte* ihm glauben, aber sie musste an die Szene auf dem Balkon denken, an den erschütternden Schmerz, als sie Imogen in seinen Armen sah. Wie konnte sie darauf vertrauen, dass er sie liebte, dass er sich nicht nur mit dem Trostpreis zufriedengab?

Sie zog sich zurück, und er ließ sie gewähren, hielt den Blick jedoch fest auf sie gerichtet.

„Wenn das der Fall ist, warum hat dich die Begegnung mit Imogen auf Maggies Ball so aus der Bahn geworfen?" Als er verwirrt die Stirn runzelte, fügte sie erklärend hinzu: „Nach dieser Nacht warst du distanziert. Du bist nicht mehr in mein Schlafgemach gekommen, und als ich dich dann aufsuchte ..." Sie biss sich auf die Lippe, als sie eine Welle der Demütigung übermannte. „Ich habe dir gesagt, dass ich dich liebe, und du hast mich abblitzen lassen."

„Ich war ein Mistkerl", erwiderte er mit vor Selbstverachtung triefender Stimme. „Es gibt keine Entschuldigung dafür, wie ich dich behandelt habe, und ich vermag nicht in Worte zu fassen, wie leid es mir tut. Aber in einem Punkt irrst du dich: Es war nicht Imogen, die mich aus der Bahn geworfen hat ... Es war Anna Smith."

„Aber warum?" Sie legte den Kopf schief. „Zu diesem Zeitpunkt war die Gefahr vorbei. Hättest du nicht zumindest froh oder erleichtert sein müssen?"

„Ich war erleichtert, dass du nicht länger in Gefahr warst." Ein Schatten huschte über sein Gesicht. „Aber als ich Anna Smith in der Anstalt besuchte, kamen Erinnerungen an *Maman* hoch, und an meine Besuche bei ihr ... in Bedlam."

Bei dieser Enthüllung verschlug es Fancy die Sprache. Das berüchtigte Londoner Bethlehem Hospital, allgemein als Bedlam bekannt, war eine Anstalt für Geisteskranke.

„Deine Mutter war krank?", fragte sie vorsichtig.

„Nicht immer", erwiderte er mit rauer Stimme. „Laut dem Nervenarzt war es der Gin, der ihr das angetan hat. *Maman* hat viel getrunken, allerdings nicht, als ich noch sehr klein war. Ich erinnere mich an eine Zeit, in der ihr Blick und ihr Geist nicht vom Alkohol getrübt waren. Aber als sie anfing, sich zu verkaufen, um uns über Wasser zu halten, veränderte sie sich. Sie war eine leidenschaftliche Frau, und etwas zu tun, das so sehr gegen ihre Wünsche und ihren Sinn für Würde verstieß, zerstörte sie. Sie musste einen Weg finden, sich zu betäuben ... und fand Zuflucht im Gin."

„Die Arme", sagte Fancy mitfühlend.

„Sie war eine liebevolle Mutter, aber wenn sie trank, wurde sie ein anderer Mensch. Ich war zwölf, als sie anfing zu halluzinieren, als sie Dinge hörte und sah, die nicht da waren. Wenn ich ihr zu sagen versuchte, dass sie sich das nur einbildete, wurde sie immer verzweifelter, und ein paar Mal vergaß sie, wer ich war, und dachte, ich wolle ihr etwas antun. Und sie ... sie griff mich an. Einmal hat sie mich mit einem Messer auf die Straße gejagt. Ich hätte ausweichen sollen, aber ich war nicht schnell genug. Sie stach auf mich ein und hinterließ die Narbe in der Nähe meines Herzens."

Unfähig, den Schmerz ihres Mannes zu ertragen, ging Fancy zu ihm und schlang ihre Arme um seine Taille.

Er hielt sie mit eisernem Griff. „Sie wollte mir nicht wehtun."

„Natürlich nicht." Fancy drückte ihn an sich, so fest sie konnte. „Sie war nicht sie selbst."

„Danach wurde sie von den Behörden weggebracht. Jahrelang besuchte ich sie in Bedlam, und als ich sah, wie sie litt, wie sie behandelt wurde ..." Er brach ab und vergrub das Gesicht in ihrem Haar. „Es gab nichts, was ich tun konnte, um ihr zu helfen. Ich war froh, als sie starb, erleichtert, dass ihre Qualen endlich vorbei waren. Als ich Anna Smith besuchte, kamen all die Erinnerungen wieder hoch."

Fancy strich ihm über den Rücken. „Das verstehe ich."

Endlich war ihr alles klar. Knight hatte nicht über Imogen nachgegrübelt, er hatte die Schrecken seiner Jugend erneut durchlebt. Plötzlich realisierte sie, dass darin der Grund für die Art und Weise lag, auf die er Imogen idealisiert hatte: War es ein Wunder, dass er nach einer reinen, unantastbaren Liebe suchte, wo doch die wahre Liebe, die er erlebt hatte, so voller Dunkelheit und Schmerz gewesen war?

Er lehnte sich zurück und sah sie an, ohne seinen Griff zu lockern.

„Ich hätte in jener Nacht nicht mit dir schlafen sollen", sagte er heiser. „In der Stimmung, in der ich war, hätte ich mich von dir fernhalten müssen. Als du mir gesagt hast, dass du mich liebst, habe ich ... Panik bekommen. Und ich weiß nicht einmal, warum, denn ich liebe dich auch, Fancy. Das tue ich wirklich."

„Ich kann mir denken, warum." Sanft berührte sie seinen Kiefer und spürte, wie der Muskel unter ihren Fingerspitzen zuckte. „Liebe war nie einfach für dich, nicht wahr? Vielleicht fühlten sich Leidenschaft und Lust sicherer an."

Verständnis blitzte in seinen Augen auf.

„Mir ist klar geworden, dass ich Imogen dieses Versprechen nicht ihretwillen, sondern meinetwillen gegeben habe", sagte er langsam. „Durch diesen Schwur hatte ich das Gefühl, meine Vergangenheit hinter mir zu lassen, und er schützte mich davor, mich mit der dunklen, schmerzhaften Seite der wahren Liebe auseinandersetzen zu müssen.“

„Du hast mir von Anfang an gesagt, dass Liebe riskant ist“, erinnerte sie sich.

„Ja, aber du bist jedes Risiko wert.“ Die Ehrfurcht in seinem Blick schnürte ihr die Kehle zu. „Du bist mir zu Hause und bei der Arbeit eine große Hilfe gewesen. Du hast mir zugehört, mich unterstützt, mir das Gefühl gegeben, dass ich nicht allein bin. Verdammt, du hast sogar meine Familie wieder zusammengebracht, etwas, das ich nie für möglich gehalten hätte.“

„Ich liebe deine Familie“, sagte sie.

„Glaubst du, dass du auch *mich* wieder lieben könntest?“ Die Unsicherheit in seiner Stimme brachte ihr Herz zum Schmelzen. „Ich schwöre dir, dass ich für Imogen nichts weiter als Freundschaft empfinde, Dankbarkeit für die Zeit, in der sie meine einzige Freundin war. Und ich schwöre auch, dass ich dich nie wieder respektlos oder schäbig behandeln werde – weder im noch außerhalb des Bettes.“

„Es war ja nicht *alles* schlecht“, gab sie zu. „Nur der Teil, als ich dir meine Liebe gestanden habe und du nichts erwidert hast.“

„Ich liebe dich, Fancy.“ Zärtlich umschloss er ihr Gesicht mit den Händen, als wäre sie die letzte Flamme, die ihn vor der Dunkelheit der Nacht bewahrte. „So sehr, dass es mir Angst macht. Dich zu verlieren, würde mich zerstören, aber ich werde dich trotzdem lieben, weil ich nicht anders kann. Du bist alles, was ich je wollte, und die Einzige, die ich für den Rest meiner Tage an meiner Seite haben will.“

Nun, das war eine Verbesserung gegenüber dem letzten Mal.

„Ich kann dich nicht *erneut* lieben, weil ich nie aufgehört habe. Ich hatte auch Angst“, sagte sie aufrichtig. „Angst zu verlangen, was ich will, zu glauben, dass ich einen Mann wie dich verdiene. Aber ich gebe mich nicht länger mit Geschirr zufrieden, das ich hasse."

Er runzelte die Stirn. „Was hat Geschirr damit zu tun?"

„Das erkläre ich dir später. Du sollst nur wissen, dass ich keine Angst mehr habe, dich zu lieben."

Er atmete sichtlich nervös durch ... und überraschte sie, indem er vor ihr auf die Knie ging. Ihr Herz hämmerte wie wild, als er ihren Rubinring hervorholte, ihn ihr an den Finger steckte und fragte: „Fancy Sheridan Knight, willst du für immer meine Liebe sein?"

„Ja." Unter Tränen lächelnd, zog sie mit der freien Hand das Halsband unter ihrem Mieder hervor und zeigte ihm die Gegenstände, die sie stets am Herzen trug, selbst, als sie getrennt waren. „Ich habe immer dir gehört, Knight."

Er erhob sich und berührte ihren Ehering und den gravierten Goldknopf.

„Ist das einer meiner Knöpfe?", fragte er stirnrunzelnd.

„Ich habe ihn von deinem Mantel abgeschnitten, dem, den du mir an dem Tag geliehen hast, als wir uns am Flussufer trafen." Sie errötete und gestand: „Ich dachte, das wäre alles, was ich je von dir besitzen würde, und seitdem trage ich ihn immer bei mir."

„Ich gehöre dir, Fancy, mit Leib und Seele", sagte er mit einer Inbrunst, die auch ihre letzten Zweifel ausräumte. „Darf ich meine Braut jetzt küssen?"

Statt einer Antwort lächelte sie und hob ihm ihr Gesicht entgegen, und er vereinte seine Lippen mit den ihren. Die erste Berührung ihrer Münder war sanft, nahezu perfekt. Das Aroma ihres Mannes und seine Wärme waren alles, worauf sie ein Leben lang gewartet hatte. Er küsste sie wieder und wieder, und jedes Mal verlor sie sich ein wenig mehr in der samtigen Süße seiner Lippen.

In seinem Kuss spürte sie seine Liebe, seine Hingabe und

Fürsorge. Ihre Verbindung ging über das Körperliche und sogar über das Emotionale hinaus und erreichte einen Ort, der ihren Geist zum Singen brachte. Ihr Herz quoll über vor Glückseligkeit, und sie erwiderte seinen Kuss mit all der Liebe, die sie nicht mehr zurückhalten konnte.

Sie küssten sich immer fordernder und leidenschaftlicher, bis Fancy sich haltsuchend an ihn klammerte und er sie beide nur noch mit Mühe aufrecht halten konnte. Sie hatte geglaubt, die Kraft ihrer Leidenschaft zu kennen, doch von Liebe angefacht, loderte ihr Verlangen zu neuen Höhen auf. Sie sah ihre eigene Verwunderung in seinem Blick.

„Willst du mit mir zurück ins Lager kommen?", flüsterte sie.

„Ich würde dir überallhin folgen." Die Liebe, die in seinen Augen leuchtete, vertrieb die Schatten und Gespenster des Zweifels. „Wo immer du bist, mein Herz, will auch ich sein."

Kapitel Siebenunddreißig

Severin erwachte in einem Nebel sinnlicher Benommenheit. Es dauerte einen Moment, bis er erkannte, wo er sich befand: in seiner Kutsche, in der Fancy und er die Nacht verbracht hatten. Erinnerungen an ihr leidenschaftliches Wiedersehen durchfluteten ihn und verflüchtigten sich in einem Dunst aus Verwirrung und Erregung. Er neigte den Kopf, und was er sah und fühlte, entlockte ihm ein kehliges Stöhnen.

Er lag auf einer Samtdecke auf dem Boden der Kabine, und seine nackte Herzogin hatte es sich zwischen seinen Schenkeln bequem gemacht. Ihre zarten Finger umschlossen seine morgendliche Erektion, ihre Lippen waren nur eine Haaresbreite von seiner glänzenden Eichel entfernt.

„Guten Morgen", flüsterte sie gegen seine erhitzte Haut.

„Das ist er in der Tat", presste er hervor.

Ein Lächeln umspielte ihre Lippen, die wie die zarten Flügel eines Schmetterlings über seinen harten Schaft glitten. Er vergrub die Finger in ihren seidigen Locken, genoss die neckischen Liebkosungen und hob ihr fordernd die Hüften entgegen. Wie immer wusste seine Frau, was er brauchte, und er stöhnte auf, als sie ihn in den Mund nahm und ihn mit ihrer samtigen Hitze umgab.

Ein wohliger Schauer jagte ihm über den Rücken, während er beobachtete, wie sie seinen Schwanz lutschte. Das erotische Bild, das sie abgab, und die Empfindungen, die sie in ihm auslöste, raubten ihm völlig die Sinne. Obwohl er letzte Nacht dreimal mit ihr geschlafen hatte, war sein Verlangen nach ihr noch immer nicht gestillt.

Andererseits hatte er ein Leben lang auf seine Geliebte gewartet. War es da verwunderlich, wie sehr er sich nach ihr verzehrte? Die Sehnsucht, sie so vollständig zu besitzen, wie sie ihn besaß, ließ sein Herz, seinen Schwanz, selbst seine Seele pulsieren.

Sie war seine Frau. Seine Herzogin. *Sein*.

Halb rasend vor Lust setzte er sich auf und griff nach ihr. Sie stieß einen überraschten Laut aus, als er sie auf den Rücken rollte und ihre Positionen umkehrte, sodass er auf ihr lag, mit dem Kopf zwischen ihren Beinen und seinem Schwanz über ihren sinnlichen Lippen. Beim Anblick ihrer feuchten, rosigen Pussy lief ihm das Wasser im Mund zusammen.

„Gemeinsam, Liebling", keuchte er.

Er vergrub sein Gesicht zwischen ihren Schenkeln, spürte, wie sie zusammenzuckte, als er sie von ihrer Perle bis zu ihrer versteckten Rosenknospe leckte. Verdammt, ihr Aroma war berauschend. Er küsste und liebkoste ihre Pussy mit zügelloser Begierde, und sie verwöhnte ihn mit ebenbürtigem Enthusiasmus. Während seine Zunge in ihre feuchte Hitze tauchte und sein Schwanz in ihren süßen Mund, wusste er, dass er den Himmel auf Erden gefunden hatte.

Als er spürte, wie ihre Lippen seine Hoden berührten, wusste er, dass er nicht mehr lang durchhalten würde. Doch er wollte, dass sie zuerst kam, also schob er zwei Finger in ihre enge Pussy und pumpte sie, während er an ihrer Lustperle saugte. Sie stöhnte, der Laut gedämpft durch seinen mächtigen Schaft, und ihre Scheidenmuskeln zogen sich zusammen, während ihr lieblicher Nektar seine Lippen und Zunge benetzte.

Er wechselte die Position, sodass sie von Angesicht zu Angesicht dalagen. Während er seiner Frau in die unvergleichlichen, braunen Augen sah, glitt er mit einem geschmeidigen Stoß seiner Hüften in sie hinein und flüsterte: „Ich liebe dich, Fancy."

Ihr Blick hielt ihn ebenso gefangen wie ihr Körper. „Ich liebe dich auch, Knight."

Er bewegte sich in ihr, und sie schlang die Beine um seine Hüften, um ihn noch tiefer in sich aufzunehmen. Während er immer härter in ihre samtige Wärme stieß, nahm er ihren Mund mit einem hungrigen Kuss. Er sog alles, was sie ihm geben konnte, begierig auf und gab es ihr in gleichem Maße zurück. Als sie ein zweites Mal zum Höhepunkt kam, stöhnte er auf, überwältigt von seinem Verlangen und seiner Liebe für sie. Bebend ergoss er sich bis auf den letzten Tropfen in die süße Hitze seiner Frau.

Anschließend rollte er sich auf den Rücken und zog sie an sein wild hämmerndes Herz.

„Knight?"

Er sah ihr in die Augen. „Ja, Liebling?"

„Ich wusste nicht, dass das Leben besser sein kann als ein Märchen."

Mit vor Glück überquellendem Herzen erwiderte er: „Es wird noch besser werden, das verspreche ich dir."

Dann küsste er sie erneut.

Auf Knights Drängen hin blieben sie noch drei weitere Tage.

Fancy wusste, dass er ein viel beschäftigter Mann war, doch er schenkte ihr Zeit mit ihrer Familie, weil er wusste, wie viel diese ihr bedeutete. Er bemühte sich auch um Pa und die Jungs. Obwohl sie ihnen versichert hatte, dass in ihrer Ehe alles in Ordnung sei – sogar mehr als das –, blieben sie verständlicherweise misstrauisch gegenüber Knight und seinen Absichten.

Er nahm es gelassen hin und behauptete, dass er ihre Feindseligkeit verdiene.

„Ich war ein verdammter Narr", sagte er unverblümt. „Und muss die Konsequenzen tragen. Du hast meine Familie für dich gewonnen, jetzt lass mich deine von mir überzeugen. Keine Sorge, ich werde mich mit ihnen arrangieren."

Verwirrt sah sie zu, wie er sich „arrangierte", indem er ihrem Vater und ihren Brüdern bei der Arbeit zur Hand ging. Ohne sich zu beschweren, half er, ein Herzog, ihnen beim Roden von Bäumen und der Reparatur von Zäunen für einen benachbarten Bauern. Er spielte Kickball mit den Jungs und war so gut darin, dass ihre Brüder darum kämpften, ihn in ihrer Mannschaft zu haben. Nach dem Abendessen saß er auf einem Holzscheit am Feuer und rauchte mit Pa Pfeife. Als Fancy sich zu ihnen gesellte, zog er sie auf seinen Schoß und hielt sie fest, während die beiden Männer Geschichten austauschten.

Jetzt, da Knight sie in sein Herz gelassen hatte, schien er generell weniger zurückhaltend zu sein. Wenn sie nachts in der Kutsche lagen, warm und befriedigt von ihrem Liebesspiel, erzählte er ihr mehr von seiner Vergangenheit – Dinge, die er noch nie jemandem anvertraut hatte. Als sie erfuhr, wie seine *Maman* langsam dem Wahnsinn verfiel, und wie schmerzhaft seine Besuche in Bedlam waren, kamen Fancy die Tränen.

Aber es gab auch gute Geschichten. Erinnerungen an die französischen Lieder, die seine Mutter ihm vorgesungen hatte, an die Art und Weise, wie sie einen Tisch so decken konnte, dass er elegant aussah, selbst wenn die Blumen in der zerbrochenen Vase Abfall vom Markt waren und das Tischtuch aus einem alten, geflickten Bettlaken bestand. Wie sich herausstellte, war seine *Maman* eine gute Köchin, und wenn sie das Geld hatte, kaufte sie die Zutaten für seinen Lieblingsmandelkuchen (ein Rezept, das Fancy unbedingt selbst ausprobieren wollte). Mehr denn je war sie von der Stärke und Liebe seiner Mutter überzeugt. Als sie ihm das sagte, nickte er unwirsch und drückte sie an sich.

Im Gegenzug erzählte sie ihm die Geschichte über ihre Ma und das Eisensteingeschirr, und die wichtige Lektion, die sie daraus gelernt hatte.

„Die meiste Zeit meines Lebens habe ich mich mit dem begnügt, was mir zugeteilt wurde. Ich bin gut darin, Dinge zu reparieren und zu flicken, aber ich habe selten um das gebeten, was ich wollte", gab sie zu. „Obwohl ich schon früh wusste, dass ich dich liebe, hatte ich Angst, es dir zu sagen und um deine Liebe zu bitten. Ich hätte für meine Träume einstehen sollen, anstatt wegzulaufen. Also trage auch ich einen Teil der Schuld."

„Ich allein bin schuld, weil ich ein verdammter Narr war. Und ich will immer wissen, was du dir wünschst", sagte er mit Nachdruck. „Was du denkst und fühlst, was dein Herz begehrt. Was immer ich dir zu geben imstande bin ... Es gehört dir, Fancy. Du brauchst nur zu fragen."

Die glühende Liebe in seinem Blick wärmte und ermutigte sie. Sie ließ ihre Finger über seinen muskulösen Oberkörper gleiten und umschloss seinen Schwanz, der in ihrem Griff sofort hart wurde.

„Da gibt es in der Tat etwas, das ich begehre", säuselte sie mit einem Zwinkern.

Seine Lippen verzogen sich zu einem sinnlichen Lächeln. „Hoffen wir, dass es in meiner Macht steht, dir deinen Wunsch zu erfüllen ... schon wieder."

Natürlich gelang es ihm. Und das mehr als einmal.

An einem anderen Abend erzählte Knight ihr von Imogens Misshandlung durch ihren Mann. Fancys anhaltende Abneigung gegen ihre Widersacherin wich einem Anflug von Mitgefühl.

„Wie furchtbar", flüsterte sie.

Knight nickte. „Ich glaube, das war der eigentliche Grund, warum sie mich auf der Soiree angesprochen hat. Sie brauchte jemanden zum Reden, aber sie brachte es nicht über sich, ihre Gefühle auszusprechen und küsste mich stattdessen. Als ich sie abwies, brach sie zusammen und zeigte mir die blauen Flecken unter ihrer Halskette."

Fancys Brust schnürte sich zusammen. Sie hatte immer gedacht, dass Lady Cardiff zerbrechlich aussah und den Tränen nahe wirkte, was sie ursprünglich auf deren unerwiderte Liebe zu Knight schob. Aber vielleicht suchte die Dame in Wirklichkeit nur Schutz vor einer Brutalität, der keine Frau ausgesetzt sein sollte.

„Arme Imogen", sagte sie leise.

„Deshalb konnte ich sie in dieser Nacht nicht allein lassen", sagte Knight. „Keine Frau sollte unter der Gewalttätigkeit ihres Mannes leiden."

„Natürlich konntest du sie nicht im Stich lassen", erwiderte Fancy. „Kein Mann von Ehre würde das tun."

Seine Miene entspannte sich. „Gleichzeitig wollte ich mich nicht in Dinge einmischen, die mich nichts angingen. Also habe ich sie überredet, mit ihrer Familie zu sprechen und habe sie als Freund begleitet."

„Wie ist es gelaufen?", fragte Fancy.

„Ihr Bruder kümmert sich um die Angelegenheit. Wenn er Hilfe braucht, weiß er, wo er mich finden kann."

„Ich bin froh, dass Imogen in Sicherheit ist", sagte sie aufrichtig.

„Das bin ich auch." Knight umfasste ihr Kinn und sah ihr

fest in die Augen. „Du bist die einzige Frau in meinem Herzen, die einzige, die mich je mit Leib und Seele besessen hat. Das weißt du doch, nicht wahr?"

„Jetzt schon", flüsterte sie.

Denn das tat sie, endlich.

Am Tag der Abreise umarmte Fancy ihre Brüder und ihren Vater innig. Es war kein allzu trauriger Abschied, denn sie hatten versprochen, den Winter bei ihr und Knight in London zu verbringen.

„Passen Sie gut auf mein Mädchen auf", sagte Pa zu Knight. „Geben Sie auf sie acht, auch wenn die Sache mit der Verrückten vorbei ist."

Fancy hatte ihrer Familie von Anna Smith erzählt. Knight hatte ebenfalls Details beigetragen und Pa versichert, dass die Frau sich nun hinter Schloss und Riegel befand und keine Bedrohung mehr darstellte.

„Das werde ich, Sir", sagte ihr Mann mit ernster Miene.

„Und du, Kleines, bist ihm 'ne gute Ehefrau und Partnerin, hörst du?"

„Natürlich, Pa." Sie gab ihm einen Kuss auf die Wange.

Zu guter Letzt tätschelte er Bertrand den Hals. „Und du, mein treuer Esel, warst 'n guter Freund, der meine Fancy wieder mit ihrem Mann vereint hat. Ich verlass mich drauf, dass du weiterhin auf die beiden aufpasst, klar?"

Mit dem Schwanz peitschend, schien Bertrand zu nicken und die Lippen zu einem breiten Grinsen zu verziehen.

Kapitel Achtunddreißig

„Geh zur Arbeit", sagte Fancy am Morgen nach ihrer Rückkehr zu ihrem Mann.

„Ich würde lieber bei dir bleiben", murmelte er ihr ins Ohr. „Ich will den ganzen Tag mit dir im Bett verbringen und es dir besorgen, bis du meinen Namen so oft geschrien hast, dass du ganz heiser bist. Dann würde ich wieder von vorne anfangen."

Aus Erfahrung wusste sie, dass er dazu durchaus imstande war.

„Du sollst dich heute mit Mr Bodin treffen. Und Jonas ist ganz wild darauf, die neue Jacquard-Maschine zu sehen." Sie erbebte, als er an ihrem Ohr leckte. „Hör auf damit, sonst kommst du zu spät."

„Wenn es sein muss." Sein übertriebener Seufzer brachte sie zum Kichern. „Dann hebe ich mir meine verruchten Pläne für dich bis heute Abend auf."

Er gab ihr noch einen letzten Kuss, bevor er sich aus dem Bett wälzte.

Sie verbrachte den Vormittag mit Toby und Eleanor, um zu erfahren, für welche Hunderasse Toby sich beim Kauf seines

Welpen entschieden hatte und welches Anliegen Eleanor gegenwärtig unterstützte. Beim Mittagessen unterhielt sie sich mit Cecily und Tante Esther über die Herren, die Cecily seit Maggies Ball umwarben und die Esther allesamt für geeignete Partien hielt. Während Esther und Cecily danach zu Madame Rousseau gingen, beschloss Fancy, zu Hause zu bleiben, um einen längst überfälligen Brief an Bea zu verfassen.

Das Schreiben fiel ihr immer noch schwer. Gerade versuchte sie, ihren Nacken zu entspannen, als Gemma mit einer Kanne Tee hereinkam.

„Verzeihung, Euer Gnaden, aber Sie sehen aus, als könnten Sie eine Pause gebrauchen", sagte das Dienstmädchen mit einem fröhlichen Lächeln. „Vielleicht täte Ihnen ein kurzer Spaziergang über den Platz gut? Es ist so ein schöner Tag."

„Was für eine wunderbare Idee", stimmte Fancy ihr zu.

Gemma brachte ihr ihre Pelisse und ihren Sonnenschirm, und sie gingen hinaus. Der Sonnenschein und die frische Herbstluft waren in der Tat eine willkommene Abwechslung. Sie bogen um die Ecke in eine ruhige Straße ein, und Fancy war so in ihr Gespräch vertieft, dass sie fast nicht bemerkte, wie die Tür einer parkenden Kutsche aufschwang. Gerade noch rechtzeitig riss sie Gemma aus der Gefahrenzone. Sie wirbelte herum, um dem Übeltäter zu sagen, er solle besser auf die Fußgänger achten, und starrte in finstere Augen, bevor man ihr ein Taschentuch ins Gesicht drückte.

Ein süßer Duft stieg ihr in die Nase und erstickte ihren erschrockenen Schrei. Sie wurde nach vorne gestoßen und landete mit einem harten Aufprall auf dem Boden der Kutsche. Die Tür knallte hinter ihr zu, die Welt schwankte und dann ... war alles dunkel.

~

Severin, Bodin und Jonas begutachteten den neuen Jacquard-Webstuhl, der in einem separaten Raum der Fabrik aufgestellt worden war. Severin zeigte den beiden gerade, wie die über der Maschine hängenden Lochkarten das Muster steuerten, als sein Sekretär sie unterbrach.

„Zwei Gentlemen möchten Sie sprechen, Euer Gnaden", sagte Potts. „Die Herren Harry und Ambrose Kent."

Ambrose Kent, der Ermittler, den Severin engagiert hatte, musste Informationen über Dr. Erlenmeyer haben.

Mit einem Anflug von Unbehagen wischte Severin sich die Hände an einem Tuch ab. „Ihr müsst ohne mich weitermachen", sagte er zu Jonas und Bodin.

„Lassen Sie sich Zeit." Bodins faszinierter Blick hing an der Maschine. „Hier gibt's genug für uns zu tun."

Severin ging in sein Büro und begrüßte seine Besucher. Er hatte zuvor bereits ein Treffen mit Ambrose Kent gehabt, um den Fall zu besprechen, und als er die beiden Brüder nun zusammen sah, wurde die Familienähnlichkeit offensichtlich. Ambrose Kent war ein großer, schlaksiger Mann mit silbergrauen Schläfen und einer vornehmen Ausstrahlung. Obwohl sein maßgeschneiderter Anzug von Wohlstand zeugte, verriet sein scharfsinniger Blick, dass er kein Mann von Muße war.

„Ich nehme an, Sie haben Neuigkeiten bezüglich Dr. Erlenmeyer?", fragte Severin, nachdem sie Platz genommen hatten.

„In der Tat. Informationen über Dr. Erlenmeyer zu sammeln, hat länger gedauert als erwartet." Ambrose Kent zog ein ledergebundenes Notizbuch hervor und schlug es auf einer vollgeschriebenen Seite auf. „Offenbar hat er einige Anstrengungen unternommen, um seine Vergangenheit zu verschleiern."

Severin jagte ein eisiger Schauer über den Rücken. Das war kein gutes Zeichen.

„Vor acht Jahren kam Dr. Karl Erlenmeyer als Absolvent

der renommierten Universität Wien nach London", sagte Ambrose Kent. „Nachdem er in mehreren Nervenanstalten in Österreich gearbeitet hatte, trat er eine Stelle in Bedlam an und war dort etwa drei Jahre lang tätig, bevor er entlassen wurde."

„Warum wurde er entlassen?", fragte Severin angespannt.

„Den Pflegern zufolge, die ich befragt habe, waren einige seiner Behandlungsmethoden menschenverachtend", erwiderte Ambrose grimmig. „Sein Einsatz von Fesseln, Isolation und extremen Temperaturen, um ‚den Wahnsinn auszutreiben', verschlimmerte den Zustand einiger seiner Patienten. Zwei von ihnen nahmen sich unter seiner Obhut sogar das Leben."

„Mein Gott", murmelte Harry Kent.

Die Erinnerung an die Misshandlung seiner *Maman* ließ ihm das Blut in den Adern gefrieren. „Was geschah dann?"

„Erlenmeyer gelang es, sich seine jetzige Position als Leiter des Brookfield Asylum zu sichern, wo er seit fünf Jahren tätig ist. Als ich versuchte, mich über seine aktuellen Behandlungsmethoden zu erkundigen, waren die Mitarbeiter dort äußerst wortkarg, als fürchteten sie sich vor den Konsequenzen."

„Was ist mit Anna Smith?", fragte Severin. „Haben Sie etwas über sie herausgefunden?"

„Unter der Bedingung, anonym zu bleiben, vertraute mir ein Pfleger an, dass Miss Smith, als sie vor über einem Monat eingeliefert wurde, behauptete, ihr richtiger Name sei Rosamund Becker. Der Pfleger sagte weiterhin, dass sie eindeutig Wahnvorstellungen hatte und davon faselte, die königliche Hebamme zu sein."

Severin verspannte sich. „Vor einem Monat? Erlenmeyer sagte mir, dass Smith – beziehungsweise Becker – eine langjährige Patientin sei und in ihrem Wahn zuvor schon Unschuldige angegriffen habe."

„Das ist eine merkwürdige Abweichung zum Bericht des Aufsehers", sagte Ambrose Kent und runzelte die Stirn.

„Was ich ebenso seltsam finde", mischte Harry sich ein, „ist, dass ein Mann mit Erlenmeyers Vorgeschichte unmenschlicher und fehlgeschlagener Behandlungen in der Lage war, eine Stelle als Leiter einer privaten Anstalt an Land zu ziehen."

„Darüber habe ich mich auch gewundert", antwortete sein Bruder. „Also habe ich mich mit den Finanzen von Brookfield beschäftigt und herausgefunden, dass die Anstalt größtenteils von einer Gruppe wohlhabender Mäzene finanziert wird. Einer dieser Gönner ist Lord Snowden, dessen Gemahlin zufällig mit meiner Frau Marianne befreundet ist. Marianne verschaffte mir einen Termin bei Snowden, und er erzählte mir unter vier Augen, dass er kein Fan von Dr. Erlenmeyer sei und dass in der Tat einige andere Gönner die Praktiken des Doktors infrage stellten. Aber offenbar genießt Erlenmeyer die Unterstützung des einflussreichsten Spenders."

„Wer ist das?", fragte Severin.

„Prinzessin Adelaide. Sie ist die Schwester des Königs von …"

„Hessenstein." Severin gefiel der Zufall nicht, dass Prinzessin Adelaide, die sich mit Fancy angefreundet hatte, in diese Angelegenheit verwickelt war. „Warum sollte sie einen österreichischen Nervenarzt unterstützen?"

„Erlenmeyer ist kein gebürtiger Österreicher, er kam im Fürstentum Hessenstein zur Welt. Es ist allem Anschein nach ein Brauch des dortigen Königshauses, Bürgerliche zu fördern, eine Praxis, die zu einigen Skandalen geführt hat."

„Inwiefern?"

„Snowden erwähnte, dass Prinzessin Adelaide sich nur deshalb in London aufhält, weil sie bei ihrem Bruder Ernst, dem König von Hessenstein, in Ungnade gefallen ist. König Ernst verstieß offenbar gegen das königliche Protokoll, als er sich in eine Bürgerliche verliebte, die er förderte. Sie war eine Schneiderin oder etwas in der Art. Jedenfalls heiratete der König die

Frau gegen den Willen seiner Familie – insbesondere Prinzessin Adelaide, die mit ihren Ansichten nicht hinter dem Berg hielt. Er brachte seine junge Gemahlin nach London, wo sie ihr erstes Kind gebar, aber es gab Komplikationen, und sie und das Kind kamen ums Leben. Überwältigt von Trauer kehrte König Ernst nach Hessenstein zurück, während Prinzessin Adelaide in London blieb ... Manche sagen, weil ihr Bruder ihr die Rückkehr verbot. Ihr Sohn Ruprecht lebt beim König, da er nun der Thronfolger ist."

„Wie lange ist das her?", fragte Severin, den eine dunkle Vorahnung beschlich.

Kent sah in seinen Notizen nach. „Etwa dreiundzwanzig Jahre ... Was ist los, Euer Gnaden?"

Von Panik getrieben, war Severin aufgesprungen. „Ich glaube, dass meine Frau die Thronfolgerin von Hessenstein sein könnte, was bedeutet, dass sie in großer Gefahr ist. Ich muss sie finden, und ich brauche Ihre Hilfe."

„Selbstverständlich. Was können wir tun?", fragte Harry.

„Adelaide und Erlenmeyer müssen überwacht werden. Finden Sie sie und lassen Sie sie nicht aus den Augen. Meine Männer können Sie begleiten ..."

„Keine Sorge, darum kümmere ich mich. Und ich werde zusätzliche Verstärkung rufen." Harry nickte grimmig. „Gehen Sie zu Fancy."

Severin war bereits zur Tür hinausgestürmt.

Kapitel Neununddreißig

Benommen erwachte Fancy aus einem Albtraum. Hatte sie geschlafwandelt? Sie konnte sich nicht erinnern, den schwach beleuchteten Raum mit der durchhängenden Decke und den abblätternden Tapeten schon einmal gesehen zu haben. Das Licht kam von – sie blinzelte – einem mit Brettern vernagelten Fenster. Schritte ertönten, und sie wandte den Kopf in die Richtung des Geräuschs, wo sich soeben eine Tür öffnete ...

„Du bist wach", stellte Prinzessin Adelaide fest, nachdem sie eingetreten war und über die knarrenden Dielen auf sie zuschritt. „Das hat länger gedauert als erwartet."

„Eure H-Hoheit?", stammelte Fancy. „W-was geht hier ... W-wo bin ich?"

Sie versuchte, sich zu bewegen, doch zu ihrem Entsetzen realisierte sie, dass sie an einen Stuhl gefesselt war. Seile wanden sich um ihre Arme und Beine und hielten sie an dem hölzernen Gestell fest. Sie sah hinüber zu Prinzessin Adelaide, die an einem Tisch in der Nähe Platz genommen hatte.

„Du bist mein Gast, Francesca", sagte sie sanft. „Oder sollte ich sagen, *Prinzessin* Francesca?"

Fancy starrte in die dunklen, verschleierten Augen der Fürstin, die ein militärisch anmutendes Kleid trug. War die Frau verrückt? Doch dann erinnerte sie sich an das, was Anna Smith zu ihr gesagt hatte: *Eure Hoheit ... Ich muss mit Ihnen sprechen.*

„Ich verstehe das alles nicht." Fancy schüttelte den Kopf, verzweifelt bemüht, aus diesem schrecklichen Albtraum zu erwachen. „Das ergibt keinen Sinn."

„Da wir auf die Ankunft meines letzten Gastes warten, kann es nicht schaden, dich aufzuklären, meine Teure." Prinzessin Adelaide musterte sie mit einem lauernden Blick. „Du bist meine Nichte, die Tochter meines Bruders, König Ernst des Dritten von Hessenstein."

Die Offenbarung schockierte sie zutiefst. „Wie ist das möglich?"

„Durch Verrat." Adelaide schüttelte sichtlich enttäuscht den Kopf. „Ich hatte einen perfekten Plan, der jedoch von einer gewöhnlichen Dienerin vereitelt wurde."

„Ich verstehe nicht ..."

„Das wirst du, wenn du endlich den Mund hältst und zuhörst", zischte Adelaide und verengte die Augen zu Schlitzen.

Sie ist wütend ... und sie hasst mich. Ich sollte sie nicht noch mehr verärgern.

Fancy, die ihre Angst unterdrückte, nickte und spielte mit.

„Alles begann, als mein Bruder von einer Frau namens Louisa verführt wurde. Es ist Brauch unseres Königshauses, vielversprechende Bürgerliche zu fördern, und Ernst wählte in jenem Jahr Louisa, eine angehende Schneiderin, aus den Bewerbern. Unglücklicherweise hat der Narr den Kopf verloren und sich in sie verliebt", sagte Adelaide voll Abscheu. „Wenn er sie sich nur als Mätresse gehalten hätte, wäre alles in Ordnung gewesen, aber er war wild entschlossen, sie zur Frau zu nehmen. Nichts, was ich – oder einer seiner Hofberater – sagte, konnte ihn umstimmen. Er wollte unbedingt eine Liebesheirat. Dreihundert Jahre Adelsgeschlecht wurden zerstört, weil er diesen *Niemand* heiraten musste. Wenige Monate später war sie schwanger."

Trotz der Gefahr, in der sie sich befand, machte Fancys Herz angesichts der romantischen Geschichte einen kleinen Satz.

„In jenem Sommer reisten wir nach London", fuhr Adelaide fort. „Ziel des Besuchs war es, die Beziehungen zu unserem entfernten Cousin, dem König von England, zu stärken. Aber Louisa schaffte es, diese wichtige politische Mission durch ihre miserable Schwangerschaft zu ruinieren. Sie war ständig krank, konnte keine öffentlichen Auftritte wahrnehmen, und mein verweichlichter Bruder bestand darauf, an ihrer Seite zu bleiben, anstatt dem König den Hof zu machen, wie es seine Pflicht war. Ich war außer mir, als ich mit ansehen musste, wie das Schicksal meines geliebten Landes wegen dieses Flittchens ins Wanken geriet. Mir wurde klar, dass ich etwas unternehmen musste."

Fancy wurde mulmig zumute. „Was haben Sie getan?"

„Ich habe Louisas Tee mit Kräutern versetzt, die ich mir von der Hebamme besorgte." Ein verschlagenes Funkeln trat in Adelaides Augen. „In jener Nacht bekam Louisa vorzeitige Wehen und brachte einen tot geborenen Jungen zur Welt. Ich dachte, mein Auftrag sei erfüllt. Stell dir vor, wie schockiert ich war, als sie, bereits im Sterben liegend, noch ein weiteres Kind gebar. Das Schlimmste daran war, dass dieses winzige, zerbrechliche Wesen *atmete* ... und somit das Einzige war, das zwischen meinem Sohn und dem Thron von Hessenstein stand. In meinem Land können weibliche Nachkommen den Thron erben, und in der Erbfolge kämst du vor meinem Sohn. Ich wusste, was ich zu tun hatte.

Ich wies die Hebamme an, dich loszuwerden. Sie sollte dich

erdrosseln und deinen Leichnam entsorgen, als hättest du nie existiert. In der Zwischenzeit tröstete ich meinen Bruder über seinen toten Sohn und seine tote Frau hinweg. Ich ahnte nicht, dass die Hebamme mich hintergangen hatte."

Fancy verschlug es vor Entsetzen die Sprache. Adelaide zeigte keine Reue für ihre Taten, für das Blut, das an ihren Händen klebte. Wut breitete sich in ihr aus und klärte ihren Verstand. Adelaide hatte ihre Mutter und ihren Zwillingsbruder ermordet, aber Fancy würde nicht ihr drittes Opfer werden. Sie musste Zeit gewinnen, die Fürstin zum Reden bringen, denn sicherlich suchte Knight inzwischen nach ihr.

„Die Hebamme ... Das war Anna Smith?", fragte Fancy ruhig.

„Gut erkannt", sagte Adelaide. „Ihr richtiger Name ist Rosamund Becker. Sie reiste mit uns aus Hessenstein nach London und war diejenige, die mir die Kräuter gab. Ich sagte ihr, sie seien für eins meiner Dienstmädchen, das in eine missliche Lage geraten war. Als Rosamund realisierte, dass die Kräuter in den Tee der Königin gelangt waren, war sie entsetzt. Ich drohte ihr, meinem Bruder zu erzählen, dass sie für den Tod von Louisa und seinem Erben verantwortlich sei, wenn sie nicht auf mein Geheiß hin den verbliebenen Zwilling beseitigte. Ich dachte, ich hätte sie unter Kontrolle, vor allem, weil ich glaubte, sie hätte dich tatsächlich getötet. Dann sah ich dich an jenem Tag bei Madame Rousseau und hielt dich für ein Gespenst, so sehr ähnelst du Louisa, bis hin zu diesem verruchten Schönheitsfleck über deiner Lippe."

Fancy bemühte sich, ihre Wut im Zaum zu halten. „Sie hatten keine Zweifel, dass ich das Kind bin, das Sie ermorden ließen?"

„Als ich erfuhr, dass du ein Findelkind bist, hatte ich keine Zweifel. Um ganz sicherzugehen, machte ich Rosamund ausfindig. Sie hatte ihren Namen in Anna Smith geändert und lebte in einer Bruchbude am Rande von Camden Town. Sie brach zusammen und bestätigte, dass sie dich auf einem Feld ausgesetzt hatte. Ich hätte sie getötet, aber mein Instinkt sagte mir, dass ich sie am Leben lassen soll. Mir wurde klar, dass sie vielleicht noch einen anderen Nutzen haben könnte, vor allem, nachdem dein ‚versehentlicher‘ Tod durch den Sack Ziegelsteine nicht wie geplant verlaufen war. Ich steckte Rosamund in die Nervenanstalt, die von meinem Günstling, Dr. Erlenmeyer, geleitet wird, aber das gerissene Miststück entkam. Erlenmeyer erwischte sie gerade noch rechtzeitig und setzte den letzten Teil meines Plans in die Tat um.“

„Sie werden ihr die Schuld an meinem Tod geben“, schlussfolgerte Fancy.

„Du bist wirklich klüger, als du aussiehst.“ Adelaides Lächeln war messerscharf. „Dein Mann glaubt, dass Anna Smith bereits einmal versucht hat, dich zu töten. Wie schwer wird es sein, ihn davon zu überzeugen, dass es ihr beim zweiten Mal gelungen ist?“

„Knight wird mich finden“, sagte Fancy voller Überzeugung. „Und dann werden Sie für Ihre Taten bezahlen.“

„Das glaube ich kaum, meine Teure. Es dämmert bereits, und Dr. Erlenmeyer wird bald mit Rosamund eintreffen. Wenn dein Mann dich findet, wirst du tot in ihrer alten Bruchbude liegen, und sie mit der Mordwaffe in der Hand neben dir. Er wird ihr wahnsinniges Geständnis lesen, in dem sie beschreibt, wie sie ihren letzten Auftrag, dich zu ermorden, ausgeführt hat.“ Kalte Genugtuung blitzte in Adelaides Blick auf. „Und da auch sie tot sein wird, stirbt die Wahrheit mit ihr.“

„Sind Sie sicher, dass Erlenmeyer da drin ist?“, fragte Severin angespannt.

Durch einen Spalt in den Vorhängen der Kutsche beobachtete er die hinteren Tore des Brookfield Asylum. Harry Kent hatte sich ihm angeschlossen, während Tessa Kent, Garrity und Ransom die anderen Ausgänge des Gebäudes überwachten.

„Ganz sicher", sagte Kent. „Ich bin hineingegangen und habe nach ihm gefragt."

„Das hat ihn nicht alarmiert?"

„Ich hatte einen überzeugenden Vorwand. Ich sagte ihm, dass mein Schwiegervater nicht mehr alle Tassen im Schrank hat und ich ihn einweisen möchte. Erlenmeyer führte mich herum, er war ziemlich stolz auf seine Behandlungsmethoden." Kent erschauderte. „Der Bastard hat wirklich eine Schraube locker."

„Hauptsache, er besitzt noch genug Verstand, um mich zu Fancy zu führen", erwiderte Severin.

Ihm war schlecht vor Angst, und das seit er von Fancys Verschwinden erfahren hatte. Laut ihrem Dienstmädchen Gemma war sie allein spazieren gegangen und nicht zurückgekehrt ... was keinen Sinn ergab. Panik hatte ihn übermannt, begleitet von der Gewissheit, dass seiner Frau etwas Schlimmes zugestoßen war.

Dann erhielt er Nachricht von Kent, der ihre anderen Freunde um Hilfe gebeten hatte. Ransom und seine Frau Maggie waren unter dem Vorwand bei Adelaide aufgetaucht, ihr einen Besuch abstatten zu wollen. Der Butler der Prinzessin hatte ihnen mitgeteilt, dass seine Herrin nicht zu Hause sei. Während des Ablenkungsmanövers hatte sich einer von Kents Männern hinters Haus geschlichen und bestätigt, dass Adelaides Kutsche tatsächlich weg war.

Severin ließ seine Wachen die Stadt nach Fancy und der Prinzessin durchkämmen, wobei sie von Kents und Garritys Truppen unterstützt wurden. Doch sein Instinkt sagte ihm, dass seine besten Chancen, seine Frau ausfindig zu machen, bei

Erlenmeyer lagen. Zuerst wollte er den Arzt konfrontieren und die Wahrheit aus ihm herausprügeln, aber Kent und Garrity hatten ihn überzeugt abzuwarten, bis Erlenmeyer etwas unternahm. Sie waren zu dem Schluss gekommen, dass sie keine stichhaltigen Beweise für die Mittäterschaft des Arztes hatten. Wenn Erlenmeyer sich weigerte zu reden – und das war aufgrund seiner engen Beziehung zu Adelaide sehr wahrscheinlich –, dann würden sie wertvolle Zeit verschwenden, während Fancys Leben auf dem Spiel stand.

Außerdem deutete der am Hintereingang wartende Lastkarren, vor den ein Pferd gespannt war, darauf hin, dass jemand einen Ausflug plante. Severin knackte mit den Fingerknöcheln. Wenn dieser Bastard Erlenmeyer nicht innerhalb weniger Minuten auftauchte, würde er hineinstürmen und alles tun, was nötig war, um den Mann zum Reden zu bringen.

Das Tor öffnete sich, und im schwindenden Tageslicht trat Erlenmeyer heraus. Der Arzt schob eine offensichtlich bewusstlose Patientin in einem Rollstuhl vor sich her. Es war Anna Smith. Erlenmeyer hievte die Frau wie einen Sack Ziegelsteine auf die Ladefläche des wartenden Karrens und warf eine Decke über sie.

Dann kletterte er auf den Fahrersitz, und der Wagen setzte sich in Bewegung.

Severin schickte einen Mann, um die anderen zu verständigen.

„Folgen Sie dem Wagen in angemessenem Abstand", wies er anschließend seinen Fahrer an. „Aber lassen Sie ihn nicht aus den Augen."

Adelaide ließ Fancy in dem Zimmer zurück. „Wenn sie Ärger

macht, tötet sie", drang ihre Stimme klar und deutlich von draußen herein.

Fancy lief ein kalter Schauer über den Rücken, als sie die bekräftigenden Antworten der Wachen hörte. Eine falsche Bewegung und sie wusste, dass die Männer nicht zögern würden, ihr das Lebenslicht auszulöschen.

Das heißt, ich darf keine falsche Bewegung machen.

Mit hämmerndem Herzen zerrte sie an ihren Fesseln. Es nützte nichts, ihre Arme waren an die Armlehnen des Stuhls gebunden und ihr Oberkörper an die Rückenlehne. Wenn sie nach hinten kippte und hart genug landete, konnte sie vielleicht das Holz beschädigen und sich befreien … aber der Lärm würde die Wachen alarmieren.

Denk nach, Fancy. Das ist ein Problem wie jedes andere. Wie kann man es lösen?

Was sie brauchte, war … ein Freund.

Den Freund des Flickers.

Sie wackelte mit dem rechten Bein, und eine Welle der Erleichterung durchflutete sie, als sie das vertraute Werkzeug an ihrem rechten Oberschenkel spürte. Die bauschigen Lagen ihrer Röcke hatten es vor Prinzessin Adelaide verborgen. Als sie sich gegen die Fesseln stemmte, merkte sie, dass das Seil um ihre Knöchel über ihren Halbstiefeln gebunden war. Wenn es ihr nur gelänge, ihren Fuß aus dem Stiefel zu ziehen …

Mit zusammengebissenen Zähnen drehte sie ihren Fuß hin und her, bis er schließlich aus dem Schuh glitt. So geräuschlos wie möglich hob sie das befreite Bein an und versuchte, es zu ihrer gefesselten rechten Hand zu bringen. Sie reckte die Hüfte zur Seite, bis sie nach ihren Röcken greifen konnte.

Fast geschafft.

Langsam, aber sicher näherten sich ihre Finger der verborgenen Tasche. Endlich konnte sie hineingreifen, aber der Freund des Flickers steckte zu tief im Inneren. Angestrengt hob sie ihr Bein so weit wie möglich nach oben und spürte, wie die Schwerkraft das Werkzeug nach unten beförderte, bis es gegen ihre Handfläche stieß.

Erleichtert umklammerte sie es.

Danke, Pa, dass du mir diese geniale Erfindung geschenkt hast.

Es gelang ihr, das Messer zu öffnen und es so auszurichten, dass es gegen die Fesseln drückte. Sie bewegte ihre Hand hin und her, wodurch das Seil gegen die scharfe Klinge rieb, bis die groben Fasern durchtrennt waren. Anschließend ergriff sie mit der freien Hand das Werkzeug und befreite sich von den restlichen Fesseln.

Da sie erst noch aus ihrem Gefängnis entkommen musste, hielt sich ihre Freude in Grenzen. Sie konnte nicht an den Wachen vorbei, die vor der Tür patrouillierten. Der einzig andere Ausweg war das vernagelte Fenster.

Sie zog ihren anderen Stiefel aus und trug ihre Schuhe in der Hand, um den Lärm zu minimieren. Eine Bodendiele knarrte und sie erstarrte mit wild hämmerndem Herzen, aber als keine Wache hereinstürmte, atmete sie aus und ging weiter. Die Entfernung zum Fenster kam ihr unendlich weit vor. Als sie es erreichte, untersuchte sie die Bretter, die ihre Flucht erschwerten.

Es waren sechs an der Zahl, die mit zwei Nägeln auf jeder Seite befestigt waren. Es würde eine Weile dauern, die Nägel zu entfernen, und noch länger, wenn es lautlos geschehen musste. Aber was blieb ihr anderes übrig? Mithilfe ihres Werkzeugs machte sie sich daran, die Metallstifte herauszuhebeln. Die Bretter waren dünner, als sie erwartet hatte, und die Nägel ließen sich leicht herausziehen. Sie entfernte einen nach dem anderen und fing sie in ihrer verschwitzten Handfläche auf.

Als der letzte Nagel aus dem ersten Brett gezogen war, hob sie es herunter und spähte in die sternenklare Nacht hinaus.

Anscheinend befand sie sich im rückwärtigen Teil der Hütte, und zum Glück sah sie keine Wachen. In der Ferne zeichnete sich etwas Dunkles ab ... ein Zaun? Sobald sie aus dem Haus war, würde sie hinüberklettern und Hilfe holen.

Kostbare Minuten vergingen, während sie zwei weitere Bretter entfernte. Die Öffnung, die sie geschaffen hatte, war eng, aber sie konnte sich hindurchzwängen, wenn sie den Großteil ihrer Kleidung ablegte. Mit einer stummen Entschuldigung an Amelie Rousseau schnitt sie sich aus den äußeren Lagen, die eine nach der anderen zu Boden fielen. Als sie nur noch in Korsett und Unterwäsche dastand, zog sie ihre Stiefel wieder an und schob sich durch die Öffnung.

Tatsächlich war sie enger als erwartet, aber ihr Überlebensinstinkt trieb sie voran. Verbissen ignorierte sie das schmerzhafte Schaben des Holzes an ihren nackten Armen und zwängte sich hindurch, bis sie auf der anderen Seite zu Boden fiel. Sie stand auf, doch bevor sie einen Schritt tun konnte, packte sie jemand von hinten um die Taille und zog sie an eine muskulöse Brust. Eine Hand legte sich um ihren Mund und dämpfte ihren Schrei.

Kapitel Vierzig

„Fancy, ich bin es."

Eine Welle der Erleichterung übermannte sie, als sie Knights Stimme vernahm. Er drehte sie zu sich um und musterte sie eindringlich.

„Geht es dir gut, Liebling?" Sein Blick fiel auf ihre Unterwäsche, die bei ihrer Flucht aus dem Fenster zerrissen worden war, und Wut flammte in seinen Augen auf. „Wenn sie dich angerührt haben ..."

„Haben sie nicht", erwiderte sie mit gedämpfter Stimme. „Ich habe mich ausgezogen, um durch das Fenster zu passen. Niemand hat mir etwas getan. Nun, außer Adelaide. Sie hat mich betäubt und verschleppt. Wie hast du mich gefunden?"

Knight hatte seine Jacke ausgezogen und legte sie ihr um die Schultern. „Dafür ist später Zeit. Bitte geh mit Garrity mit, während ich mich um Adelaide kümmere."

Erst jetzt bemerkte Fancy die Gruppe, die hinter ihrem Mann stand. Zu den schattenhaften Gestalten gehörten Mr Garrity, Mr Kent, Ransom und eine kleine Armee von Wachen.

Sie nickte den Männern zu und sagte dann besorgt zu Knight: „Sei vorsichtig. Ihre Schergen sind bewaffnet."

Er holte eine Pistole hervor und hielt sie mit tödlicher Zuversicht. „Ich bin gleich wieder da. Und, Fancy?"

„Ja?"

Seine Augen leuchteten heller als die Sterne. „Ich liebe dich. Mehr als alles andere."

„Ich liebe dich auch", flüsterte sie zurück, aber er war bereits davongeeilt, und die anderen folgten ihm.

„Hier entlang zur Kutsche, Euer Gnaden", sagte Mr Garrity.

Gabbys Gemahl sah immer gefährlich aus, aber mit gezogener Pistole und grimmigem Blick wirkte er noch bedrohlicher als sonst. In diesem Fall war Fancy froh darüber. In Begleitung einiger seiner Wachmänner führte er sie durch eine Öffnung im Zaun zu einer Reihe von Kutschen. Er half Fancy in einen der Wagen, und sie war überrascht, ihre wartende Freundin darin vorzufinden.

„Tessa!" Sie umarmte die zierliche Frau, bevor sie sich neben sie setzte. „Was machen Sie denn hier?"

„Ich helfe natürlich bei Ihrer Rettung", erwiderte Tessa.

„Vielen Dank", sagte sie mit zitternder Stimme.

„Ich konnte Harry nicht den ganzen Spaß überlassen. Gabby und Maggie wollten auch kommen, aber ihre Ehemänner sind nicht so modern wie meiner", erklärte Tessa und zog die Nase kraus.

Garrity, der ihnen mit gezückter Waffe gegenübersaß, warf ihnen einen Blick zu.

„Gabriella hat ihren altmodischen Gemahl gebeten, Ihnen eine Nachricht zu übermitteln, Euer Gnaden", sagte er trocken. „Sie möchte Ihnen gleich morgen früh einen Besuch abstatten."

„Ob es den anderen gut geht?" Fancy war beunruhigt. „Die Wachen der Prinzessin ..."

„Sind den Herzögen und Herzoginnen der Unterwelt nicht gewachsen", versicherte Tessa ihr. „Das ist nicht unsere erste

Schlacht. Die Männer werden im Handumdrehen zurück sein ...“

Ein lauter Knall unterbrach sie, und die Kutsche schwankte. Panik machte sich in Fancy breit. „Was war das?“

„Eines von Harrys Spielzeugen“, sagte Tessa unbekümmert. „Er bastelt ständig an Sprengstoffen herum. Ich bin nur froh, dass er das jetzt im Labor der Great London National Railway macht und nicht bei uns zu Hause.“

„Wir sind immer noch dabei, das letzte Lagerhaus, das Kent zerstört hat, wieder aufzubauen“, murmelte Garrity.

Tessa sah Fancy an. „Warum sind Sie in Ihrer Unterwäsche?“

Sie bemerkte, dass Knights Mantel offen hing, und knöpfte ihn eilig zu. „Ich musste durch ein Fenster fliehen, und ohne die vielen Lagen Kleidung war es einfacher.“

Tessa nickte verständnisvoll. „Ich musste einmal auf ähnliche Weise fliehen ...“

Die Tür öffnete sich und gab den Blick auf Knight und die anderen Männer frei. Fancy stürzte sich ihrem Mann in die Arme, der sie auffing, aus der Kutsche hob und an sich drückte.

„Was ist passiert?“, brachte sie hervor.

„Wir haben Adelaide in Gewahrsam.“ Knight, der sie immer noch in den Armen hielt, sah ihr in die Augen. „Sie wird sich für ihre Verbrechen verantworten müssen, ebenso wie ihre Komplizen Erlenmeyer und, so leid es mir tut, dein Dienstmädchen Gemma. Und dann ist da noch Anna Smith, deren richtiger Name Rosamund Becker ist. Sie war ...“

„Die Hebamme meiner Mutter. Ja, ich weiß“, sagte Fancy. „Adelaide hat mir alles erzählt.“

Knight musterte sie. „Du weißt doch, was das bedeutet, nicht wahr, Liebling?“

In Anbetracht der Gefahr hatte Fancy noch nicht darüber nachgedacht, aber nun tat sie es.

„Mein Vater – also mein anderer – lebt noch", sagte sie ehrfürchtig. „Das heißt, ich habe eine noch größere Familie."

„Das auch." Knights Mundwinkel zuckten. „Was ich meinte, war, dass du eine Prinzessin bist und Erbin des Throns von Hessenstein. Du wolltest doch immer ein Märchenende, und ich kann mir kein besseres vorstellen."

„Ich schon." Sie schenkte ihrem Mann ein glückliches Lächeln. „Nämlich das, das du mir geschenkt hast."

Seine Augen strahlten vor Rührung. „Ob Tochter eines Kesselflickers oder Königs, ich liebe dich, Fancy. Jetzt und für immer."

Er küsste sie und ihr Herz jubelte voller Freude. Die Prinzessin und ihren Herzog erwartete ein wahrhaft märchenhaftes Leben voller Liebe und Glück.

Epilog

Ein paar Monate später

„Knight", keuchte seine Frau. „Ich spüre dich so tief in mir."

Severin vergrub die Finger in ihren prallen Pobacken, während er seine Hüften immer härter und schneller kreisen ließ.

„So ist es gut, Liebling", knurrte er. „Spiel weiter mit deiner Perle. Ich will spüren, wie du meinen Schwanz umklammerst, wenn du kommst."

Fancy stöhnte auf und rieb ihr Zentrum der Lust, während er sie von hinten nahm. Ihre Hüften waren auf mehreren Kissen gebettet, ihre Wange gegen die Matratze gepresst, ihre Lippen leicht geöffnet. Sie war hemmungslos und täuschte nichts vor, und sie gehörte ihm.

Manchmal konnte er es nicht glauben. Manchmal fürchtete er sich davor, wie sehr er sie liebte und dass ihr Verlust ihn zerstören würde. Meistens aber dankte er dem Schicksal dafür, dass es ihm Fancy geschenkt hatte.

Sie schloss die Augen und biss sich auf die Lippe, ein verräterisches Zeichen dafür, dass sie kurz vor dem Höhepunkt war. Seine Herzogin genoss es, auf diese Weise genommen zu werden, obwohl er diese Stellung an jenem schrecklichen Abend benutzt hatte, als er Panik bekam und sich vor seinen Gefühlen abschirmte. Nun gehörte sie zum regelmäßigen Repertoire ihres Liebesspiels, und er sorgte dafür, dass er es immer auf dieselbe Weise beendete.

„Sieh mich an, *Chérie*", keuchte er.

Sie öffnete die Augen und sah zu ihm auf. In den braunen Tiefen spiegelte sich die Hingabe wider, die auch er empfand, und das reichte aus, um ihn auf den Gipfel der Ekstase zu treiben. Zum Glück war auch sie so weit, und sie kamen gemeinsam, versunken im Blick des anderen, während sie sich den Wogen der Leidenschaft hingaben.

Anschließend lagen sie aneinandergeschmiegt im Schein des Kaminfeuers da.

„Wir sollten uns etwas ausruhen", murmelte er. „Morgen brechen wir früh auf."

Am folgenden Morgen würden sie ihre Reise nach Hessenstein antreten. Fancy hatte mit König Ernst korrespondiert, der seine Tochter unbedingt sehen wollte. Seine Schwester hatte ihre Verbrechen gestanden und würde den Rest ihres Lebens im Gefängnis verbringen. Der König hatte ihren Sohn aus der Thronfolge gestrichen und verkündet, dass er Fancy offiziell als Kronprinzessin von Hessenstein anerkennen werde.

„Ich weiß nicht, ob ich schlafen kann", gestand sie. „Ich bin zu aufgeregt."

Severin strich ihr sanft übers Haar. „Wegen des Treffens mit deinem Vater?"

„Nicht nur deswegen." Sie hob den Kopf und sah ihn an. „Der Arzt war heute Morgen hier."

Er hielt in der Bewegung inne. „Und?"

„Ich bin schwanger." Ihre Augen leuchteten vor Freude. „Wir bekommen ein Kind."

„Fancy … Liebling." Ergriffen rollte er sie auf den Rücken und streichelte zärtlich ihren flachen Bauch. „Wie fühlst du dich? Solltest du morgen an Bord eines Schiffes gehen? Verdammt, war ich eben zu grob …?"

Sie legte die Hände um sein Gesicht. „Immer mit der Ruhe. Der Arzt hat gesagt, dass ich völlig gesund bin und reisen kann. Und die ehelichen Aktivitäten werden dem Kind nicht schaden."

Er blickte in ihr lächelndes Gesicht, und sein Herz quoll über vor Glück und Dankbarkeit für alles, was sie ihm geschenkt hatte. Was auch immer die Zukunft bereithielt, ihre Liebe war stark genug, um es zu überstehen.

Er beugte sich zu ihr hinunter und küsste sie innig.

Nach einer Weile kicherte seine Frau. „Ich dachte, du wärst müde?"

„Wir können auf dem Schiff schlafen", entschied er und versiegelte noch einmal ihre Lippen mit den seinen.

～

Das Fürstentum Hessenstein, einige Jahre später

„Eure Königliche Majestät." Beas lavendelfarbene Augen funkelten, als sie einen Knicks machte. „Darf ich Ihnen zu Ihrer Krönung gratulieren?"

„Danke, dass du gekommen bist, Bea." Ohne Rücksicht auf Benimmregeln umarmte Fancy ihre beste Freundin. „Ich bin nur froh, dass ich die Zeremonie überstanden habe."

Sie befanden sich im großen Empfangssaal des Schlosses, und Fancy war gerade von der Krönungszeremonie gekommen, die den ganzen Tag gedauert hatte. In der königlichen Abtei war es brütend heiß gewesen. Hätte ihr Mann nicht in weiser Voraussicht eine Flasche Eiswasser bereitgehalten, wäre sie in ihrem pelzgefütterten Gewand und der juwelenbesetzten Krone vielleicht in Ohnmacht gefallen. Irgendwie hatte sie sich durchgeschlagen und es geschafft, eine Rede auf Hessensteinisch zu halten, ihre erste als Königin Fancy I.

Ihre Befürchtungen, dass sie ihrer neuen Verantwortung nicht gerecht werden könnte, wurden von der jubelnden Menge zerschlagen, die sich auf den Straßen zwischen der Abtei und dem Schloss drängte. Die Bürger von Hessenstein schienen es zu begrüßen, eine Königin mit bürgerlichen Wurzeln zu haben. Die Menschen verehrten auch Knight, der dem Fürstentum technischen Fortschritt und mit ihm neue Arbeitsplätze und Wohlstand brachte. König Ernst war von der Arbeit seines Schwiegersohns so beeindruckt gewesen, dass er ihn zum Prinzen ernannte.

Fancy lächelte bei dem bittersüßen Gedanken, dass Ernst ihr vom Himmel aus zusah. Obwohl sie so viele Jahre verloren hatten, hatten sie und ihr Vater das Beste aus denen gemacht, die ihnen geblieben waren. Ernst durfte seine drei Enkelkinder kennenlernen, und er hatte sie schamlos verwöhnt.

Gerade war Fancy eine kleine Verschnaufpause bei einem intimen Empfang mit Freunden und Familie vergönnt. Danach würden sie und Knight eine dreihundert Jahre alte Tradition ehren und auf den Balkon des Schlosses treten, um ihren neuen Untertanen zuzuwinken.

Fancy stieß einen unköniglichen Freudenschrei aus, als sie Tessa, Gabby und Maggie erblickte, die auf Bea und sie zueilten. Sie umarmte ihre Freundinnen, während diese sie beglückwünschten. Sie war gerührt, aber nicht überrascht, dass sie die lange Reise auf sich genommen hatten. Dafür waren Freunde schließlich da. In den vergangenen Jahren hatten die fünf unzählige Meilensteine gemeinsam gefeiert, darunter auch die Geburten ihrer Kinder, die derzeit von einer Schar königlicher Kindermädchen im Nebenzimmer betreut wurden.

„Das Kleid ist hinreißend, Eure Majestät", sagte Gabby. „Die Stickerei ist exquisit."

Fancys Krönungsgewand aus weißer Seide war mit Hunderten von Alpenrosen bestickt, die gar keine Rosen waren, sondern eine winterharte Rhododendronart, die in den Bergen von Hessenstein wuchs. Sie fuhr mit den Fingern über eine der Blüten, deren Mitte mit Perlen aus purem Gold verziert war, und dachte an ihre Mutter Louisa, die, wie sie später erfuhr, die Blume auf ihr Taufkleid gestickt hatte.

„Danke", sagte sie lächelnd. „Und vielen Dank, dass ihr den weiten Weg auf euch genommen habt."

„Das würden wir um nichts in der Welt verpassen", sagte Tessa mit einem Zwinkern. „Krönungen sind wichtig."

Sie musste es wissen, denn vor nicht allzu langer Zeit war ihr Großvater als König der Unterwelt zurückgetreten, und sie war zur neuen Herrscherin ernannt worden.

„Himmel, wir haben zwei Königinnen unter uns", sagte Maggie lachend. „Ich weiß nicht, ob ich zu einer so illustren Gruppe passe."

„Doch, tust du. Wir alle gehören hierher", sagte Fancy fröhlich.

Als sie sich im Raum umsah, erblickte sie die Menschen, die sie liebte, diesen bunten Haufen, der ihr die Welt bedeutete. Ihre älteren Brüder und deren Frauen halfen ihren Kindern am Buffet, ihre jüngeren Brüder bedienten sich selbst. Pa plauderte mit Tante Esther und hielt inne, um Fancys jüngsten Sohn Louis aufzufangen, der wie immer seinen Kindermädchen entkommen war. Er hob Louis auf seine Schultern, und der kleine Prinz gluckste vor Vergnügen.

Am Champagnerbrunnen beeindruckte Toby eine flämische

Prinzessin mit Tricks, die er seinem Spaniel beigebracht hatte. Eleanor, die zu einer hübschen jungen Dame herangewachsen war, ignorierte eine Schar von adligen Bewunderern und versuchte, das Buch zu lesen, das sie unter ihren Röcken versteckt hatte. Cecily hingegen ignorierte ihre zahlreichen Verehrer nicht. Jonas stand mit einer Gruppe prominenter hessensteinischer Industrieller zusammen und erläuterte zweifellos die technischen Neuerungen, für die er sich brennend interessierte, seit Knight ihm die Leitung der Webereien übertragen hatte.

Apropos Knight, wo steckte er?

Fancy sah sich im Raum um und entdeckte ihren Mann, der auf sie zukam und in seiner förmlichen Hofkleidung eine imposante, fürstliche Figur abgab. Er begrüßte die Damen, und selbst nach so vielen Jahren Ehe durchfuhr Fancy ein prickelnder Schauer, als er einen Arm um ihre Taille legte und sie auf die Schläfe küsste.

„Ich habe dich gerade gesucht", sagte sie.

Ein Lächeln erhellte seine Augen. „Ich habe eine Überraschung vorbereitet, *Chérie*."

„Was denn für eine?"

„Komm und sieh selbst."

Knight nahm sie an der Hand, und ihre lächelnden Freunde folgten im Schlepptau. Er führte sie zu einer verdeckten Staffelei, die neben dem offiziellen königlichen Porträt aufgestellt war. Das in Gold gerahmte Gemälde an der Wand zeigte ihre Familie in perfekter, majestätischer Pose. Zweifellos war es ein wunderschönes Kunstwerk, aber Fancy fand es auch ein wenig unrealistisch.

Sie saß aufrecht da, makellos von Kopf bis Fuß. Ein sauberer, ruhiger Louis ruhte auf ihrem Schoß. Flankiert wurde sie von ihren Zwillingen: Ernst Milton, der um zehn Minuten älter war, saß rechts von ihr, Madeleine Anne zu ihrer Linken. Ernst und Maddy sahen aus wie kleine Heilige, deren graue Augen wohlwollend strahlten. Für Fancy war Knight der Einzige, der seinem wahren Ich gleichkam, wie er stolz und beschützend hinter ihr und ihrem Nachwuchs stand.

Eine Glocke wurde geläutet und die Gäste versammelten sich. Die Kinder kamen ebenfalls herein, und die Zwillinge stürmten auf Fancy zu, die sich zu ihnen hinunterbeugte, um sich von ihnen küssen zu lassen ... und sich ihre Beschwerden übereinander anzuhören. Maddy und Ernst waren die besten Freunde und gleichzeitig die erbittertsten Rivalen. Um nicht außen vor zu bleiben, warf Louis sich mit ins Getümmel und brachte Fancy in seiner Begeisterung fast zu Fall.

Ein Blick von Knight genügte, um die Kinder vorerst zur Ruhe zu bringen.

„Verehrte Freunde und Familie", sagte er mit seiner tiefen Stimme. „Ich danke Ihnen für Ihre Anwesenheit an diesem besonderen Tag Ihrer Majestät und in unserem Leben. Ich habe ein kleines Geschenk zu diesem Anlass, das Sie sicher zu schätzen wissen werden. Ohne Umschweife präsentiere ich Ihnen das inoffizielle königliche Porträt."

Er zog die Abdeckung von der Staffelei und enthüllte ein weiteres Gemälde.

Fancy brach in Gelächter aus, ebenso wie der Rest ihrer Gäste.

Vom selben Künstler gemalt, zeigten die leuchtenden Ölfarben diesmal, was während der Sitzung tatsächlich geschehen war. Fancys Krone saß ein wenig schief und sie versuchte mit geschürzten Lippen, einen zappelnden, kuchen-verschmierten Louis auf ihrem Schoß zu halten. Maddy und Ernst waren einander im Streit zugewandt, die kleinen Fäuste in die Hüften gestemmt. Knight stand schützend hinter ihnen und verdrehte die Augen.

„Was hältst du von dem Porträt, *Chérie*?", fragte er, als sie sich ein wenig beruhigt hatte.

„Es ist perfekt", sagte sie lächelnd.

„Hast du gesehen, wie ich es genannt habe?"

Er zeigte ihr die Inschrift auf dem vergoldeten Rahmen, und ihr stockte vor Rührung der Atem.

Glücklich bis ans Lebensende.

Ja, das war sie.

Sie hob ihr Gesicht ihrem Prinzen entgegen und er küsste sie andächtig. In diesem Moment, als seine Liebe sie durchflutete, wurde ihr bewusst, dass ihre Träume tatsächlich alle wahr geworden waren.

ich hoffe, dass Ihnen die Geschichte von Fancy und Knight gefallen hat! Die beiden haben einen besonderen Platz in meinem Herzen, und ich habe mich sehr gefreut, die *„Game of Dukes"*-Serie mit ihrer epischen Märchenromanze abzuschließen. Wenn Sie die Möglichkeit haben, würde ich mich sehr über eine Rezension freuen. Vielen Dank für Ihre Unterstützung!

Das Ende einer Serie ist immer bittersüß für mich, aber wenn Sie meine Bücher kennen, wissen Sie, dass der Abschied von meinen Charakteren nie endgültig ist. Tatsächlich werden Sie in meiner nächsten Reihe (Trommelwirbel, bitte) auf einige alte Freunde treffen: *Vier Engel für Lady Charlotte*.

In dieser viktorianischen Variante von *Drei Engel für Charlie* bildet Lady Charlotte Fayne Debütantinnen aus, um Teil ihrer geheimen Gruppe von Detektivinnen, der „Gesellschaft der Engel", zu werden. Die verwegenen jungen Damen lösen gefährliche Fälle und begegnen Leidenschaft und Liebe an den unerwartetsten Orten.

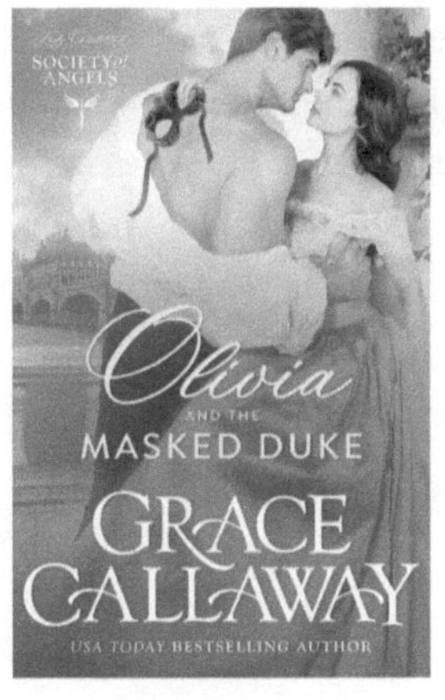

Das erste Buch, OLIVIA UND DER MASKIERTE HERZOG, handelt von Lady Olivia MacLeod (Tochter von Alaric und Emma aus DER HERZOG, DER ZU VIEL WUSSTE) und Ben Wodehouse, Herzog von Hadleigh (dem Bruder von Lady Beatrice aus DIE SÜHNE DES HERZOGS). Wenn Ihnen Geschichten über mutige Ermittlerinnen, gequälte Helden auf der Suche nach Gerechtigkeit, jede Menge Abenteuer und Leidenschaft gefallen, dann sollten Sie Livy und Bens stürmische Romanze nicht verpassen!

Als sie ein junges Mädchen war, rettete er ihr das Leben. Jetzt ist sie eine Frau, die entschlossen ist, sein Herz zu heilen.

„Eine heiße, absolut fesselnde Liebesgeschichte.“
– *NPR*

Gewinner des Daphne du Maurier Award & des Passionate Plume

Als Lady Olivia MacLeod sich freiwillig für eine Wohltätigkeitsorganisation namens „Gesellschaft der Engel" meldet, entdeckt sie zu ihrer Freude, dass diese als Tarnung für eine Detektei furchtloser Damen dient. Bei der Arbeit an einem gefährlichen Fall begegnet sie einem maskierten Rächer, hinter dessen mysteriöser Identität sich womöglich kein Geringerer verbirgt als ihr heimlicher Jugendschwarm, der berüchtigte Herzog von Hadleigh.

Anmerkung der Autorin

Der Jacquard-Mechanismus wurde 1804[1] von dem französischen Weber und Kaufmann Joseph-Marie Jacquard patentiert. Diese Maschine baute auf früheren Entwicklungen des Erfinders Jacques de Vaucanson und anderer auf. Die Bedeutung des Jacquard-Mechanismus bestand darin, dass er die Automatisierung der Musterweberei ermöglichte. Die Kettfäden, die die Bindung des Gewebes bestimmten, wurden nicht mehr von Menschen, sondern von Lochkarten gesteuert. Infolgedessen konnten immer komplexere Muster schneller und kostengünstiger hergestellt werden.

In den 1820er Jahren waren Jacquard-Mechanismen in ganz Großbritannien im Einsatz. Da meine Geschichte im Jahr 1840 spielt, wäre Knight bei der Einführung der neuen Technologie etwas langsamer gewesen, also habe ich es so formuliert, dass er auf die beste Version des Geräts gewartet hat, bevor er darauf umgestiegen ist. Als nicht besonders technikaffiner Mensch kann ich sein zögerliches Vorgehen verstehen.

Die Lochkarten, die in den Jacquard-Webstühlen verwendet wurden, erinnern Sie möglicherweise an die Karten, die vor nicht allzu langer Zeit in Computern verwendet wurden. Das ist kein Zufall. In der Tat kann der Jacquard-Webstuhl als Vorläufer der Computertechnologie betrachtet werden, da er ein Muster von Anweisungen zur Automatisierung von Vorgängen verwendete, die zuvor von Hand ausgeführt wurden.

1. https://www.scienceandindustrymuseum.org.uk/objects-and-stories/jacquard-loom

Danksagungen

Dieses Buch hat mir durch schwierige Zeiten geholfen, und es ist mein sehnlichster Wunsch, dass Fancys und Knights Geschichte meinen LeserInnen dasselbe Gefühl der Freude, der Hoffnung und des erneuten Glaubens an ein glückliches Ende vermittelt. Jetzt, mehr denn je, müssen wir Kraft aus der Liebe schöpfen.

Ich danke meinen LeserInnen für die Unterstützung auf dieser Reise. Ich schätze Sie mehr, als ich ausdrücken kann. Von einer Liebesroman-Liebhaberin zur anderen: Hören Sie niemals auf, an ein Happy End zu glauben. Die Welt braucht uns.

Danke an meine Lektorin Ronnie Nelson, die immer das Beste aus meinen Figuren und Ideen herausholt. Du hast mir mehr als einmal aus der Klemme geholfen. Dafür werde ich dir ewig dankbar sein.

An meine Autorenkolleginnen, die mich durch Videokonferenzen und Textnachrichten bei Verstand gehalten und inspiriert haben … Mädels, ohne euch hätte ich dieses Buch nicht schreiben können. Fühlt euch gedrückt.

Und an meine Familie. Wir haben verrückte Zeiten durchgemacht, aber ich bin froh, dass wir diese lebenslange Hausparty gemeinsam feiern. Ich liebe euch.

Über die Autorin

Die internationale *USA-Today*-Bestsellerautorin Grace Callaway schreibt heiße, herzerwärmende, historische Liebesromane voller Spannung und Abenteuer. Ihr Debütroman schaffte es unter die Finalisten der Romance Writers of America®, Golden Heart® sowie auf Platz eins der National Regency Bestseller, und ihre weiterführenden Romane führen regelmäßig die nationalen und internationalen Bestsellerlisten an. Aktuell ist sie Gewinnerin des Daphne du Maurier Award for Excellence in Mystery and Suspense, des Maggie Award for Excellence in Historical Romance, des National Excellence in Romance Fiction Award, des Golden Leaf sowie des Passionate Plume Award. Sie hat einen Doktorabschluss in klinischer Psychologie von der University of Michigan und lebt mit ihrer Familie und ihrem Adoptivhund in einem Tal nahe dem Meer. In ihrer Freizeit liebt sie es zu tanzen, in gemütlichen Restaurants zu essen und mit ihrem Sohn Abenteuer zu erleben, die auf dessen sonderpädagogische Bedürfnisse angepasst sind.

Erfahren Sie mehr über Grace:
Deutscher Newsletter:
https://gracecallaway.com/deutschernewsletter
Website: www.gracecallaway.com

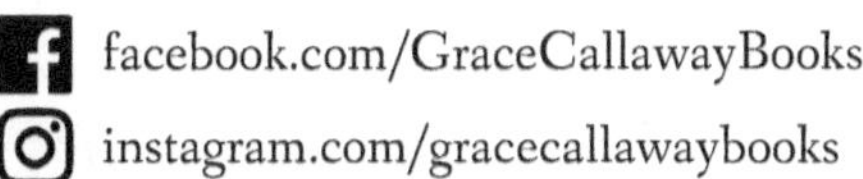